美文

唐代作品（二）

纸贵满堂 编
朱宝荣 绘

湖南美术出版社
长沙

图书在版编目（CIP）数据
传世美文·唐代作品 / 纸贵满堂编；朱宝荣绘.
长沙：湖南美术出版社，2025.1.--（小墨香书）.
ISBN 978-7-5746-0532-9
Ⅰ. I212.01
中国国家版本馆CIP数据核字第20243FB249号

小墨香书
传世美文·唐代作品
CHUANSHI MEIWEN · TANGDAI ZUOPIN

出 版 人：黄　啸
编　　者：纸贵满堂
绘　　者：朱宝荣
责任编辑：范　琳
装帧设计：刘　畅
出版发行：湖南美术出版社（长沙市东二环一段622号）
印　　刷：廊坊市颖新包装装潢有限公司
开　　本：787 mm × 1092 mm　1/96
印　　张：12
版　　次：2025年1月第1版
印　　次：2025年1月第1次印刷
定　　价：60.00元（全4册）

如有倒装、破损、少页等印装质量问题，请与印刷厂联系调换。
联系电话：0316-2514166

导读

《小墨香书·传世美文·唐代作品》以清代吴楚材、吴调侯编选的《古文观止》中唐朝时期韩愈、柳宗元等人的作品为底本，增补人们耳熟能详的经典作品编辑成册，以飨读者。

本书以经典散文作品为主体，如王勃的《滕王阁序》，韩愈的《师说》《进学解》《送孟东野序》《祭鳄鱼文》，柳宗元的《桐叶封弟辨》《捕蛇者说》《种树郭橐驼传》《吊屈原文》等。

编者在每篇文章均设置了导读、原文、注释、译文四个板块，注释详尽，译文通俗易懂，以期让没有文言文基础的古典文学爱好者都能读懂。

目录

魏徵

作者简介

魏徵（580—643），字玄成，魏州曲城（今河北巨鹿）人。唐太宗李世民的重要文臣，曾官至左光禄大夫、太子太师，封郑国公。魏徵奉命主持编撰了《梁书》《陈书》《北齐书》《周书》《隋书》，还参与修撰《群书治要》。有《魏郑公文集》《魏郑公诗集》等传世。

谏太宗十思疏

【导读】

魏徵以直言敢谏著称，深受唐太宗的器重。唐太宗在统治初期，与民休息，发展生产。当国家安定富强后，他开始奢侈挥霍，大建庙宇宫殿，在民间广搜珍宝，劳民伤财。魏徵对此十分担忧，于贞观十一年（637）连续上疏四篇进谏，规劝唐太宗不要忘记隋朝灭亡的教训，修德图强。本文为第二疏，唐太宗看后写了《答魏徵手诏》，表示从谏改过。

【原文】

臣闻求木之长❶者，必固其根本；欲流之远者，必浚❷其泉源；思国之安者，必积其德义。

【注释】

①长：高大。

②浚（jùn）：疏通。

【译文】

我听说树木如果要长得高，就必须巩固它的树根；水流如果要流得远，就必须疏通它的源头；要使国家安定，就必须积累道德。

【原文】

源不深而望流之远，根不固

而求木之长，德不厚而思国之安，臣虽下愚，知其不可，而况于明哲乎？人君当神器❶之重，居域中❷之大，不念居安思危，戒奢以俭，斯亦伐根以求木茂，塞源而欲流长也。

【注释】

①神器：指帝位。

②域中：指天地之间。

【译文】

水源不深却希望水能流得长远，树根不稳却要求树能长得高大，道德积累不够深厚却想要国家稳定，我虽然愚钝，也知道这是不可能的，更何况英明智慧的人呢？君主担负着帝王的责任，身处天下最高的地位，如果不能

居安思危，戒除奢侈，处处节俭，就如同砍伐掉树根却希望树木能茂盛，堵塞了源头却想要水流得长远一样。

【原文】

凡昔元首，承天景❶命，善始者实繁，克终者盖寡。岂取之易、守之难乎？盖在殷忧❷，必竭诚以待下；既得志，则纵情以傲物。竭诚，则吴、越为一体；傲物，则骨肉为行路❸。

【注释】

①景：大。

②殷忧：深重的忧患。

③行路：过路的人，比喻没什么关系

的人。

【译文】

但凡古代的君王，他们受命于天，起初能做得好的人有很多，但直至最后依然能做得好的人却很少。这不正是说明了取得天下容易、固守天下难吗？也许是他们在忧思愁虑的时候，就竭诚地对待臣民；在志得意满的时候，就放纵自己，傲视他人。竭尽诚信，那么像吴、越那样的仇敌国家也能成为一体；傲视他人，那么骨肉至亲同样会沦为路人。

【原文】

虽董❶之以严刑，振之以威

怒，终苟免而不怀仁，貌恭而不心服。怨不在大，可畏惟人②。载舟覆舟，所宜深慎。

【注释】

①董：督责。

②人：即“民”。因避唐太宗李世民的名讳，改“民”为“人”。

【译文】

虽然可以用严刑来责罚他们，用天威震怒来威吓他们，最终不过是使人们想尽办法免于刑罚，心中却不会感激圣上的仁心，他们表面上恭敬，内心却并不悦服。抱怨不在大小，可怕的却是百姓。君王如同舟，百姓如同水，水可以载舟，也可以覆舟，所以应当尤为谨慎。

【原文】

诚能❶见可欲，则思知足以自戒；将有作❷，则思知止以安人；念高危，则思谦冲❸而自牧❹；惧满盈，则思江海下百川；乐盘游❺，则思三驱❻以为度；忧懈怠，则思慎始而敬终；虑壅蔽，则思虚心以纳下；惧谗邪，则思正身以黜恶❼；恩所加，则思无因喜以谬赏；罚所及，则思无以怒而滥刑。

【注释】

①诚能：果真能够。

②有作：指兴建宫室等。作：建造。

③谦冲：谦虚。冲：虚。

④牧：此指修养。

⑤盘游：游乐，此处指外出打猎。

⑥三驱：一年打猎三次。

⑦黜（chù）恶：斥退邪恶的人。

【译文】

假如真的能够做到，见到想要的东西，就以知足之思来警诫自己；想要大兴土木时，就想到以适可而止来安定民心；想到高居帝位身临险境，就考虑应当谦虚平和以提高涵养；害怕自己骄傲自满，就想到江海能容纳百川；喜欢打猎游玩，就考虑以每年三次为限度；害怕自己懈怠，就考虑做事要始终谨慎；担心会受到蒙蔽，就考虑虚心接纳臣子的意见；害怕谗言奸邪，就想到要端正自身以罢黜邪恶；施恩于他人时，就考虑不要因自己的高兴就错加奖赏；惩罚别人时，就想到不要因为个人的愤怒就滥施刑罚。

【原文】

总此十思，宏兹九得❶。简能而任之，择善而从之，则智者尽其谋，勇者竭其力，仁者播其惠，信者效其忠。文武并用，垂拱而治❷。何必劳神苦思，代百司❸之职役哉！

【注释】

①九得：九种道德标准，即宽而栗、

柔而立、愿而恭、乱而敬、扰而毅、直而温、简而廉、刚而塞、强而义。得：通“德”。

②垂拱而治：即无为而治。垂拱：垂衣拱手。

③百司：百官。

【译文】

全面考虑这十思，弘扬九德。选拔贤能之人加以任用，选择好的意见予以采纳，那么，聪明的人就会竭尽他的智慧，勇敢的人就会竭尽全力，仁爱的人就会普施他的恩惠，诚信的人就会献出他的忠心。文武之臣并用，就可随心无为而治天下。何必劳神苦思，代行百官的职责而劳役自己呢！

骆宾王

作者简介

骆宾王（约640—约684），字观光，婺州义乌（今浙江义乌）人，唐代文学家、诗人，与王勃、杨炯、卢照邻以文词齐名海内，合称『初唐四杰』。有《骆宾王文集》等传世。

为徐敬业讨武曌檄

【导读】

嗣圣元年（684），武则天废掉刚登基的唐中宗李显，另立李旦为帝，自己临朝称制，为自己登位称帝作准备。英国公徐敬业在扬州起兵反对武氏，担任其幕僚的骆宾王创作了这篇檄文。作者开篇层层列举武则天的罪行，借此宣告天下，共同起兵。全文综合运用对仗、夸张等表现手法来烘托气势，颇有说服力和号召力。

【原文】

伪❶临朝❷武氏❸者，性非和顺，地❹实寒微。

【注释】

①伪：当时认为非法的、不被人承认的政权。

②临朝：亲临朝廷处理政务。

③武氏：即武则天，名曌，唐太宗时入宫为才人，太宗死后削发为尼。唐高宗时被召入宫为昭仪，后被立为皇后，开始参与朝政。683年，唐中宗即位，武则天以皇太后的身份临朝听政。不久，武则天废唐中宗，立唐睿宗。690年，武则天自称圣神皇帝，改国号为周。705年，唐中宗复位，上

尊号为则天大圣皇帝。

④地：地位、出身。

【译文】

非法窃取帝位的武氏，其性情本不和顺，而且出身实在卑微。

【原文】

昔充太宗下陈❶，曾以更衣❷入侍。洎❸乎晚节，秽乱春宫❹。潜隐先帝之私❺，阴图后房之嬖❻。

【注释】

①下陈：下列。此指姬妾。

②更衣：更换衣服。

③洎（jì）：同“及”，至。

④春宫：太子居住的宫室。此指当时的

太子、后来的唐高宗李治。

⑤私：私情。

⑥嬖（bì）：宠幸。

【译文】

从前，她充当太宗的才人，曾借侍奉太宗更衣之机而得宠幸。及至后来，她勾引太子，秽乱宫中。她隐瞒与先帝之间的私情，图谋后宫专宠。

【原文】

入门见嫉，蛾眉❶不肯让人；掩袖❷工谗❸，狐媚偏能惑主。践❹元后❺于翚翟❻，陷吾君于聚麀❼。

【注释】

①蛾眉：蚕蛾触须细长而弯曲，古人

用来比喻女子美丽的眉毛。也用来借指女子容貌美丽。

②掩袖：以袖掩面，故作娇态。

③工谗：善于进谗言。

④践：踩，登上。

⑤元后：皇后。

⑥翚（huī）翟（dí）：野鸡。唐代皇后的礼服上绘有翚翟的图饰。

⑦聚麀（yōu）：指几只公鹿共有一只母鹿。一般来说，兽类的配偶关系比较紊乱。聚：共。麀：母鹿。

【译文】

凡进宫的妃嫔都遭到她的嫉妒，她依仗貌美不肯相让；她长于进谗，卖弄妖媚迷惑皇上。她最终登上了皇后的宝座，使皇上陷入乱伦的境地。

【原文】

加以虺蜴[1]为心，豺狼成性，近狎[2]邪僻[3]，残害忠良[4]，杀姊[5]屠兄[6]，弑君鸩母[7]。人神之所同嫉，天地之所不容。

【注释】

①虺（huǐ）蜴：毒蛇、蜥蜴一类的毒物，比喻害人者。

②狎：亲近。

③邪僻：邪恶的人。

④忠良：此指褚遂良、长孙无忌等。

⑤姊：此指韩国夫人。

⑥兄：此指武惟良。

⑦弑君鸩母：此处将唐高宗李治、武则天的母亲杨氏的死算作武则天的罪过，其实二人都是病逝，并非被害。

【译文】

再加上她心如毒蝎，性比豺狼，亲近谗佞，残害忠良，杀姐屠兄，弑君害母。人神共愤，天地不容。

【原文】

犹复包藏祸心，窥窃神器。君之爱子❶，幽之于别宫；贼之宗盟❷，委之以重任。

【注释】

①爱子：指唐中宗李显。

②宗盟：指武则天娘家的亲属武承

嗣、武三思等人。

【译文】

她还暗藏野心，妄想图谋帝位。皇上的爱子被她囚禁在了别宫，而她的党羽却被委以重任。

【原文】

呜呼！霍子孟❶之不作，朱虚侯❷之已亡。燕啄皇孙❸，知汉祚❹之将尽；龙漦帝后❺，识夏庭之遽❻衰。

【注释】

①霍子孟：即霍光，汉武帝时的大臣。霍光奉遗诏辅佐幼主汉昭帝，昭帝死后立昌邑王刘贺为帝，因刘贺荒

嬉无道，又废刘贺，更立宣帝刘病已，是安定西汉王朝的重臣。

②朱虚侯：汉高祖庶长子刘肥的次子刘章，被封为朱虚侯。汉高祖死后，吕后专政，重用吕氏，刘章与丞相陈平、太尉周勃等合谋诛灭吕氏，拥立汉文帝刘恒，稳定了西汉王朝。

③燕啄皇孙：汉成帝时，有童谣说“燕飞来，啄皇孙；皇孙死，燕啄矢”。后来赵飞燕入宫为皇后，为了专宠把其他妃子生下的皇子都杀了，汉成帝因此无后嗣。不久，王莽篡政，西汉灭亡。

④祚（zuò）：帝位。

⑤龙漦（chí）：龙的唾涎。漦：涎沫。

据《史记·周本纪》记载：夏王朝衰落时，有两条神龙降临宫廷中，皇帝把龙的唾涎用木盒收藏起来。周厉王时，龙涎溢出，一宫女遇上后怀孕，生下褒姒。褒姒深受周幽王的宠爱，幽王为其废太子、烽火戏诸侯，遭灭国丧身之祸。

⑥遽（jù）：急速。

【译文】

唉！霍光这样的忠臣不再出现，刘章那样的宗室消亡不见。从“燕归来，啄皇孙”的民谣中就知道汉王朝即将消亡；龙吐出涎沫而诞生褒姒使之成为皇后的传说，又预示着西周气数将尽的祸根在夏朝已经埋伏下了。

【原文】

敬业[1]皇唐旧臣，公侯冢子[2]。奉先君[3]之成业，荷[4]本朝之厚恩。宋微子[5]之兴悲，良有以也；袁君山[6]之流涕，岂徒然哉？是用气愤风云，志安社稷。因天下之失望，顺宇内之推心，爰[7]举义旗，以清妖孽。

【注释】

①敬业：即徐敬业，唐朝开国功臣英国公李勣（jì）的长房长孙。

②冢子：嫡长子。

③先君：指刚去世的唐高宗。

④荷：蒙受。

⑤宋微子：即微子启，商纣王的庶兄，

被封于宋。商亡后，微子去朝见周武王，路过荒废的殷都，作麦秀之歌来寄托自己亡国的悲哀。

⑥袁君山：即袁安，东汉时人，历仕汉明帝、汉章帝、汉和帝三朝。汉和帝时，袁安见天子幼弱，外戚擅权，常暗自呜咽流泪。

⑦爰（yuán）：于是。

【译文】

我徐敬业是唐朝旧臣，是公侯之家的长子，奉行先辈的功业，蒙受当朝隆恩。殷纣王的兄长微子启的故国之悲，确有他的原因；东汉袁君山的失爵之痛哭，难道是徒然的吗？所以，我愤然而起，愿作随从龙虎的风云，立志要安抚社稷。利用天下之人对武氏的失望，我顺应民心，高举义旗，清除妖孽。

【原文】

南连百越❶，北尽三河❷，铁骑成群，玉轴❸相接。海陵❹红粟❺，仓储之积靡❻穷；江浦黄旗❼，匡复之功何远？班声❽动而北风起，剑气❾冲而南斗平。喑呜❿则山岳崩颓，叱咤⓫则风云变色。以此制敌，何敌不摧？以此图功，何功不克？

【注释】

①百越：古代越族有百种，故称。

②三河：汉代河东、河内、河南三郡。

③玉轴：战车的美称。

④海陵：地名，今江苏泰州，汉代曾在此置粮仓。

⑤红粟：陈年的粟。粟因久藏而发酵变成红色。

⑥靡：无。

⑦黄旗：唐代皇帝仪仗用的黄色旗帜。徐敬业在扬州起兵时，以拥戴太子李贤复位为号召。

⑧班声：马嘶鸣声。

⑨剑气：宝剑的精气。

⑩喑呜：心怀怒气。

⑪叱咤：发怒时的喝叫声。

【译文】

南至百越，北到三河，铁骑成

群，战车相接。海陵的粟米堆积在仓库中，无穷无尽；江岸的黄旗迎风飘扬，匡复大唐的功业还会远吗？战马迎风嘶鸣，剑气直冲南斗。士兵的怒吼使山岳崩塌，风云变色。用这样强大的军威抵制敌人，什么样的敌人能不被摧毁呢？用这样的军力谋求功业，什么样的功业不能成就呢？

【原文】

公等或居汉地❶，或叶❷周亲❸，或膺❹重寄于话言，或受顾命于宣室。言犹在耳，忠岂忘心？一抔之土❺未干，六尺之孤❻何托！

【注释】

①汉地：唐朝的封地。唐人常借汉说唐事。

②叶：同“协”，合乎。

③周亲：至亲。

④膺（yīng）：承受。

⑤一抔（póu）之土：一小堆土，指坟墓。抔：捧。

⑥六尺之孤：指继承皇位的新君唐中宗李显。

【译文】

诸公有的蒙受朝廷的分封，有的是皇室的姻亲，有的承受口头重托在外面肩负重要的使命，有的在朝廷领受君王的遗命。先帝的话语尚在耳边回荡，怎能在心中忘了忠诚？先帝陵墓的泥土未干，我们的幼主却不知到了哪里！

【原文】

倘能转祸为福，送往❶事居❷，共立勤王❸之勋，无废大君❹之命，凡诸爵赏，同指山河。若其眷恋穷城，徘徊歧路，坐昧先几之兆❺，必贻❻后至之诛❼。请看今日之域中，竟是谁家之天下！

【注释】

①往：死者，指唐高宗。

②居：生者，指唐中宗。

③勤王：指臣下起兵救援王室。

④大君：天子，指已去世的唐高宗。

⑤先几之兆：事先显出的微小预兆。

⑥贻（yí）：遗下，留下。

⑦后至之诛：据《史记·夏本纪》记载，禹在会稽召集群臣，防风氏后至，被禹杀了。

【译文】

如果国家能转危为安，送别先帝，侍奉中宗，共同建立勤王的功勋，也算没有废弃先帝的遗命。而各位将要受到的爵位赏赐，也定如山河般那样稳固。如果固守孤城，在是否勤王的问题上徘徊不决，思考不清事情是何征兆，就一定会受到诛伐。请看今日的中原，究竟是谁家的天下！

王勃

作者简介

王勃（约650—676），字子安，绛州龙门（今山西河津）人。唐代文学家、诗人，与杨炯、卢照邻、骆宾王合称『初唐四杰』。有《王子安集》等传世。

滕王阁序

【导读】

《滕王阁序》原题《秋日登洪府滕王阁饯别序》。滕王阁位于江西南昌赣江边，为唐太宗李世民之弟滕王李元婴所建。王勃前往交趾探望父亲，途经南昌时正赶上洪都府知府阎公重修滕王阁。王勃被邀请去赴宴，席间，他一气呵成完成了这篇序。全文由地及人，由人及景，由景及情，抒发了作者报国的热忱，表达了“老当益壮，穷且益坚”的情操。

【原文】

南昌❶故郡，洪都❷新府。星分翼轸❸，地接衡庐❹。

【注释】

①南昌：一作“豫章”。豫章是汉朝设置的，治所在南昌。

②洪都：南昌的别称。南昌在唐初为洪州的治所，故称。

③翼轸（zhěn）：两个星座名。古人用天上的二十八宿的方位来区分地面上相应的区域，某个星宿对应地面的某个区域，叫作某地在某星的分野。翼、轸两个星座对应楚的分野，南昌古属楚地。

④衡庐：指湖南的衡山和江西的庐山。

【译文】

这里旧时是豫章郡，现在是洪州的都府。在天上处于翼星、轸星的分野，在地上则与衡山、庐山接壤。

【原文】

襟三江❶而带五湖❷，控蛮荆❸而引瓯越❹。物华天宝，龙光❺射牛斗❻之墟；人杰地灵，徐孺下陈蕃之榻❼。

【注释】

①三江：荆江、松江、浙江。

②五湖：太湖、鄱阳湖、青草湖、丹阳湖、洞庭湖。

③蛮荆：今湖北、湖南一带，古属楚

地，楚又称荆，居民多蛮族，故称。

④瓯（ōu）越：今浙江一带，古属越国，境内有瓯江，故称。

⑤龙光：宝剑的光芒。

⑥牛斗：两个星座名。

⑦徐孺下陈蕃之榻：当时陈蕃为豫章太守，一般不接待宾客，但专为名士徐稚设一榻，平时挂起，只有徐稚来访才放下。

【译文】

以三江为衣襟，用五湖做束带，西边控扼着荆楚，东边牵制着瓯越。万物的精华焕发为天上的宝气，龙泉剑的光芒直射天上二十八星宿中的斗宿和牛宿之间；灵秀之地孕育杰出的人物，陈蕃特地设一榻，专供接待高士徐孺之用。

【原文】

雄州❶雾列，俊彩❷星驰。台隍❸枕夷夏之交❹，宾主尽东南之美。都督阎公❺之雅望，棨戟❻遥临；宇文新州❼之懿范，襜帷❽暂驻。

【注释】

①雄州：指洪州。

②俊彩：指人才。

③台隍：城台和护城壕，此指南昌城。

④交：接壤的地方。

⑤都督阎公：即阎伯屿。唐初在各州设都督府，置都督一人。阎伯屿担

任洪州都督兼洪州刺史。

⑥棨（qǐ）戟：有丝绸套或经过油漆的戟，古代官员外出时的前导仪仗。

⑦宇文新州：姓宇文，名不可考，因他任新州（今广东新兴）刺史，故称。

⑧襜（chān）帷：车的帷幔。此处借指宇文新州的车驾。

【译文】

雄伟的州郡像云雾从大地上涌起，杰出的人才如流星般在夜空里飞驰。城池坐落于中原与蛮夷相交的地方，主人和宾客囊括了东南地区的俊雅高士。洪州都督阎公享有很高的威望，他带着仪仗从远方赶来；新州刺史宇文公是道德的楷模，他在上任途中路过这里，车驾暂驻。

【原文】

十旬休暇[1]，胜友如云；千里逢迎，高朋满座。腾蛟起凤[2]，孟学士[3]之词宗；紫电清霜[4]，王将军[5]之武库。家君[6]作宰[7]，路出名区[8]；童子[9]何知，躬逢胜饯。

【注释】

①十旬休暇：唐时官员十天休息一天，叫作旬休。此指恰逢十日休假的一天。

②腾蛟起凤：文章的辞采有如蛟龙腾空，凤凰起舞，形容文才高。

③孟学士：座中贵客，名字不详。学士：

掌管文学撰述的官员。

④紫电清霜：兵器寒光闪闪，像紫电，像清霜。

⑤王将军：座中贵客，名字不详。

⑥家君：家父。

⑦宰：县令。王勃之父时任交趾县令。

⑧名区：指洪州。

⑨童子：王勃自称。

【译文】

正赶上十天一次的休假日，良友像白云一样聚集；千里之外的贵客坐满了宴席。词坛领袖孟学士，他的文采宛如蛟龙腾跃、凤凰起舞；王将军的武库里，兵器寒光闪闪，如电如霜。家父在交趾做县令，我探亲路过这一胜地，年轻人有何德能，竟有幸参加这豪华的盛宴。

【原文】

时维九月，序❶属三秋。潦水❷尽而寒潭清，烟光凝而暮山紫。俨❸骖騑❹于上路，访风景于崇阿❺。临帝子❻之长洲，得仙人之旧馆❼。

【注释】

①序：时序。

②潦水：雨后积水。

③俨：使整齐，整治。

④骖（cān）騑（fēi）：驾车的马，左称骖，右称騑。此指车马。

⑤崇阿：高山。

⑥帝子：指滕王李元婴。

⑦旧馆：指滕王阁。

【译文】

现在是九月，正值秋季。地面积水消尽，寒潭清澈见底，山峦因傍晚霞光的照射而显出淡淡的紫色。驾驭车马在山路上奔跑，去高耸的山岭中寻访美景。来到昔日滕王的长洲，得见滕王居住的阁楼。

【原文】

层峦耸翠，上出重霄；飞阁流丹，下临无地。鹤汀❶凫渚❷，穷岛屿之萦回；桂殿兰宫，列冈峦之体势。

【注释】

①汀：水中或水边的平地。

②渚：水中的小洲。

【译文】

高高的楼台如青峰耸立直达云霄；凌空而建的红色阁道好像在天空飞翔，在阁上往下看，感觉不到地面的存在。白鹤、野鸭栖息的小洲、沙滩和岛屿，极尽曲折回环之致；桂木修建的殿宇、香兰点缀的宫室和高低起伏的山冈配合得很自然。

【原文】

披❶绣闼❷，俯雕甍❸：山原旷其盈视，川泽盱❹其骇瞩。闾

阎❺扑地，钟鸣鼎食之家❻；舸舰❼迷津，青雀❽黄龙❾之轴❿。

【注释】

①披：推开。

②闼（tà）：门。

③甍（méng）：屋脊。

④盱（xū）：广大。

⑤闾阎：里巷的大门，此处代指房屋。

⑥钟鸣鼎食之家：指富贵人家。古代贵族吃饭时要奏音乐，桌上摆满盛有食物的鼎。

⑦舸（gě）舰：大船。

⑧青雀：船头作鸟雀形，也叫雀舫。

⑨黄龙：船头作龙形，也叫龙舟。

⑩轴：通“舳（zhú）”，即船。

【译文】

推开彩绘的门，俯视雕饰的殿亭屋脊：山野辽阔眺望无极，河流、湖泊曲折浩茫，令人惊叹。城中房舍遍地，到处是生活富足的人家；渡口泊满船只，都是绘有青雀、黄龙的大船和战舰。

【原文】

虹销雨霁❶，彩彻云衢❷。落霞与孤鹜❸齐飞，秋水共长天一色。渔舟唱晚，响穷彭蠡❹之滨；雁阵惊寒，声断衡阳❺之浦❻。

【注释】

①霁：雨雪停止。

②云衢：天空。

③鹜（wù）：水鸟。

④彭蠡（lí）：鄱阳湖的旧称。

⑤衡阳：衡山的南边。

⑥浦：水边，岸边。

【译文】

雨过天晴，彩虹隐没，大地一片光明。晚霞与野鸟一起在天际飞舞，秋水清碧连天，天水一色。暮色里渔舟中传来阵阵歌声，响彻彭蠡岸边；寒意里的雁群，发出阵阵惊鸣，声音消失在衡山南面的水滨。

【原文】

遥吟俯畅，逸兴遄❶飞。爽籁❷

发而清风生，纤歌凝而白云遏❸。睢园❹绿竹，气凌彭泽❺之樽；邺❻水朱华❼，光照临川❽之笔。

【注释】

①遄（chuán）：急速。

②籁：箫管一类的乐器。

③遏：停止。

④睢园：西汉梁孝王在睢水旁修建的竹园。

⑤彭泽：指东晋诗人陶渊明，他曾担任彭泽令。

⑥邺：魏王曹操的都城，曹氏父子常在此召集文士聚会。

⑦朱华：即莲花，曹植曾写过“朱华冒绿池”的诗句。

⑧临川：此指南朝宋诗人谢灵运，他曾担任临川内史。

【译文】

登高远望，心中立即感到无比舒畅，超逸豪放的意兴勃发飞扬。箫声吹起，清风徐来，歌声美妙，引得白云欲停。这盛宴可比睢园中的竹林聚会，贵客的酒兴胜过陶渊明；友朋的雅兴好比曹植“朱华冒绿池”的妙句，文采超过了谢灵运。

【原文】

四美❶具，二难❷并。穷睇眄❸于中天❹，极娱游于暇日。天高地迥，觉宇宙之无穷；兴尽悲来，识盈

虚[5]之有数[6]。望长安于日下[7]，指吴会[8]于云间。

【注释】

①四美：指良辰、美景、赏心、乐事。

②二难：指贤主人、好宾客。

③睇（dì）眄（miǎn）：环视。

④中天：半空中。

⑤盈虚：兴衰、贵贱、穷通等。

⑥有数：有定数。

⑦日下：古时皇帝居住的京城。

⑧吴会：今苏州。

【译文】

良辰、美景、赏心、乐事，四种美好的事物齐备，既学通古今又明晓事理的贤哲集聚一堂。极目远眺，观览天地，闲暇之时，尽情娱乐。天高地远，深感时空浩渺无尽。兴尽悲涌，认识到盛衰荣辱都自有定数。西望京都在夕阳之下，东指吴郡在云雾之间。

【原文】

地势极而南溟❶深，天柱❷高而北辰❸远。关山难越，谁悲失路之人？萍水相逢，尽是他乡之客。怀帝阍❹而不见，奉宣室以何年？

【注释】

①南溟：南方大海。

②天柱：传说中昆仑山上的一根铜柱，高耸入天。

③北辰：北极星。

④帝阍（hūn）：指皇帝的宫门。阍：守门者，此指宫门。

【译文】

南边的大海幽深难测，是大地的尽头，擎天的柱子高不可攀，北极星如此遥远。关山阻隔，难以逾越，谁同情那些不得志的人？流水浮萍，偶然相遇，我们都是来自他乡的客人。怀念朝廷却不能去朝见，什么时候才能像贾谊那样奉召到宣室去侍奉皇帝呢？

【原文】

呜呼！时运不齐，命途多舛❶。冯唐易老❷，李广难封❸。屈贾谊于长沙❹，非无圣主；窜梁鸿❺于

海曲❻，岂乏明时？所赖君子安贫，达人知命。

【注释】

①舛（chuǎn）：不顺。

②冯唐易老：冯唐是西汉人，有才能却一直不受重用，职位很低。汉武帝时选求贤良，有人举荐冯唐，可是他已九十多岁了。

③李广难封：李广是西汉名将，多年抗击匈奴，屡立战功。李广的部下有很多人封了侯，他却终身没有封侯。

④屈贾谊于长沙：汉文帝本想让贾谊担任公卿，因朝中权贵反对，疏远了贾谊，让他做了长沙王的太傅。

⑤梁鸿：东汉时的高士，因受汉章帝

的猜忌而隐姓埋名，躲到齐鲁一带作佣工。

⑥海曲：此指海滨偏远地。

【译文】

唉！各人的机遇不同，命运却总是坎坷不平。冯唐有了受到重用的机会时已经老了，李广立功无数最终也没有被封侯。贾谊蒙受委屈被贬到长沙做太傅，并不是没有遇到明君；梁鸿被迫隐匿到海滨，也是在政治昌明的时代。幸好君子安于贫贱，通达事理的人接受自己的命运。

【原文】

老当益壮，宁❶知白首之心？

穷且益坚，不坠青云❷之志。酌贪泉❸而觉爽，处涸❹辙以犹欢。

【注释】

①宁：难道。

②青云：比喻高。

③贪泉：相传广州有贪泉，人喝了这里的水就会变得贪婪。

④涸：干。

【译文】

年纪虽老，胆气应该愈壮，怎能随意改变自己的上进心呢？境遇虽然很糟，志向却更加坚定，不会放弃自己的凌云壮志。廉洁的人饮了贪泉的水心境依然清爽、洁净，有德行的人即使在艰难的环境中也依然心情乐观。

【原文】

北海虽赊❶，扶摇❷可接；东隅❸已逝，桑榆❹非晚。孟尝高洁，空怀报国之心；阮籍猖狂，岂效穷途之哭！

【注释】

①赊（shē）：遥远。

②扶摇：自下而上的大风。

③东隅：日出的地方。此指青年时期。

④桑榆：日落的地方。此指年老。

【译文】

北海虽然遥远，展翅乘风也可以到达；旭日东升般的青春年华虽然已经逝去，夕照桑榆时的老年岁月却也还有指望。汉代孟尝品德高洁，却难以实现报国的雄心；晋朝阮籍不拘礼法，岂能仿效他在穷途末路时恸哭而返！

【原文】

勃，三尺微命❶，一介❷书生。无路请缨❸，等终军之弱冠❹；有怀投笔❺，慕宗悫❻之长风。

【注释】

①三尺微命：指地位低下。三尺：士佩三尺长的绅（古代礼服上束带的下垂部分）。微命：卑微的地位。

②一介：同"一芥（小草）"。比喻渺小。

③请缨：请求皇帝赐给长缨（长绳）。据《汉书·终军传》记载，汉武帝想让南越（今广东、广西一带）王归顺，

派终军出使南越。终军临行前，请求汉武帝赐给他长缨，说自己必将缚住南越王，带回到皇宫门前。

④弱冠：古代男子二十岁时行加冠礼，表示成年。

⑤投笔：即投笔从军报国。东汉的班超年轻时做抄写文字的小吏，有一天，他写着写着，突然间站起来，狠狠地扔掉手中的笔参了军。后来，班超出使西域，立功封侯。

⑥宗悫（què）：南朝宋人，少年时很有抱负，叔父询问他的志向，他说："愿乘长风破万里浪。"

【译文】

我，身份低微，只是一个文弱书

生。虽然与终军一样已经年满二十岁，却没有机会请缨杀敌；我羡慕宗悫乘长风破万里浪的雄心，有投笔从戎的志向。

【原文】

舍簪笏❶于百龄，奉晨昏❷于万里❸。非谢家之宝树❹，接孟氏❺之芳邻。

【注释】

①簪（zān）笏（hù）：指官职。簪：古人束发戴冠用来固定帽子的长针。笏：古时朝见皇帝时用来记事的手板。

②奉晨昏：指侍奉父母。

③万里：指交趾。

④谢家之宝树：指贤能的子弟。据《晋书·谢安传》记载，东晋谢安曾问侄子谢玄："为什么人们总希望自己的子弟好？"谢玄回答说："好比芝兰玉树，想要它们生长在自己的庭院里。"

⑤孟氏：战国时孟子的母亲。孟子的母亲为了寻找好邻居，给孟子创造好的学习环境，曾经三次搬家。

【译文】

现在，我丢弃官职，到万里之外去侍奉父母。我并非谢岳那样，是谢家的好子弟，却非常幸运，能够见到与会的贵宾。

【原文】

他日趋庭❶，叨陪鲤对❷；今晨捧袂❸，喜托龙门❹。杨意❺不逢，抚凌云❻而自惜；钟期❼既遇，奏流水以何惭？

【注释】

①趋庭：快步走过庭院，表示对长辈的恭敬。

②鲤对：指接受父亲的教诲。孔鲤是孔子的儿子，字伯鱼。有一次，孔鲤从孔子的面前走过，孔子教诲他要学《诗》；另一次，又教诲他要学《礼》。

③捧袂（mèi）：举起双袖作揖，指谒见阎公。

④龙门：原指山西河津西北黄河上游的一处险滩，相传黄河的鲤鱼跳上这个险滩就会变成龙。

⑤杨意：即杨得意，担任掌管天子猎犬的官，大辞赋家司马相如是由他推荐给汉武帝的。

⑥凌云：此指司马相如的赋。

⑦钟期：即钟子期。据《列子·汤问》记载，俞伯牙弹琴，钟子期能听出他是“志在高山”还是“志在流水”，二人因此成为知音。

【译文】

过些时候，我将要到父亲那里去接受教诲，这次能在宴会上拜见阎公，就好像登龙门一般令人高兴。如果没有遇到杨得意那样推荐自己的人，司马相如就只能抚凌云之赋而自我惋惜了。所以既然遇到阎都督这样的知音，我作此序又有什么羞愧的呢？

【原文】

呜呼！胜地不常，盛筵难再。兰亭❶已矣，梓泽❷丘墟❸。临别赠言，幸承恩于伟饯；登高作赋，是所望于群公。敢竭鄙诚，恭疏短引❹。一言均赋，四韵俱成。

【注释】

①兰亭：东晋王羲之等文人宴饮集会的地方。

②梓泽：金谷园的别称，西晋石崇所

建，故址在今河南洛阳。

③丘墟：废墟。

④短引：小序。

【译文】

唉！美好的地方不能常游，盛大的宴会也难再遇。当年兰亭宴集的盛况已成陈迹，繁华的金谷园也早变为一片废墟。宴会之后，即将分别，我蒙阎公的恩赐在这难得的盛宴上写了这篇序，希望在座各位登临高阁撰写华美的诗赋尽展才华。我只是斗胆略尽心意，恭谨地写这篇短序。希望各位都按分到的韵字写成四韵八句的诗。

【原文】

滕王高阁临江渚，佩玉鸣鸾❶罢歌舞。

画栋❷朝飞南浦云，珠帘暮卷西山雨。

闲云潭影日悠悠，物换星移几度秋。

阁中帝子今何在？槛外长江空自流。

【注释】

①鸣鸾：古时达官贵人的马车上挂的铃铛。

②画栋：彩绘的屋梁。

【译文】

巍峨高耸的滕王阁俯临着江心

的沙洲，想当初佩玉、鸾铃鸣响的豪华歌舞已经停止了。早晨，画栋飞上了南浦的云；黄昏，珠帘卷入了西山的雨。悠闲的彩云影子倒映在江水中，整天悠悠然地游荡着；时光易逝，人事变迁，不知已经度过几个春秋。昔日游赏于高阁中的滕王如今已不知哪里去了，只有那栏杆外的滔滔江水空自向远方奔流。

王维

作者简介

王维（约701—761），字摩诘，号摩诘居士，河东蒲州（今山西运城）人。唐朝诗人、画家。其诗多咏山水田园，与孟浩然合称『王孟』，有『诗佛』之称。代表诗作有《相思》《山居秋暝》等。著有《王右丞集》《画学秘诀》等。

山中与裴秀才迪书

【导读】

开元二十年（732）前后，王维曾在辋川（陕西西安蓝田县南）隐居，他对田园山水怀有特殊的情感，写了许多诗赞美那里的生活和景物。在隐居生活中，王维经常和朋友饮酒赋诗，互相唱和，裴迪便是其中之一。全文描绘了辋川的春色和冬色、月光下的夜色等，静中有动，动中有静，富有诗意。

【原文】

近腊月❶下，景气和畅，故山殊可过❷。足下❸方温经，猥❹不敢相烦，辄便往山中，憩❺感配寺，与山僧饭讫而去。

【注释】

①腊月：农历十二月。古时在农历十二月举行腊祭，故称十二月为腊月。

②过：过访、游览。

③足下：您，表示对人的尊称。

④猥：自谦之词，不合时宜地。

⑤憩：休息。

【译文】

农历十二月末尾，气候温和舒畅，旧居蓝田山很值得一游。您正在温习经书，不敢仓促地打扰您，就自行到山中，在感配寺休息，跟寺中主持吃完饭就离开了。

【原文】

北涉❶玄❷灞，清月映郭。夜登华子冈❸，辋水❹沦涟❺，与月上下。寒山远火，明灭林外。深巷寒犬，吠声如豹。村墟夜舂，复与疏钟相间。此时独坐，僮仆静默，多思曩❻昔携手赋诗，步仄径，临清流也。

【注释】

①涉：渡。

②玄：黑色，指水深绿发黑。

③华子冈：辋川别业中的一处美景。

④辋水：即辋川，在蓝田县南。

⑤沦涟：水波起伏。

⑥曩（nǎng）：从前。

【译文】

我向北渡过深绿色的灞水，月色清朗，映照着城郭。我在夜色中登上华子冈，辋水泛起涟漪，水波上下起伏，水中的月影也随同上下。寒山中远远的灯火忽明忽暗，在林外看得十分清楚。深巷中的狗叫声像豹叫一样。村庄里传来舂米声，与稀疏的钟声相互交错。这时，我独坐在那里，跟来的仆人已入睡。想起从前你与我携手吟诵诗歌，在狭窄的小路上漫步，临近那清澈流水的情景。

【原文】

当待春中，草木蔓发❶，春山可望，轻鲦❷出水，白鸥矫翼❸，露湿青皋❹，麦陇朝雊❺，斯之不远，倘能从我游乎？非子天机清妙者，岂能以此不急之务相邀？然是中有深趣矣！无忽。因驮黄檗❻人往，不一。山中人王维白。

【注释】

①蔓发：蔓延生长。

②鲦（tiáo）：一种细长的淡水鱼。

③矫翼：张开翅膀。

④青皋：青草地。皋：水边高地。

⑤雊（gòu）：野鸡鸣叫。

⑥黄檗（bò）：落叶乔木，果实和茎内

皮（黄色，可作染料）可入药。

【译文】

等到了春天，草木蔓延生长，春天的山景更值得观赏，那快速游动的鲦鱼跃出水面，白色的鸥鸟张开翅膀，晨露打湿了青草地，麦田里野鸡在清晨鸣叫，这些景色很快就来了，您能和我一起游玩吗？如果您天性不是与众不同，我怎能以这样闲适的事情来邀请您呢？而这当中有很深的旨趣啊！不要忽略。因为有载运黄檗的人出山，托他给您带这封信，不一一详述了。山中人王维写。

李白

作者简介

李白（701—762），字太白，号青莲居士。祖籍陇西成纪（今甘肃秦安），出生于中亚碎叶城。唐代著名诗人，有『诗仙』的美誉，与『诗圣』杜甫并称『李杜』。有《李太白全集》等传世。

与韩荆州书

【导读】

这是李白初见荆州长史兼襄州刺史、山南东道采访使韩朝宗时写的一封自荐信。作者开头借用天下谈士的话赞美韩朝宗谦恭下士，识拔人才；接着毛遂自荐，介绍自己的经历、才能，希望得到引荐。全文语言明快流畅、自然奔放，充分展现了作者的胸襟和文才。

【原文】

白闻天下谈士❶相聚而言曰："生不用封万户侯❷，但愿一识韩荆州❸。"何令人之景慕❹一至于此！

【注释】

①谈士：谈论世事的士人。

②万户侯：食邑万户的侯。

③韩荆州：指韩朝宗。

④景慕：景仰爱慕。

【译文】

我听说天下善于谈论世事的读书人聚在一起议论说："人生宁可不封为万户侯，但愿结识一下韩荆州。"您怎么使人敬仰爱慕达到如此程度！

【原文】

岂不以周公❶之风，躬吐握❷之事，使海内豪俊，奔走而归之，一登龙门，则声价十倍。所以龙蟠凤逸之士❸，皆欲收名定价于君侯❹。

【注释】

①周公：即姬旦，周武王的弟弟。因采邑在周(今陕西岐山县北)，故称周公。

②吐握：吐哺（口中所含的食物）、握发（头发）。据《史记·鲁周公世家》记载，周公“一沐三捉发，一饭三吐哺，起以待士，犹恐失天下之贤人”。

③龙蟠凤逸之士：比喻在野或屈居下位的贤人。

④君侯：对尊贵者的敬称，此指韩朝宗。

【译文】

还不是因为您有周公那样的风度，亲自做吐哺、握发之事，故而使天下的豪杰俊士都争先恐后地归于您的门下。士人一经您的接引便声名大增，就像鲤鱼越过龙门一样。所以怀才不遇的贤士，都想在您这儿获得美名，奠定声望。

【原文】

君侯不以富贵而骄❶之，寒贱而忽之，则三千之中有毛遂❷，使白得颖脱而出❸，即其人焉。

【注释】

①骄：傲视。

②毛遂：战国时赵国平原君的门客。据《史记·平原君虞卿列传》记载，秦军围攻赵国都城邯郸，赵王派平原君求救于楚。平原君想从三千门客中挑选二十人随同自己前去。毛遂自荐前往，说："臣乃今日请处囊中耳。使遂早得处囊中，乃颖脱而出，非特其末见而已。"于是平原君答应了。后来，毛遂果然说服了楚王，使其同意发兵，平原君于是奉他为上客。

③颖脱而出：即脱颖而出，锋芒全部展露，比喻才能充分显示出来。

【译文】

您不因自己地位尊贵而轻视他们，不因他们贫贱而忽视他们，那么您众多的宾客中便会出现毛遂那样的奇才。假使我能有机会显露才干，我就是您的毛遂了。

【原文】

白，陇西布衣，流落楚、汉。十五好剑术，遍干[1]诸侯[2]。三十成文章，历抵卿相[3]。虽长不满七尺，而心雄万夫。皆王公大人许[4]与气义。此畴曩[5]心迹，安敢不尽于君侯哉！

【注释】

①干：干谒，对人有所求而请见。

②诸侯：此指地方长官。

③卿相：指朝廷的高级官员。

④许：赞许。

⑤畴曩（nǎng）：往日。

【译文】

我是陇西平民，在楚地汉水一带游历。十五岁时爱好剑术，拜见了许多地方长官；三十岁时精通写文章，拜见了很多卿相显贵。我虽然身长不满七尺，但雄心壮志胜过万人。王公大臣都赞许我的节操和义气。这是我往日的抱负和行事，怎敢不尽情向您吐露呢？

【原文】

君侯制作侔❶神明，德行动天地，笔参❷造化❸，学究❹天人❺。幸愿开张心颜，不以长揖❻见拒。必若接之以高宴，纵之以清谈，请日试万言，倚马可待❼。

【注释】

①侔（móu）：相等。

②参：参与。

③造化：自然的创造化育。

④究：穷尽。

⑤天人：天道和人道。

⑥长揖：古时一种平等的礼节，相见时拱手高举自上而下。

⑦倚马可待：比喻文思敏捷。

【译文】

您的功业堪与神明相比，您的德行感动天地；文章阐明自然化育的大道，学问穷极天道人事。希望您能推心置腹，和颜悦色，不因我只长揖不拜而拒绝我的拜见。假如您肯用盛宴来接待我，任凭我纵情畅论，那么请您再以一天写一万字的长文测试我，我将一挥而就。

【原文】

今天下以君侯为文章之司命❶，人物之权衡❷，一经品题❸，便作佳士。而君侯何惜阶前盈尺之地，不使白扬眉吐气，激昂青云❹耶？

【注释】

①司命：星名，又叫文曲星，古时迷信认为它是主管文运的。

②权衡：称物体轻重的器具，引申为衡量的标准。

③品题：品评人物，判定其高下。

④激昂青云：奋发得志。

【译文】

如今天下人认为您是评定文章的权威、衡量人物高下的标准，一经您的品评，便被认作德才兼备的人才，您何必舍不得阶前的区区一尺之地接待我，而使我不能扬眉吐气，振奋于青云之上呢？

【原文】

昔王子师❶为豫州，未下车❷即辟❸荀慈明❹，既下车又辟孔文举❺。山涛❻作冀州，甄拔❼三十余人，或为侍中、尚书，先代所美。

【注释】

①王子师：东汉人王允，字子师，汉灵帝时曾担任豫州刺史。

②下车：指官吏初到任。

③辟：任用。

④荀慈明：即荀爽，字慈明，东汉末年大儒。

⑤孔文举：即孔融，孔子之后，汉末名士。

⑥山涛：字巨源，西晋名士，竹林七贤

之一。

⑦甄拔：考察选拔。

【译文】

从前，王允担任豫州刺史，未到任即征召荀慈明，到任后又征召孔文举。山涛担任冀州刺史，选拔三十余人，有的成为侍中、尚书。这都是前代人所称美的。

【原文】

而君侯亦一荐严协律❶，入为秘书郎❷；中间崔宗之、房习祖、黎昕、许莹❸之徒，或以才名见知，或以清白见赏。白每观其衔恩❹抚躬，忠义奋发，白以此感激，知君侯

推赤心于诸贤腹中，所以不归他人而愿委身国士❺。倘急难有用，敢效微躯。

【注释】

①严协律：名不详，或指严武。协律：即协律郎，属太常寺，掌管音律。

②秘书郎：掌管图书经籍的官。

③崔宗之、房习祖、黎昕、许莹：其具体事迹不详。崔宗之曾担任侍御史，杜甫在《饮中八仙歌》中将其列为八仙之一。

④衔恩：不忘提拔之恩。

⑤国士：国中杰出的人。

【译文】

而您也曾荐举过一位严协律，进

入朝廷担任秘书郎；还有崔宗之、房习祖、黎昕、许莹等人，有的因才华出众被您知晓，有的因操行清白受您赏识。我每每看到他们感恩戴德，常常反省自己，并以忠义奋发图强，因此我内心感动，知道您对诸位贤士推心置腹，赤诚相见，故而我不去依附他人，而愿意托身于您这位国中杰出的人物。假如您有什么急难而需要用我之处，我当献身为您效劳。

【原文】

且人非尧舜，谁能尽善？白谟猷❶筹画，安能自矜❷？至于制作，积成卷轴❸，则欲尘秽视听❹。恐

雕虫小技，不合大人。

【注释】

①谟（mó）猷（yóu）：谋划，谋略。

②自矜：自夸。

③卷轴：古代帛书或文章字画以轴卷束，故称其为卷轴。

④尘秽视听：玷污您的耳目。这是请对方观看自己作品的谦辞。

【译文】

一般人都不是尧、舜那样的圣人，谁能十全十美？我在运筹谋划方面，岂敢自我夸耀？至于我的诗文作品，已积累成为卷轴，想打扰您请您过目。只怕这些雕虫小技，不能受到您的赏识。

【原文】

若赐观刍荛❶，请给纸笔，兼之书人❷，然后退扫闲轩❸，缮写呈上。庶青萍❹、结绿❺，长价于薛、卞❻之门。幸推下流❼，大开奖饰❽。惟君侯图❾之！

【注释】

①刍荛（ráo）：割草打柴的人，多指草野之人。刍：割草。荛：打柴。此处作者用来谦称自己的作品。

②书人：抄写的人。

③闲轩：静室。

④青萍：宝剑名。

⑤结绿：美玉名。

⑥薛、卞：薛烛和卞和。薛烛是春秋时

越国人，善于鉴别剑。卞和是春秋时楚国人，善于鉴别玉。此处借喻韩朝宗，颂扬他有知人之明。

⑦下流：指地位低的人。

⑧奖饰：奖励、称誉。

⑨图：考虑。

【译文】

若蒙您垂青，愿意看看拙作，请您赐给我纸笔，还有抄写的人手，然后我将回去打扫静室，誊清呈上。这些诗文也许像青萍宝剑、结绿美玉那样，能在薛烛、卞和的门下提高身价。希望君侯推举我这身居下位的人，大力给予鼓励和赞扬。还望君侯加以考虑。

春夜宴桃李园序

【导读】

本文是李白与堂弟聚会作诗时，为他们的诗集写的序。在这篇用骈体写成的抒情小品中，作者描绘了自己和堂弟在春光明媚的月夜、美丽的桃李园中饮酒作诗、叙天伦之乐的情形。全文格调清新自然，语言流畅。

【原文】

夫天地者，万物之逆旅❶；光阴者，百代之过客。而浮生❷若梦，为

欢几何？古人秉烛夜游，良有以也。

【注释】

①逆旅：旅馆。

②浮生：人生漂浮不定，就像浮萍生活在水面一样。

【译文】

天地是万物暂时歇息的旅舍，光阴是百代的匆匆过客。而人生如梦，欢乐的日子能有多少？古人手持烛火在夜里游乐，确有其道理啊！

【原文】

况阳春❶召我以烟景❷，大块❸假我以文章❹。会桃李之芳园，序天伦❺之乐事。群季❻俊秀，皆为

惠连❼；吾人咏歌，独惭康乐❽。

【注释】

①阳春：和煦的春天。

②烟景：春天气候温润，景色朦胧，似含烟雾。

③大块：天地，指大自然。

④文章：此指锦绣山河。

⑤天伦：指父子、兄弟等亲属关系。此处专指兄弟。

⑥群季：诸位弟弟。季：幼小。

⑦惠连：即谢惠连，南朝宋诗人，幼年早慧。此处以惠连来赞誉诸位弟弟的文才。

⑧康乐：南朝宋时山水诗人谢灵运，曾袭封康乐公，世称谢康乐。

【译文】

何况阳光灿烂的春天用艳丽明媚的景色召唤我，大自然将缤纷的花纹和色彩赏赐给我。于是，我们相聚在桃李芬芳的花园，享受天伦的乐趣。各位弟弟俊雅清秀，个个都仿似谢惠连；而我吟诗颂歌，自觉不如谢康乐。

【原文】

幽赏未已，高谈转清。开琼筵❶以坐花，飞羽觞❷而醉月。不有佳作，何伸雅怀？如诗不成，罚依金谷酒数❸。

【注释】

①琼筵：华美的宴席。

②羽觞（shāng）：古代一种酒器，形如鸟雀。

③金谷酒数：东晋石崇在金谷园宴请宾客，席间赋诗，如果某人写不出诗来，就要罚酒三觞。后泛指宴会上罚酒三杯的常例。

【译文】

悠闲地观赏风景尚未结束，高谈阔论已转为清谈。在花间铺设丰盛的宴席，在月下与众人推杯换盏，很快便酣醉。如果没有佳作，怎么能抒发心中高雅的情怀？如果有人赋诗不成，就依照金谷园的成例罚酒三杯。

李华

作者简介

李华（715—766），字遐叔，赞皇（今属河北）人，唐朝杰出的散文家。历任监察御史、右补阙等官职。他与颜真卿等主张恢复古文，是古文运动的先驱之一。后人辑有《李遐叔文集》。

吊古战场文

【导读】

天宝年间，李华奉诏出使朔方（今宁夏灵武一带），凭吊古战场时触景生情，写下此文。作者生动地描写了古战场的悲凉、战争带给百姓的灾难，反对自秦汉以来的开边战争，借古讽今，谴责了唐玄宗以来长期穷兵黩武、连年征伐的行为。全文结构严谨，虚实交错，风格朴实。

【原文】

浩浩❶乎！平沙无垠❷，敻❸不见人。河水萦带❹，群山纠纷❺。黯兮惨悴，风悲日曛❻。蓬断草枯，凛若霜晨。鸟飞不下，兽铤❼亡群。亭长❽告余曰：“此古战场也，常覆三军，往往鬼哭，天阴则闻。”伤心哉！秦欤？汉欤？将近代欤？

【注释】

①浩浩：辽阔的样子。

②垠：边际。

③敻（xiòng）：远。

④萦带：像衣带一样环绕。

⑤纠纷：此指重叠交错的样子。

⑥曛（xūn）：昏暗不明。

⑦铤（tǐng）：快跑的样子。

⑧亭长：秦汉时每十里为一亭，设亭长一人，掌管缉捕盗贼等。唐时亭长是负责治安和传达禁令等事务的小吏。

【译文】

浩瀚啊！那无边的沙漠，一望无垠，渺无人烟。河水如丝带般盘旋萦绕，成群的山峰相互交错耸立。昏沉沉啊天地惨淡，北风呼号，日光昏暗。蓬草断落，野草枯黄，凛冽得仿若降霜的清晨。鸟儿惊飞不停，群兽四散狂奔。亭长告诉我：“这是古时的战场，常常有军队在此覆没，阴天的时候，往往能听到鬼哭之声。”仿

心啊！这战场是秦代的呢，还是汉代的？抑或是近代的呢？

【原文】

吾闻夫齐、魏徭❶戍❷，荆、韩召募，万里奔走，连年暴露。沙草晨牧，河冰夜渡。地阔天长，不知归路。寄身锋刃，腷臆❸谁诉？秦、汉而还，多事四夷。中州耗斁❹，无世无之。古称戎、夏，不抗王师。文教失宣，武臣用奇；奇兵有异于仁义，王道迂阔❺而莫为。呜呼噫嘻！

【注释】

①徭：劳役。

②戍：守边。

③腷（bì）臆：心情苦闷。

④斁（dù）：败坏。

⑤迂阔：不切合实际。

【译文】

我听说战国时，齐国和魏国曾征发百姓前去戍边，楚国和韩国招募士兵前去征战。士兵们奔走万里，常年风吹日晒。早晨还在沙漠的绿洲里牧马，夜晚就要渡过结冰的黄河。天地广阔，却不知道归途在哪里。他们把生命寄放在刀锋剑刃上，心中的抑郁能向谁倾诉？秦汉以来，四周边境多有战事。中原地区也遭受破坏，没有一个朝代不是如此。古人说，不论夷狄还是华夏，都不敢和帝王的军队对抗。后来文治教化无法通行，武将就用奇兵。出奇制胜与仁义之道有别，王道被认为不切合实际而不再实施。唉，可叹啊！

【原文】

吾想夫北风振漠，胡兵伺便。主将骄敌，期门❶受战。野竖旄旗，川回组练❷。法重心骇，威尊命贱。利镞❸穿骨，惊沙入面。主客❹相搏，山川震眩。声析江河，势崩雷电。

【注释】

①期门：军营的大门。

②组练：即“组甲被练”，战士穿的两种衣甲。此代披上铠甲的军队。

③镞（zú）：箭头。

④主客：指防守者和入侵者。

【译文】

我想，在沙漠中，正当北风凛冽的时候，胡兵就伺机进攻。主将因为轻敌，直至敌方攻到了营门方才仓促迎战。原野上到处竖起旌旗，平川中奔跑着无数士兵。军法严厉，让士兵们心有恐惧；将帅威严，使士兵们的性命贫贱。锋利的箭镞穿过筋骨，猛烈的飞沙刺破面皮。两军相战，河山震颤。沙场上喊声震撼江河，士兵们的气势如同雷电。

【原文】

至若穷阴❶凝闭，凛冽海隅❷；积雪没胫，坚冰在须。鸷鸟休巢，征马踟蹰❸；缯纩❹无温，堕指裂肤。

【注释】

①穷阴：穷冬，极寒之时。

②海隅：西北极远之地。海：瀚海，沙漠。

③踟（chí）蹰（chú）：徘徊不进。此指因畏寒而不前。

④缯（zēng）纩（kuàng）：指冬天所穿的衣服。缯：丝织品的总称。纩：丝绵。唐时尚无棉花，絮衣都用丝绵。

【译文】

至于天气阴沉、浓云密布的时候，寒风横扫海角；积雪没过小腿，冰霜挂满胡须。凶悍的鹰雕躲回巢中，征战的马儿踟蹰不前；丝绵制的征衣毫不保暖，皮肤皴裂手指冻坏。

【原文】

当此苦寒，天假强胡，凭陵[1]杀气，以相剪屠[2]。径截辎重，横攻士卒。都尉[3]新降，将军覆没。尸填巨港[4]之岸，血满长城之窟。无贵无贱，同为枯骨。可胜言哉！

【注释】

①凭陵：凭借，倚仗。

②剪屠：杀戮。

③都尉：武官名，此指职位低于将军的武官。

④巨港：大河。

【译文】

如此苦寒，正是上天帮助强悍的胡人。他们借助严寒的天气，进行肆意屠杀。他们直接阻拦了军备物资，拦腰截断了我们的军队。都尉刚刚投降，将军已经战死。尸体横卧在河岸，鲜血溢满了长城窟穴。不论贵贱，都化为枯骨。此等惨状，怎可言尽！

【原文】

鼓衰兮力尽，矢竭兮弦绝。白刃交兮宝刀折，两军蹙❶兮生死决。降矣哉，终身夷狄；战矣哉，骨暴沙砾。鸟无声兮山寂寂，夜正长

兮风淅淅。魂魄结兮天沉沉，鬼神聚兮云幂幂❷。日光寒兮草短，月色苦兮霜白。伤心惨目，有如是耶？

【注释】

①蹙（cù）：逼近。

②幂幂：黑沉沉、阴森森的样子。

【译文】

战鼓声衰啊，兵将力尽，弓箭射完啊，弓弦也已断绝。白刃相击啊，宝刀折断，两军肉搏，生死对决。若投降，今生就成为夷狄；若拼死一战，尸骨将暴露于沙漠。鸟儿无声啊，群山寂静，黑夜漫长啊，寒风淅淅。魂灵积聚不散啊，天气阴沉，鬼神相聚啊，乌云密布。日光黯然啊，草儿枯短，月色惨淡啊，霜冷惨白。伤心惨目的景象，还有胜过这样的吗？

【原文】

吾闻之：牧❶用赵卒，大破林胡，开地千里，遁逃匈奴。汉倾天下❷，财殚❸力痡❹。任人而已，其在多乎？

【注释】

①牧：即李牧，战国末年赵国名将，曾大败东胡，降服林胡，迫使匈奴远遁，十余年不敢靠近赵国边境。

②倾天下：尽全国之力。

③殚（dān）：尽。

④痡（pū）：病，引申为疲敝。

【译文】

我听说，李牧将军率领赵国军队，大败入侵的林胡，开拓疆土千里，使匈奴兵远远遁逃。汉朝时倾尽天下之力攻打匈奴，财力耗尽，国力衰微。关键在于用人得当罢了，哪里是用兵多的原因呢？

【原文】

周逐猃狁❶，北至太原，既城❷朔方❸，全师而还。饮至❹策勋❺，和乐且闲，穆穆棣棣❻，君臣之间。秦起长城，竟海❼为关，荼毒❽生灵，万里朱殷❾。汉击匈奴，虽得阴山❿，枕骸遍野，功不补患。

【注释】

①猃（xiǎn）狁（yǔn）：古代北方的少数民族，即匈奴的前身。周宣王时，猃狁南侵，宣王命尹吉甫抵御。尹吉甫将猃狁逐至太原（今宁夏固原北，太原戎所居之地）。

②城：筑城。

③朔方：北方。

④饮至：古代诸侯朝见、会盟、征伐归来后告祭于宗庙，宴饮庆祝。

⑤策勋：把功勋记载在简策上。

⑥棣棣：雍容闲雅的样子。

⑦竟海：一直到海。

⑧荼（tú）毒：残害。

⑨朱殷：赤黑色的血迹。

⑩阴山：在今内蒙古中部，西起河套，东接内兴安岭。

【译文】

周朝驱逐猃狁，一直将其赶到北面的太原，然后在北方筑城，这才全师而还。回国后在宗庙祭祀，在史册上记载功勋，君臣之间安闲舒适，端庄恭敬。秦朝的时候修筑长城，关口直到海边，大量百姓因此丧生，血流万里。汉朝攻打匈奴，虽然夺取了阴山，但留下了遍野的尸骨，功不抵过。

【原文】

苍苍蒸❶民，谁无父母？提携捧负❷，畏其不寿。谁无兄弟，如足

如手？谁无夫妇，如宾如友？生也何恩，杀之何咎？其存其没，家莫闻知。人或有言，将信将疑。

【注释】

①蒸：通“烝”，众，多。

②捧负：以手捧持，以背承负。形容爱护。

【译文】

天下苍生，谁人没有父母？倾尽心力奉养，只担心他们寿命不长。谁人没有兄弟，互相敬爱如同手足？谁人没有丈夫或者妻子，相敬如宾如同朋友？他们活着受到什么恩惠？他们死了又有什么罪过？士兵们是生是死，家人都无从得知。即便有人告诉了这个消息，家人也是将信将疑。

【原文】

悁悁❶心目，寝寐见之。布奠❷倾觞，哭望天涯。天地为愁，草木凄悲。吊祭不至，精魂何依？必有凶年，人其流离。呜呼噫嘻！时耶命耶？从古如斯。为之奈何，守在四夷❸。

【注释】

①悁（yuān）悁：忧愁郁闷的样子。

②布奠：陈列祭品。

③守在四夷：语出《左传·昭公二十三年》：“古者天子，守在四夷。”意思是说要用仁德来使四方归服，都来为天子守卫国土，就可以免于战争的祸患。

【译文】

整日忧愁苦闷，只能夜晚做梦见到亲人。摆酒遥祭，哭望天涯。天地为之忧愁，草木为之悲凄。如果吊祭不能被感知，他们的魂灵将依附何处？大战之后，必有灾年，百姓们就要流离失所。唉！这是时事造就的，还是命中注定的？自古以来都是如此，又能有什么办法呢？只有广施仁德，宣扬教化，才能让异族听命 为天子守卫边疆。

殷璠

作者简介

殷璠（生卒年不详），唐代文学家、诗选家，润州丹阳（今属江苏）人。天宝年间进士，曾出仕，后辞官归隐。编有《丹阳集》一卷，《河岳英灵集》二卷。

《河岳英灵集》序

【导读】

本文是作者为自己选编的《河岳英灵集》作的一篇序。该书是收录盛唐诗作的诗歌总集，选录自常建至阎防等诗人24家，从唐玄宗开元二年（714）至唐玄宗天宝十二年（753）的诗作234首（现存230首）。作者选篇严格而精到，品评中肯，论诗以风骨、兴象为旨趣。除了赞美盛唐，更想以此书引导当时及以后的诗歌创作，立意深远。

【原文】

梁昭明太子❶撰《文选》，后相效著述者十有余家，咸自称尽善。高听之士❷，或未全许。且大同❸至于天宝❹，把笔者近千人，除势要及贿赂，中间灼然可尚者，五分无二，岂得逢诗辄纂，往往盈帙❺？

【注释】

①梁昭明太子：即萧统。南朝梁武帝长子，武帝天监元年被立为太子，未及即位而卒，谥昭明，世称昭明太子。

②高听之士：见解高超的人。

③大同：南朝梁武帝的年号。

④天宝：唐玄宗的年号。

⑤盈帙：满卷。

【译文】

南朝梁昭明太子萧统编选了《文选》，后来效仿编选的有十几家，都夸耀自己所选尽善尽美。见识高超的人，大概没有全部赞同。何况梁武帝大同年间到唐玄宗天宝年间，操笔写作的有近千人，除了有权势的达官贵人和赠财物请别人代写的，其中有显著成就可以效法的不足五分之二。怎么能把看到的诗一一加以编纂收录，多得书册难以容纳呢？

【原文】

盖身后❶立节❷，当无诡随❸，其应诠简❹不精，玉石相混，致令

众口谤铄❺，为知音所痛。

【注释】

①身后：此处应作“身前”。

②立节：选家选录的标准应该严谨。

③诡随：不顾是非随声附和。

④诠简：选择。

⑤谤铄：毁谤。

【译文】

生前应该有严谨的选择标准，不应随声附和。由于选择不精细，白玉乱石相混杂，导致众人的议论可以销铄金石，使知音感到痛心。

【原文】

夫文有神来、气来、情来，有

雅体、野体、鄙体、俗体。编纪者能审鉴诸体，委详所来，方可定其优劣，论其取舍。至如曹、刘❶，诗多直语，少切对❷，或五字并侧❸，或十字俱平，而逸驾终存。

【注释】

①曹、刘：曹植和刘桢。

②切对：指平仄谐和的对句。

③五字并侧：五字都是仄声。侧：仄声。

【译文】

写文章有靠神思、有靠气势、有靠情感的，有雅体、有野体、有鄙体、有俗体。编选的人能够审查鉴别不同的体式，推究其根源，才能确定它们的优劣，评论它们而决定采用还是舍弃。至如曹植和刘桢的诗多质直，较少平仄谐和的诗句，有的五字全都是仄声，有的十个字都是平声，但他们的价值始终不会泯灭。

【原文】

然挈瓶❶肤受❷之流，责古人不辨宫商徵羽，词句质素，耻相师范。于是攻异端，妄穿凿，理则不足，言常有余，都无比兴，但贵轻艳。虽满箧笥❸，将何用之？

【注释】

①挈瓶：提瓶汲水，所获甚少，喻知识浅薄。

②肤受：此指学问上仅得皮毛。

③箧（qiè）笥（sì）：指书箱。

【译文】

然而那些知之甚少和学问二仅得皮毛的人，指责古人不能辨别宫商之音，用词造句质朴无华，耻于问古人学习。于是他们追求片面，妄自穿凿附会，内容虽然不深刻，但常常堆砌辞藻，都不用比兴手法，只崇尚轻靡浮艳。这样的文章即使装满了书箱，又有什么用呢？

【原文】

自萧氏❶以还，尤增矫饰❷。武德初，微波❸尚在。贞观末，标格渐高。景云中，颇通远调。开元十五年

后，声律风骨始备矣。实由主上恶华好朴，去伪从真，使海内词场，翕然④尊古，南风周雅，称阐今日。

【注释】

①萧氏：指梁代。南朝梁皇帝萧姓。

②矫饰：指辞藻、音律更加考究。

③微波：指六朝崇尚辞藻、音律的残余诗风。

④翕（xī）然：一致称颂。

【译文】

自萧梁王朝以后，人们特别注重对辞藻音律进行修饰。唐高祖武德初年，六朝崇尚辞藻音律的残余诗风仍然存在。唐太宗贞观末年，诗的风格逐渐高朗。唐睿宗景云年间，诗坛流行悠远深厚的风调。开元十五年以后，声律和风骨才完备了。的确是由于皇上厌恶浮华，喜欢质朴，抛弃虚伪，追求纯真，使海内的诗人一齐尊崇古诗的传统，周代的风雅比兴传统得以在今天再次发扬光大。

【原文】

璠不揆❶，窃尝好事，愿删略群才，赞圣朝之美。爰因退迹❷，得遂宿心。粤若王维、昌龄、储光羲等二十四人，皆河岳英灵也。此集便以“河岳英灵”为号。

【注释】

①不揆（kuí）：不自量，自谦之词。

②退迹：辞官归隐。

【译文】

我虽然没有才能，但一直好事，常常愿删选众多人才的作品，称赞圣明朝廷的美好。正赶上我弃官归隐，能够满足我多年的愿望。王维、王昌龄、储光羲等二十四人，他们都是河岳的英灵，这个选集就以《河岳英灵》命名。

【原文】

诗二百三十四首，分为上下卷。起甲寅❶，终癸巳❷。论次于叙，品藻各冠篇额❸。如名不副实，才不合道，纵权压梁、窦❹，终无取焉。

【注释】

①甲寅：唐玄宗开元二年（714）。

②癸巳：唐玄宗天宝十二年（753）。

③篇额：篇首。

④梁、窦：指梁冀、窦宪，二人都是东汉时的权门贵戚。

【译文】

选集共选诗二百三十四首，分为上下卷。起于唐玄宗开元二年，止于唐玄宗天宝十二年。序言后有评论，每个作家的作品之前各有评语。假如名声和实际不符，诗才不符合选录标准的，即使他们的权势超过梁冀、窦宪，我终究不会选录。

刘禹锡

作者简介

刘禹锡（772—842），字梦得，河南洛阳人。曾任太子宾客，世称“刘宾客”。唐代文学家、哲学家，被白居易誉为“诗豪”。著有《刘梦得文集》《刘宾客文集》等。

陋室铭

【导读】

刘禹锡担任监察御史期间，曾经参加了王叔文的“永贞革新”，反对宦官和藩镇割据势力。“永贞革新”失败后，刘禹锡被贬到安徽和州县当了一名刺史，《陋室铭》作于此时。作者在文中热情地赞美了陋室淡雅幽静的环境，描绘了在陋室里与大儒们相交的快乐，表现了自己淡泊名利、安贫乐道的高尚情操。

【原文】

山不在高，有仙则名；水不在深，有龙则灵。斯是陋室[1]，唯吾德馨[2]。苔痕上阶绿，草色入帘青。谈笑有鸿儒[3]，往来无白丁[4]。

【注释】

①陋室：简陋的屋子。

②德馨：德行美好。

③鸿儒：博学的人。鸿：大。

④白丁：平民，此指无文化之人。

【译文】

山不一定要高，有仙人居住就会天下闻名；水不一定要深，有龙居住就会显灵降福。这是一间简陋的房子，我那高洁的品德使它芬芳美好。

青苔碧绿，长到台阶上，草色青葱，映入帘子中。往来谈笑的都是博闻强识之人，没有一个是不懂学问的。

【原文】

可以调素琴❶，阅金经❷。无丝竹❸之乱耳，无案牍❹之劳形❺。南阳诸葛庐❻，西蜀子云亭❼。孔子云："何陋之有❽？"

【注释】

①素琴：不加装饰的琴。

②金经：用金色颜料书写的佛教经文。

③丝竹：古代弦乐器和竹制管乐器的统称。丝：弦乐器。竹：管乐器。

④案牍（dú）：官府文书。

⑤劳形：使身体劳累。

⑥诸葛庐：诸葛亮隐居南阳隆中（今湖北襄阳西）住的茅庐。

⑦子云亭：扬子云在西蜀的草玄亭。子云：即扬雄，蜀郡成都（今四川成都）人。

⑧何陋之有：语出《论语·子罕》。

【译文】

可以弹奏不加装饰的古琴，也可以专心研读用金字书写的佛经。耳边没有嘈杂的音乐打扰，案边没有官府的公文使人操心劳累。这间简陋的房子就好比南阳诸葛亮的茅庐，又像西蜀扬雄的草玄亭。孔子说："有什么简陋的呢？"

说骥

【导读】

“永贞革新”失败后，刘禹锡被贬官，在外飘零二十多年。后虽入朝担任太子宾客等职，但并没有被重用，有感于此，刘禹锡作了这篇论说文。作者借“骥”说人，阐明“宝与常在所遇也”的道理，同时也抒发了因伯乐难遇而常导致人才埋没的感叹。全文语言精练，运用对比和铺陈排比，很有气势与说服力。

【原文】

伯氏佐戎❶于朔陲，获良马以遗予。予不知其良也，秣❷之稊❸秕❹，饮之污池。厩枥也，上痹❺而下蒸；羁络也，缀索而续韦。其易之如此。予方病且窭❻，求沽于肆。

【注释】

①佐戎：协助军务。

②秣（mò）：喂牲口。

③稊（tí）：草名，形似稗，结实如小米。

④秕（bǐ）：干瘪中空的稻谷。

⑤痹（bì）：此指气流不畅。

⑥窭（jù）：贫穷。

【译文】

伯氏在北方边境协助军务，得

到一匹好马送给我。我不知道它是好马，喂它吃稊米和秕谷，让它在肮脏的水池中喝水。马厩和马槽呢，上面气闷，下面臭气蒸发；笼头和缰绳呢，是绳索和牛皮连缀起来的。我对马就这样轻视。当时我正生病，且又贫穷，打算在市场上把它卖掉。

【原文】

肆之驵❶亦不知其良也，评其价六十缗❷。将剂❸矣，有裴氏子赢❹其二❺以求之，谓善价也，卒与裴氏。

【注释】

①驵（zǎng）：马匹市场的经纪人。

②缗（mín）：成串的钱，即贯钱。古时一般每一千文穿成一串。

③剂：古代买卖时用的契券。

④赢：增加。

⑤其二：指二十串钱。

【译文】

市场上的马贩子也不知道它是一匹好马，估的马价是六十串钱。将要成交的时候，有个姓裴的人加了二十串钱想要买它，我认为是非常好的价钱了，最后将马卖给了裴氏。

【原文】

裴氏所善❶李生，雅挟❷相术，于马也尤工。睹之周体，眙❸然

视，听然笑，既而抃❹随之。且曰：“久矣，吾之不觏❺于是也。是何柔心劲骨，奇精妍态，宛如锵如❻，晔如❼翔如❽之备邪！今夫马之德也全然矣，顾其维驹藏锐于内，且秣之乖方❾，是用不说于常目。须其齿备❿而气振，则众美灼见⓫，上可以献帝厩，次可以鬻⓬千金。”裴也闻言竦⓭焉。

【注释】

①善：交好。

②雅挟：擅长。

③眙（chì）：直视的样子。

④抃（biàn）：鼓掌。

⑤觏（gòu）：遇见。

⑥锵如：铿锵的样子。

⑦晔（yè）如：灿烂的样子。

⑧翔如：飞扬的样子。

⑨乖方：指方法不得当。

⑩齿备：牙齿长完整，指成熟。

⑪灼见：耀眼地显现。见：通"现"。

⑫鬻（yù）：卖，出售。

⑬竦（sǒng）：恭敬。

【译文】

与裴氏交好的李生，向来擅长看相之术，对于相马尤其精通。他察看了马的周身形体，瞪着眼睛仔细观察，张着嘴巴笑了笑，接着便鼓起掌来，说道："我很久没有见过这样的好马了。这马性情柔顺，骨骼强劲，精气奇拔，姿态优美，行走时委婉矫健，嘶叫时声音铿锵，光彩动人，奔驰如飞，这些特点它全占尽了！现在凡是好马的德性它全都具备了，但是大凡好马总是含而不露，将精锐蕴藏在内，加上喂养的方法不对，因此这马便不为一般人所喜欢。等到它的牙齿长全，精气旺盛，那么各种优点都会耀眼地显现出来。上可以献进皇帝的马厩，次可以卖出千金之价。”裴氏听了，肃然起敬。

【原文】

遂儆❶其仆，蠲❷其皂❸，筐其恶，屧❹其溲❺，秣以美荐❻，秣以

芗❼粒，起之居之，澡之抿❽之，无分阴之怠。斯以马养，养马之至分也。居无何，果以骥德闻。

【注释】

①儆（jǐng）：使人警醒。

②蠲（juān）：同“涓”，清洁。

③皂：通“槽”。

④蜃（shèn）：用蜃贝为饰的祭器裴。

⑤溲（sōu）：粪便。

⑥荐：草。

⑦芗（xiāng）：一种香草。

⑧抿（zhèn）：擦拭。

【译文】

于是，裴氏告诫他的仆人，清理槽臼，将污物用筐装起来，粪便则盛在用蜃贝为饰的器皿里，喂美味的草料，吃软香的小米，细心照看它的起居，给它洗澡，又给它擦干，一分一秒都不能懈怠。这样养马，算是尽心尽力到极点了。过了不久，果然听说了它的千里马的德能。

【原文】

客有啬❶予以丧其宝，且讥其贸也微❷。予洒然曰："始予有是马也，予常马畜之。今予易是马也，彼宝马畜之。宝与常在所遇耳。且夫昔之翘陆❸也，谓将蹄将啮❹，抵以挝❺策❻，不知其尕❼云耳。昔之嘘吸❽也，谓为疵❾为疠❿，投以药石⓫，不知其啧玉耳。夫如是，则虽旷日历月，将至顿踣⓬，曾何宝之有焉？由是而言，方之于士，则八十其缗也，不犹逾于五羖皮⓭乎？”客谡⓮而竦。

【注释】

①唁（yàn）：此指慰问。

②微：此指价格便宜。

③翘陆：举足跳跃。

④啮（niè）：咬。

⑤挝（zhuā）：用棍子敲打。

⑥策：用鞭子抽打。

⑦苶（niè）：通“蹑”，踏。

⑧嘘吸：吐纳。

⑨疵（cī）：毛病。

⑩疠（lì）：疾疫。

⑪药石：治病的药物和砭石，泛指药物。

⑫踣（bó）：跌倒。

⑬五羖（gǔ）皮：春秋时，秦穆公得知百里奚有贤名，用五张黑色的公羊皮将其从楚人手中赎回。羖：黑色的公羊。

⑭谡（sù）：起来。

【译文】

有个客人因为我失去了这样的宝物来宽慰我，还责备我卖得那么便宜。我洒脱地说："当初我拥有这匹马，我将它当普通马养。如今卖了这马，别人当宝马养它。宝贵还是普通，就在于所遭受的待遇不同啊。况且原来它要跳跃，我以为是要踢人、要咬人，对付它的是棍子、鞭子，不知道它能腾云驾雾，奔走如飞。原来听见它嘶鸣，认为是生了疾病，给它吃药扎针，不知道它力大气粗，喘气如在喷射玉粒。像这样，即使畜养的时间再长，也只能促使它困顿倒毙而已，还谈得上有什么宝马？从这点来说，和有才能的人比较，这马就值八十串钱，不也超过了卖掉百里奚的五只黑公羊皮吗？”客人听了，不禁肃然起敬。

【原文】

予遂言曰："马之德也，存乎形

者也，可以目取，然犹为之若此。矧[1]德蕴乎心者乎？斯从古之叹，予不敢叹。”

【注释】

①矧（shěn）：况且，何况。

【译文】

我于是说：“马的德性，表现在它的形体上，可以用眼睛看出，但是还会像这样看走眼。更何况德行蕴藏在人的心中呢？这是自古以来就令人感叹的，我却不敢感叹了。”

殷侔

作者简介

殷侔（生卒年不详），唐代文学家，大和年间曾担任魏州（今河北大名）书佐。其《窦建德碑》歌颂失败的英雄，为时人所传诵。《全唐文》存其文一篇。

窦建德碑

【导读】

唐文宗太和三年（829），魏州书佐殷侔路过夏王窦建德的庙，目睹了当地百姓举行的盛大祭祀仪式，联想到晚唐政局的黑暗、腐败，奋笔撰写了此文，赞颂农民起义领袖窦建德的功绩。作者先阐述“天命归于圣人”的观点，接着称颂窦建德彪炳显赫的历史功绩，最后叙述了夏王庙的香火盛况以及作碑文的原因。

【原文】

云雷方屯❶，龙战❷伊始❸，有天命焉，有豪杰焉。不得受命，而命归圣人。于是元黄❹之祸成，霸图❺之业废矣。

【注释】

①屯：聚集，积蓄。

②龙战：指群雄割据争雄。

③伊始：开端，开始。

④元黄：即玄黄，指血。

⑤霸图：争霸的雄图。

【译文】

风云方定，争夺天下的战争才刚开始，窦建德就殒命了，既有天命的因素，也有豪杰自身的缘故。窦建德没有得到上天的眷顾，而天命归于圣上。于是窦建德身死国灭，未能完成一统天下的大业。

【原文】

隋大业❶末，主昏时乱，四海之内，兵革❷咸起。夏王建德❸，以耕氓崛兴，河北、山东，皆所奄有❹。筑宫金城，立国布号，岳峙虎踞，赫赫乎当时之雄也！

【注释】

①大业：隋炀帝杨广的年号。

②兵革：指战争。

③夏王建德：据《新唐书·窦建德传》记载，大业十四年（618）五月，窦

建德称夏王。

④奄有：全部占有，多用于疆土。

【译文】

隋朝末年，皇帝昏庸，时局混乱，各地农民起义风起云涌。夏王窦建德以农民身份起家，黄河以北、崤山以东，都被他占据。他建造宫殿，修筑城墙，建立国家，颁布号令，像高山一样耸立，像猛虎一样盘踞，声势显赫，是当时的英雄人物。

【原文】

是时李密❶在黎阳，世充❷据东都，萧铣❸王楚，薛举❹擅秦。然视其创割之迹，观其模略之大，皆

未有及建德者也！唯夏氏为国，知义而尚仁，贵忠而爱贤，无暴虐及民，无淫凶于己。故兵所加而胜，令所到而服，与夫世充、铣、密等甚不同矣。行军有律，而身兼勇武；听谏有道，而人无拒拂。斯盖豪杰所以勃兴而定霸一朝，拓疆千里者哉！

【注释】

①李密：隋末唐初割据群雄之一。616年，李密投奔瓦岗翟让军，颇受翟让信任。次年，李密攻克兴洛仓，占领河南大部郡县。翟让推李密为主，据洛口，称魏公。李密发布檄文，声讨炀帝十大罪状，又攻占黎阳仓。

②世充：即王世充，隋朝末年群雄之

一。613年6月，杨玄感起兵叛乱，进攻东都洛阳。王世充率洛阳守军连战皆捷，平定叛乱，后逐渐掌握隋军兵权。隋炀帝被杀后，越王杨侗被拥立为帝。619年，皇泰主杨侗被迫封王世充为相国、郑王。同年4月，王世充篡夺帝位，改国号为郑，定都洛阳。

③萧铣：隋末唐初割据群雄之一。617年，岳州校尉董景珍、沔人张绣等人起兵反隋，推萧铣为主，进据巴陵。后萧铣称梁王，建元鸣凤。次年，萧铣称帝，迁都于古楚国属地江陵。

④薛举：西秦开国皇帝。617年，薛举起兵反隋，自称西秦霸王，年号秦

兴。占据陇西之地后，薛举在兰州称帝。不久，薛举命儿子薛仁杲领兵攻取秦州，并迁都至此。

【译文】

这时李密坐拥黎阳，王世充占据东都洛阳，萧铣在楚地称王，薛举拥有秦地，但是看看他们割据一方的势力，地盘规模的大小，都比不上窦建德。只有夏王窦建德治理国家时，知晓礼仪，崇尚仁爱，看重忠诚，爱惜贤才，对待百姓不残暴，对待自己不放纵。所以，窦建德的军队所到之处无不取胜，号令所到之处无不令人信服，与王世充、萧铣、李密大不相同。窦建德的军队军纪严明，其自身也很勇猛，且善于听取他人的意见，没有人违背他，这大概就是这位豪杰勃勃兴起称雄一方，拓疆千里的原因啊！

【原文】

或以建德方项羽之在前世，窃谓不然。羽暴而嗜杀，建德宽容御众，得其归附，语不可同日。迹其英分雄分❶，指盼备显，庶几孙长沙❷流亚❸乎？唯天有所勿属，唯命有所独归。故使失计于救邻，致败于临敌。云散雨覆，亡也忽然。

【注释】

①英分雄分：此指智勇双全。分：天分。

②孙长沙：即孙坚。据《三国志·孙坚

传》记载，孙坚曾担任长沙太守。

③流亚：指同一类的人或物。

【译文】

有人认为窦建德是项羽再世，我私下认为不是这样。项羽为人残暴，喜欢杀人，而窦建德以宽容统治百姓，使百姓都归附他，项羽和他不可相提并论。探求他的英雄天分，大概是东汉末年孙坚一类的人物。只是上天不眷顾他，命运不垂青他。所以，他在救助别人时，面临敌人的强大攻势，最终失败了。窦建德的势力倾覆，很快灭亡。

【原文】

嗟夫，此亦莫之为而为者欤！向令运未有统，时仍割分，则太宗❶龙行乎中原，建德虎视于河北，相持相支，胜负岂须臾❷辨哉！自建德亡，距今已久远。山东、河北之人，或尚谈其事，且为之祀，知其名不可灭，而及人者存也。

【注释】

①太宗：唐太宗李世民。

②须臾：形容极短的时间。

【译文】

唉，这也是不想有这种结果却有这种结果。假使时局仍是四分五裂，唐太宗李世民盘踞中原，窦建德坐拥河北之地，相互对峙，胜负哪是顷刻之间可分的呢？自窦建德去世，到现在已经很久远了。山东、河北之人，有的还喜欢谈起他的故事，并且还为他祭祀，由此可知他的名声不可磨灭，就好像他还活着一样。

【原文】

圣唐太和三年❶，魏州书佐❷殷侔过其庙下，见父老群祭，骏奔有仪，夏王之称，犹绍于昔。感豪杰之兴奋，吊经营之勿终。始知天命之莫干，惜霸略之旋陨，激于其文，遂碑。

【注释】

①太和三年：829年。太和：唐文宗李昂的年号。

②书佐：主办文书的佐吏。

【译文】

圣唐太和三年，魏州书佐殷侔探访窦建德的庙宇，看见父老乡亲都来祭拜他，仪式讲究，连连直呼夏王，就像窦建德在时一样。我感慨豪杰让人振奋，哀悼他图谋霸业却未能取得成功。最后我才知道天命不可违，惋惜他图谋霸业却很快失败，激动地写下这篇碑文。

杜牧

作者简介

杜牧（803—853），字牧之，京兆万年（今陕西西安）人。历任淮南节度使掌书记、监察御史、左补阙、史馆编撰、司勋员外郎等职。晚年长居樊川别舍，世称杜樊川。著有《樊川文集》等。

阿房宫赋

【导读】

本文作于唐敬宗宝历年间，当时朝廷大兴土木，广建楼台宫殿，劳民伤财。杜牧借古讽今，作此赋警示唐敬宗，表现出一个正直文人忧国忧民、匡世济俗的情怀。作者通过对阿房宫兴建及毁灭的描写，生动形象地总结了秦朝统治者骄奢亡国的历史教训。全文辞藻华美，笔锋犀利，结尾含蓄有味。

【原文】

六王毕❶，四海一❷。蜀山兀，阿房出❸。

【注释】

①六王毕：六国灭亡了。六国指齐、楚、燕、韩、赵、魏。毕：完结，此指为秦国所灭。

②一：统一。

③蜀山兀，阿房出：蜀地的山光秃了，阿房宫出现了。兀：山高而上平，此指山上的树木已被砍尽。出：出现，此指建成。

【译文】

六国相继灭亡，秦始皇统一了全国。秦国将蜀山的树木砍伐殆尽，才建造起阿房宫。

【原文】

覆压三百余里❶，隔离天日❷。骊山北构而西折❸，直走❹咸阳。二川❺溶溶❻，流入宫墙。五步一楼，十步一阁。廊腰缦❼回，檐牙❽高啄。各抱地势，钩心斗角❾。盘盘焉，囷囷❿焉，蜂房水涡，矗不知其几千万落。

【注释】

①覆压三百余里：指从渭南到咸阳覆盖了三百多里地。形容宫殿楼阁接连不断，占地极广。覆压：覆盖。

②隔离天日：遮蔽了天上的太阳。形容

宫殿楼阁非常高大。

③骊山北构而西折：阿房宫从骊山的北边建起，折而向西。

④走：趋向。

⑤二川：指渭水和樊川。

⑥溶溶：河水宽广流动的样子。

⑦缦：萦绕。

⑧檐牙：屋檐突起，形如牙齿。

⑨钩心斗角：指宫室结构参差错落，精巧工致。钩心：各种建筑物都向中心区攒聚。斗角：屋角互相对峙，好像兵戈相斗。

⑩囷（qūn）囷：曲折回旋的样子。

【译文】

阿房宫占地三百余里，楼阁高

耸，似乎将要遮蔽天地。从骊山之北构筑宫殿，向西曲折延伸，一直到咸阳。渭水和樊川两河缓缓流入宫墙。宫里五步一栋楼，十步一座阁。走廊像锦织的缎带曲折蜿蜒，屋檐像飞鸟在高处啄食。楼阁随着地势高低而建，屋角像钩一样联结缠绕。宫室盘旋曲折，如同蜂房和回旋的水涡，数不清高高耸立着几千万座。

【原文】

长桥卧波，未云何龙？复道❶行空，不霁何虹？高低冥迷❷，不知西东。歌台暖响，春光融融；舞殿冷袖，风雨凄凄。一日之内，一宫之

间，而气候不齐。

【注释】

①复道：在楼阁之间架木筑成的通道。因上下都有通道，故称。

②冥迷：分辨不清。

【译文】

长桥横卧在渭水之上，人们不禁惊诧道：天上没有云，怎么会出现龙呢？那么多的道路横空穿过，人们诧异道：没有雨过天晴，哪里来的彩虹？楼阁高高低低昏暗不明，使人辨不清方向。舞台上歌声悠扬，暖意袭人，如同阳光明媚的春天。宫殿中舞袖飘拂，就像刮起寒风带来阵阵寒意，令人有种风雨般凄冷的感觉。就在同一天，同一座宫里，气候竟会如此不同。

【原文】

妃嫔媵嫱❶，王子皇孙，辞楼下殿，辇来于秦，朝歌夜弦，为秦宫人。

【注释】

①妃嫔媵（yìng）嫱（qiáng）：统指六国王侯的宫妃。妃的等级比嫔、嫱高。媵是陪嫁的侍女，也可成为嫔、嫱。

【译文】

那些亡了国的六国王侯的宫妃、王子、皇孙，告别了自己国家的宫殿，用车送到秦国，日夜献歌奏乐，成为秦国的宫人。

【原文】

明星荧荧❶，开妆镜也；绿云扰扰，梳晓鬟也；渭流涨腻❷，弃脂水也；烟斜雾横，焚椒兰❸也。雷霆乍惊，宫车过也，辘辘❹远听，杳❺不知其所之也。一肌一容，尽态极妍，缦❻立远视，而望幸❼焉。有不得见者，三十六年。

【注释】

①荧荧：明亮的样子。

②涨腻：涨起了一层脂膏。腻：指洗脸水中浮起的胭脂、香粉。

③椒兰：两种香料植物，焚烧以熏衣物。

④辘（lù）辘：车行的声音。

⑤杳（yǎo）：遥远得踪迹全无。

⑥缦：此指长时间。

⑦幸：封建时代皇帝到某处叫幸。妃嫔受到皇帝宠爱，叫得幸。

【译文】

宫里有时光亮如明星般璀璨，那是她们打开梳妆镜的缘故；有时呈现绿云缭绕之态，那是她们早晨梳理头发的缘故；有时候渭水河上浮起一层油腻的东西，那是她们倒掉残脂剩粉的缘故；有时候空中烟雾弥漫，那是她们焚烧香料的缘故。雷声轰隆，使人骤然吃惊，原来是皇帝的宫车驰过，听那车声渐远，也不知驶向何处去了。宫人们的肌肤面容，都打扮得极其妖娆妩媚，每天久久站在宫门外远望，盼望皇帝能有幸驾临。可有的宫女整整等了三十六年，也未见到皇帝。

【原文】

燕、赵之收藏，韩、魏之经营❶，齐、楚之精英❷，几世几年，取掠❸其人，倚叠❹如山。一旦不能有，输来其间。鼎铛❺玉石，金块珠砾。弃掷逦迤❻，秦人视之，亦不甚惜。

【注释】

①经营：指金玉珍宝等物。

②精英：精品，含金玉珍宝等物之意。

③取掠：搜刮，掠夺。

④倚叠：积累。

⑤铛（chēng）：平底的浅锅。

⑥逦（lǐ）迤（yǐ）：连续不断。此指到处都是。

【译文】

燕、赵收藏的财宝，韩、魏聚敛的财富，齐、楚搜求的珍奇宝贝，这都是经历了多少世代积累起来的啊，从人民那里掠夺过来，堆积如山。一旦国家灭亡，不能占有了，都被运送到阿房宫。在这里贵族们把宝鼎看作铁锅，美玉当作石头，黄金视为土块，珍珠当作沙石。随意丢弃，秦人看见了也不觉得可惜。

【原文】

嗟乎！一人之心❶，千万人之心也。秦爱纷奢，人亦念其家。奈何取之尽锱铢❷，用之如泥沙？使负栋之柱，多于南亩之农夫；架梁之椽，多于机上之工女；钉头磷磷❸，多于在庾❹之粟粒；瓦缝参差，多于周身之帛缕；直栏横槛，多于九土❺之城郭；管弦呕哑❻，多于市人之言语。使天下之人，不敢言而敢怒。独夫❼之心，日益骄固❽。

【注释】

①心：心意，意愿。

②锱（zī）铢：形容极其细微。锱、铢都是古代重量名，一锱等于六铢，一铢约等于一两的二十四分之一。

③磷磷：形容物体棱角分明而突出。此处形容突出的钉头。

④庾（yǔ）：露天的谷仓。

⑤九土：九州。

⑥呕哑：指声音嘈杂。

⑦独夫：失去人心而极端孤立的统治者。此指秦始皇。

⑧骄固：骄纵，顽固。

【译文】

唉！一个人的心愿，顶得上千万个人的心愿。秦始皇穷奢极侈，老百姓不也顾念自己的家业吗？为何搜刮人民的财物分毫都不放过，挥霍时却将其视为泥沙一样不加珍惜呢？阿房宫里的柱子，比田里的农夫还多；架在梁上的椽子，比织布机上的女工还多；房屋上的钉头，比粮仓里的谷粒还多；疏密不齐的瓦缝，比衣服上的缝线还多；栏杆纵横交错，比天下的城郭还多；嘈杂的器乐声，比闹市的人说话声还多。秦统治者使天下的老百姓不敢说话而只能默默愤恨。秦始皇这个专断的君主，却越来越骄横顽固。

【原文】

戍卒叫❶，函谷举❷，楚人一炬❸，可怜焦土。

【注释】

①戍卒叫：指陈胜、吴广发动的大泽乡起义。

②函谷举：公元前206年，刘邦率军进入咸阳，推翻了秦朝统治，并派兵把守函谷关。

③楚人一炬：公元前206年，楚将项燕的后代项羽进入咸阳，焚烧秦国宫殿，大火三月不灭。

【译文】

陈胜、吴广等士卒反秦起义，全国响应，刘邦占领函谷关，项羽在阿房宫放了一把火，可惜它成了一片焦土。

【原文】

呜呼！灭六国者，六国也，非秦也；族秦①者，秦也，非天下也。嗟夫！使六国各爱其人，则足以拒秦。秦复爱六国之人，则递②三世可至万世而为君，谁得而族灭也？秦人不暇③自哀，而后人哀之；后人哀之而不鉴之，亦使后人而复哀后人也！

【注释】

①族秦：灭秦。族：灭族。

②递：传递，此指王位顺着次序传下去。

③不暇：来不及。

【译文】

唉！灭六国的是六国自身，而非

秦国；灭秦国的是秦国自身，而非天下百姓。唉！如果六国国君对本国人民爱护有加，那么就有十足的力量抗秦。如果秦国国君对六国人民爱护有加，那么秦国就能由二世传到三世乃至传到万世，有谁还能使秦国灭亡呢？秦国统治者没有及时为自身灭亡懊悔，而后人常常替他们痛心；如果后人虽然痛心但不汲取他们灭亡的教训，那么又要让后人的后人再来替后人痛心了！

韩愈

作者简介

韩愈（768—824），字退之，河南河阳（今河南孟州）人，郡望昌黎（今属河北），世称『韩昌黎』『昌黎先生』。谥号文，故称『韩文公』。唐代文学家、思想家、哲学家、政治家、教育家，『唐宋八大家』之首。有《昌黎先生集》等传世。

原道

【导读】

《原道》是韩愈“复古尊儒、排斥佛老”的代表作。本文观点鲜明，“破立”结合，引证古今，从历史发展、社会生活等方面层层剖析，论述儒学的优点，归结到恢复古道、尊崇儒学的宗旨，是唐代古文杰出的作品。

【原文】

博爱之谓仁，行而宜❶之之谓义，由是而之焉之谓道，足乎己无

待于外之谓德。仁与义为定名，道与德为虚位②。故道有君子小人，而德有凶有吉。

【注释】

①宜：合宜。

②虚位：空虚的位置。指道德的内容是不确定的，可能是好的，也可能是坏的。

【译文】

博爱叫作仁，合宜于仁的行为叫作义，从仁义再向前去的叫作道，自身具有而不依赖外界的叫作德。仁和义是意义确定的名词，道和德是意义不确定的名词，所以道有君子之道和小人之道，而德有吉和凶之分。

【原文】

老子之小仁义，非毁之也，其见者小也。坐井而观天，曰天小者，非天小也。彼以煦煦❶为仁，孑孑❷为义，其小之也则宜。其所谓道，道其所道，非吾所谓道也。其所谓德，德其所德，非吾所谓德也。凡吾所谓道德云者，合仁与义言之也，天下之公言也。老子之所谓道德云者，去仁与义言之也，一人之私言也。

【注释】

①煦（xǔ）煦：此指小恩小惠。

②孑（jié）孑：琐屑细小的样子。

【译文】

老子轻视仁义，并不是诋毁仁

义，而是由于他的观念狭小。好比坐在井里看天的人，说天很小，其实天并不小。老子把小恩小惠认为仁，把谨小慎微认为义，他轻视仁义就是很自然的了。老子所说的道，是把他观念里的道当作道，不是我所说的道。他所说的德，是把他观念里的德当作德，不是我所说的德。凡是我所说的道德，都是结合仁和义说的，是天下的公论。老子所说的道德，是抛开了仁和义说的，只是他一个人的说法。

【原文】

周道衰，孔子没，火于秦❶，黄、老❷于汉，佛于晋、魏、梁、隋之间。

【注释】

①火于秦：指秦始皇焚烧诗书。

②黄老：汉初道家学派，把传说中的黄帝与老子共同尊为道家始祖。

【译文】

自从周道衰落，孔子去世以后，秦始皇焚烧诗书，黄老学说盛行于汉代，佛教盛行于晋、魏、梁、隋之间。

【原文】

其言道德仁义者，不入于杨❶，则入于墨❷；不入于老，则入于佛。入于彼，必出于此。入者主之，出者奴之；入者附之，出者污❸之。噫！后之人其欲闻仁义道德之说，孰

从而听之？

【注释】

①杨：即杨朱，战国时的哲学家。

②墨：即墨翟，战国初年的思想家。

③污：贬低，歪曲。

【译文】

那时谈论道德仁义的人，不归入杨朱学派，就归入墨翟学派；不归入道学，就归入佛学。归入了那一家，必然轻视另外一家。尊崇所归入的学派，就贬低所反对的学派；依附归入的学派，就诬蔑反对的学派。唉！后世的人想知道仁义道德的学说，到底听从谁的呢？

【原文】

老者曰："孔子，吾师之弟子也。"佛者曰："孔子，吾师之弟子也。"为孔子者，习闻其说，乐其诞❶而自小❷也，亦曰"吾师亦尝师之"云尔。不惟举之于其口，而又笔之于其书。噫！后之人虽欲闻仁义道德之说，其孰从而求之？

【注释】

①诞：荒诞。

②自小：自己轻视自己。

【译文】

道家说："孔子是我们老师的学生。"佛家也说："孔子是我们老师的学生。"研究"孔学"的人，听惯了他们的话，乐于接受他们的荒诞言论而轻视自己，也说“我们的老师曾向他们学习”这一类话。不仅在口头说，而且又把它写在书上。唉！后世的人即使要想知道关于仁义道德的学说，又该向谁去请教呢？

【原文】

甚矣，人之好怪也，不求其端，不讯其末，惟怪之欲闻。古之为民者四❶，今之为民者六❷。古之教者处其一，今之教者处其三。农之家一，而食粟之家六；工之家一，而用器之家六；贾之家一，而资❸焉之家六。奈之何民不穷且盗也？

【注释】

①四：指士、农、工、商四类。

②六：指士、农、工、商、和尚、道士。

③资：依靠。

【译文】

人们喜欢听怪诞的言论真是太过分了！他们不探求事情的起源，不考察事情的结果，只喜欢听怪诞的言论。古代的百姓只有四类，今天的百姓有了六类。古代负有教育百姓的任务的，只占四类中的一类，今天却是六类中占三位。务农的一家，要供应六家的粮食；为工的一家，要供应六家的器用；经商的一家，依靠他服务的有六家。又怎么能使百姓不因穷困而去偷盗呢？

【原文】

古之时，人之害多矣。有圣人者立，然后教之以相生相养之道。为之君，为之师，驱其虫蛇禽兽而处之中土。寒然后为之衣，饥然后为之食。木处而颠，土处而病也，然后为之宫室[1]。为之工以赡其器用，为之贾以通其有无，为之医药以济其夭死，为之葬埋、祭祀以长其恩爱，为之礼以次其先后，为之乐以宣[2]其湮郁[3]，为之政以率其怠倦，为之刑以锄其强梗[4]。相欺也，为之符玺、斗斛[5]、权衡以信之；相夺也，为之城郭、甲兵以守之。害至而为之备，患生而为之防。

【注释】

①宫室：泛指房屋。

②宣：宣泄。

③湮（yān）郁：郁闷。

④强梗：强暴之徒。

⑤斗斛：两种量器。十斗为一斛。

【译文】

古时候，百姓的灾害很多。有圣人出来，教百姓"相生相养"的生活方法，做他们的君王或老师。圣人驱走禽兽蛇虫，把百姓安顿在中原。天冷了，圣人就教他们做衣裳，饿了就教他们种庄稼。由于百姓栖息在树木上容易掉下来，住在洞穴里容易生病，于是圣人就教导他们建造房屋。

圣人又教导他们做工匠，供应百姓的生活用具；教导他们经营商业，调剂货物有无；发明医药，以拯救那些短命而死的人；制定葬埋祭祀的制度，以增进人与人之间的恩爱感情；制定礼节，以分别尊卑秩序；制作音乐，以宣泄人们心中的郁闷；制定政令，以督促那些怠惰懒散的人；制定刑罚，以铲除那些强暴之徒。因为有人弄虚作假，于是又制作了印玺、符节、斗斛、秤尺等物品作为凭信。因为有争夺抢劫的事，于是设置了城池、盔甲、兵器来守卫家国。总之，灾害来了就设法防备；祸患将要发生，就及早预防。

【原文】

今其言曰："圣人不死，大盗不止。剖[1]斗折衡，而民不争。"呜呼！其亦不思而已矣！如古之无圣人，人之类灭久矣。何也？无羽毛鳞介[2]以居寒热也，无爪牙以争食也。

【注释】

①剖：破开。

②羽毛鳞介：泛指各种动物。羽：鸟类。毛：兽类。鳞：鱼类。介：各种甲壳类动物以及昆虫。

【译文】

现在道家却说："如果圣人不死，大盗就不会停止。只要砸烂斗斛、折断秤尺，百姓就不会争夺了。"

唉！这都是没有经过思考的话罢了。如果古代没有圣人，百姓早就灭亡了。为什么呢？因为人们没有羽毛鳞甲以适应严寒酷暑，也没有强硬的爪牙来夺取食物。

【原文】

是故君者，出令者也；臣者，行君之令而致之民者也；民者，出粟米麻丝、作器皿、通货财以事其上者也。君不出令，则失其所以为君；臣不行君之令而致之民，则失其所以为臣；民不出粟米麻丝、作器皿、通货财以事其上，则诛。今其法曰："必弃而君臣，去而父子，禁而相生

相养之道。”以求其所谓“清净❶”“寂灭❷”者。

【注释】

①清净：佛家指离开一切恶行烦扰。

②寂灭：梵语“涅槃”的意译，指本体寂静，离一切诸相（现实世界）。

【译文】

因此说，君王，是发布命令的；臣子，是执行君王的命令并且实施到百姓身上的；百姓，是生产粮食、丝麻，制作器物，交流商品，来供奉在上统治的人的。君王不发布命令，就丧失了作为君王的权力；臣子不执行君王的命令并且实施到百姓身上，就失去了作为臣子的职责；百姓不生产粮食和丝麻、制作器物、交流商品来供应在上统治的人，就应该受到惩罚。现在佛家却说：“一定要抛弃你们的君臣关系，消除你们的父子关系，禁止你们践行相生相养的办法。”以便追求那些所谓“清净”“寂灭”的境界。

【原文】

呜呼！其亦幸而出于三代❶之后，不见黜❷于禹、汤、文、武、周公、孔子也。其亦不幸而不出于三代之前，不见正于禹、汤、文、武、周公、孔子也。

【注释】

①三代：指夏、商、周三朝。

②黜：贬斥。

【译文】

唉！他们也幸而出生在三代之后，没有被夏禹、商汤、周文王、周武王、周公、孔子所贬斥。他们又不幸而没有出生在三代以前，没有受到夏禹、商汤、周文王、周武王、周公、孔子的教导。

【原文】

帝之与王，其号虽殊，其所以为圣一也。夏葛而冬裘，渴饮而饥食，其事虽殊，其所以为智一也。今其言曰："曷不❶为太古之无事？"是亦责冬之裘者曰："曷不为葛之

之易也?"责饥之食者曰:"曷不为饮之之易也?"

【注释】

①曷(hé)不:怎么不?曷:怎么 为什么。

【译文】

五帝与三王,他们的名号虽然不同,但他们之所以成为圣人的原因是相同的。夏天穿葛衣,冬天穿皮衣,渴了要喝水,饿了要吃饭,这些事情虽然各不相同,但它们同样是人类的智慧。现在道家却说:"为什么不实行远古的无为而治呢?"这就好像责怪人们在冬天穿皮衣:"为什么你不穿简便的葛衣呢?"或者责怪人们饿了要吃饭:

“为什么不光喝水，岂不简单得多？”

【原文】

传①曰：“古之欲明明德于天下者，先治其国；欲治其国者，先齐其家；欲齐其家者，先修其身；欲修其身者，先正其心；欲正其心者，先诚其意。”然则古之所谓正心而诚意者，将以有为也。今也欲治其心，而外天下国家，灭其天常，子焉而不父其父，臣焉而不君其君，民焉而不事其事。

【注释】

①传（zhuàn）：解释儒家经典的书。此处的引文出自《礼记·大学》。

【译文】

《礼记》说："在古代，想要发扬他的光辉道德于天下的人，一定要先治理好他的国家；要治理好他的国家，一定要先整顿好他的家庭；要整顿好他的家庭，必须先进行自身的修养；要进行自我修养，必须先端正自己的思想；要端正自己的思想，必须先使自己具有诚意。"可见古人所谓正心和诚意，都是为了要有所作为。现在那些修身养性的人，却想抛开天下国家，灭绝天性，做儿子的不把他的父亲当作父亲，做臣子的不把他的君主当作君主，做百姓的不做他们该做的事。

【原文】

孔子之作《春秋》也，诸侯用夷礼则夷之，进于中国❶则中国之。经❷曰：“夷狄之有君，不如诸夏之亡。”《诗》曰：“戎狄❸是膺❹，荆舒❺是惩。”今也举夷狄之法，而加之先王之教之上，几何❻其不胥❼而为夷也？

【注释】

①中国：中原地区的各诸侯国。

②经：指儒家经典。此二句出自《论语·八佾》。

③戎狄：古代西北方的少数民族。

④膺：攻伐。

⑤荆舒：古代指东南方的少数民族。

⑥几何：差不多。

⑦胥：相，皆。

【译文】

孔子作《春秋》，对于采用夷狄礼俗的诸侯，就把他们列入夷狄；对于采用中原礼俗的夷狄，就承认他们是中国人。《论语》说："夷狄虽然有君主，还不如中国的没有君主。"《诗经》说："夷狄应当攻击，荆舒应当惩罚。"现在，却尊崇夷狄之法，把它抬高到先王的政教之上，那么我们不是全都要沦为夷狄了？

【原文】

夫所谓先王之教者，何也？博

爱之谓仁，行而宜之之谓义，由是而之焉之谓道，足乎己无待于外之谓德。其文，《诗》《书》《易》《春秋》；其法，礼、乐、刑、政；其民，士、农、工、贾；其位，君臣、父子、师友、宾主、昆弟[1]、夫妇；其服，麻、丝；其居，宫室；其食，粟米、果蔬、鱼肉。其为道易明，而其为教易行也。是故以之为己，则顺而祥；以之为人，则爱而公；以之为心，则和而平；以之为天下国家，无所处而不当。

【注释】

①昆弟：指兄和弟。

【译文】

我所谓先王的政教，是什么呢？

就是博爱即称之为仁，合乎仁的行为就称为义，从仁义再向前进就是道，自身具有而不依赖外界的叫作德。讲仁义道德的书有《诗经》《尚书》《周易》和《春秋》；体现仁义道德的法式就是礼仪、音乐、刑法、政令；受到教育的人民就是士、农、工、商；讲究的伦理次序就是君臣、父子、师友、宾主、兄弟、夫妇；穿的衣服是麻布、丝绸；居处是房屋；吃的食物是粮食、瓜果、蔬菜、鱼和肉。这些作为理论是很容易明白的，它们作为教育是很容易推行的。所以，用它们来教育自己，就能和顺吉祥；用它们来对待别人，就能做到博爱公正；用它们来修养内心，就能平和而宁静；用它们来治理天下国家，就没有不适当的地方。

【原文】

是故生则得其情，死则尽其常，郊❶焉而天神假❷，庙❸焉而人鬼飨。曰："斯道也，何道也？"曰："斯吾所谓道也，非向所谓老与佛之道也。尧以是传之舜，舜以是传之禹，禹以是传之汤，汤以是传之文、武、周公，文、武、周公传之孔子，孔子传之孟轲，轲之死，不得其传焉。荀与扬❹也，择焉而不精，语焉而不详。由周公而上，上而为君，故其事行；由周公而下，下而为臣，故其说长。”然则如之何而可也?曰:“不塞不流,不止不行;人其人,火其书,庐其居;明先王之道以道之,鳏❺、寡、孤、独❻、废、疾者有养也,其亦庶乎❼其可也。”

【注释】

①郊:郊祀,祭天。

②假:通“格”,到。

③庙:祭祖。

④荀与扬:战国末年思想家荀子和西汉末年的文学家扬雄。

⑤鳏(guān):老而无妻。

⑥独:老而无子。

⑦庶乎:差不多。

【译文】

因此，人活着就能感受到人与人之间的情谊，死了就是结束了自然的常态，祭天则天神降临，祭祖则祖先的灵魂来享用。有人问：“你这个道，是什么道呀？”我说：“这是我所说的道，不是刚才所说的道家和佛家的道。这个道是从尧传给舜，舜又传给大禹，大禹再传给商汤，商汤又传给文王、武王、周公，文王、武王、周公传给孔子，孔子传给孟轲，孟轲死后，没有继承的人。只有荀子、扬雄从中选取过一些，但选取得不精；对其论述过一些，但论述得并不全面。周公以上的人，继承的都是在上做君王的，所以儒道能够施行；从周公以下，继承的都是在下做臣子的，所以他们的学说能够流传。”那么，怎么办才能使儒道获得施行呢？我以为：“不堵塞佛老之道，儒道就不得流传；不禁止佛老之道，儒道就不能推行。必须把和尚、道士还俗为民，烧掉佛经道书，把佛寺、道观变成民房；阐明先王的儒道以教导人民，使鳏夫、寡妇、孤儿、老人、残疾人、病人都能生活，这样做也就差不多了。”

原毁

【导读】

本文论述和探究毁谤产生的原因。作者认为士大夫之间毁谤之风的盛行是道德败坏的一种表现，其根源在于“怠”和“忌”，即怠于自我修养又妒忌别人；不怠不忌，毁谤便无从产生。文章先从正面开导，说明一个人应该如何正确对待自己和对待别人才符合君子之德、君子之风，然后将不合这个准则的行为拿来对照，最后指出其根源及危害性。

【原文】

古之君子，其责❶己也重以周，其待人也轻以约❷。重以周，故不怠；轻以约，故人乐为善。

【注释】

①责：要求。

②约：简约。

【译文】

古时候的君子，他要求自己严格而全面，他对待别人宽容又简约。严格而全面，所以不怠惰；宽容又简约，所以人家都乐意做好事。

【原文】

闻古之人有舜者，其为人也，

仁义人也。求其所以为舜者，责于己曰：“彼❶，人也；予，人也。彼能是，而我乃不能是！”早夜以思，去其不如舜者，就❷其如舜者。闻古之人有周公者，其为人也，多才与艺人也。求其所以为周公者，责于己曰：“彼，人也；予，人也。彼能是，而我乃不能是！”早夜以思，去其不如周公者，就其如周公者。舜，大圣人也，后世无及焉；周公，大圣人也，后世无及焉。是人也，乃曰：“不如舜，不如周公，吾之病❸也。”是不亦责于身者重以周乎？

【注释】

①彼：指舜。

②就：追求，成就。

③病：弱点，缺陷。

【译文】

听说古代的圣人——舜是个仁义的人。有些人探究舜能够成为圣人的道理，责备自己说："他是个人，我也是个人，他能这样，我却不能这样！"早晚都在思考，改掉那些不如舜的行为，去做那些与舜所做差不多的事。听说古代的圣人周公是个多才多艺的人。有些人探究他所以成为圣人的道理，就责备自己说："他是个人，我也是个人，他能这样，我却不能这样！"早晚都在思考，改掉那些不如周公的地方，去做那些比肩周公的事情。舜，是大圣人，后代没有能及得上他的；周公，是大圣人，后代没有能及得上他的。这些人却说："及不上舜，及不上周公，是我的缺点。"这不就是对自身要求严格而且全面吗？

【原文】

其于人也，曰："彼人也，能有是，是足为良人❶矣；能善是，是足为艺人❷矣。"取其一，不责其二；即其新，不究其旧，恐恐然❸惟惧其人之不得为善之利。一善❹，易修也；一艺❺，易能也。其于人也，乃曰："能有是，是亦足矣。"曰："能善是，是亦足矣。"不亦待于人者轻以约乎？

【注释】

①良人：善良的人。

②艺人：有才技的人。

③恐恐然：担心的样子。

④一善：一方面或一时的好处。

⑤一艺：一门技艺。

【译文】

他们对待别人，说道："那个人啊，能有这点，这就够得上是善良的人了；能擅长这个，就算得上是有才能的人了。"肯定他一个方面，而不苛求他别的方面，议论他今天的表现，而不计较他的过去，小心谨慎地只恐怕别人得不到做好事应得的好处。一件好事是容易做到的，一种技能是容易学得的。

他们对待别人，却说："能有这样，这就够了。"又说："能擅长这个，这就够了。"岂不是对待别人宽容又简约吗？

【原文】

今之君子则不然，其责人也详，其待己也廉❶。详，故人难于为善；廉，故自取也少。己未有善，曰："我善是，是亦足矣。"己未有能，曰："我能是，是亦足矣。"外以欺于人，内以欺于心❷，未少有得而止矣，不亦待其身者已廉乎？

【注释】

①廉：少，指不严格。

②欺于心：心中自欺。

【译文】

现在的君子可不同，他们责备别人周详，要求自己不严。周详，所以人家难以做好事；不严，所以自己进步就少。自己没有什么优点，说："我有这优点，这就够了。"自己没有什么才能，说："我有这本领，这就够了。"对外欺骗别人，对己欺骗良心，还没有多少收获就止步不前，岂不是要求自身太少了吗？

【原文】

其于人也，曰："彼虽能是，其人不足称也；彼虽善是，其用不足称也。"举其一，不计其十；究其旧，不图其新。恐恐然惟惧其人之有

闻[1]也。是不亦责于人者已详乎？夫是之谓[2]不以众人待其身，而以圣人望于人，吾未见其尊己也！

【注释】

①闻：声望，名誉。

②是之谓：这就叫作。

【译文】

他们要求别人，说："他虽然能做这个，但他的人品不值得赞美；他虽然擅长这个，但他的才能不值得称道。"举出他一方面的欠缺，不考虑他多方面的长处；只追究他的既往，不考虑他的今天。心中惶惶不安只怕别人有好的名声。岂不是责备别人太周全了吗？这就叫不用常人的标准要求自身，却用圣人的标准希望别人，我看不出他是尊重自己的啊！

【原文】

虽然，为是者有本有原，怠与忌之谓❶也。怠者不能修，而忌者畏人修。吾尝试之矣，尝试语于众曰："某良士❷，某良士。"其应者，必其人之与❸也；不然，则其所疏远不与同其利者也；不然，则其畏也。不若是，强者必怒于言，懦者必怒于色矣。

【注释】

①怠与忌之谓：叫作怠惰和忌妒。

②良士：贤人。

③与：朋友。

【译文】

尽管如此，这样做是有他们的根源的，就是所谓怠惰和忌妒啊。怠惰的人不能提高自我修养，而忌妒的人害怕别人修身。我曾经试验过，曾经对大家说：“某人是贤良的人，某人是贤良的人。”那随声附和的，一定是他的朋友；否则，就是和他疏远没有相同利害关系的人；否则，就是怕他的人。不然的话，强横的定会厉声反对，软弱的定会满脸不高兴。

【原文】

又尝语于众曰：“某非良士，某非良士。”其不应者，必其人之与也；

不然，则其所疏远不与同其利者也；不然，则其畏也。不若是，强者必说于言，懦者必说于色矣。是故事修[1]而谤兴，德高而毁来。呜呼！士之处此世，而望名誉之光[2]、道德之行[3]，难已！将有作于上者，得吾说而存之[4]，其国家可几而理[5]欤！

【注释】

①事修：事情办好了。修：治理。

②光：光大，昭著。

③行：实行，贯彻。

④存之：记在心中。

⑤理：即“治”，治理。唐代为避高宗李治的名讳，改“治”为“理”。

【译文】

我又曾经试着对大家说："某人不是贤良的人，某人不是贤良的人。"那不随声附和的人，一定是他的朋友；否则，就是和他疏远没有相同利害关系的人；否则，就是怕他的人。不这样的话，强横的定会连声赞同，软弱的定会喜形于色。因此，事业成功诽谤便随之产生，德望高了恶言就接踵而来。唉！读书人生活在当今世界上，而希求名誉的光大、德行的推广，难极了！在位的人想有所作为，听取我的说法记在心中，那国家差不多可以治理好了！

获麟解

【导读】

本文比喻巧妙，寓意深远。作者以麒麟自喻，认为麒麟之所以被称为仁兽，是由于出现在圣人在位的时候；如果不等待圣人在位的时候出现，就会被称为不祥之兽。作者借此抒发自己怀才不遇，生不逢时的感慨。在结尾，作者点明每个时代从来不缺乏麒麟之才，只是缺乏赏识人才的明君而已。

【原文】

麟❶之为灵❷，昭昭❸也。咏于《诗》❹，书于《春秋》❺，杂出于传记百家之书，虽妇人小子皆知其为祥也。

【注释】

①麟：即麒麟，古代传说中的一种动物，状如鹿，牛尾，马蹄。古人把它当作仁兽。

②灵：灵异。

③昭昭：明白。

④《诗》：即《诗经》，我国最早的诗歌总集，其中就有《周南·麟之趾》篇。

⑤《春秋》：一部编年体史书。据说孔子作《春秋》，听说捕获了麟后，放下

了手中的笔，从此不再写《春秋》。

【译文】

麒麟是灵异的动物，这是十分明显的事。《诗经》咏赞过它，《春秋》记载过它，它还出现在众多的杂记、传记之类的书中，连妇女和小孩都知道它是吉祥的象征。

【原文】

然麟之为物，不畜于家，不恒有于天下。其为形也不类，非若马、牛、犬、豕、豺、狼、麋、鹿然。然则虽有麟，不可知其为麟也。角者，吾知其为牛；鬣❶者，吾知其为马；犬、豕、豺、狼、麋、鹿，吾知其为犬、豕、

豺、狼、麋、鹿，惟麟也不可知。不可知，则其谓之不祥也亦宜。

【注释】

①鬣（liè）：马颈上的长毛。

【译文】

但是麒麟这种动物，却不能养在家里，天下也不常见。麒麟的外形也不伦不类，不像马、牛、狗、猪、豺、狼、麋、鹿那样容易为人所辨识。既然这样，虽然在人间有麒麟出现，一般人也不知道这是麒麟。看到长角的，我们就知道它是牛；看到长鬣毛的，就知道它是马；看到狗、猪、豺、狼、麋、鹿，我们都知道它们是狗、猪、豺、狼、麋、鹿，只有麒麟我们不知道长什么样。不能辨识麒麟，那么人们看见麒麟的时候，说它是不吉祥的东西也是在所难免的。

【原文】

虽然，麟之出，必有圣人在乎位，麟为圣人出也。圣人者必知麟，麟之果❶不为不祥也。又曰：麟之所以为麟者，以德不以形。若麟之出不待圣人，则谓之不祥也亦宜。

【注释】

①果：确实。

【译文】

虽然这样，麒麟出现之时，天下一定有圣人在，因为麒麟就是为圣人而来的。圣人必定能够辨识麒麟。这样看来，麒麟并不是不吉祥的东西啊。再说：麒麟之所以是麒麟，是因为它的德行而不是外表。如果麒麟不等圣人在位的时候就出现，那么没有谁能辨识麒麟，它被视为不吉祥的东西也是理所当然的。

杂说一

【导读】

这是一篇杂感式的小品文。作者以龙比喻圣君，以云比喻贤臣，然后借“龙嘘气成云”的古老传说，生动地阐明了“贤臣离不开圣君任用，而圣君也离不开贤臣辅佐”的深刻道理。全文短小精悍，曲折回环。

【原文】

龙嘘气❶成云，云固弗灵于龙也。然龙乘是气，茫洋❷穷乎玄间❸，薄❹日月，伏❺光景，感震电，神变化，水下土，汩❻陵谷。云亦灵怪矣哉！

【注释】

①嘘气：吐气。

②茫洋：辽阔深远的样子。

③玄间：指苍穹、宇宙。

④薄：迫近。

⑤伏：遮，蔽。

⑥汩：水流不止。

【译文】

龙吐气成云，云本来比不上龙神灵。可是，龙乘着那些云，遨游于浩瀚无极的太空，逼近日月，遮蔽光芒，使雷电为之震撼，变化神奇，雨浇大地，水漫山谷。云也算得上灵异了啊！

【原文】

云，龙之所能使为灵也；若龙之灵，则非云之所能使为灵也。然龙弗得云，无以神其灵矣。失其所凭依，信不可欤！异哉！其所凭依❶，乃其所自为也。《易》曰："云从龙。"

既曰龙，云从之矣。

【注释】

①凭依：凭借依靠的东西。

【译文】

云，是龙使它灵异的；至于龙的灵异，就不是云能够赋予它的了。但是，龙没有云，就没法显示它的神灵了，失去了它所依赖的东西，真是不行啊！奇妙啊！龙所依靠的东西却是它自己创造出来的。《易经》中说：“云跟着龙。”既然是龙，云自然会跟从它了。

杂说四

【导读】

本文通篇写千里马，因此后人也题为《马说》。作者通过对世上有无千里马这一问题进行反复论证，归结到不是没有千里马，而是缺少相马的伯乐，抒发了怀才不遇的感慨和悲愤。文章运用比喻说理，形象生动，构思精巧。

【原文】

世有伯乐[1]，然后有千里马。

千里马常有，而伯乐不常有。故虽有名马，只辱于奴隶人之手，骈死❷于槽枥之间，不以千里称也。

【注释】

①伯乐：相传春秋时善于相马的人。

②骈（pián）死：并列而死。骈：两马并驾，引申为并列。

【译文】

世上有了伯乐，才有千里马。千里马是常有的，可是善于相马的伯乐却并不常有。所以即使有好马，却只能在不识货的马夫手里受尽屈辱，和普通的马一块老死在马厩里，而不能以日行千里的才能受到称颂。

【原文】

马之千里者，一食❶或尽粟一石，食❷马者不知其能千里而食也。是马也，虽有千里之能，食不饱，力不足，才美不外见，且欲与常马等不可得，安求其能千里也！

【注释】

①一食（shí）：吃一顿。

②食（sì）：同“饲”，喂养。

【译文】

马中能够日行千里的，一顿有时能把一石粟米吃完，喂马者并不知道它能日行千里而像普通的马一样来喂养它。这匹马啊，虽然有日行千里的能力，但是由于总是不能吃饱，所

喂养它不能让它的食量得到满足，马嘶鸣又不能通晓理解它的意思，却手执马鞭站在它的跟前说："天下没有好马。"唉！是真的没有好马吗？还是真的不识好马呢？

送穷文

【导读】

这是一篇亦庄亦谐的妙文，主人公认为自己正被五个穷鬼缠住身子，使他一生困顿。这五个穷鬼分别是智穷、学穷、文穷、命穷、交穷。主人公决心要把五个穷鬼送走，不料穷鬼却诙谐有趣地告诉主人公，他们将忠心耿耿地跟着他，虽然让他不合于世，但却能帮助他获得百世千秋的英名。韩愈写“送穷”，实则是“留穷”，以诙谐诡奇之笔抒发了抑郁不得志的愤慨。

【原文】

元和六年❶正月乙丑❷晦❸，主人使奴星结柳作车，缚草为船，载糗❹舆粻❺，牛系轭❻下，引❼帆上樯❽。三揖穷鬼而告之曰：“闻子行有日矣，鄙人不敢问所途，窃具船与车，备载糗粻，日吉时良，利行四方，子饭一盂，子啜❾一觞，携朋挈❿俦⓫，去故就新，驾尘彍风⓬，

与电争先。子无底滞之尤⑬，我有资送之恩，子等有意于行乎？"

【注释】

①元和六年：811年。元和：唐宪宗的年号。

②正月乙丑：正月三十日。

③晦：每月最后一天。

④糗（qiǔ）：古代的一种干粮，米或麦炒熟后磨制成的粉。

⑤粻（zhāng）：米粮。

⑥轭（è）：驾车时架在牲畜颈上的曲木。

⑦引：牵引。

⑧樯：帆船上的桅杆。

⑨啜（chuò）：饮。

⑩挈（qiè）：领，带。

⑪俦（chóu）：同伴，同一类人。
⑫彍（guō）风：乘风。彍：张大。
⑬尤：过错。

【译文】

元和六年正月的最后一天，主人让名叫星的奴仆用柳条编成车，用草扎成船，载着干粮，套好牛轭，拉起船帆。向穷鬼拜了三下，告诉他说：“听说你即将远行，我不敢问你去哪里，私自备好了车和船，装好了干粮。今天刚好是良辰吉日，有利于出走到各地，请你吃了这碗饭，喝了这口汤，带上朋友，离开故主，寻找新的主人。你现在就可以驾着牛车，扬起风帆，与闪电争先。你没有滞留在这里的过错，我有资助你出行的恩惠。*你们有出行的意思吗？”*

【原文】

屏息潜听，如闻音声，若啸若啼，砉欻❶嘎嘤❷，毛发尽竖，竦肩缩颈，疑有而无，久乃可明，若有言者曰：“吾与子居，四十年余。子在孩提❸，吾不子愚。子学子耕，求官与名，惟子是从，不变于初。门神户灵，我叱我呵，包羞❹诡随，志不在他。子迁南荒，热烁湿蒸，我非其乡，百鬼欺陵。太学四年，朝齑暮盐❺，惟我保汝，人皆汝嫌。自初及终，未始背汝，心无异谋，口绝行语，于何听闻，云我当去？是必夫子信谗，有间于予也。我鬼非人，安用车船？鼻嗅臭香，糗粻可捐。单独一身，谁为朋俦？子苟备知，可数已不？子能尽言，可谓圣智；情状既露，敢不回避。”

【注释】

①砉（xū）欻（chuā）：声音细碎。

②嘤（yōu）嘤：声音夹杂。

③孩提：幼儿。

④包羞：忍耻。

⑤朝齑（jī）暮盐：形容饮食清苦。齑：切碎的菜。

【译文】

我屏住呼吸细听，仿佛听到了声

音,像在呼啸又像在啼哭,声音细微而又嘈杂。我的头发都竖了起来,耸起肩,缩着颈,怀疑到底有没有穷鬼。过了很久才听清楚,好像有人在说:"我跟你住在一起,有四十几年了。你还是幼儿的时候,我没当你无知。你学习、耕作、求官显名我都听你的,始终没改变我的初衷。守护门户的神灵呵斥我,我也忍着耻辱跟随你,从无二心。你被贬到阳山(今属广东),那里天气湿热,热浪灼人,我不是他们的乡亲,众鬼都欺负我。你在太学四年,早晚用齑菜和盐下饭,只有我守护你,别人却嫌弃你。从开始到现在,从没背弃过你,心里也没有其他想法,绝口不提要离开你。你是从哪里听说的，说我要离开？一定是你听信谗言，对我产生了隔膜。我是鬼不是人，哪里用得着车船？我只需要闻食物的气味，干粮可丢弃。我单独一人，谁是我的朋友？如果你已经知道了，可不可以算给我听？你能详尽说出来，就可以称得上是圣智的人；真实情况既已揭露，我们敢不走开吗？”

【原文】

主人应之曰：“予以吾为真不知也耶？子之朋俦，非六非四，在十去五，满七除二；各有主张，私立名字，捩❶手覆羹❷，转喉❸触讳。凡所以使吾面目可憎、语言无味者，皆子之志也。——其名曰智穷：矫矫❹亢亢❺，恶圆喜方，羞为奸欺，不忍害伤。其次名曰学穷：傲数与名，摘抉❻杳微，高挹群言，执神之机。又其次曰文穷：不专一能，怪怪奇奇，不可时施，只以自嬉。又其次曰命穷：影与形殊，面丑心妍，利居众后，责在人先。又其次曰交穷：磨肌戛骨，吐出心肝，企足以待，置我仇怨。凡此五鬼，为吾五患，饥我寒我，兴讹造讪❼，能使我迷，人莫能间。朝悔其行，暮已复然，蝇营狗苟，驱去复还。”

【注释】

①捩（liè）：扭，转。

②覆羹：把汤打翻到地上。

③转喉：说话。

④矫矫：方正。

⑤亢亢：高尚。

⑥摘抉：研究。

⑦造讪：说人坏话，毁人名誉。

【译文】

主人回答说："你以为我真的不知道你们吗？你的同伙，不是六个也不是四个，用十减去五，七去掉二；你们各有自己的主张，私自起了名字，我端汤时就会扭我的手把汤打翻，让我一说话就会触犯忌讳。凡是让我面目可憎、语言乏味的，都是你们的意思。你们中的一个叫'智穷'：坚强正直，刚正不阿，痛恨圆滑，喜欢正直，以奸诈为羞，不忍伤害别人。另一个叫‘学穷’：以术数和名物的学问有成就而自豪，揭示深远微妙的道理，吸取各家学说的精华，掌握最高深的哲理。还有一个叫‘文穷’：不专用一种写作技巧，因此，文章古怪雄奇，不能在当时施用，只能用来娱乐自己。再有一个叫‘命穷’：影子与体形不同，外貌丑陋而心地善良，利益让众人先得，而责任自己先挑。再一个叫‘交穷’：抚摩肌肤，敲打骨头，说出心里话，抬起脚跟等待，别人却把我当作冤仇。这五鬼都是我的祸患，让我挨饿、受冻，编造谣言和诽谤的话，能使我沉迷不觉，人们却不能中断我与你们的联系。我早上后悔自己的行为，晚上还是要跟你们在一起。你们像不知廉耻的苍蝇和狗，驱走了又回来。”

【原文】

言未毕，五鬼相与张眼吐舌，跳踉❶偃❷仆，抵掌顿脚，失笑相顾。徐谓主人曰：“子知我名，凡我所为，驱我令去，小黠❸大痴。人生一世，其久几何？吾立子名，百世不磨。小人君子，其心不同。惟乖于时，乃与天通。携持琬琰❹，易一羊皮；饫❺于肥甘，慕彼糠糜❻。天下知子，谁过于予？虽遭斥逐，不忍子

疏，谓予不信，请质《诗》《书》。"主人于是垂头丧气，上手称谢，烧车与船，延❼之上座。

【注释】

①跳踉（liáng）：跳跃。

②偃：仰面跌倒。

③黠（xiá）：机灵，狡猾。

④琬（wǎn）琰（yǎn）：美玉。

⑤饫（yù）：饱食。

⑥糠糜：糠粥。

⑦延：引导。

【译文】

话还没说完，五鬼便互相瞪眼吐舌，跃起仆倒，击掌跺脚，不禁大笑相望。他们慢慢对主人说："你知道我们的名字和所做的一切，却赶我们走，你这是在小方面聪明，大方面痴傻。人生一世，能活多久？我树立你的清名，让你流芳百世。小人和君子，他们的心不同。只有与当时相背离，才能有合乎天道的德行。你这样驱赶我们等于用美玉换来一张羊皮，饱食美味却羡慕糠粥。天下了解你情况的，谁能超过我们？虽然遭到斥责驱逐，我们也不疏远你。告诉你，要是不信我们的话，请你从《诗》《书》等经典中寻找答案。”主人于是垂头丧气，拱手拜谢，烧掉车船，请穷鬼上座。

答李翊书

【导读】

李翊曾经向韩愈学习过古文，韩愈称他为“出群之才”。本文是韩愈在李翊进士及第后写给他的一封信，回答了其提出的有关古文写作的问题。作者系统地阐述了自己的文学观，认为文章的思想内容决定表现形式，并结合自己的写作实践，指出写好文章的基本条件是要不断加强学习和修养，树立“立言”的志向等。

【原文】

六月二十日，愈白李生足下：生之书辞❶甚高，而其问何下而恭❷也！能如是，谁不欲告生以其道？道德之归❸也有日❹矣，况其外之文乎？抑愈所谓望孔子之门墙而不入于其宫者，焉足以知是且非邪？虽然，不可不为生言之。

【注释】

①书辞：文辞，即文章词句。

②下而恭：谦虚而恭敬。

③归：归属。

④有日：不久，指日可待。

【译文】

六月二十六日，韩愈对李生足下

说：你来信中的文辞很好，而你问得又是多么谦虚而恭敬啊！能像这样，谁不愿意把自己懂得的仁义之道告诉你呢？道有所归指日可待了，更何况作为道德外在表现的文章呢？不过我是人所说的望到孔子家的门墙还没有进入到他家门的人，又哪能真正知晓是非呢？即使如此，我也不能不对你谈谈这个问题。

【原文】

生所谓立言❶者是也。生所为者与所期者，甚似而几矣。抑不知生之志，蕲❷胜于人而取于人邪？将蕲至于古之立言者邪？蕲胜于人

而取于人，则固胜于人而可取于人矣；将蕲至于古之立言者，则无望其速成，无诱于势利❸，养其根❹而俟❺其实❻，加其膏而希其光。根之茂者其实遂，膏❼之沃者其光晔，仁义之人，其言蔼如也。

【注释】

①立言：著书立说。

②蕲：求。

③诱于势利：为眼前的势利所诱惑。

④根：比喻道德、学问的修养。

⑤俟：等待。

⑥实：果实，比喻著书立说。

⑦膏：油。

【译文】

你所说的立言的想法是对的，你所写的文章与你所期求的，非常相似和接近了。不过，不知道你的志向是期求超过别人而被别人所取用呢，还是期望达到古代立言的境界呢？如果你希望超过别人而为别人所取用，那么你本来就已超过别人而可以被别人所取用了；如果你期望达到古代立言的境界，那么你就不要希望自己快速成功，不要被权势地位和功名利禄所诱惑，要培养树木的根而等待它的果实，添加灯里的油脂希望它光亮。根长得茂盛的树木，它的果实就会顺利成长；油脂肥沃的灯，光就会明亮；仁义的人，他的言辞自然就和善可亲。

【原文】

抑又有难者，愈之所为，不自知其至犹未也。虽然，学之二十余年矣。始者❶，非三代❷两汉❸之书不敢观，非圣人之志不敢存。处❹若忘，行若遗，俨❺乎其若思，茫乎其若迷。当其取于心而注于手也，惟陈言❻之务去，戛戛❼乎其难哉！

【注释】

①始者：起初的时候。

②三代：指夏、商、周。

③两汉：指西汉和东汉。

④处：静处。

⑤俨：俨然，庄重的样子。

⑥陈言：没有表现力的陈词滥调。

⑦戛（jiá）戛：吃力的样子。

【译文】

不过这里又有些难处，我所作的文章，自己也不知道它达到了还是没有达到古代立言的境界。虽然这样，我学习写文章已有二十多年了。起初不是三代两汉的书我不敢翻阅，不是圣人的思想我不敢吸收，居处时好像忘记了周遭的一切，神态时而庄重像是在凝思，时而茫然像是迷茫。当我从心里取出想的东西，倾注到手上写出来，务求除去陈词滥调，这真是非常困难的事啊！

【原文】

其观于人，不知其非笑之为非笑❶也。如是者亦有年❷，犹不改，然后识古书之正伪❸，与虽正而不至焉者，昭昭然❹白黑分矣。而务去之，乃徐❺有得也。当其取于心而注于手也，汩汩然❻来矣。其观于人也，笑之则以为喜，誉之则以为忧，以其犹有人之说者存也。

【注释】

①非笑：非难和讥笑。

②有年：有不少年。

③正伪：指古书阐述道理的是非真假。

④昭昭然：明白清晰的样子。

⑤徐：渐渐地。

⑥汩汩然：水流急速的样子，比喻文思泉涌。

【译文】

起初把文章给别人看，不把别人的非议讥笑放在心上。像这样又有好些年，我始终不改变我的做法，这以后我才认识到古书中道理的真伪，有些虽然正合于圣人之道，但还未达到完美境界的地方，这时黑和白就区分得清清楚楚了。而后务求除去自己文章中的这些弊病，这才渐渐地有所得。当我把自己的思想写出来的时候，文思勃发就像流水奔泻一样不可遏止。当我再把文章拿给别人看的时候，别人如果讥笑我的文章，我就觉得高兴；别人如果称赞我的文章，我就觉得忧虑。这是因为在文章中，还有时人的意思和看法。

【原文】

如是者亦有年，然后浩乎其沛然矣。吾又惧其杂❶也，迎而距之❷，平心而察之，其皆醇❸也，然后肆❹焉。虽然，不可以不养❺也。行之乎仁义之途，游之乎《诗》《书》之源，无迷其途，无绝其源，终吾身而已矣。气，水也；言，浮物也。水大，而物之浮者大小毕浮。气之与言犹是也，气盛❻，则言之短长与声之高下者皆宜。

【注释】

①杂：不纯正。

②迎而距之：试图从反面批驳自己的文章，检验其是否精纯。距：同“拒”，此指批驳。

③醇：同“纯”，纯粹。

④肆：放纵，此指无拘无束地写作。

⑤养：修养。

⑥气盛：指文章的思想纯正、内容丰富。

【译文】

像这样的情况又有好些年，这以后我写的文章气势浩大，就像汹涌澎湃的江水一样奔流不止了。我又担心自己的文章不够纯正，从相反方向对文章提出诘难、挑剔，平心静气地去审察它，直到文章韵律内容都纯正了，然后才放手去写。即使这样，还是不可以不继续加强修养。要使自己的修养行走在仁义的道路上，沉浸在《诗》《书》的源泉里，不要迷失道路，不要断绝源泉，我终身如此。气，如同水；言辞，如同水面上漂浮的东西。水势大，那么能够浮起的东西，不论大小都能浮起来。气和言辞的关系也像是这样，气盛，那么言辞的长短与声音的高低就都会恰到好处。

【原文】

虽如是，其敢自谓几于成❶乎？虽几于成，其用于人也奚取焉？虽

然，待用于人者，其肖于器❷邪？用与舍属诸人❸。君子则不然，处心有道❹，行己有方❺。用则施诸人，舍则传诸其徒，垂诸文而为后世法。如是者，其亦足乐乎？其无足乐也？

【注释】

①几于成：几乎达到完美无缺的地步。

②肖于器：像一件有固定用处的器物。

③属诸人：完全取决于别人。

④处心有道：心中有主见，即用儒家的思想、道德来考虑问题。

⑤行己有方：行为有准则。

【译文】

虽然我已做到这一步，又怎么敢说自己已接近成功了呢？即使自己的文章接近成功了，但自己被别人任用时，究竟又有什么可取之处呢？虽然如此，等待被别人任用的人，难道就像个器具一样吗？这种等待别人任用的人，用与不用都取决于别人。君子就不是这样，他们自己的思想总是合乎道理，自己的行为坚守一定的原则。如果为人所用，就把自己的才能献给别人；不为人所用时，就把自己的学说传给自己的门徒，写成文章流传下去而为后世取法。像这样是值得高兴呢，还是不值得高兴呢？

【原文】

有志乎古者希❶矣。志乎古必

遗乎今，吾诚乐而悲之。亟❷称其人，所以劝之，非敢褒其可褒而贬其可贬也。问于愈者多矣，念生之言不志乎利❸，聊相为言之。愈白。

【注释】

①希：同“稀”，少。

②亟（qì）：屡次。

③不志乎利：用心不在于求利。

【译文】

有志于古道的人少了。有志于古道的人，一定被当代的人所冷落，我的确是既高兴又悲愤。我多次称赞有志于古道的人，以此勉励他们，这样做并不是敢于赞美那些我觉得应该赞美的人，而去贬斥那些我觉得应该贬斥的人。向我提问的人很多，顾念你的言辞，志不在名利，姑且为你说说以上这些看法。韩愈诚告。

蓝田县丞厅壁记

【导读】

自唐朝开始，朝廷各官署的办公处所常常有人题写壁记，叙述官署的创设、官秩的确定、官员任迁的始末等。韩愈的这篇壁记与一般的壁记有所不同。作者主要描写的是当时县丞一职，有职无权，形同虚设，还要受到小吏的欺凌，并以好友崔斯立担任蓝田县丞的种种境遇为例尽情刻画，含有深刻的讽刺意味。

【原文】

丞❶之职所以贰❷令❸，于一邑无所不当问。其下主簿、尉❹，主簿、尉乃有分职❺。丞位高而逼，例以嫌不可否事。

【注释】

①丞：县丞。

②贰（èr）：辅佐。

③令：县令。唐代制度，京都附近的各县称为畿县（蓝田即为畿县），置县令一人，县丞一人。

④主簿、尉：县令、县丞下的官职。县

署内设录事、司功、司仓、司户、司兵、司法、司士七司，主簿领录事司，负诸司总责。县尉负责地方治安。

⑤分职：分理诸司，各有专职。

【译文】

县丞一职是用以辅佐县令的，对于一县的政事没有什么不应过问。县丞下边是主簿和尉，主簿和尉各有专职。县丞的地位高于主簿和尉，逼近县令，照例为了避嫌而对公事不置可否。

【原文】

文书行❶，吏抱成案❷诣❸丞。卷其前❹，钳❺以左手，右手摘❻纸尾，雁鹜行❼以进，平立，睨❽丞曰：

"当署。"丞涉笔[9]占位[10]署，惟谨。目吏，问："可不可？"吏曰："得。"则退。不敢略省，漫不知何事。官虽尊，力势反出主簿、尉下。谚数慢[11]，必曰"丞"，至以相訾謷[12]。丞之设，岂端使然哉！

【注释】

①文书行：在传布公文的时候。

②成案：已成的案卷。县署公文由主管各司拟稿，经县令最后判行，成为定案。

③诣：到。

④卷其前：卷起公文的前面部分。

⑤钳：用手指夹住。

⑥摘：扯出某一块。

⑦雁鹜行：一种走路姿态，即鹅行鸭步。
⑧睨（nì）：斜视。
⑨涉笔：动笔。
⑩占位：看着应当署名的地方。
⑪慢：无关紧要，此指闲散官职。
⑫訾（zǐ）謷（áo）：诋毁。

【译文】

在公文发出之前，胥吏怀抱已拟成的案卷，到县丞那儿去，卷起前面的内容，用左手夹住，右手扯出末端的签名处，像鹅或鸭子那样摇摇摆摆地进来，直立斜视，对县丞说："您还要署一下名。"县丞拿起笔在应由自己署名的位置谨慎地签上名字，然后抬头看看小吏，问："可以了吗？"小吏说：

"行了。"然后退下。县丞不敢稍稍去了解一下公文的内容，茫然不知道是什么事情。县丞官位虽然较高，实权、势力反而在主簿和尉之下。民间谚语列举闲散多余的官职，一定说到县丞，甚至把丞作为相互谩骂的话。设立县丞一职，难道本意就是如此吗？

【原文】

博陵❶崔斯立❷，种学绩文❸，以蓄其有，泓涵演迤❹，日大以肆❺。贞元❻初，挟其能，战艺❼于京师，再进❽再屈其人。

【注释】

①博陵：地名，今河北蠡县南。

②崔斯立：名立之，字斯立，生平不详，作者的好友。

③种学绩文：以耕田织布比喻崔斯立勤学苦练。

④泓涵演迤：包孕宏深，境界广阔。

⑤日大以肆：每天都有进步，并渐渐显露出来。

⑥贞元：唐德宗的年号。

⑦战艺：以文艺与人较量，指参加科举考试。

⑧再进：崔斯立于贞元四年（788）中进士，贞元六年（790）中博学宏词科。

【译文】

博陵人崔斯立，勤学苦练，以积累学问，他的学问博大精深，渊源绵远，每天都有长进，并且逐步显露出来。贞元初年，他胸怀本领，在京城与人较量文艺，两次得中，两次折服众人。

【原文】

元和初，以前大理评事❶言得失❷黜官，再转❸而为丞兹邑。始至，喟然曰："官无卑，顾材不足塞职。"既噤不得施用。又喟然曰："丞哉！丞哉！余不负丞，而丞负余。"则尽枿❹去牙角，一蹑故迹，破崖岸而为之。

【注释】

①大理评事：官名，掌刑法，属大理寺，上有卿、少卿、正、丞。

②言得失：上疏论朝政得失。

③再转：经过两次迁谪。

④枿（niè）：同"蘖"，绝。

【译文】

元和初年，他担任大理评事的时候，因为曾上奏议论朝政得失而被贬，经过两次迁谪，来到这里做县丞。刚来到这里时，他叹息说：'官无大小，只怕自己的能力不能称职。"在只能闭口无言、无所作为的现实面前，他又感慨地说："县丞啊，县丞啊，我没有对不起县丞，县丞却对不起我！"于是完全去掉棱角，一概按照旧例，平平庸庸地去做这县丞。

【原文】

丞厅故有记，坏漏污不可读。斯立易桷❶与瓦，墁❷治壁，悉书前任人名氏。庭有老槐四行，南墙巨竹千梃，俨立若相持，水漷❸漷循除鸣。斯立痛扫溉，对树二松，日哦其间。有问者，辄对曰："余方有公事，子姑去。"考功郎中❹、知制诰❺韩愈记。

【注释】

①桷（jué）：方形的椽子。

②墁（màn）：涂壁的工具。此指涂抹。

③漷（guó）：水声。

④考功郎中：官名，掌内外文武官吏的考核。

⑤知制诰：官名，负责起草皇帝的诏令，一般由中书舍人担任。当时韩愈以考功郎中兼知制诰。

【译文】

县丞的办公处原来刻有一篇壁记，但因房屋损坏漏水而遭到污损，已无法阅读。崔斯立把瓦椽都换了，重新粉刷墙壁，将前任县丞的名字都写上。庭院里有四行老槐，南墙有千株大竹昂首挺立，好像在对峙，绕着台阶流动的水汩汩有声。崔斯立将屋子里外打扫干净，种上两棵相对的松树，每日在庭院中吟诗。有人询问，他就回答说："我正有公事，您暂请离开这里。"考功郎中、知制诰韩愈记。

香小
書墨

上架建议：大众读物

ISBN 978-7-5746-0532-9

9 787574 605329 >

定价：60.00元（全4册）

小墨香书·传世美文

唐代作品（二）

纸贵满堂 编

朱宝荣 绘

湖南美术出版社

·长沙·

图书在版编目（CIP）数据

传世美文·唐代作品 / 纸贵满堂编；朱宝荣绘.
长沙：湖南美术出版社，2025.1.--（小墨香书）.
ISBN 978-7-5746-0532-9

Ⅰ. I212.01

中国国家版本馆CIP数据核字第20243FB249号

小墨香书

传世美文·唐代作品

CHUANSHI MEIWEN · TANGDAI ZUOPIN

出 版 人：黄　啸
编　　者：纸贵满堂
绘　　者：朱宝荣
责任编辑：范　琳
装帧设计：刘　畅
出版发行：湖南美术出版社（长沙市东二环一段622号）
印　　刷：廊坊市颖新包装装潢有限公司
开　　本：787 mm × 1092 mm　1/96
印　　张：12
版　　次：2025年1月第1版
印　　次：2025年1月第1次印刷
定　　价：60.00元（全4册）

目录

师说

【导读】

本文是我国古代专论教师的名篇。韩愈针对当时社会“师道日微”“耻学于师”的风气写了此文，着重阐明了“从师学道”的必要性和应有的态度，提出了教师的基本任务是“传道、受业、解惑也”；认为选择教师应以掌握仁义之道为根本条件；提倡学无常师，要虚心好学，不耻下问；教师与学生之间的关系是平等的，师生是可以相互学习的。

【原文】

古之学者❶必有师。师者，所以传道、受❷业❸、解惑也。人非生而知之者，孰❹能无惑？惑而不从师，其为惑也，终不解矣。

【注释】

①学者：求学的人。

②受：通“授”，传授。

③业：指儒家经典。

④孰：谁。

【译文】

古时候求学问的人一定有老师。所谓老师，就是传授道理和专业知识、解答疑难问题的人。人不是生下来就懂道理、有知识的，谁能够没有

疑难问题呢？有疑难问题却不向老师请教，那些成为疑难的问题，便终究不会解决了。

【原文】

生乎吾前，其闻道也，固先乎吾，吾从而师之；生乎吾后，其闻道也，亦先乎吾，吾从而师之。吾师道也，夫庸[1]知其年之先后生于吾乎？是故无[2]贵无贱，无长无少，道之所存，师之所存也。

【注释】

①庸：岂，难道。

②无：无论。

【译文】

出生在我前面的，他懂得道理本来比我早，我跟随他学习；出生在我后面的，他懂得道理要是也比我早，我也跟他学习。我学习的是道理，哪管他出生在我之前还是在我之后呢？因此，不论地位高还是低，不论年龄大还是小，道理存在的地方，老师也就在那里。

【原文】

嗟乎！师道之不传也久矣！欲人之无惑也难矣。古之圣人，其出人❶也远矣，犹且从师而问焉；今之众人，其下❷圣人也亦远矣，而

耻学于师。是故③圣益圣，愚益愚。圣人之所以为圣，愚人之所以为愚，其皆出于此乎？

【注释】

①出人：超出于众人之上。

②下：低于。

③是故：因此。

【译文】

唉！从师学习的传统不被继承已经很久了！要人们没有疑难问题也是很困难的。古时候的圣人，远远超出了一般人，尚且跟从老师请教；现在的一般人，他们也远远不如圣人，却以向老师学习为耻辱。因此，圣人就更加圣明，愚人就更加愚蠢。圣人之所以成为圣人，愚人之所以成为愚人，大概都是由于这个原因吧？

【原文】

爱其子，择师而教之；于其身❶也，则耻师焉，惑矣！彼童子之师，授之书而习其句读❷者也，非吾所谓传其道、解其惑者也。句读之不知，惑之不解，或师焉，或不焉，小❸学而大❹遗❺，吾未见其明也。

【注释】

①于其身：对于他自己。

②句读：也叫句逗，古代书籍上没有标点，老师教学童读书时要进行句读（逗）的教学。文辞意尽处为句，语

意未尽须停顿处为读（逗）。

③小：此指学习句读。

④大：此指传道、解惑。

⑤遗：遗弃。

【译文】

人们爱自己的孩子，就选择老师来教他们；对于他自己呢，却以从师学习为耻，这真是糊涂啊！那些孩子们的老师，是教给孩子们读书和学习书中怎样断句的，不是我所说的那种传授道理、解释疑难问题的。一种情况是读书不懂得行文断句的，一种情况是疑难问题不得解释，有的不懂行文断句就从师学习，有的疑难问题不得解释却不向老师请教，小事学习，大事反而丢弃，我看不出他们明白道理的地方。

【原文】

巫医❶、乐师、百工❷之人，不耻相师❸。士大夫之族，曰师曰弟子云者，则群聚而笑之。问之，则曰："彼与彼年相若也，道相似也。位卑则足羞，官盛则近谀。"呜呼！师道之不复，可知矣。巫医、乐师、百工之人，君子不齿❹，今其智乃反不能及，其可怪也欤！

【注释】

①巫医：古时巫、医不分，指以看病和降神祈祷为职业的人。

②百工：各种工匠。

③相师：拜别人为师。

④不齿：不屑与之同列，表示鄙视。

【译文】

巫医、乐师、各种工匠，不把相互学习当作难为情的事。读书做官的这类人，一听到有人以“老师”、“学生”相称，就许多人聚集在一起讥笑人家。问他们为什么这样，他们就说：“他和他年纪差不多，学问也差不多。称地位低的人为老师，足以使人羞耻；称地位高的人为老师，就近于拍马。”唉！从师学习的传统不存，从这里可以知道了。巫医、乐师和各种工匠，是所谓上层人士不屑与之为伍的，现在他们的见识反而不及这些人，岂不是奇怪吗！

【原文】

圣人无常师。孔子师郯子❶、苌弘❷、师襄❸、老聃❹。郯子之徒，其贤不及孔子。孔子曰："三人行，则必有我师。"是故弟子不必❺不如师，师不必贤于弟子，闻道有先后，术业有专攻，如是而已。

【注释】

①郯（tán）子：春秋时郯国的国君，相传孔子曾向他请教少皞时代的官职名称。

②苌（cháng）弘：周敬王的大夫，相传

孔子曾向他请教音乐方面的知识。

③师襄：春秋时鲁国的乐官，相传孔子曾向他学琴。

④老聃（dān）：即老子，姓李名耳，字聃，道家学派的创始人。相传孔子曾向他学习周礼。

⑤不必：不一定。

【译文】

圣人没有固定的老师。孔子曾向郯子、苌弘、师襄、老聃请教过。郯子这些人，他们的品德才能并不如孔子。孔子说："三个人一起走，那一定有可以当我老师的。"所以，学生不一定不及老师，老师不一定比学生高明，懂得道理有先有后，技能业务各有钻研与擅长，不过是这样罢了。

【原文】

李氏子蟠❶，年十七，好古文，六艺经传❷皆通❸习之，不拘于时❹，学于余。余嘉其能行古道，作《师说》以贻❺之。

【注释】

①李氏子蟠（pán）：即李蟠，韩愈的弟子。

②六艺经传：六经的经文和传文。传：解释经文的著作。

③通：全部。

④不拘于时：指不受当时以求师为耻的不良风气的束缚。时：时俗。

⑤贻（yí）：赠送。

【译文】

李家的儿子名叫蟠，十七岁，爱好古文，六经的经文和传记全都学了，不被世俗影响，来向我学习。我赞许他能践行古代的从师之道，就写了这篇《师说》赠给他。

进学解

【导读】

进学，指在学业和德行上取得进益。本文是韩愈担任国子博士时所作。作者假托向学生训话，勉励他们在学业、德行方面取得进步，学生提出质问，他再进行解释，故名“进学解”，实际上也是感叹不遇、自抒愤懑之作。文中通过学生之口，形象地突出了自己学习并尊重儒学、从事文章写作的努力与成就，有力地衬托了遭遇的不平。

【原文】

国子先生[1]晨入太学[2]，招诸生立馆[3]下，诲之曰：“业精于勤，荒于嬉；行成于思，毁于随[4]。方今圣贤相逢，治具[5]毕张，拔去凶邪，登崇[6]俊良。

【注释】

①国子先生：韩愈自称。唐宪宗元和七年（812），韩愈复任国子博士。

②太学：此指国子监。唐朝的国子监相当于汉朝的太学。

③馆：学舍。

④随：因循随俗。

⑤治具：治理的工具，此指法律政令。

⑥登崇：选用。

【译文】

国子先生清晨来到太学，把学生们召集来，站在馆舍之下，训导他们说："学业靠勤奋才能精湛，如果贪玩就会荒废；德行靠思考才能形成，如果随大流就会毁掉。当今朝廷，圣明的君主与贤良的大臣遇到了一起，规章制度全都建立起来了，铲除奸邪，提拔贤能。

【原文】

“占小善者率❶以录，名一艺者无不庸❷。爬罗❸剔抉❹，刮垢磨光❺。盖有幸而获选，孰云❻多而不扬？诸生业患不能精，无患有司之不明；行患不能成，无患有司之不公。”

【注释】

①率：都。

②庸：通“用”，采用、录用。

③爬罗：发掘，挑选。

④剔抉：剔除挑选。

⑤刮垢磨光：刮去污垢，磨出光亮。此指造就人才。

⑥孰云：谁说。

【译文】

“略微有点儿优点的人都会被录用，以一种技艺见长的人都不会被抛弃。仔细地搜罗人才，改变他们的缺点，发扬他们的优点。大概有才行不够而侥幸被选拔上来的人，谁说会有学问优异却没有被提举的人呢？学生们，不要担心选拔人才的人不能明察，只怕你们的学业不精湛；不要担心他们做不到公正，只怕你们的德行无所成就！”

【原文】

言未既，有笑于列者曰："先生欺余哉！弟子事先生，于兹有年矣。先生口不绝吟于六艺之文，手不停披❶于百家之编，纪事者必提其要，纂❷言者必钩❸其玄❹。贪多务得，细大不捐❺。焚膏油以继晷❻，恒兀兀❼以穷年。先生之业，可谓勤矣。

【注释】

①披：分开，这里指翻阅。

②纂（zuǎn）：编集。

③钩：探索。

④玄：精深的义理。

⑤捐：弃。

⑥晷（guǐ）：日影。

⑦兀兀：辛勤不懈的样子。

【译文】

话还没说完，队列中有个人笑着说："先生是在欺骗我们吧。学生跟着先生，到今天也有些年了。先生口里就没有停止过吟诵六经之文，手里也不曾停止过翻阅诸子之书，记事的一定给它提出主要内容来，立论的一定勾画出它的奥妙之处来。贪图多得，务求有收获，不论是无关紧要的还是意义重大的都不让它漏掉。太阳下去了，就燃起油灯，一年到头，永远在那里孜孜不倦地研究。先生对于学业，可以说是够勤奋了吧。

【原文】

“抵排❶异端，攘斥❷佛老，补苴❸罅❹漏，张皇❺幽眇❻，寻坠绪❼之茫茫，独旁搜而远绍❽，障百川而东之，回狂澜于既倒，先生之于儒，可谓有劳矣。

【注释】

①抵排：抵制排斥。

②攘斥：排斥。

③补苴（jū）：填补。苴：鞋底中垫的草。

④罅（xià）：裂缝。

⑤张皇：张大。

⑥眇：微小。

⑦坠绪：衰落的儒学。绪：儒家的道统。

⑧绍：继承。

【译文】

“抵制排除那些异端邪说，驱除排斥佛家和道家的学说，补充完善儒学理论上的缺陷与不足，阐发光大其深隐奥妙的意义，钻研那些久已失传的古代儒家学说，还要特别广泛地发掘和继承它们。阻止异端邪说，像阻拦纵横奔流的百川，让它们东流入海，并抵御来势汹汹的异端邪说的浪潮，先生对于儒家学说，可以说是立了功劳的吧。

【原文】

“沉浸酡郁❶，含英咀华❷，作为文章，其书满家。上规姚姒❸，

浑浑无涯；周诰❹殷盘❺，佶屈聱牙❻；《春秋》谨严，《左氏》浮夸；《易》奇而法❼，《诗》正而葩❽；下逮《庄》《骚》，太史所录❾，子云、相如❿，同工异曲。先生之于文，可谓闳⓫其中而肆其外矣。

【注释】

①酞(nóng)郁：此指内容醇厚的著作。

②含英咀华：细嚼体味文章的精华。

③姚姒(sì)：《尚书》中的《虞书》《夏书》。姚：虞舜的姓。姒：夏禹的姓。

④周诰(gào)：《尚书》中的《大诰》等。

⑤殷盘：《尚书》中的《盘庚》等。

⑥佶屈聱(áo)牙：文句艰涩生硬，念起来不顺口。佶屈：屈曲的样子，引

申为不通顺。聱牙：拗口。

⑦奇而法：奇妙而有法则。

⑧葩（pā）：花，此指辞藻华丽。

⑨太史所录：指司马迁所写的《史记》。

⑩子云、相如：西汉的扬雄和司马相如。

⑪闳（hóng）：大。

【译文】

“沉浸在如醇厚美酒般的典籍中，咀嚼品味着它们的精华，写起文章来，一屋子堆得满满的。上取法自虞、夏之书，那是多么的博大无垠啊；周诰文、殷盘铭，那是多么的曲折拗口啊；《春秋》是多么的谨严，《左传》又是多么的铺张；《易经》奇异而有法则，《诗经》纯正而又华美；下及《庄子》《离骚》、太史公所录的《史记》，以及扬雄、司马相如的著述，它们虽然各不相同，美妙精能这一点却都是一样的。先生对于文章，可以说是丰富了其内容，发展了其形式。

【原文】

“少始知学，勇于敢为，长通于方❶，左右具宜。先生之于为人，可谓成❷矣。然而公不见信于人，私不见助于友，跋❸前踕❹后，动辄得咎。暂为御史，遂窜南夷❺。三年博士，冗不见治❻。

【注释】

①方：道理。

②成：完备，成熟。

③跋（bá）：踩。

④疐（zhì）：跌倒。

⑤南夷：南方荒僻地区。

⑥冗不见治：担任的都是闲散官职，不能表现出政治才能。

【译文】

“先生少年就知道好学，敢作敢为，长大以后，通晓礼义，行为得体。先生对于做人，可以说是很成熟的了吧。可是呢，在官场上不被人所信用，私交上也没人帮助你。你就同狼一样，往前走可能会踩住自己下巴上的肉，往后退又要绊着自己的尾巴，一举一动都会招来过错。当了一段时间的御史，又被贬至边远的南方。当了三年的博士，懒懒散散，也没表现出什么政绩。

【原文】

“命与仇谋❶，取败几时❷。冬暖而儿号寒，年丰而妻啼饥。头童齿豁❸，竟死何裨❹？不知虑此，反教人为？”

【注释】

①谋：合。

②取败几时：屡遭失败。几时：无时。

③头童齿豁：头秃了，牙齿脱落。童：

山无草木。齿豁：牙齿脱落，露出豁口。

④裨（bì）：补益。

【译文】

“你的运气就像与你有仇似的，早晚总要碰得一败涂地的。冬天天气暖和，你的孩子还叫冷；年岁本来富饶，你的妻子却说饿。头发已光了，牙齿也缺了，你就是死了，又有什么用呢？你不去想一想这些，还要来教训人，这是为什么呢？”

【原文】

先生曰：“吁！子来前！夫大木为杗❶，细木为桷，欂栌❷、侏儒❸，

椳❹、闑❺、扂❻、楔❼，各得其宜，施以成室者，匠氏之工也。

【注释】

①杗（máng）：屋梁。

②欂（bó）栌（lú）：斗拱，柱顶上承托栋梁的方木。

③侏儒：梁上的短柱。

④椳（wēi）：承门枢的门臼。

⑤闑（niè）：门中央所竖的短木，用以阻住门窗。

⑥扂（diàn）：门闩。

⑦楔（xiē）：门两旁的长柱，用以阻止车辆触坏门框。

【译文】

国子先生说："唉，你到前面来

啊！要知道那些大的木材做屋梁，小的木材做椽子，做斗栱、短椽的，做门臼、门橛、门闩、门柱的，都计量使用，各自有适宜的位置，建成房屋，这是工匠的技巧啊。

【原文】

“玉札❶、丹砂❷、赤箭❸、青芝❹，牛溲❺、马勃❻、败鼓之皮❼，俱收并蓄，待用无遗者，医师之良也。

【注释】

①玉札：地榆。

②丹砂：朱砂。

③赤箭：天麻。

④青芝：又叫龙芝，名贵的药材。

⑤牛溲：车前草。
⑥马勃：马勃菌。
⑦败鼓之皮：破鼓的皮。

【译文】

“贵重的地榆、朱砂、天麻、龙芝和普通的车前草、马勃菌、坏鼓的皮，全都收集，储藏齐备，等到需用的时候就没有遗缺的，这是医师的高明啊。

【原文】

“登❶明选公，杂❷进巧拙，纡余❸为妍，卓荦❹为杰，校❺短量长，惟器是适者，宰相之方❻也。

【注释】

①登：选拔。

②杂：一并。

③纡余：委婉从容的样子。

④卓荦（luò）：突出，超群出众。

⑤校（jiào）：比较。

⑥方：治国之术。

【译文】

“提拔人才，公正贤明，选用人才，态度公正，灵巧的人和朴质的人都得引进，有的人谦和而成为美好，有的人豪放而成为杰出，比较各人的短处，衡量各人长处，按照他们的才能品格分配适当的职务，这是宰相的治国方法啊！

【原文】

“昔者孟轲好辩，孔道以明，辙环天下，卒老于行。荀卿❶守正，大论是弘，逃谗于楚，废死兰陵❷。是二儒者，吐辞❸为经，举足❹为法，绝类离伦❺，优❻入圣域，其遇于世何如也？

【注释】

①荀卿：即荀况，战国后期时儒家大师，时人尊称为卿。荀况曾在齐国做祭酒，被人谗毁，逃到楚国。楚国春申君让他担任兰陵令。

②兰陵：今山东枣庄。

③吐辞：指言论。

④举足：指行为。

⑤绝类离伦：超越一般人。伦：同一辈人。

⑥优：有余。

【译文】

“从前孟轲爱好辩论，孔子之道得以阐明，他游历的车辙印迹遍布天下，最后在奔走中老去。荀况恪守正道，发扬光大宏伟的理论，因为逃避谗言到了楚国，还是丢官而死在兰陵。这两位大儒，说出话来成为经典，一举一动成为法则，远远超越常人，优异到进入圣人的境界，可是他们在世上的遭遇是怎样呢？

【原文】

“今先生学虽勤而不由其统，言虽多而不要❶其中❷，文虽奇而不济❸于用，行虽修而不显于众。犹且月费俸钱，岁縻❹廪❺粟，子不知耕，妇不知织；乘马从徒，安坐而食，踵❻常途之役役，窥陈编以盗窃；然而圣主不加诛，宰臣不见斥，兹非其幸欤！

【注释】

①要：掌握。

②中：主旨。

③济：有益。

④縻（mǐ）：浪费，消耗。

⑤廪（lǐn）：粮仓。

⑥踵（zhǒng）：脚后跟，此指跟随。

【译文】

“现在你们的先生学习虽然勤劳却不能顺守道统，言论虽然不少却不切合要旨，文章虽然写得出奇却无益于实用，行为虽然有修养却并没有突出于一般人的表现。尚且每月浪费国家的俸钱，每年消耗仓库里的粮食；儿子不懂得耕地，妻子不懂得织布；出门乘着车马，后面跟着仆人，安稳地坐着吃饭；局促地按常规行事，眼光狭窄地在旧书里盗窃陈言，抄袭东西。然而圣明的君主不加处罚，也没有被宰相大臣所贬斥，岂不是幸运吗？

【原文】

“动而得谤，名亦随之。投闲置散，乃分之宜。若夫商财贿❶之有亡，计班资❷之崇庳❸，忘己量之所称，指前人之瑕疵，是所谓诘匠氏之不以杙❹为楹❺，而訾❻医师以昌阳❼引年，欲进其豨苓❽也。”

【注释】

①财贿：财物，此指俸禄。

②班资：班次，此指官秩。

③庳（bì）：低。

④杙（yì）：小木桩。

⑤楹：柱子。

⑥訾（zǐ）：毁谤非议。

⑦昌阳：菖蒲，药材名。

⑧豨（xī）苓：又名猪苓，利尿药。

【译文】

“有所举动就遭到毁谤，名誉也跟着受到影响。被放置在闲散的位置上，实在是恰如其分的。至于在意财物的有无，计较品级的高低，忘记了自己有多大才能、多少分量和什么相称，却去指摘显贵者的缺点，这就等于所说的责问工匠为什么不用小木桩做柱子，批评医师用菖蒲延年益寿，却想进用他的猪苓啊！”

圬者王承福传

【导读】

本文是韩愈为泥瓦匠王承福作的传。王承福是一个奇特的人，他本人有战功、有官勋，然而却不愿意去做官，宁愿回到家乡做一个泥瓦匠。韩愈通过王承福的言行，讥讽了社会上那些无才无能却又贪图官爵禄位的人，表达了自己坚持儒家道统，兼济天下的宏愿。

【原文】

圬❶之为技，贱且劳者也。有业之❷，其色若自得者。听其言，约❸而尽。问之，王其姓，承福其名，世为京兆长安农夫。天宝之乱❹，发❺人为兵，持弓矢十三年，有官勋，弃之来归，丧其土田，手镘衣食❻。

【注释】

①圬（wū）：粉刷墙壁。

②业之：以此为职业。

③约：简约。

④天宝之乱：指天宝十四年（755）发生的安史之乱。

⑤发：征发。

⑥手镘（màn）衣食：拿着镘子干活维

持生计。镘：泥瓦匠抹墙的工具。

【译文】

粉刷墙壁作为一种手艺，是卑贱而且辛苦的。有个人以这作为职业，样子却好像自在满意。听他讲的话，言辞简明，意思却很透彻。问他，他说姓王，承福是他的名，祖祖辈辈是长安的农民。天宝年间发生安史之乱，抽调百姓当兵，他也被征入伍，手持弓箭战斗了十三年，有官家授给他勋级，但他却放弃官勋回到家乡来，由于丧失了田地，就靠泥镘子维持生活。

【原文】

余三十年，舍于市❶之主人，而归其屋食❷之当焉。视时屋食之贵贱，而上下其圬之佣❸以偿之。有余，则以与道路之废、疾、饿者焉。

【注释】

①市：街市。

②屋食：房租和伙食费。

③佣：此指工价。

【译文】

此后三十多年，他寄居在街上的屋主家里，并付给相当的房租、伙食费。根据当时房租、伙食费的高低，来增减他粉刷墙壁的工价，归还给主人。有剩余的钱，就拿去给流落在道

路上的残废、贫病、饥饿的人。

【原文】

又曰："粟，稼❶而生者也。若布与帛，必蚕绩而后成者也。其他所以养生之具，皆待人力而后完也，吾皆赖之。然人不可遍为，宜乎各致❷其能以相生也。故君者，理我所以生者也，而百官者，承君之化❸者也。任有大小，惟其所能❹，若器皿焉。食焉❺而怠其事，必有天殃，故吾不敢一日舍镘以嬉。

【注释】

①稼：种田。

②致：尽。

③化：教化。

④惟其所能：只依其能力。

⑤食焉：取食于某事。

【译文】

他又说："粮食，是人们种植才长出来的。至于布匹丝绸，一定要靠养蚕、纺织才能制成。其他用来维持生活的物品，都是人们劳动然后才完备的，我都离不开它们。但是人们不可能样样都亲手去制造，最合适的做法是各人尽他的能力，相互协作来求得生存。所以，国君的责任是治理我们，使我们能够生存，而各种官吏的责任则是秉承国君的旨意来教化百姓。责任有大有小，只有各尽自己的能力去做，好像器皿的大小虽然不一，但是各有各的用途。如果光吃饭不做事，一定会有天降的灾祸。所以我一天也不敢丢下我的泥镘子去嬉戏。

【原文】

“夫镘易能❶，可力焉，又诚有功❷，取其直❸，虽劳无愧，吾心安焉。夫力易强而有功也，心难强而有智也。用力者使于人，用心者使人，亦其宜也。吾特择其易为而无愧者取焉。

【注释】

①易能：容易掌握的技能。

②诚有功：确实有成效。

③直：同“值”，此指工钱。

【译文】

“粉刷墙壁是比较容易掌握的技能，可以努力做好，又确实有成效，还能取得应有的报酬，虽然辛苦，却问心无愧，因此我心里十分坦然。力气容易用劲使出来，并且取得成效，脑子却难以勉强使它变得聪明起来。这样，干体力活的人被人役使，用脑力的人役使人，也是应该的。我只是选择那种容易做而又问心无愧的活来取得报酬罢了。

【原文】

“嘻！吾操镘以入富贵之家有

年[1]矣。有一至者焉，又往过之，则为墟[2]矣。有再至、三至者焉，而往过之，则为墟矣。问之其邻，或曰：‘噫！刑戮也。’或曰：‘身既死，而其子孙不能有也。’或曰：‘死而归之官也。’吾以是观之，非所谓食焉怠其事而得天殃者邪？非强心以智而不足、不择其才之称否而冒之者邪？非多行可愧、知其不可而强为之者邪？将富贵难守、薄功而厚飨[3]之者邪？抑丰悴有时[4]，一去一来而不可常者邪？吾之心悯焉，是故择其力之可能者行焉。乐富贵而悲贫贱，我岂异于人哉？”

【注释】

①有年：多年。

②墟：废墟。

③飨（xiǎng）：享用。

④丰悴有时：富贵贫贱有定数。悴：贫困、低贱。

【译文】

“唉！我拿着镘子到富贵人家干活有许多年了。有的人家我只去过一次，再从那里经过，当年的房屋已经成为废墟了。有的我曾去过两次、三次，后来经过那里，也成为废墟了。向他们的邻居打听，有的说：‘唉！他们家主人被判刑杀掉了。’有的说：‘原主人已经死了，他们的子孙不能守住遗产。’也有的说：‘人死了，财产都充公了。’我从这些情况来看，不正是光吃饭不做事遭到了天降的灾祸吗？不正是勉强自己去干才智达不到的事，不选择与他的才能相称的事却要去充数踞高位的结果吗？不正是多做了亏心事，明知不行却勉强去做的结果吗？也可能是富贵难以保住，少贡献却多享受造成的结果吧！也许是富贵贫贱都有一定的时运，一来一去，不能经常保有吧？我的心怜悯这些人，所以选择力所能及的事情去干。喜爱富贵，悲怜贫贱，我难道与一般人不同吗？”

【原文】

又曰:“功大者,其所以自奉也博。妻与子,皆养于我者也,吾能薄而功小,不有之可也。又吾所谓劳力者,若立吾家而力不足,则心又劳也。一身而二任[1]焉,虽圣者不可为也。”

【注释】

①二任:既要劳力也要劳心。

【译文】

他还说:“贡献大的人,他用来供养自己的东西多,妻室儿女都能由自己养活。我能力小,贡献小,没有妻室儿女是可以的。再说我是个干体力活的人,如果成家而能力不足以养活妻室儿女，那么也够操心的了。一个人既要劳力，又要劳心，即使是圣人也不能做到啊！”

【原文】

愈始闻而惑之，又从而思之，盖贤者也，盖所谓独善其身者也。然吾有讥焉，谓其自为也过多，其为人也过少。其学杨朱❶之道者邪？杨之道，不肯拔我一毛而利天下。而夫人以有家为劳心，不肯一动其心以畜其妻子，其肯劳其心以为人乎哉？虽然，其贤于世之患不得之而患失之者，以济其生之欲、贪邪而亡道❷，以丧其身者，其亦

远矣！又其言有可以警余者，故余为之传，而自鉴[3]焉。

【注释】

①杨朱：字子居，战国时魏国思想家、哲学家。

②亡道：无道。亡：通“无”。

③自鉴：自作鉴戒。

【译文】

我听了他的话，一开始很不理解，但联系他的言行再思量，他大概是一个有德行的人，大概就是人们所说的独善其身的人吧。然而我要批评他，认为他为自己考虑得太多，为他人考虑得太少。他莫非是一位信奉杨朱学说的人？杨朱的学说，是不肯拔去自己的一根毫毛而使天下人得利。这个人认为有家是操心的事，不肯为养活妻子儿女操一点心，难道还肯为别人操心吗？尽管如此，他比世上那些患得患失，为满足个人欲望、贪图不义之财而不走正道，因此而丧命的人，可要好得多了！另外他的话有许多可以警戒我的地方，因此我为他立传，作为自己的鉴戒。

讳辩

【导读】

本文是韩愈关于名讳的辩白。当时著名诗人李贺因避父亲李晋肃的名讳，而不能参加进士科考（晋与“进士”的“进”同音），像其他读书人那样取得功名，以致前途受到影响。韩愈对此十分愤慨，于是写下这篇文章来论述此事，反对将“避讳”搞得太泛滥，劝说李贺参加进士科考。

【原文】

愈与李贺❶书，劝贺举进士。贺举进士有名❷，与贺争名者毁之，曰："贺父名晋肃，贺不举进士为是，劝之举者为非。"听者不察也，和而倡之，同然一辞。皇浦湜❸曰："若不明白，子与贺且得罪。"愈曰："然。"

【注释】

①李贺：字长吉，唐代杰出诗人，颇受韩愈、皇甫湜等人的赏识。死时年仅二十七岁。

②有名：荐举的名单里有名字。

③皇甫湜（shí）：字持正，唐宪宗元和年间进士，曾向韩愈学习古文。

【译文】

我给李贺写了一封信，勉励他去考进士。李贺应进士试，很引人注目，同李贺争名的人出来诋毁他，说：“李贺的父亲名叫晋肃，李贺还是不参加进士考试为好，勉励他去考的人是不对的。”听到这种议论的人不加辨析，纷纷附和，众口一声。皇甫湜对我说：“如果不辨明这件事，您和李贺都会因此获罪。”我回答说：“是的。”

【原文】

律曰：“二名不偏讳❶。”释之者曰：“谓若言‘徵’不称‘在’，言‘在’不称‘徵’是也。”律曰：“不讳

嫌名❷。"释之者曰:"谓若'禹'与'雨''丘'与'苢'之类是也。"

【注释】

①二名不偏讳:两个字的名字可以不避讳其中的一个字,即下文说的"二名律"。

②不讳嫌名:臣子避讳君父的名讳时,不避讳字音相近的字。

【译文】

《礼记》说:"名有两个字就不单独讳其中一个字。"解释者说:"譬如说'徵'的时候不说'在',说'在'的时候不说'徵'。"《礼记》又说:"不讳声音相近的字。"解释者说:"譬如'禹'和'雨''丘'和'苢'之类就是。”

【原文】

今贺父名晋肃，贺举进士，为犯二名律乎？为犯嫌名律乎？父名晋肃，子不得举进士；若父名仁，子不得为人乎？夫讳始于何时？作法制以教天下者，非周公、孔子欤？周公作诗不讳❶，孔子不偏讳二名，《春秋》不讥不讳嫌名❷。康王钊之孙，实为昭王❸。曾参之父名皙，曾子不讳“昔”❹。

【注释】

①周公作诗不讳：周公的父亲周文王名昌，他的哥哥周武王名发，周公

作诗不讳“昌”和“发”字，例如《诗经·周颂》有“克昌厥后”“骏发尔私”等句。

②《春秋》不讥不讳嫌名：《春秋》不讥讽、不避讳声音相近的字，如卫桓公名完，“完”与“桓”音近，属于嫌名。

③康王钊之孙，实为昭王：周康王，姓姬，名钊，其子周昭王，名瑕。“昭”和“钊”同音，周人不讳。

④曾子不讳“昔”：曾子即曾参，孔子的学生，对父亲极为孝顺。曾子的父亲名点，字皙，也是孔子的学生。《论语·泰伯》中有“曾子曰……昔者吾友”的句子，“昔”和“皙”同

音，曾子不讳。

【译文】

现在李贺的父亲名叫晋肃，李贺去考进士，是违背了二名律呢，还是违背了嫌名律呢？父亲名叫晋肃，儿子不可以考进士；那么倘若父亲名仁，儿子就不能做人了吗？试问避讳是从什么时候开始的呢？制订礼法制度来教化天下的，不是周公、孔子吗？而周公吟诗不避讳，孔子不避母亲双字名中的单独一字，《春秋》中对人名相近不避讳的事例，也没有加以讥刺。周康王钊的孙子，谥号就是昭王。曾参的父亲名皙，曾子不避“昔”字。

【原文】

周之时有骐期[1]，汉之时有杜度[2]，此其子宜如何讳？将讳其嫌，遂讳其姓乎？将不讳其嫌者乎？汉讳武帝名"彻"为"通"[3]，不闻又讳"车辙"之"辙"为某字也；讳吕后[4]名"雉"为"野鸡"，不闻又讳"治天下"之"治"为某字也。今上章及诏，不闻讳"浒""势""秉""机"[5]也。惟宦官宫妾，乃不敢言"谕[6]"及"机"，以为触犯。士君子立言行事，宜何所法守也？今考之于经，质之于律，稽之以国家之典，贺举进士为可邪？为不可邪？

【注释】

①骐期：春秋时楚国人。

②杜度：汉朝人，以草书见长。

③汉讳武帝名“彻”为“通”：当时为避讳汉武帝刘彻的名字，把“彻”改为“通”“彻侯”改为“通侯”等。

④吕后：名雉，汉高祖刘邦的皇后，曾临朝称制，当时为避吕后讳，称“雉”为“野鸡”。

⑤“浒”“势”“秉”“机”：唐高祖李渊的祖父名虎，唐太宗名世民，李渊的父亲名昞，唐玄宗名隆基，“浒”“势”“秉”“机”四个字分别和“虎”“世”“昞”“基”同音。

⑥谕：唐代宗名豫，“谕”和“豫”同音。

【译文】

周朝时有一个人叫骐期，汉朝时有一个人叫杜度，像这样的名字让他们的儿子如何避讳呢？难道为了要避讳父名中音近的字，就连他们的姓氏也要避讳吗？还是就不避讳音相近的字了呢？汉代讳武帝名彻，遇到“彻”字就改为“通”字，但没有听说又讳“车辙”的“辙”字为别的什么字；讳吕后名雉，遇到“雉”字就改称“野鸡”，但没有听说又讳“治天下”的“治”字为别的什么字。现在臣僚上送奏章、皇帝下传谕旨，也没听说要避“浒”“势”“秉”“机”这些字。只有宦官和宫女，才不敢说“谕”和“机”

这些字，以为这样是犯忌的。士大夫的言行，究竟应该依照什么法度呢？总之，无论是考据经典、查正律文，还是查核国家典章，李贺参加进士考试，到底是可以还是不可以呢？

【原文】

凡事父母，得如曾参，可以无讥矣。作人得如周公、孔子，亦可以止矣。今世之士，不务❶行曾参、周公、孔子之行，而讳亲之名则务胜于曾参、周公、孔子，亦见其惑也。夫周公、孔子、曾参，卒❷不可胜，胜周公、孔子、曾参，乃比于宦者、宫妾，则是宦者、宫妾之孝于其亲，贤于周公、孔子、曾参者邪?

【注释】

①务：致力。

②卒：终于。

【译文】

大凡服侍父母能像曾参那样，可以免遭非议了。做人能像周公、孔子，也就达到顶点了。而现在的读书人，不努力学曾参、周公、孔子的行事，却要在讳亲人的名字上去超越曾参、周公、孔子，真是太糊涂了。周公、孔子、曾参，毕竟是无法超过的，超越了周公、孔子、曾参，而去向宦官、宫女看齐，那么岂非宦官、宫女对亲人的孝顺，比周公、孔子、曾参还要好得多吗?

争臣论

【导读】

争臣，就是“谏诤”之臣。阳城原本隐居于中条山，因人品学识为人所敬仰，唐德宗时被荐举为谏官。然而上任五年，阳城对皇帝并无进谏。韩愈因此写了这篇《争臣论》加以抨击，指出为官者应当认真对待自己的官职，忠于职守，不能敷衍塞责，得过且过。据说阳城受到此文的影响而改变处事态度，宰相陆贽被奸臣诬陷时，阳城极力谏诤，后又力阻皇帝任裴延龄为相。后来韩愈写《顺宗实录》时，对阳城给予了高度的评价。

【原文】

或问谏议大夫❶阳城❷于愈："可以为有道之士乎哉？学广而闻多，不求闻于人也。行古人之道，居于晋❸之鄙，晋之鄙人熏其德而善良者几千人。大臣闻而荐之，天子以为谏议大夫。人皆以为华，阳子❹不色喜。居于位五年矣，视其德如在野。彼岂以富贵移易其心哉！"

【注释】

①谏议大夫：官名，执掌议论政事，对

皇帝进行规劝。

②阳城：中进士后隐居在中条山，贞元四年(788)，被唐德宗召为谏议大夫。

③晋：此指山西夏县。阳城曾隐居在夏县中条山中。

④阳子：即阳城。

【译文】

有人向我问起谏议大夫阳城：他可以算作有道德的士人吗？他学识渊博，广见多闻，不求名声彰显，让人知晓。他履行古人的道德准则，住在晋地的边境，晋地边境的人受到他的道德熏陶而品行善良的有几千人之众。大臣听说后就推荐他，皇帝任用他为谏议大夫。人们都认为这是很荣

耀的，而阳先生却没有欣喜的表情。他担任这个职务已经五年了，看他的品德好像与隐居在野时一样。他哪里会因富贵而改变自己的心志呢！”

【原文】

愈应之曰：“是《易》所谓‘恒其德贞’而‘夫子凶’者也❶。恶❷得为有道之士乎哉？在《易·蛊》之上九云：‘不事王侯，高尚其事❸。’《蹇》之六二则曰：‘王臣蹇蹇，匪躬之故❹。’夫亦以所居之时不一，而所蹈之德不同也。若《蛊》之上九，居无用之地，而致匪躬之节，以《蹇》之六二，在王臣之位，而高不

事之心，则冒进❺之患生，旷官之刺兴。志不可则，而尤❻不终无也。

【注释】

①“是《易》”句：原文见《易经》的《恒》卦：“恒其德贞。妇人吉，夫子凶。”意思是说，永远保持一种行为的准则，对妇人来说是好事，对男子来说并不是好事。根据封建礼义，妇人应该从一夫而终身，男子应该因事制宜，具备应变能力，不可一味顺从。

②恶：怎么。

③不事王侯，高尚其事：君子没有去做官侍奉王侯，应该提高修养道德和节操。

④王臣蹇蹇，匪躬之故：做臣子的不避

艰难，辅助国君，是由于他能不顾自身的缘故。蹇蹇：忠诚。匪：非。

⑤冒进：此指钻营功名利禄。

⑥尤：弊病。

【译文】

我回答说："这就是《易经》里所说的，长期保持着一种德操而不能因事制宜，这对士大夫来说是危险的。阳城哪里算得上有道德的人呢？《易经·蛊卦》的'上九'中说：'不愿侍奉王侯，只求自己的节操高尚。'《易经·蹇卦》的'六二'爻辞中又这么说：'做臣子尽忠于君主，是由于他不顾自身的缘故。'那不就是因为所处的时间场合不一样、所实践的准则也不同吗？就像《蛊卦》的‘上九’爻辞说的那样，处于没被任用的地位，却去表示奋不顾身的节操；再如《蹇卦》的‘六二’爻说的，处在君王之臣的职位，却把不事王侯的节操当作高尚，那么冒求仕进的祸患便会产生，玩忽职守的指责也会兴起。此种志向不当效法，而且最后也避免不了过失啊。

【原文】

“今阳子在位不为不久矣，闻天下之得失不为不熟矣，天子待之不为不加矣，而未尝一言及于政。视政之得失，若越人❶视秦人❷之肥瘠，忽焉不加喜戚于其心。问其

官，则曰：‘谏议也。’问其禄，则曰：‘下大夫❸之秩❹也。’问其政，则曰：‘我不知也。’有道之士，固如是乎哉？且吾闻之：‘有官守❺者，不得其职则去；有言责者，不得其言则去。’今阳子以为得其言乎哉？得其言而不言，与不得其言而不去，无一可者也。阳子将为禄仕❻乎？

【注释】

①越人：浙江一带的人。

②秦人：陕西一带的人。

③下大夫：古官名。唐时谏议大夫为正五品，秩品相当于下大夫。

④秩：品级。

⑤官守：居官守职。

⑥禄仕：为食俸禄而居官。

【译文】

“现在阳先生担任官职的时间，不能算是不长久了；了解国家的政治措施的正确与失误，不能算是不熟悉了；皇帝对待他，不能说不重视。然而他未曾说过一句关系到国家政治的话。看待朝政的得失，就好像越国人看秦国人的胖瘦一样，毫不在意，他心中没有喜悦和忧愁的波动。问他担任什么官职，就说：‘谏议大夫啊。’问他有多少俸禄，就说：‘下大夫的品级啊。’问他朝政情况，就回答说：‘我不知道。’有道德的人，原来是这样的吗？况且我听说过：‘有官位职守的人，不能称职就该离去；有进言责任的人，不能提出有益的意见就应该辞去。'现在阳先生认为自己尽了谏议大夫的职责没有呢？能够提出批评而不提，和不能提出规谏又不辞职，这两种态度没有一种是对的啊。阳先生是为了俸禄而做官的吗？

【原文】

"古之人有云：'仕不为贫，而有时乎为贫。'谓禄仕者也。宜乎辞尊而居卑，辞富而居贫，若抱关❶击柝❷者可也。盖孔子尝为委吏❸矣，尝为乘田❹矣，亦不敢旷其职，必曰'会计当而已矣'，必曰'牛羊遂而已

矣'。若阳子之秩禄,不为卑且贫,章章❺明矣,而如此其可乎哉?"

【注释】

①抱关:守关。

②击柝(tuò):打更巡夜。

③委吏:古代管理粮仓的小官。

④乘田:古代主管畜牧的小吏。

⑤章章:明白显著。

【译文】

"古人说过:'做官不是因为家贫,但有时是因为贫困。'指的是那些为俸禄而做官的人。这样的人应该辞去高位而担任低下的职务,放弃富贵而安于贫贱生活,当个守门、巡夜之类的差使就可以了。孔子曾经做过管理粮仓的小吏，又曾做过管理畜牧的小吏，也不敢旷废他的职守，总是说‘一定做到会计准确无误才算完成任务’，总是说‘牛羊顺利成长才行’。像阳先生的品级俸禄，不算低下和微薄，那是明明白白的了，可是他的行事却是这个样子，难道可以吗？”

【原文】

或曰：“否，非若此也。夫阳子恶讪❶上者，恶为人臣招❷其君之过而以为名者，故虽谏且议，使人不得而知焉。《书》曰：‘尔有嘉谟❸嘉猷❹，则入告尔后❺于内，尔乃顺之于外，曰：“斯谟斯猷，惟我后之德。"'夫阳子之用心，亦若此者。"

【注释】

①讪：诽谤。

②招：此指宣扬。

③嘉谟：高明的经国谋略。

④嘉猷：治国的好规划。

⑤尔后：你的君主。

【译文】

有人说："不，不是这样的。阳先生是憎恶诽谤皇上的人，厌恶那些作为臣下却用公开揭发他的君主的过失而出名的人，所以，他虽然向皇帝提了意见和建议，却不让别人知道。《尚书》中说：'你有好的计策和谋略，就去告诉你的君主，你到外面装出附和君主的样子告诉大家，说："这个计策智谋是我们君主出的。"'阳先生的用意也是像这样的。"

【原文】

愈应之曰："若阳子之用心如此，滋❶所谓惑者矣。入则谏其君，出不使人知者，大臣宰相者之事，非阳子之所宜行也。夫阳子本以布衣隐于蓬蒿❷之下，主上嘉其行谊❸，擢在此位。官以谏为名，诚宜有以奉其职，使四方、后代知朝廷有直言骨鲠❹之臣，天子有不僭赏❺从谏如流之美，庶岩穴之士，闻而慕之，束带结发❻，愿进于阙下❼而伸

其辞说，致吾君于尧舜，熙鸿号[8]于无穷也。若《书》所谓，则大臣宰相之事，非阳子所宜行也。且阳子之心将使君人者恶闻其过乎？是启[9]之也。”

【注释】

①滋：更加。

②蓬蒿：蓬草和蒿草。借指草野之间。

③行谊：品行，道义。

④骨鲠：比喻刚直。

⑤僭赏：无功受赏或赏过其功。

⑥束带结发：束系衣带，挽起发髻。指出仕。

⑦阙下：宫阙之下。借指朝廷中。

⑧鸿号：大名，美称。

⑨启：引导。

【译文】

我回答说："假如阳先生的用心是这样的，那他可谓更糊涂了。进去为君主献策，出来又不使别人知道，这是大臣宰相的做法，不是阳先生所应该做的啊。那阳先生，本来以平民身份，隐居在草野之间，皇上赏识他的品行道义，提拔他担任这个职位。官为谏议大夫，他实在应该做出成绩来，奉行自己的职守，使全国各地和子孙后代知道朝廷有直言不讳、刚正不屈的臣子，君主有不滥赏和从谏如流的美名，这就可能使山野间的隐士听到了而对此产生羡慕之心，束好腰带，挽起发髻，愿意进身到宫门之下陈述他们的言论，使我们的君主成为尧舜那样的圣君，使他伟大的名声流传千古。像《尚书》所说的，那是大臣宰相的事，不是阳先生所应该做的啊。况且阳先生的想法，将会使君主厌恶听到自己的过失吧？这是在向这方面引导君主呀！”

【原文】

或曰：“阳子之不求闻而人闻之，不求用而君用之，不得已而起，守其道而不变，何子过❶之深也？”

【注释】

①过：责备。

【译文】

有人说："阳先生不求出名而别人都知道他，不求任用而君主任用了他，他不得已才出来做官，保持着一贯的操行准则而不改变，为什么您要这样过分地责备他呢？"

【原文】

愈曰："自古圣人、贤士皆非有求于闻、用也。闵❶其时之不平，人之不乂，得其道，不敢独善其身，而必以兼济天下也。孜孜矻矻❷，死而后已。故禹过家门不入，孔席不暇暖❸，而墨突不得黔❹。彼二圣一贤者，岂不知自安佚之为乐哉？

诚畏天命而悲人穷也。夫天授人以贤圣才能，岂使自有余而已？诚欲以补其不足者也。耳目之于身也，耳司闻而目司见，听其是非，视其险易，然后身得安焉。圣贤者，时人之耳目也；时人者，圣贤之身也。且阳子之不贤，则将役于贤以奉其上矣；若果贤，则固畏天命而闵人穷也，恶得以自暇逸乎哉？”

【注释】

①闵：同“悯”，忧虑。

②孜孜矻矻：勤勉不懈的样子。

③孔席不暇暖：出自班固《答宾戏》。孔子存心济世，周游列国时连席子还没有来得及坐热就走了。席：座

席。暇：空闲。

④墨突不得黔：出自班固《答宾戏》。原指墨翟为了宣传自己的主张，东奔西走，每至一地，烟囱尚未熏黑就又到别处去了。形容事情繁忙。

【译文】

我说："自古以来的圣人、贤士，都不是由于追求名望而被任用的。他们怜悯自己所处的时代动荡，民生不安定，有了道德和学问之后，不敢独善其身，一定要经世致用，普济天下。他们勤恳努力，终身不懈，到死才罢休。所以大禹在治理洪水的过程中，三次经过自己的家门也不进去看一下；孔子周游列国时，连座席也来不及坐暖就又出门了；而墨翟从不安居一地，所住之处灶上烟囱没有熏黑就离家了。那两位圣人和一位贤人，难道不懂得自己过安逸生活的快乐吗？实在是敬畏上天的旨意，而且怜悯人民的穷困啊。上天将圣贤的德才和能力授予这些人，哪里只是让他们自己有余就算了，实在是想通过他们来补充别人的不足。耳目对人来说，耳管听，眼管看，听清是非，看明安危，然后身体才能安全。圣人贤人，是世人的耳目；世人，是圣贤的身体。再说阳先生要不是贤人，那就应该被贤人所遣使来侍奉他的君主；如果确实是贤人，本当敬畏上天的意旨，而怜悯百姓的穷困，怎么能够只顾自己的闲适安逸呢？”

【原文】

或曰：“吾闻君子不欲加诸人，而恶讦❶以为直者。若吾子之论，直则直矣，无乃伤于德而费于辞乎？好尽言以招人过，国武子❷之所以见杀于齐也，吾子其亦闻乎？”

【注释】

①讦（jié）：揭发别人的隐私或攻击别人的短处。

②国武子：春秋时齐国上卿，名佐。

【译文】

有人说：“我听说君子不想把自

己的意见强加于人，并且憎恶那种把攻击别人标榜为正直的人。像您的议论，直率是够直率的了，未免有点损害道德并且浪费口舌了吧？喜欢直言不讳地揭发别人的过失，这就是国武子在齐国被杀害的原因啊，您大概也听说过吧？"

【原文】

愈曰："君子居其位，则思死其官；未得位，则思修其辞以明其道。我将以明道也，非以为直而加人也。且国武子不能得善人，而好尽言于乱国，是以见杀。《传》❶曰：'惟善人能受尽言。'谓其闻而能

改之也。子告我曰:‘阳子可以为有道之士也。’今虽不能及已,阳子将不得为善人乎哉?”

【注释】

①《传》:指《国语》。

【译文】

我说:“君子有官位,就应有以身殉职的思想准备;未得到官位,就考虑修饰文辞来阐明他掌握的道理。我是要申明道理,并非标榜正直而指责他人。况且国武子没有遇到有道之君,却在昏乱腐败的国家直言不讳,由此被杀。《国语》说:‘只有善人才能够无保留地接受批评。’这就是说他听到别人规劝后能改正自己的过失。您告诉我说：‘阳先生可以算是有道德的人。’阳先生虽然现在未能达到，难道他将来也不能成为一个有道德的人吗？”

后十九日复上宰相书

【导读】

唐代制度规定，考中进士后，通过吏部考试才能做官。韩愈于贞元八年（792）考中进士，但后来连续三次参加吏部考试均落第，只好走“上书”之路，想以文章打动宰相，以求取宰相的引荐和提拔。本文是作者第二次上书，因在第一次正月二十七日上书后的第十九天，故题为《后十九日复上宰相书》。

【原文】

二月十六日，前乡贡进士❶韩愈，谨再拜言相公❷阁下：向❸上书及所著文后，待命❹凡十有九日，不得命。恐惧不敢逃遁❺，不知所为。乃复敢自纳于不测之诛❻，以求毕其说，而请命于左右。

【注释】

①乡贡进士：唐代由州县考试合格后推选出来贡到尚书省参加进士科考试的士人。

②相公：对宰相的称呼。

③向：以前，此指上次、前次。

④待命：等待指示。

⑤逃遁：逃走，此指离开。

⑥不测之诛：不可测度的责罚。诛：责备、责罚。

【译文】

二月十六日，前乡贡进士韩愈，恭敬地向宰相阁下再拜进言：前些日子曾给您呈上一封书信和我所写的文章，事后恭候您的回信已十九天了，还没得到您的回音。我心中惶恐不安，又不敢离去，不知道该怎么办。于是我宁肯受那不可预料的责罚，也要把想说的话说完，并向您请教。

【原文】

愈闻之，蹈水火❶者之求免❷于人也，不惟其父兄子弟之慈爱，然后呼而望之也。将有介于其侧❸者，虽其所憎怨，苟不至乎欲其死者，则将大其声疾呼而望其仁之也。彼介于其侧者，闻其声而见其事，不惟其父兄子弟之慈爱然后往而全之❹也。虽有所憎怨，苟不至乎欲其死者，则将狂奔尽气❺，濡❻手足，焦❼毛发，救之而不辞❽也。若是者何哉？其势诚急，而其情诚可悲也。

【注释】

①蹈水火：遭遇水灾、火灾。蹈：践

踏，此指遭遇。

②免：免除灾害。

③介于其侧：处在或接近他的身旁。介：处于，接近。

④往而全之：上前搭救保全他。

⑤狂奔尽气：快步奔跑使尽力气。

⑥濡（rú）：沾湿，润泽。

⑦焦：烧焦，被火烧。

⑧辞：推却。

【译文】

我听说，陷于水火之中的人向他人呼救时，不只因为他和自己有父子兄弟般的慈爱，而后才去呼唤并期望他来解救。他是寄希望于附近的人，即使与自己曾有过仇恨，只要还不至于希望自己死掉的，那就会大声而急切地呼喊，希望他发仁慈之心来援救。那些处在他附近的人，听到这声音，看到这情况，也不只因为和他有父子兄弟般的慈爱，然后才去抢救他。即使有过恨和怨，只要还不到希望他死去的地步的人，就会拼命地奔走，即使弄湿手脚、烧焦毛发，也不会逃避或退却。这样做是为什么呢？是因为他的处境确实危急，而他的心情确实是值得怜悯的缘故啊。

【原文】

愈之强学力行❶有年矣，愚不惟道之险夷，行且不息，以蹈于

穷饿之水火，其既危且亟②矣，大其声而疾呼矣，阁下亦其闻而见之矣。其将往而全之欤，抑将安而不救欤？有来言于阁下者曰：“有观溺于水而爇③于火者，有可救之道，而终莫之救也。”阁下且以为仁人乎哉？不然，若愈者，亦君子之所宜动心者也。

【注释】

①强学力行：奋发学习，努力实践。

②亟（jí）：急迫。

③爇（ruò）：点燃，焚烧。

【译文】

我勤奋学习并身体力行已经好多年了。我从不考虑道路的艰险与平坦，仍前进不止，以致陷入困窘饥饿的水深火热之中，处境确实是又危险又急迫，我放大声音急迫呼救过了，您也许听到看到了吧。您是准备前来保全我呢，还是安然坐观而不加救济呢？如果有人来向您说："有人看见被水淹和被火烧的人，他有救人的办法，但最终没有去救他。"您认为他是个仁人君子吗？如果不这样认为，那么像我韩愈这样的人，也是仁人君子所应该动心而给予同情的了。

【原文】

或谓愈："子言则然❶矣，宰相则知子矣，如时不可何？"愈窃谓

之不知言者，诚其材能不足当吾贤相之举耳。若所谓时者，故在上位者之为耳，非天之所为也。

【注释】

①子言则然：你所讲的是对的。

【译文】

有人对我说："你的话是对的，宰相也很了解你，但是时机还不成熟怎么办呢？"我私下认为他不会说话，他的才能不值得受到我们的贤相推举罢了。至于时机，本来就是居于高位的人所掌握的，并不是上天的作为啊。

【原文】

前五六年时，宰相荐闻[1]，尚有自布衣蒙抽擢[2]者，与今岂异时哉？且今节度[3]、观察使[4]及防御[5]、营田[6]诸小使[7]等，尚得自举判官，无间于已仕未仕者，况在宰相，吾君所尊敬者，而曰不可乎？古之进人者，或取于盗，或举于管库，今布衣虽贱，犹足以方于此。情隘[8]辞蹙[9]，不知所裁，亦惟少垂怜焉。愈再拜。

【注释】

①荐闻：向上推荐。闻：奏闻。

②抽擢（zhuó）：选拔提升，提拔。

③节度：即节度使，唐朝设置的地方

军政长官。

④观察使：掌管州县官吏政绩、兼管民事的长官。

⑤防御：即防御使，掌管军事的长官，多由当地刺史兼任。

⑥营田：即营田使，掌管军队屯垦的官员。

⑦小使：与节度使、观察使相比，地位、权力都小得多的官员，此指防御使、营田使等。

⑧隘（ài）：窘迫。

⑨蹙（cù）：紧迫、急促。

【译文】

五六年前，宰相向朝廷推荐的人才，还有从平民中提拔出来的，那时与现在时机哪有什么不同呢？况且现在的节度使、观察使，以及防御使、营田使等品位较低的官吏，都可以自选判官，不用区分这个人原来有没有官职，更何况宰相是我们君主所尊敬的人，难道还能说不行吗？古时候推荐、选用人才的人，有的从盗贼中发现人才，有的从管仓库的人中推举人才，现在我这个平民虽然地位卑下，但还是足够和这些人相比的。我情况窘迫，言辞急切，不知道说什么，只希望您稍微赐予一点爱怜而已。韩愈再拜。

后廿九日复上宰相书

【导读】

此信为韩愈的第三封上宰相书。与第二封书信相比，尽管同是求荐，但文辞内容的表现手法却迥然不同。前者自述穷困，以求“垂怜”，重在以情动人；此信则引经据典、分析道理，以求“垂察”，重在以理服人。立意的角度则从个人的利益得失，转变为朝廷用人的得与失，把宰相对待他上书的态度，提升到是否重视人才的高度。然而，第三次上书和前两次上书一样，都是杳无回音。

【原文】

三月十六日，前乡贡进士韩愈谨再拜言相公阁下：愈闻周公之为辅相❶，其急于见贤也，方一食三吐其哺❷，方一沐❸三握其发。

【注释】

①辅相：指宰相。

②哺：指口中所含的食物。

③沐：洗头发。

【译文】

三月十六日，前乡贡进士韩愈，恭敬地向宰相阁下再拜进言：我听说，周公辅佐君主做宰相的时候，他急于接见贤才，仅吃一顿饭的时间就多次吐出口中的食物，洗一次头的时间就多次把解开的头发握在手中。

【原文】

当是时，天下之贤才皆已举用，奸邪谗佞欺负之徒皆已除去，四海皆已无虞，九夷八蛮[1]之在荒服[2]之外者皆已宾贡[3]，天灾时变、昆虫草木之妖皆已销息[4]，天下之所谓礼、乐、刑、政教化之具皆已修理，风俗皆已敦厚，动植之物、风雨霜露之所沾被[5]者皆已得宜，休征嘉瑞[6]、麟凤龟龙之属皆已备至。而周公以圣人之才，凭叔父之亲，其所辅理承化之功又尽章章如是。

【注释】

①九夷八蛮：泛指各边远民族。

②荒服：五服之一，是离京畿最远的区域。

③宾贡：入朝进贡。宾：服从，归顺。

④销息：消失停止。

⑤沾被：浸润覆盖。

⑥休征嘉瑞：吉祥美好的征兆。古人认为天下清平便会出现吉祥之物。

【译文】

在那时，天下的贤才都已举拔任用，奸诈邪恶、挑拨是非、花言巧语、反复无常、背信弃义的小人，都已被清除，天下太平，无可忧虑；最为边远地区以外的多种少数民族，都来归顺和进献礼物；自然灾害和时令反常现象、昆虫草木各种妖孽全部销声匿迹；天下所称道的礼制、音乐、刑法、政治、教化等各种制度，都已修明整治；民间风俗都已变得敦厚淳朴；天下万物，凡是受到风霜雨露滋润的，都已得其所宜；美好的征兆，麟、凤、龟、龙之类都已全部出现。而且周公凭着他圣人的才能，凭靠君王叔父的亲缘关系，他辅助君主治理国家、继承先王教化的功绩，又都是非常显著的。

【原文】

其所求进见之士，岂复有贤于

周公者哉？不惟不贤于周公而已，岂复有贤于时百执事[1]者哉？岂复有所计议、能补于周公之化者哉？然而周公求之如此其急，惟恐耳目有所不闻见，思虑有所未及，以负成王托周公之意，不得于天下之心。如周公之心，设使其时辅理承化之功未尽章章如是，而非圣人之才，而无叔父之亲，则将不暇食与沐矣，岂特吐哺握发为勤而止哉？维其如是，故于今颂成王之德，而称周公之功不衰。

【注释】

①百执事：百官。执事：朝廷中各部门的官员。

【译文】

那些请求进见周公的人，难道还有比周公更贤能的吗？不仅不能超过周公，难道还有胜过当时百官的吗？难道还有什么计谋议论，可以对周公的政治教化有所补助吗？然而周公求贤如此急迫，生怕自己有耳听不到、眼看不到、考虑不周全的地方，以致辜负成王委托自己的心愿，不能合乎天下民众的心意。按照周公的心思，假使那时辅佐天子治理国家和继承奉行先王教化的功绩，没有这样充分显著地表现出来，而他既没有圣人才能，又没有天子的叔父这种至亲的关系，那就要连吃饭和洗头的时间都没有了，哪里是吐哺握发这样的勤劳就够了呢！正因为他是这样，所以至今人们仍颂扬周成王的德行，并且不停地称赞周公的功绩。

【原文】

今阁下为辅相亦近❶耳。天下之贤才岂尽举用？奸邪谗佞欺负之徒岂尽除去？四海岂尽无虞？九夷八蛮之在荒服之外者岂尽宾贡？天灾时变、昆虫草木之妖岂尽销息？天下之所谓礼、乐、刑、政教化之具岂尽修理？风俗岂尽敦厚？动植之物、风雨霜露之所沾被者岂尽得宜？休征嘉瑞、麟凤龟龙之属岂尽备至？其所求进见之士，虽不足以希望盛德，至比于百执事，岂尽出其下哉？其所称说，岂尽无所补哉？今虽不能如周公吐哺握发，亦宜引而进之，察其所以而去就❷之，不宜默默而已也。

【注释】

①近：指地位职权与周公相近。

②去就：此指用或不用。去：离开。就：趋近。

【译文】

现在您担任宰相和周公的地位差不多，天下的贤士难道已经全部选用了？奸诈邪恶、挑拨是非、花言巧语、反复无常、背信弃义的小人难道都已清除掉？天下难道已完全没有可忧虑的了？最为边远地区以外的诸种少数民族，难道都已归顺和进献礼物？自然灾害和时令反常现象、昆虫草木的妖异现象，难道均已销声匿迹？天下所称道的礼制、音乐、刑法、政治、文化等各种制度，难道都已经修明整治？民间风俗难道都已变得敦厚淳朴？天下万物，凡是受到风霜雨露滋润的，难道都已得其所宜？美好吉祥的征兆，麟、凤、龟、龙之类难道都已经全部出现？那些请求晋见的人，虽然不能期望他们有极为美好的道德，但和那些办事的人相比，难道德才都在他们之下吗？请求进见的人所称道论说的，难道对治理国家一点补益也没有吗？现在您虽然不能像周公那样吐哺握发，也应该积极推举他们，考查其表现而后决定用谁不用谁，不应该冷漠对待、无所反应。

【原文】

愈之待命，四十余日矣。书再上，而志不得通。足三及门，而阍人❶辞焉。惟其昏愚，不知逃遁，故复有周公之说焉。阁下其亦察之。

【注释】

①阍（hūn）人：守门人。

【译文】

我等待您的指示，已经四十多天

了。接连呈上两封书信，而我的心意仍未能使您了解。三次登门拜见，均被府上看门的人挡住。仅因我生性糊涂愚钝，不知道躲避离开，所以又有这番关于周公的议论。希望您能仔细地看看它。

【原文】

古之士三月不仕则相吊❶，故出疆必载质❷。然所以重于自进者，以其于周不可，则去之鲁；于鲁不可，则去之齐；于齐不可，则去之宋，之郑，之秦，之楚也。

【注释】

①吊：慰问。

②出疆必载质：离开故国一定带上见面礼。质：通“贽”，初次求见他人时所带的礼品。

【译文】

古代的士人，三个月没有官职，就互相慰问，所以他们出国境，一定要带上进见诸侯的礼物。但他们重视作自我推荐，因为若在周朝不被任用，就到鲁国去；在鲁国不被任用，就到齐国去；在齐国不被任用，就到宋国、郑国、秦国、楚国去。

【原文】

今天下一君，四海一国，舍乎此则夷狄矣，去父母之邦❶矣。故

士之行道者，不得于朝，则山林而已矣。山林者，士之所独善自养，而不忧天下者之所能安也；如有忧天下之心，则不能矣。故愈每自进而不知愧焉，书亟上，足数及门，而不知止焉。宁独❷如此而已，惴惴❸焉惟不得出大贤之门下是惧。亦惟少垂❹察焉。渎冒威尊，惶恐无已。愈再拜。

【注释】

①父母之邦：祖国。

②宁独：岂止。

③惴（zhuì）惴：惶恐不安。

④垂：敬辞，用于别人（多是长辈或上级）对自己的行动。

【译文】

现在天下仅有一个君主，四海之内只有一个国家，离开这里就是夷狄那些地方了，就离开自己的祖国了。为此，要求实现自己的抱负和主张的士人，不在朝廷上得到任用，那就只有到山林间隐居去了。山林里边，是士人中那些独善其身、自我养生、不为天下担忧的人才能安心居处的。如果有为天下担忧之心，就不能安居在山林里了。所以我韩愈才经常自我推荐而不感到羞愧，屡次呈上书信，多次到门拜访而不知停止。又哪里只是如此而已，我依然惶恐害怕不能拜在您的门下。同时也盼望您对我稍加审察！亵渎冒犯了您的威严和尊贵，心中惶恐不已。韩愈再拜。

与于襄阳书

【导读】

于襄阳，名頔（dí），字允元。由于他做过襄阳大都督，故称于襄阳。唐德宗贞元十四年（798），于襄阳出任山南东道节度使。贞元十七年（801），韩愈署理国子监四门博士，正式在京师做官。博士职是闲官，地位不高，很难施展抱负，为此，韩愈给于襄阳写信请求引荐。

【原文】

七月三日，将仕郎❶守❷国子❸四门博士❹韩愈，谨奉书尚书阁下❺：士之能享大名、显当世者，莫不有先达之士、负天下之望者为之前焉；士之能垂休光❻、照后世者，亦莫不有后进❼之士、负天下之望者为之后焉。莫为之前，虽美而不彰；莫为之后，虽盛而不传。是二人者，未始不相须❽也，然而千百载乃一相遇焉。

【注释】

①将仕郎：散官名。

②守：署理。品级低的人担任较高的官职称“守”。

③国子：国子监。

④四门博士：学官名。

⑤尚书阁下：于頔时任尚书左仆射，同中书门下平章事，故称。

⑥休光：盛美的光华。

⑦后进：后辈。

⑧相须：相互需要、期待。

【译文】

七月三日，将仕郎署理国子监四门博士韩愈，恭敬地将书信呈给尚书阁下：读书人能够享有盛名而显赫于当世的，没有不是依靠享有天下声望的前辈为他做先导引荐的；读书人能够流传美名、照耀后世的，也没有不是依靠享有天下声望的后辈给他支持称颂的。没有人为后辈做先导引荐，那后辈人即使有美好的才华也不能显赫于当世；没有人做前辈的后继，那前辈即使有丰功伟绩也不会流传名声。这两种人未尝不互相依赖。然而，这种情况千百年才能够碰上一次。

【原文】

岂上之人无可援，下之人无可推欤？何其相须之殷而相遇之疏也？其故在下之人负其能不肯谄❶其上，上之人负其位不肯顾其下。故高材多戚戚之穷，盛位无赫赫之光。是二人者之所为皆过也。未尝干❷之，不可谓上无其人；未尝求

之，不可谓下无其人。愈之诵此言久矣，未尝敢以闻于人。

【注释】

①谄（chǎn）：奉承。

②干：求。

【译文】

难道是上面没有可以依靠的人，下面没有可以推荐的人吗？为何他们互相期待帮助的心情如此殷切，而相遇的机会又那样稀少呢？原因是居于下位的人仗着他的才能不肯请求上司推荐，居于上面的人凭着他们的地位又不肯照顾他下面的人。所以才高的人多为不得志而忧愁，而地位显要的人也不能留传显赫的名声。这两种人的做法都是不对的。不曾去请求，不能说上面没有可以依靠的人；不曾去寻求，不能说下面没有可以推荐的人。我韩愈自己说这些话已经很长时间了，但未曾冒昧地把这些话告诉别人。

【原文】

侧闻[1]阁下抱不世之才，特立而独行，道方而事实[2]，卷舒[3]不随乎时，文武唯其所用，岂愈所谓其人哉？抑未闻后进之士，有遇知于左右，获礼于门下者，岂求之而未得邪？将志存乎立功，而事专乎报主，虽遇其人，未暇礼邪？何其宜闻而久不闻也？

【注释】

①侧闻：从旁边听说，表示谦恭。

②道方而事实：道德方正而工作讲究实际。

③卷舒：指仕途的进退。

【译文】

我从旁听说您具有非常的才干，立身与操行全都卓然不凡，道德端正而处世务实，进退有度而不随世俗，对文武官员视其才能而任用。难道我所说的先达之士就是您吗？然而还不曾听说有什么后进之士，被您所欣赏而承蒙您以礼相待的。难道是您寻求而未曾得到吗？还是您有志于建功立业，将精力专注于报答君主，因而即便遇到合适的后进之士，也没有空闲以礼相待呢？为什么本应听到您礼遇、引荐后进之士的事，却长期没有听到呢？

【原文】

愈虽不材，其自处不敢后于恒人❶。阁下将求之而未得欤？古人有言："请自隗始❷。"愈今者惟朝夕刍❸、米、仆、赁❹之资是急，不过费阁下一朝之享而足也。如曰："吾志存乎立功，而事专乎报主。虽遇其人，未暇礼焉。"则非愈之所敢知也。世之龊龊者❺，既不足以语之，磊落奇伟之人，又不能听焉，

则信乎命之穷也！谨献旧所为文一十八首，如赐览观，亦足知其志之所存。愈恐惧再拜。

【注释】

①恒人：常人，一般的人。

②请自隗始：据《战国策》记载，燕昭王即位后，想招揽天下贤才振兴燕国，与谋士郭隗商量计策。郭隗说："大王想招揽贤才，请先从我郭隗开始。像我这样的人都能被重用，那么比我有才干的人肯定会来归附。"燕昭王采纳了他的意见。隗：郭隗。

③刍：饲养牲口的草。

④赁：租用房屋等所花费的钱。

⑤龊(chuò)龊者：狭隘没有远见的人。

【译文】

我尽管才能低下，但对自己要求从来不敢落在一般人的后面。您要寻求的人才不是还未得到吗？古人说："请从我郭隗开始。"我现在正为着每天的柴米和雇用仆役、租赁的费用着急，这些只不过花费您一顿饭的费用就够了。如果您说："我的志向在于建功立业，精力全用于报答君主，即便遇到了合适的后进之士，也没有空闲以礼相待。"那就不是我韩愈所能知道的了。世上那些器量狭小的人，既不足以向他们谈论这些话，心胸坦白、光明正大的人，又不能听我的话，那么我的命运确实应当困厄了！谨献上以前写的文章十八篇，如蒙赐阅览，就可以完全知道我的志向所在。韩愈诚惶诚恐，再拜。

与陈给事书

【导读】

陈给事，名京，字庆复，唐代宗大历元年（766）进士，唐德宗贞元十九年（803）由考功员外郎晋升为给事中。本文为韩愈写给陈京的一封信。在信中，作者详细地叙写了自己与陈京旧时曾有过亲密的交往和后来渐渐疏远的原因，委婉表述了对陈给事的不满，同时也表示疑虑消除，希望陈京重新了解自己，恢复交往，代为引荐。

【原文】

愈再拜：愈之获见于阁下有年矣。始者亦尝辱一言之誉。贫贱也，衣食于奔走，不得朝夕继见。其后阁下位益尊，伺候❶于门墙❷者日益进。夫位益尊，则贱者日隔；伺候于门墙者日益进，则爱博而情不专。愈也道不加修，而文日益有名。夫道不加修，则贤者不与❸；文日益有名，则同进者忌。始之以日隔之疏，加之以不专之望，以不与者之心，而听忌者之说，由是阁下之

庭无愈之迹矣。

【注释】

①伺候：等候，此处有依附的意思。

②门墙：原指师门，此处泛指尊者的门下。

③与：赏识。

【译文】

韩愈再拜：我有幸同您认识已经好多年了，开始时也曾受到您一些称赞。后来由于我贫贱，为了生计而奔波，所以不能早晚经常拜见。此后，您的地位越来越尊贵，依附伺候在您门下的人一天天地增多。地位越来越尊贵，跟贫贱的人就会一天天地疏远间隔；伺候在门下的人一天天在增加，那么由于您喜欢的人多了，而对于旧友的情意也就不专了。我的品德修养方面没有加强，而所写的文章却一天比一天出名。品德方面不完善，那么贤德的人就不会赞扬；文章越来越有名，那么与我同路求进的人就会妒忌。起初，您我由于经常不见面而疏远，以后又加上我对您感情不专的私下抱怨，而您又怀着不再赏识的情绪，并且听任妒忌者的闲话，由于这些原因，您的门庭之中，就没有我的足迹了。

【原文】

去年春，亦尝一进谒❶于左右矣。温乎其容，若加其新也；属❷乎

其言，若闵其穷也。退而喜也，以告于人。其后如东京取妻子，又不得朝夕继见。及其还也，亦尝一进谒于左右矣。邈[3]乎其容，若不察其愚也；悄乎其言，若不接其情也。退而惧也，不敢复进。

【注释】

①进谒：前去拜见。

②属：连续。

③邈：远，此处形容脸上的表情冷漠。

【译文】

去年春天，我也曾经去拜见过您一次。您面色温和，好像是接待新近结交的朋友；谈话连续不断，好像同情我穷困的处境。我告辞回来，非常

高兴，便把这些情况告诉了别人。此后，我回东京去接妻子儿女，又不能朝夕连续与您相见了。等我回来后，我又曾经拜访过您一次。您表情冷漠，好像不体察我个人的苦衷；沉默寡言，好像是不理会我的情意。我告辞回来，心中恐惧，不敢再登门拜见。

【原文】

今则释然❶悟，翻然❷悔曰：其邈也，乃所以怒其来之不继也；其悄也，乃所以示其意也。不敏之诛❸，无所逃避。不敢遂进，辄自疏❹其所以，并献近所为《复志赋》以下十首为一卷，卷有标轴❺；《送孟郊

序》一首，生纸⑥写，不加装饰，皆有指字、注字处，急于自解而谢，不能俟⑦更写，阁下取其意，而略其礼可也。愈恐惧再拜。

【注释】

①释然：疙瘩解开突然明白的样子。

②翻然：形容转变得快。

③诛：责备。

④疏：分条陈述。

⑤标轴：标有题号的卷轴。

⑥生纸：未经煮捶或涂蜡的纸。唐代书写分熟纸与生纸，生纸用于丧事，或作草稿用，用来写书赠人是不礼貌的，所以特地加以说明。

⑦俟：等待。

【译文】

现在我恍然大悟，非常懊悔，心里想：您那种冷漠的表情，是责怪我不常去拜见的缘故；谈话很少，就是暗示这种意思的缘故。对我性情愚钝的责怪，我是无法逃避的。我不敢马上就去拜见您，就自己写信和分析陈述事情的缘由，同时献上近日写的《复志赋》等十篇文章作为一卷，卷有标签和卷轴；《送孟郊序》一文，用生纸写成，没有装饰，并且有涂改和加字的地方，因为我急于向您解释误会表示道歉，所以来不及重新誊写清楚。希望您接受我的心意，不计较我的礼节上的不周之处。我诚惶诚恐，再拜。

应科目时与人书

【导读】

本文是贞元九年（793）韩愈参加博学宏词科考试时，写给韦舍人的一封信，希望得到对方的引荐，扩大影响。在信中，作者通过生动贴切的比喻，巧妙地把自己的处境、心理状态、要求和对方的身份作用具体而细微地表达出来，抒发了自己空怀奇才而不见重用的积郁。

【原文】

月、日[1]，愈再拜[2]：天地之滨，大江之濆[3]，曰有怪物焉，盖非常鳞凡介[4]之品汇[5]匹俦[6]也。其得水，变化风雨，上下于天不难也。其不及水，盖寻常尺寸之间耳。无高山、大陵、旷途、绝险为之关隔也，然其穷涸[7]，不能自致乎水，为獱[8]獭之笑者，盖十八九矣。如有力者，哀其穷而运转之，盖一举手、一投足之劳也。然是物也，负其异于众也，且曰："烂死于沙泥，吾宁乐之。若俯首帖耳，摇尾而乞怜者，非我之志也。"是以有力者遇之，熟视之若无睹也。其死其生，固不可知也。

【注释】

①月、日：某月某日。不写具体时间，此为古人书信中常用的一种形式。

②再拜：古代书信中的礼节性用语。

③濆（fén）：水边。

④常鳞凡介：普通的水族。鳞：指鱼龙之类。介：指龟鳖之类。

⑤品汇：类别。

⑥匹俦（chóu）：相比。

⑦穷涸（hé）：困窘于缺水的困境。涸：水干。

⑧猵：一种獭类动物，又称猵（biān）。

【译文】

某月某日，韩愈再拜：大海的水边，大江的滩旁，有一种怪物，它不是一般披鳞带甲之类的东西所能相比的。它到了水里，变风化雨，上天下地，都不困难。但一旦离开了水，便只能在尺寸见方的地方活动了。又没有什么高山大丘、远险路途阻碍它，然而它只能干涸着，自己毫无办法挪到水里去，为小小的水獭所耻笑，已经不知道有多少回了。如果有一位有力量的人，可怜它的处境而帮它挪一下，也不过一举手、一投足的工夫。偏偏这个怪物，自己以为与众不同，说什么："就是死了烂在沙泥里，我也愿意。如果要低着头、垂着耳、摇着尾巴，去向别人求得怜悯，那绝不是我的志向。"因此，有力量的人碰到它，就像没有看见一样，它的死活，也就难以预料了。

【原文】

今又有有力者当其前矣，聊试仰首一鸣号焉，庸讵❶知有力者不哀其穷而忘一举手、一投足之劳，而转之清波乎？其哀之，命也；其不哀之，命也。知其在命，而且鸣号之者，亦命也。

【注释】

①庸讵（jù）：怎么，难道。

【译文】

现在又有一位有力量的人来到它的面前，姑且抬起头来，叫喊一声吧！

怎么知道有力量的人不哀怜它的处境，而忘记一举手、一投足的辛劳，将它送到清水中去呢？他同情它，是命；不同情它，也是命；知道这些都是命中注定仍要大喊大叫，同样是命啊！

【原文】

愈今者实有类于是。是以忘其疏愚❶之罪，而有是说焉。阁下其亦怜察❷之。

【注释】

①疏愚：粗疏愚笨。

②怜察：怜悯，体察。

【译文】

我韩愈今天的处境与上面所说

的这个怪物差不了多少。所以不顾自己的粗疏和愚昧，说了上面这些话。阁下您大概也能哀怜体察吧。

《感二鸟赋》并序

【导读】

贞元十一年（795）五月，始终无法步入仕途的韩愈怀着悲愤失意的心情离开长安。在回故乡河阳的路上，韩愈遇到地方官向皇上进献白乌和白鹳鹆。韩愈心中感慨，于是写了这篇赋，抒发了自己怀才不遇的激愤之情。此赋正文前有序，序中用对比手法叙写作者才高品正但不被赏识录用，而两只无知禽鸟，“非有道德智谋、承顾问、赞教化者”却“反得蒙采擢荐进”，揭露了统治者埋没人才的无知而可耻的行径。

【原文】

贞元十一年，五月戊辰❶，愈东归❷。癸酉❸，自潼关❹出，息❺于河之阴❻。时始去京师，有不遇时之叹。见行❼有笼白乌、白鸜鹆❽而西者，号❾于道曰：“某土之守某官，使使者进于天子。”东西行者❿皆避路，莫敢正目⓫焉。

【注释】

①五月戊辰：农历五月初二。

②东归：往东回故乡。

③癸（guǐ）酉：农历五月初七。

④潼（tóng）关：在今陕西华阴东。

⑤息：指停留河边待渡。

⑥河之阴：黄河之南。古时山北、水南为阴。

⑦行：道路。

⑧鸜（qú）鹆（yù）：即八哥。

⑨号：叫喊。

⑩东西行者：向东或向西走的人。

⑪正目：正面看。

【译文】

贞元十一年，五月初二，我往东回

故乡。五月初七，我出了潼关，在黄河南岸休息待渡。当时我刚刚离开京都长安，有生不逢时的慨叹。我看到路上有用笼子装着白色的乌鸦和白色的鸜鹆往西走的人，一边走一边在路上喊着："某地方的某某官，派使者把祥鸟进献给皇上！"来来往往的行人听到后都把路让开，没有人敢正面看他。

【原文】

因窃❶自悲，幸生天下无事时，承先人之遗业❷，不识干戈❸、耒耜❹、攻守、耕获之勤❺，读书著文，自七岁至今，凡二十二年。其行己❻不敢有愧❼于道，其闲居思念前古当今之故，亦仅志[8]其一二大者焉。选举于有司，与百十人偕进退[9]，曾不得名荐书[10]，齿下士[11]于朝，以仰望天子之光明。今是鸟也，惟以羽毛之异，非有道德智谋、承顾问[12]、赞[13]教化者，乃反得蒙采擢[14]荐进，光耀如此。故为赋以自悼，且明夫遭时[15]者，虽小善必达，不遭时者，累善无所容[16]焉。其辞曰：

【注释】

①窃：私下里。

②遗业：遗留的产业。

③干戈：兵器。

④耒（lěi）耜（sì）：翻土用的农具。

⑤勤：苦。

⑥行己：自己的行为。

⑦有愧：此指违背。

⑧志：同“识”，指铭记。

⑨进退：指参加博学宏词科的选拔考试。

⑩荐书：推荐做官的文书。

⑪下士：低职官吏。

⑫承顾问：辅佐侍奉皇帝左右的近臣。

⑬赞：辅佐。

⑭采擢（zhuó）：引进提拔。

⑮遭时：即遇时。

⑯容：纳用。

【译文】

于是，我心中暗自悲叹：有幸生在天下太平的时候，继承了先人遗留下来的家业，没用过兵器和农具，不知道征战固守和耕耘收获的辛苦，只是读经书、写文章，从七岁开始到现在，一共已经二十二年了。我的行为不敢违背儒家道义，平时闲居读书的时候，想着古往今来的事情，也只记住其中一两件最重要的。我到吏部参加选拔考试，和很多人一起应试博学宏词科，却无法名列举荐的文书之上，只好和朝廷的下级官吏一样，期盼得到皇上的照拂。现在这两只鸟，只因为羽毛与众不同，而不是有道德有智谋、可以辅佐侍奉皇帝、帮助朝廷教化百姓，却得到提拔举荐给皇上，荣耀如此。所以，我作这篇赋来为自己悲悼，并且阐明：那些遇到好时机的人，即使只有小小的长处也一定能成为达官显贵；遇不到好时机的人，就算有一连串的优点也没有地方容纳。这篇赋是：

【原文】

吾何归乎！吾将既行而后思。诚不足以自存❶，苟有食其❷从之。出国门而东骛❸，触白日之隆景❹；时返顾以流涕，念西路❺之羌❻永。过潼关而坐息❼，窥黄流❽之奔猛；感二鸟之无知，方蒙恩而入幸；惟进退之殊异❾，增余怀之耿耿❿；彼中心之何嘉⓫？徒外饰焉是逞⓬。

【注释】

①自存：自我生存。

②其：我。

③东骛(wù)：快速东归。骛：驰，快走。

④隆景：指日光强烈。景：同“影”。

⑤西路：西出长安之路。

⑥羌：发语词，无实义。

⑦坐息：休息。

⑧黄流：黄河。

⑨殊异：不同。

⑩耿耿：忧虑不安的样子。

⑪何嘉：有什么值得称许的地方。

⑫逞：夸耀。

【译文】

我回到哪儿去呢！我踏上归路之

后才思考这个问题。如果在长安的确不能够养活自己，姑且因为故乡有饭吃我就先回去吧。出了京城的门就往东飞快地走，顶着炎炎烈日；我时不时流着泪回头看，感叹西出长安的道路是多么漫长。走过潼关，我坐下来休息，看见黄河的流水澎湃奔涌；我不禁感慨那两只鸟无知却正蒙受皇上的恩宠，想到自己被斥退和两只鸟被宠爱完全不同的境遇，心里更加烦闷不平；它们的内在有什么美好的地方？只不过是靠外在的羽毛而自鸣得意。

【原文】

余生命之湮厄❶，曾❷二鸟之

不如；汩东西与南北[3]，恒[4]十年而不居；辱饱食其有数[5]，况策名于荐书；时所好之为贤，庸有[6]谓余之非愚？昔殷之高宗[7]，得良弼[8]于宵寐[9]；孰左右者为之先？信天同而神比[10]。及时运之未来，或两求而莫致。虽家到而户说[11]，只以招尤而速累[12]。

【注释】

①湮（yān）厄：阻塞艰困。湮：塞。

②曾：岂。

③汩东西与南北：四方奔走求食。汩：水流的样子，比喻人奔走。

④恒：通“亘”，持久。

⑤有数：此指次数少。

⑥庸有：岂有，哪有。

⑦殷之高宗：殷高宗武丁。

⑧良弼（bì）：此指傅说。弼：辅佐。

⑨宵寐：夜晚睡觉。相传武丁夜晚做梦遇到一个名叫傅说的圣人，于是描绘其形貌，到处访求，后来在傅岩（今山西平陆东）找到他，任用他为相。

⑩神比：神灵的帮助。比：辅佐。

⑪家到而户说：挨家挨户地宣传。

⑫速累：招致忧患。

【译文】

我一生的命运如此艰难，连这两只鸟都比不上；我四处漂泊，连续十年不能安定下来生活；屈辱地吃饱饭的日子都寥寥可数，更别提被荣耀地列名于推荐文书之上了；被时俗陋见喜好的才被称为贤明，他们哪有说我这个人不愚顽的呢？从前殷高宗晚上在睡梦中得到良相傅说的辅佐；在这个贤人的周围，哪里有什么人预先引荐他？他实在是得到了上天的眷顾和帮助。在时运没有到来的时候，有时候君臣两方互相寻求也不能找到彼此。即使是挨家挨户去宣扬自己，也只会招灾惹祸和添麻烦。

【原文】

盖上天之生余，亦有期于下地❶；盍❷求配于古人❸，独怊怅❹

于无位？惟得之而不能，乃鬼神之所戏❺；幸年岁之未暮❻，庶无羡于斯类❼。

【注释】

①下地：即人间。

②盍（hé）：何不。

③求配于古人：跟传说中的古贤人相匹比。配：匹比。古人：指上文提到的傅说等。

④怊（chāo）怅：悲伤失意的样子。怊：悲愤。

⑤戏：戏弄。

⑥未暮：未到暮年。

⑦斯类：这一类人，指二鸟一类窃据职位而无实用的人。

【译文】

大概上天生下我，也还是希望我在人世间能够有所作为；我为什么不能像古人一样，却独独为自己得不到官位而惆怅呢？我想那些得到了官职却无法胜任的人，是鬼神在戏弄他们；幸好我的年纪还没到暮年，大可不必羡慕这一类人。

送区册序

【导读】

唐德宗贞元十九年(803)，关中京畿各地遭遇大灾，京兆尹李实隐瞒灾情，百姓饿殍遍野。刚刚担任监察御史不到三个月的韩愈忧心如焚，与同僚张署、李方叔向朝廷上书，结果得罪李实，三人均被贬出京师。这篇赠序是贞元二十一年(805)，韩愈谪居阳山时写给朋友区册的一篇序。文章立意新颖，构思巧妙，比喻生动。

【原文】

阳山❶，天下之穷处❷也。陆有丘陵之险，虎豹之虞❸。江流悍急❹，横波之石，廉利❺侔❻剑戟，舟上下失势❼，破碎沦溺者往往有之。县廓无居民，官无丞尉，夹江荒茅篁竹❽之间，小吏十余家，皆鸟言[9]夷面[10]。

【注释】

①阳山：今广东阳山县。

②穷处：极僻远的地方。

③虞：忧，患。

④悍急：湍急。

⑤廉利：锐利。廉：棱角。

⑥侔（móu）：等同于。

⑦失势：失去控制。

⑧篁（huáng）竹：大竹。

⑨鸟言：讲话像鸟儿叫一样，让人听不懂。

⑩夷面：像蛮夷一样的长相。

【译文】

阳山是天下极荒僻的地方。陆地

有丘陵之险，虎豹横行。江水汹涌湍急，江中大石耸立，陡直锋利如剑戟一般。船在江中行驶，上下颠簸难以控制，船毁人亡的事故经常发生。县城里没有居民，官署里没有县丞和县尉。江的两岸荒草、竹林之间，住着十多家小吏，都是说话像鸟叫一样难懂，其相貌与中原人不同。

【原文】

始至，言语不通，画地为字，然后可告以出租赋，奉期约❶。是以宾客游从之士，无所为而至。愈待罪❷于斯，且❸半岁矣。

【注释】

①奉期约：守期限，执行规定。

②待罪：等待处分。此为古时被贬官员自谦的说法。

③且：将近。

【译文】

我刚到阳山时，由于语言不通，只好在地上写字，这样之后才可以把交纳租税的事情告诉当地人，要他们遵守约定。由于这里山野荒僻，宾客、朋友们没有什么理由要到这里来，我被贬官到这里，将近半年了。

【原文】

有区生者，誓言相好，自南海

拏舟❶而来。升自宾阶❷，仪观甚伟，坐与之语，文义卓然。庄周云：“逃空虚者，闻人足音跫然❸而喜矣。”况如斯人者，岂易得哉。入吾室，闻《诗》《书》仁义之说，欣然喜，若有志于其间也。与之翳❹嘉林，坐石矶❺，投竿而渔，陶然以乐，若能遗外❻声利❼，而不厌乎贫贱也。岁之初吉❽，归拜其亲，酒壶既倾，序以识别。

【注释】

①拏（ná）舟：撑船。

②宾阶：西阶。古时引客上堂，宾客走西阶，主人走东阶。

③跫（qióng）然：形容脚步声。

④翳（yì）：隐蔽。

⑤石矶（jī）：水中或突出水面的岩石。

⑥外：疏远。

⑦声利：名利。

⑧初吉：即正月初。

【译文】

有一个姓区的书生，向我表示愿意和我做朋友，他从南海郡驾船来到阳山。他从西阶上堂，仪表十分壮美。我坐下来和他交谈，发现他的言辞思想都不同凡响。庄周说："巡行于荒坟古墓间的人，听到别人的脚步声就觉得欢喜了。"何况像区生这样的人，难道是容易遇到的吗？他到我的屋里，听我谈《诗》《书》中仁义的道理，非常高兴，好像有志于此。我和他一起在幽美的林木下乘凉，坐在水边的岩石上钓鱼，非常高兴，好像能摒弃名利，而不厌恶贫贱的生活了。正月，区生要回家探望父母，喝完了壶里的酒，我写了这篇序来记离别。

送高闲上人序

【导读】

韩愈排斥佛教，并且提出过激烈的主张，要求采用行政手段勒令和尚还俗，寺庙还为民居。但是在现实生活中，他并不排斥同和尚做朋友，高闲上人便是他的释家朋友之一。二人离别时，韩愈还为其作序送行。这篇序观点鲜明，词锋犀利，说理透辟，逻辑性强。

【原文】

苟可以寓❶其巧智，使机应于心❷，不挫于气❸，则神完而守固❹，虽外物至，不胶❺于心。尧、舜、禹、汤治天下，养叔❻治射，庖丁❼治牛，师旷❽治音声，扁鹊❾治病，僚❿之于丸，秋之于弈⓫，伯伦⓬之于酒，乐之终身不厌，奚暇⓭外慕？夫外慕徙业者，皆不造其堂⓮，不哜其胾⓯者也。

【注释】

①寓：寄托。

②机应于心：专注于心，随机应变。

③不挫于气：不使志气受到挫折。

④神完而守固：神完气足，操守坚固。

⑤胶：黏着，此指困扰。

⑥养叔：即养由基，春秋时楚国人，善射箭，有百步穿杨的本领。

⑦庖（páo）丁：战国著名的厨师，名丁。他为梁惠王解牛，自牛身筋骨空隙处下刀。所用刀十九年来解牛数千头，锋利如新。

⑧师旷：春秋时晋国的乐师，精通音律。

⑨扁鹊：姓秦，名越人，战国时著名的医生。

⑩僚：姓熊，名宜僚，春秋时楚国人，善弄弹丸。

⑪弈：棋。

⑫伯伦：即刘伶，字伯伦，喜饮酒，著有《酒德颂》。

⑬奚暇：哪有空闲时间。

⑭造其堂：登堂入室。

⑮哜（jì）其胾（zì）：吃大块肉。哜：吃。胾：切成的大块肉。

【译文】

如果能将技巧与智慧运用到某件事上，做到心手相应，精力集中，那么就会意志坚定，始终如一。即使有外物的干扰，也会毫不动心。尧、舜、禹、汤始理天下，养由基苦练射术，庖丁精研宰牛术，师旷研究声律，扁鹊专注于医术，熊宜僚醉心于戏弹丸，弈秋潜心研究棋艺，刘伶痴迷于酒，以此为乐而终身不觉厌倦，哪里还有多余的时间去喜欢别的东西呢？那些不能专注于本业而见异思迁的人，是不可能登堂入室，尝到美味佳肴的。

【原文】

往时张旭❶善草书，不治他伎❷。喜怒、窘穷、忧悲、愉佚❸、怨恨、思慕、酣醉、无聊、不平，有动于心，必于草书焉发之。观于物，见山水崖谷，鸟兽虫鱼，草木之花实，日月列星，风雨水火，雷霆霹雳，歌舞

战斗，天地事物之变，可喜可愕，一寓于书。故旭之书，变动犹鬼神，不可端倪❹，以此终其身而名后世。

【注释】

①张旭：字伯高，唐代书法家，被誉为“草圣”。

②伎：同“技”，技艺。

③佚：快乐。

④端倪：边际，引申为范围、测量。

【译文】

从前张旭擅长草书，不涉其他技艺。当他产生喜怒、窘困、忧悲、愉悦、怨恨、思慕、酣醉、无聊、不平等情绪时，就一定会借助草书表露出来。他观察事物，看到山水崖谷、鸟兽虫鱼、草木花果、日月星辰、风雨水火、雷霆霹雳、歌舞战斗等，天地间事物的复杂变化，或喜或惊，都寄寓在草书中。所以张旭的书法灵动如鬼神，难以捉摸，终身如此，他也因此扬名后世。

【原文】

今闲之于草书，有旭之心哉？不得其心而逐其迹❶，未见其能旭❷也。为旭有道，利害必明，无遗锱铢，情炎于中❸，利欲斗进❹，有得有丧，勃然不释❺，然后一决于书，而后旭可几❻也。今闲师浮屠氏，一死生❼，解外胶❽，是其为心必泊然❾无所起；其于世必淡然无

所嗜。泊与淡相遭，颓堕委靡[10]，溃败不可收拾。则其于书得无象之然乎？然吾闻浮屠人善幻[11]，多技能，闲如通其术，则吾不能知矣。

【注释】

①逐其迹：追踪外表的形迹。

②能旭：像张旭那样成功。

③情炎于中：内心有热烈的火焰。中：内心。

④利欲斗进：利和欲望斗争前进。

⑤勃然不释：情绪高涨，不能忘怀。

⑥几：通“冀”，求取。

⑦一死生：生死置之度外。

⑧解外胶：解脱外部事物对心的缠缚。

⑨泊然：恬淡无欲的样子。

⑩颓堕委靡：颓废消沉。

⑪善幻：精通幻术，指西域传入的吞刀、吐火等魔术，带有讽刺意味。

【译文】

如今高闲在草书方面，有张旭的精神吗？仅学其外在的行迹，未得到其精神，不算学到了张旭草书的真东西。学习张旭要有法，利害要分明，不要遗漏任何细枝末节，情感要发于内心，有取有舍，大胆释放，然后挥毫而书 之后才可以说接近张旭。现在高闲进入佛门，明生死之理，超然物外，他的内心必定淡然无波澜；他处世必定泰然无所求。恬静与闲适相结合，则颓废、消沉、溃败不可收拾。其表现于书法，能不了无生气吗?但我曾听说佛家善于应变,多有技能,高闲若能精通此道,那么他的成就我就无法推知了。

送浮屠文畅师序

【导读】

贞元十九年(803),经柳宗元介绍,僧人文畅得以谒见韩愈。不久,文畅要远行,权德舆、白居易等都写诗文为其送行,柳宗元也请韩愈作文以赠之,于是韩愈写了这篇序。文章题为送浮屠文畅,实则宣扬儒道,尖锐地批评了佛教,构思新巧。

【原文】

人固有儒名而墨行❶者，问其名则是，校❷其行则非，可以与之游乎？如有墨名而儒行者，问之名则非，校其行则是，可以与之游乎？扬子云❸称："在门墙❹则挥之❺，在夷狄❻则进之❼。"吾取以为法焉。

【注释】

①儒名而墨行：有儒者之名而行墨家之所行。

②校：考核。

③扬子云：即扬雄，西汉辞赋家。

④门墙：此指师门。

⑤挥之：即将其赶走。

⑥夷狄：古时对异族的贬称，此指佛教。

⑦进之：引荐，举荐。

【译文】

本来就有有儒者之名而行墨家之行的人，问其名则是儒者，考核他的行为却不是儒者，这样的人可以和他交往游历吗？也有有墨家之名而行儒家之行的人，问其名则不是儒者，考核他的行为却又属于儒者，这样的人可以和他交往游历吗？扬子云说过："对那些儒名而墨行者，即使他已在儒门，也要挥手把他赶走；对那些墨名而儒行者，即使他身处夷狄，也要引荐他。"我采纳扬子云的意见作为自己的处世法则。

【原文】

浮屠师文畅喜文章，其周游天下，凡有行，必请于缙绅❶先生以求咏歌其所志❷。贞元十九年春，将行东南，柳君宗元为之请。解其装，得所得叙诗累❸百余篇，非至笃❹好，其何能致多如是邪？惜其无以圣人之道❺告之者，而徒举❻浮屠之说❼赠焉。

【注释】

①缙（jìn）绅：古代将笏牌插在腰带里、垂绅（垂着衣带）的人，即士大夫。缙：插。绅：大带。

②志：记。

③累：累计，总共。

④笃：深，厚。

⑤圣人之道：指儒家的孔、孟之道。

⑥徒举：只是罗列。

⑦浮屠之说：指佛家理论。

【译文】

禅师文畅喜欢文章，他周游天下时，凡有出行的事，都要请士大夫作诗歌颂他的诗作。贞元十九年春天，文畅将要出行到东南去，柳宗元替他请求，让我作文赠文畅师。解下文畅的包裹，看到其又获得了达官文人们的诗作百余篇，若不是对此极其喜好的话，他怎么能得到这么多呢？只可惜人们没有把儒家圣人的大道告诉给他，却只是罗列佛家的学说赠送给他。

【原文】

夫文畅，浮屠也，如欲闻浮屠之说，当自就其师而问之，何故谒❶吾徒而来请也？彼见吾君臣父子之懿❷，文物事❸为之盛，其心有慕❹焉，拘其法❺而未能入，故乐闻其说而请之。如吾徒者，宜当告之以二帝❻三王❼之道，日月星辰之行❽，天地之所以著❾，鬼神之所以幽❿，人物之所以蕃⓫，江河之所以流而语之，不当又为浮屠之说而渎⓬告之也。

【注释】

①谒：谒见、拜见。

②懿（yì）：美好。

③文物事：即儒者们的实际行动。

④慕：仰慕、向往。

⑤拘其法：受佛法所限。拘：受限制。

⑥二帝：指尧、舜。

⑦三王：指夏禹、商汤、周文三和周武王。

⑧行：运行。

⑨著：显明。

⑩幽：昏暗，隐蔽。

⑪蕃：滋息，茂盛。

⑫渎（dú）：轻慢，不尊重。

【译文】

文畅，是一个僧人，如果想要听佛家的学说，应当自己向师傅询问，为什么来拜谒我们这些人并且来请教呢？他看到我们君、臣、父、子伦理关系美好，礼乐典章制度和儒者们的为人行事之兴盛，内心非常仰慕，可是又受佛家法规拘束而不能深入了解，因此才喜欢听我们儒家的学说，请我们作文章。我们这些人，应该告诉他有关二帝三王的大道；日、月、星、辰的运行；天地显著、鬼神幽微的原因，将人和事物为什么繁衍生息，江河为什么奔流不息告诉他，不应当又写些佛家的学说轻慢相告。

【原文】

民之初生，固若禽兽夷狄然。圣人者立，然后知宫居❶而粒食❷，

亲亲[3]而尊尊[4]，生者养[5]而死者藏[6]。是故道莫大乎仁义，教莫正乎礼乐刑政。施之于天下，万物得其宜；措之于其躬[7]，体安而气平。尧以是传之舜，舜以是传之禹，禹以是传之汤，汤以是传之文、武[8]，文、武以是传之周公、孔子，书之于策[9]，中国之人世守之[10]。

【注释】

①宫居：住到屋子里。

②粒食：以谷物为食。

③亲亲：亲其所应亲近的人。

④尊尊：尊敬其所应尊敬的人。

⑤养：供养。

⑥藏：此指埋葬。

⑦躬：自身。

⑧文、武：即周文王、周武王。

⑨策：简册。

⑩世守之：世世代代固守孔孟儒道。

【译文】

人刚出现的时候，本来就像飞禽、走兽和夷狄那样。圣人出现后，才知道住在屋子里，吃谷米，亲近亲人，尊重尊贵的人，养育活人，埋葬死人。因此，道理大不过仁义，教化没有比礼、乐、刑、政更好的。将仁义和礼乐施行于天下，就会使万物各得其所；施行于自身，则身体安康，心气平和。尧把它传给舜，舜把它传给禹，禹把它传给商汤，商汤把它传给周文王和周武王，周文王、周武王又把它传给了周公、孔子，并将它写在简册上，华夏之人世世代代遵守它。

【原文】

今浮屠者，孰为❶而孰传之邪？夫鸟俯而啄，仰而四顾；夫兽深居而简出，惧物之为己害也，犹且❷不脱❸焉。弱之肉，疆❹之食。今吾与文畅安居而暇食❺，优游以生死，与禽兽异者，宁可不知其所自❻邪？

【注释】

①孰为：谁这样做。

②犹且：尚且。

③不脱：摆脱不了。

④疆：同“强”。

⑤暇食：安逸闲适地吃东西。

⑥所自：得来的原因。即有了儒家道统，才能国泰民安。

【译文】

现在的僧人，谁能这样做，谁又能将这些传授给他们呢？鸟俯下头啄东西，不时地四下张望；兽类深居简出，担心其他东西伤害自己，尚且逃脱不了祸难。弱者的肉就是强者的食物啊！现在我和文畅禅师能安定舒适地居住，安逸闲适地吃东西，生死都很从容，和禽兽大不相同，怎么可以不知道这一切是如何得来的呢？

【原文】

夫不知者，非其人之罪也；知而不为者，惑也；悦乎故不能即❶乎新者，弱也；知而不以告人者，不仁也；告而不以实者，不信❷也。余既重柳请，又嘉❸浮屠能喜文辞❹，于是乎言。

【注释】

①即：就，接受。

②信：诚实。

③嘉：赞许。

④文辞：此指诗文。

【译文】

不知道这些道理的，不是他们的过错；知道却不去施行，实在是糊涂；喜欢守旧而不能接受新事物，是懦弱；知道这些道理却不告诉别人的，是不讲仁爱；告诉人却不讲实话的，是不诚实。我既看重柳宗元的请求，又赞许文畅禅师能喜欢诗文，因此才说了上面这些话。

伯夷颂

【导读】

中唐时期官场黑暗，不少人明哲保身，随波逐流。韩愈对此十分不满，于是借赞扬伯夷的“特立独行”“信道笃而自知明”的精神，严厉批评当世之士以世俗之是非为是非的处世态度，表现了自己不与世俗同流的精神。全文以议论为主，多用排句，颇有气势和力量。

【原文】

士之特立独行❶，适❷于义❸而已，不顾人之是非❹，皆豪杰之士，信道笃而自知明者也。一家非之，力行而不惑者寡矣。至于一国一州非之，力行而不惑者，盖天下一人而已矣。若至于举世非之，力行而不惑者，则千百年乃❺一人而已耳；若伯夷者，穷天地、亘❻万世而不顾者也。昭❼乎日月不足为明，崒❽乎泰山不足为高，巍乎天地不足为容也。

【注释】

①特立独行：指有独特见地和操守，不随波逐流。

②适：适合，符合。

③义：儒家倡导的道义。

④是非：肯定或否定。

⑤乃：只，仅仅。

⑥亘：贯通。

⑦昭：光明。

⑧崒（zú）：高，险峻。

【译文】

读书人立身行事独特，符合道义罢了。不理会别人的称赞或批评的，都是豪杰之士，也是忠实地相信自己的道且清楚了解自己的人。全家人都批评他，仍坚定执行而不迷惑的人很少。至于一国一州的人都批评他，仍坚定执行而不迷惑的，大概整个天下只有一人罢了。若是世上的人都批评他，仍坚定执行而不迷惑的，则千百年来只有一人罢了。像伯夷这样的人，是穷尽天地，贯通万世也不回头的人。与他比较，即使光明的日月也不算亮，雄峻的泰山也不算高，宽广的天地也不算能包容。

【原文】

当殷之亡，周之兴，微子❶贤

也，抱祭器②而去之。武王、周公圣也，从③天下之贤士与天下之诸侯而往攻之，未尝闻有非之者也。彼伯夷、叔齐者，乃独以为不可。殷既灭矣，天下宗周④，彼二子乃独耻食其粟，饿死而不顾。由是而言，夫岂有求而为哉？信道笃而自知明也。

【注释】

①微子：即微子启，商纣王的哥哥。

②祭器：祭祀用的礼器。古人重祭祀，故常把祭器作为传国重器。

③从：使跟从，带领。

④宗周：尊奉周的权威，承认周的统治权。

【译文】

当殷商要灭亡而周要兴盛时，微子这样的贤人都抱着祭祀的器皿离开殷商。周武王、周公是圣人，率领天下的贤士和诸侯前去讨伐殷商，未曾听说有人批评过他们。独有伯夷、叔齐认为他们不该这样做。殷商灭亡后，天下承认周为宗主国，只有伯夷、叔齐二人认为吃周的粮食是羞耻的，即使饿死也不吃。由此说来，他这样做难道是要博取什么吗？只是因为忠实地相信自己的道并且清楚了解自己罢了。

【原文】

今世之所谓士者，一凡人誉

之，则自以为有余；一凡人沮❶之，则自以为不足。彼独非圣人而自是如此。夫圣人，乃万世之标准也。余故曰：若伯夷者，特立独行、穷天地、亘万世而不顾者也。虽然，微❷二子，乱臣贼子接迹于后世矣。

【注释】

①沮：诋毁。

②微：没有。

【译文】

如今的所谓读书人，当有一个人称赞他，他就自以为应该得到更高的赞誉；当有一个人诋毁他，便自以为别人的话不足取。他不是真正的圣人而自以为是到如此的地步。圣人的行事是万世的标准啊。所以我认为，像伯夷这样的人，是立身行事独特，穷尽天地，贯通万世也不会回头的人啊。虽然这样，如果没有伯夷、叔齐二人，乱臣贼子便会接连不断地出现了。

子产不毁乡校颂

【导读】

乡校是春秋时设在乡的学校，也是百姓议论政治的地方。唐德宗时，太学生薛约议论朝政而获罪被流放连州（今属广东），国子司业阳城同情薛约的遭遇，为他设宴送行，却被贬为道州刺史。太学生纷纷请愿，奏疏为官吏所阻。作者对当权者压制太学生的做法不满，以咏叹春秋时郑国贤相子产不毁乡校一事，讽谏当朝执政应以古人为借鉴，开放言路。

【原文】

我思古人，伊[1]郑之侨[2]。以礼相国[3]，人未安其教。游于乡之校，众口嚣嚣[4]。或谓子产："毁乡校则止。"曰："何患焉？可以成美[5]。夫岂多言？亦各其志。善也吾行，不善吾避。维善维否，我于此视。川不可防，言不可弭[6]。下塞上聋，邦其倾矣！"既乡校不毁，而郑国以理。

【注释】

①伊：句首语气词，无实义。

②郑之侨：即郑国执政大夫公孙侨，字子产，在郑简公、郑定公时执政二十年，政绩卓越。子产不毁乡校，是其事迹之一。

③相国：辅佐国政。

④嚣（xiāo）嚣：众人喧哗的样子。

⑤成美：助成美政。

⑥言不可弭：舆论不可以用权力来禁止。

【译文】

我崇敬的古人，第一个就是郑国的子产。他用礼制治理国家，大家还不理他那一套。来到辩论的场所——乡校，众人议论纷纷。有人跟子产说："毁掉乡校议论就停止了。"子产说道："有什么可担心的呢？可以把它变成好事。哪能说是议论多了呢？也就是各抒己见嘛。对的，我们就采纳；不对的，我们就避免。是好是坏，我们就观察一下嘛！河流不能堵塞，言论不能阻止。堵塞言路，君主受蒙蔽，国家就要衰败了！"因此乡校没有毁掉，而郑国得以治理好。

【原文】

在周之兴，养老乞言❶；及其已衰，谤者使监。成败之迹，昭哉可观。

【注释】

①养老乞言：周朝时，对于年老而有贤德的人，国家按时供奉酒食，听取他们的意见，作为行政的依据。

【译文】

周初兴盛，是因为奉养老应有德之人，听取他们的意见；周厉王衰败，是派人监视有意见的人的结果。成功、失败的事例，可以清楚地看出来。

【原文】

维是子产，执政之式❶。维其不遇，化止一国。诚率❷是道，相天下君，交畅旁达❸，施及无垠。於乎❹！四海❺所以不理，有君无臣。谁其嗣❻之？我思古人。

【注释】

①式：法式，典范。

②率：遵循。

③交畅旁达：同时全面地顺利推行起来。交：同时。畅、达：顺利推行。

④於乎：叹词，同“呜呼”。

⑤四海：指天下。

⑥嗣：接续、继承。

【译文】

这个子产啊，是执政的榜样。只因为他没有遇到圣君，他的教化只施及一个郑国。真的都用子产执政的方式，帮助天下的君王，天下就能政治通明，施用到更多的地方去。唉！

天下没有治理好，是因为只有君王而没有贤臣的帮助啊。谁能继承子产之风？我思慕古人。

毛颖传

【导读】

贞元十九年（803），关中大灾。韩愈因上疏“请宽民徭而免田租”被贬，之后长期不被重用，志不得舒，才不得展，心情郁积，遂借为毛笔立传以抒发自己的情怀。作者把毛笔拟人化，既叙说了毛笔在历史文化上的贡献，又以它（毛颖）功勋卓著，却

"赏不酬劳，以老见疏"，讥刺了统治者的薄义寡恩。

【原文】

毛颖者，中山人也❶。其先明眎❷，佐禹治东方土，养万物有功，因封于卯地❸，死为十二神❹。尝曰："吾子孙神明之后，不可与物同，当吐而生❺。"已而果然。明眎八世孙㲉❻，世传当殷时居中山，得神仙之术，能匿光使物❼，窃姮娥❽，骑蟾蜍入月，其后代遂隐不仕云。居东郭者曰㕙❾，狡而善走，与韩卢❿争能，卢不及。卢怒，与宋鹊⓫谋而杀之，醢⓬其家。

【注释】

①毛颖者，中山人也：此指毛笔产自中山。毛颖：毛笔的别名，文中借作人名。中山：战国时国名，在今河北定州一带，以产紫毫毛笔出名。

②其先明眎（shì）：毛颖的祖先明眎。明眎：兔子的别名。

③卯（mǎo）地：即"东方土"。古代按十二地支划分方位，卯位指东方。

④十二神：指十二生肖。

⑤吐而生：传说兔子是口吐而生，故兔嘴上唇开裂。

⑥䨲（nóu）：刚出生的幼兔。此泛指兔。

⑦匿光使物：指隐身形于日光下，驱使诸物。

⑧姮（héng）娥：即嫦娥。

⑨㕙（jùn）：狡兔。

⑩韩卢：战国时韩国的良犬名。

⑪宋鹊：战国时宋国的良犬名。

⑫醢（hǎi）：肉酱。此指剁成肉酱。

【译文】

名叫毛颖的人，是中山人。他的先人是明眎，辅佐大禹治理东方，因养育万物有功，因此在卯地获得封地，死后成为十二神之一的兔。他曾经说："我的子孙是神的后代，不可以和其他生物相同，将来生产是从嘴里吐出来的。"后来果然是这样。明眎的第八代孙子刚刚出生，人世间正值殷代，他住在中山，得到了神仙的法术，能够隐身、驱使物事，与嫦娥幽会，骑蟾蜍进入月亮，他的后代便隐居不当官。住在城东的名叫兔，他狡猾并且善于奔跑，和韩卢比赛，韩卢不如他。韩卢怀恨，和宋鹊共同谋划杀了他，将他全家剁成了肉酱。

【原文】

秦始皇时，蒙将军恬❶南伐楚，次❷中山，将大猎以惧楚，召左右庶长与军尉，以《连山》筮❸之，得天与人文之兆。筮者贺曰："今日之获，不角不牙❹，衣褐之徒❺，缺口而长须，八窍而趺❻居，独取其髦❼，简牍是资❽，天下其同书，秦

其遂兼诸侯乎?”遂猎,围毛氏之族,拔其豪,载颖而归,献俘于章台宫⑨,聚其族而加束缚焉。秦皇帝使恬赐之汤沐⑩,而封诸管城⑪,号曰管城子,日见亲宠任事。

【注释】

①蒙将军恬:蒙恬,秦朝名将,相传为毛笔的发明者。

②次:临时驻扎,停留。

③筮:用蓍草卜卦。

④不角不牙:兔不生角,也无犬齿。

⑤衣褐之徒:此指全身有毛的兔子。褐:粗布衣服,此处比拟兔毛颜色。

⑥趺(fū):两足交叠而坐。

⑦髦(máo):毛中长毫。引申为同辈中

佼佼者。

⑧简牍（dú）是资：兔毫笔是简牍书写的工具。简牍：书写用的竹简和木片。资：依仗，凭借。

⑨章台宫：秦宫殿名，秦王处理政务、起居的重要场所。

⑩赐之汤沐：古时诸侯朝见天子前要沐浴斋戒，以表虔诚。汤：热水。

⑪管城：周时管叔的封地，今河南郑州。

【译文】

秦始皇的年代，蒙恬将军在南方讨伐楚国，在中山停留，准备举行大型的狩猎行动来威吓楚国，就召集左右的庶长和军尉一起，用《连山》

占卜这次行动，预测得到天时和人和的预兆。占卜者恭贺道："这次要捕获的，是没有角、牙齿不锋利、有着褐色毛发的动物，缺嘴并且胡须较长，身上有八处孔，双脚交叠而坐，取他的毛，做成毛笔，用来在简上书写，这样天下就会统一文字，秦国将会兼并诸侯吧！"于是开始狩猎，围捕毛家一族，拔下他们的毛，将毛颖装车带回，到章台宫将俘虏献给皇帝，聚集他家族的人将他们束缚起来。秦始皇让蒙恬赐毛颖去沐浴，并赐封地管城，名字是管城子，他逐渐得到皇帝的恩宠并管理事情。

【原文】

颖为人强记而便敏❶，自结绳之代❷以及秦事，无不纂录；阴阳❸、卜筮❹、占相❺、医方❻、族氏❼、山经❽、地志❾、字书❿、图画⓫、九流⓬百家⓭、天人之书⓮，及至浮图⓯、老子、外国之说，皆所详悉；又通于当代之务，官府簿书，市井货钱注记，惟上所使。

【注释】

①便敏：敏捷。

②结绳之代：指远古尚无文字，靠结绳记事的时代。

③阴阳：指阴阳家的书。

④卜筮：指占卜的书。

⑤占相：指相面的书。

⑥医方：指医药之类的书。

⑦族氏：指族谱之类的书。

⑧山经：地理方面的书。

⑨地志：方志之类的书。

⑩字书：文字之类的书。

⑪图画：图册之类的书。

⑫九流：泛指各流派。

⑬百家：诸子百家。

⑭天人之书：天道人事之书，泛指图书。

⑮浮图：此指佛教。

【译文】

毛颖记忆力非常强并且敏捷、敏锐，从结绳记事的年代起直到秦代的事，没有不编纂记录的；阴阳、卜卦、占卜相面、医疗方术、民族谱系、山川的记载、地志、解释文字形义的书、图画、九流百家以及论述天道和人事关系的书，乃至佛学、老子、外国的各种学说，全都详细地记下；他还通晓当代的各种事务，官府公函，市井中货物钱财的账目记录，这些才能全都为皇上服务。

【原文】

自秦皇帝及太子扶苏❶、胡亥❷、丞相斯❸、中车府令高❹，下及国人，无不爱重。又善随人意，正直邪曲巧拙，一随其人。虽见废弃，终默不泄❺。惟不喜武士，然见请

亦时往。

【注释】

①扶苏：秦始皇的长子，后被秦二世胡亥矫诏赐死。

②胡亥：秦始皇第十八子，即秦二世。

③丞相斯：即李斯，秦国左丞相。

④中车府令高：即赵高，曾任中车府令，兼行符玺事。秦始皇死后，赵高与胡亥、李斯合谋，篡改遗诏，立胡亥为太子，承袭帝位。

⑤终默不泄：始终沉默而不泄露曾书写过的内容。默：沉默不语。泄：泄露。

【译文】

从秦始皇到太子扶苏、胡亥、丞相李斯、中车府令赵高，下到国民百姓，没有不敬重他的。他又善于随人的意，正直、邪恶、扭曲、巧妙、拙朴的，全都随人的意。虽然有时被废弃，始终沉默但不泄密。他唯独不喜欢武士，但是如果被邀请也经常赴约。

【原文】

累拜❶中书令❷，与上益狎❸，上尝呼为中书君。上亲决事，以衡❹石自程❺，虽宫人不得立左右，独颖与执烛者常侍，上休方罢。颖与绛人陈玄❻、弘农陶泓❼及会稽褚先生❽友善，相推致，其出处必偕❾。上召颖，三人者不待诏，辄俱往，上未尝怪焉。

【注释】

①累拜：屡次受任。

②中书令：官名。汉武帝时设，唐时为中书省的长官，官位极高。

③狎（xiá）：亲密。

④衡：秤。

⑤自程：指皇帝自定的每天审阅公文的限量。

⑥绛人陈玄：指墨。唐时绛州（今山西新绛县）贡墨，墨以陈旧为佳，故作者拟其姓陈。玄：黑色。

⑦弘农陶泓：指砚。唐时虢州弘农（今河南灵宝）贡瓦砚，瓦砚由陶土烧制而成，故作者拟其姓陶。砚中盛水，故取名为泓。

⑧会稽褚（chǔ）先生：指纸。唐时会稽（今浙江绍兴）贡纸，纸以楮木为原材料，故作者拟称褚先生。

⑨必偕：必定在一起。

【译文】

毛颖屡次受封为中书令，和皇上更加亲密，皇上曾经称他为中书君。皇上亲自决断公事，给自己定出每天阅览公文达到的重量，就是宫里的人也不得站在他旁边，唯独毛颖和拿蜡烛的奴仆经常在旁边，皇上休息时才走开。毛颖和绛县人陈玄（指墨）、弘农县的陶泓（指砚台）和会稽县褚先生（指纸）十分交好，互相推崇备至，他们出现的地方必定互相偕同。皇上召见毛颖，三人不等皇帝召见，就一起前往，皇上从没怪罪过他们。

【原文】

后因进见，上将有任使，拂拭❶之，因免冠谢❷。上见其发秃，又所摹画不能称上意。上嘻笑曰："中书君老而秃，不任吾用。吾尝谓君中书，君今不中书邪？"对曰："臣所谓尽心者。"因不复召，归封邑，终于管城。其子孙甚多，散处中国夷狄，皆冒管城，惟居中山者能继父祖业。

【注释】

①拂拭：擦拭，此指重用。

②免冠谢：脱帽谢恩，执行使命。

【译文】

后来一次进见时，皇上要委任、重用他，于是他脱下帽子谢恩。皇上看见他的头发秃了，并且所画的画不能如皇上的意。皇上讥笑道："中书君老并且秃头，不能胜任我的任务了。我曾经称您是中书，您现在是不中书啊？"他回答说："臣已经尽心啦。"于是皇上不再召见他，他回到封地，在管城终老。他的子孙很多，分散在中原和蛮夷之地，都冒充是管城人，只有住在中山的后代能够继承父辈祖宗的事业。

【原文】

太史公曰：毛氏有两族。其一姬姓，文王之子，封于毛，所谓鲁、卫、毛、聃者也，战国时有毛公❶、毛遂❷。独中山之族，不知其本所出，子孙最为蕃昌❸。《春秋》之成，见绝于孔子，而非其罪。及蒙将军拔中山之豪，始皇封诸管城，世遂有名，而姬姓之毛无闻。颖始以俘见，卒见任使，秦之灭诸侯，颖与❹有功，赏不酬劳，以老见疏，秦真少恩哉！

【注释】

①毛公：赵国的隐士，后成为魏国信陵君的门客。

②毛遂：赵国平原君的门客，曾向平

原君自荐，随同出使楚国，说服楚王出兵援赵。

③蕃（fán）昌：繁衍昌盛。

④与：参与。

【译文】

太史公说：毛家有两族，其中一族是姬姓，周文王的儿子，封为毛，就是所谓的鲁、卫、毛、聃的毛国，战国的时候有毛公、毛遂。唯有中山这一族，不知道他们的祖宗，子孙却最兴旺。孔子作《春秋》，是听说捉到了麟而停笔的，而不是毛颖的罪过。蒙将军拔中山兔子的毛，秦始皇赐封他管城，于是世代有名，而姬姓的毛族默默无闻。毛颖起始以俘虏的样子出现，完结于任命和重用。秦灭诸侯，毛颖肯定有功劳，奖赏不能酬谢他的功劳，却因为老迈而被疏远，秦始皇真是薄情寡义！

柳州罗池庙碑

【导读】

柳宗元是韩愈的政坛挚友，二人志同道合，共同倡导古文、改革文坛，是中唐时古文运动的主将。唐穆宗长庆三年（823），担任尚书吏部侍郎的韩愈应柳州官吏之邀，为祭祀柳宗元修建的罗池庙撰写碑文。碑文通过对柳侯柳州施政、柳民之言的描写暗言柳侯有大才却不为世用，替逝者鸣不平。

【原文】

罗池庙[1]者，故刺史柳侯庙也。柳侯为州[2]，不鄙夷[3]其氓，动以礼法，三年，民各自矜奋[4]，曰："兹土虽远京师，吾等亦天氓[5]，今天幸惠仁侯，若不化服[6]，我则非人。"于是老少相教语，莫违侯令。凡有所为于其乡闾及于其家，皆曰："吾侯闻之，得无不可于意否？"莫不忖度而后从事。凡令之期，民劝趋之，无有后先，必以其时。于是民业[7]有经[8]，公无负租[9]，流逋⑩四归，乐生兴事。宅有新屋，步有新船，池园洁修，猪牛鸭鸡，肥大蕃息；子严父诏，妇顺夫指⑪。嫁娶葬送，各有条法。出相弟长，入相慈孝。

【注释】

①罗池庙：位于今广西柳州东。唐时为祭祀柳州刺史柳宗元修建的庙。罗池：池名。庙建于池畔，故名。

②柳侯为州：唐宪宗元和十年（815），柳宗元从永州司马升任柳州刺史。

③鄙夷：轻视。

④矜奋：勤奋努力。

⑤天氓（méng）：皇帝的子民。

⑥化服：顺从教化。

⑦业：已经。

⑧经：治理。

⑨租：田赋，泛指一切赋税。

⑩流逋（bū）：流窜逃亡的人。

⑪指：指示。

【译文】

罗池庙，就是祭祀已经去世的柳州刺史柳宗元的地方。柳侯生前担任柳州刺史的时候，不轻视当地的百姓，用礼教法度教化他们，经过三年的治理，百姓勤奋努力，说："我们这个地方虽然远离京城，但我们也是天子的子民，现在上天给派来仁爱的柳侯，如果还不服从教化，我们就不是人。"于是老人和孩子相互告诫提醒，不违背柳刺史的政令。凡是在乡里或家中有所举动时，人们都常说："我们的刺史听到了，会不会心里满意呢？"百姓没有不揣测之后才去做的。凡是政令规定的期限，老百姓都努力赶着去实现，不分先后，必定都按期完成。于是百姓得到治理，政府的赋税也没有亏欠，逃亡在外的人也纷纷回来，事业兴旺，生活快乐。人们有新房子居住，有新船代步，池塘园林整洁美观，猪牛鸭鸡长得肥壮，繁殖增多；儿子遵从父亲的教导，妻子顺从丈夫的意志。婚丧嫁娶各有规矩礼法。在外面互相仁爱，在家里尊老爱幼，举家合美。

【原文】

先时❶民贫，以男女相质❷，久不得赎，尽没为隶。我侯之至，按国之故，以佣❸除❹本，悉夺归之。大修孔子庙，城郭巷道，皆治使端正，树以名木，柳民既皆悦喜。尝与其部将魏忠、谢宁、欧阳翼饮酒驿亭，谓曰："吾弃于时❺，而寄于此，与若❻等好也。明年吾将死，死而为神，后三年，为庙祀我。"及期而死。

【注释】

①先时：指柳宗元初到的时候。

②质：抵押、人质。

③佣：出卖劳动力。此处指出卖劳动力

所得的报酬。

④除：扣除，抵消。

⑤弃于时：被时代抛弃。指被贬黜。

⑥若：你们。

【译文】

柳侯初到的时候，百姓生活很贫穷，常有赊欠借贷拿家人去作抵押，到时候不能够赎回，结果被收为家奴的情况。柳侯到来后，按照国家过去的办法，以出卖劳力来抵借债，这样把人质们全赎出送回家了。他又兴修孔子庙，把城里城外大街小巷都加以治理，城墙街道也都修理得端端正正，又栽种了许多名贵树木，柳州的百姓都非常高兴。柳侯曾与他的部属魏忠、谢宁、欧阳翼在驿亭饮酒，对他们说：“我被当世抛弃，寄居在这里，和你们交好。明年我就要死去，死后会成为神。三年之后，建一座庙宇祭祀我吧。”到第二年，柳侯真的死了。

【原文】

三年❶孟秋❷辛卯，侯降于州之后堂，欧阳翼等见而拜之。其夕，梦翼而告曰：“馆❸我于罗池。”其月景辰庙成，大祭❹。过客李仪醉酒，慢侮❺堂上，得疾，扶出庙门即死。

【注释】

①三年：指唐穆宗长庆二年。

②孟秋：七月。

③馆：此指在罗池边建庙。

④大祭：隆重祭祀。

⑤慢侮：轻慢侮辱。

【译文】

三年后的七月初三，柳侯的英灵降临在州府的后堂，欧阳翼等人看到他就跪拜。这天晚上，柳侯托梦给欧阳翼说："在罗池旁边给我建庙宇。"在这个月的吉日良辰庙宇建成，举行了隆重的祭祀。路过此地的客人李仪喝醉了酒，在庙上有轻慢侮辱的举动，结果立刻得了病，扶出庙门外就马上死了。

【原文】

明年春，魏忠、欧阳翼使谢宁来京师，请书其事于石。余谓柳侯，生能泽❶其民，死能惊动福祸之，以食❷其土，可谓灵也已。作迎享送神诗遗柳民，俾❸歌以祀焉，而并刻之。

【注释】

①泽：恩惠。

②食：通“饲”。

③俾（bǐ）：使。

【译文】

庙建成后的第二年春天，魏忠、欧阳翼派谢宁来到京城，请求我书写柳侯的事迹，刻在庙碑石上。我认为柳侯活着时能给百姓恩惠，死后还能降福消灾，来享用这块土地，可以说是很灵验啊。我作了一首迎享送神诗，送给柳州的人民，让他们歌吟来祭祀柳侯，并且刻在庙碑石上。

【原文】

柳侯，河东人，讳宗元，字子厚。贤而有文章，尝位于朝，光显❶矣，已而摈❷不用。其辞曰：

【注释】

①光显：光辉显耀。

②摈（bìn）：弃。

【译文】

柳侯，河东人，名宗元，字子厚。

他贤明能写文章，曾经在朝做官，光辉显耀，不久，遭到摒弃不任用。歌辞唱道：

【原文】

荔子丹兮蕉黄，杂肴蔬兮进侯堂。侯之船兮两旗，度中流兮风泊❶之。待侯不来兮不知我悲。

【注释】

①风泊：顶风停泊。

【译文】

荔枝红啊香蕉黄，再加上菜肴一同送进柳侯庙堂。柳侯的船啊两边插着旗帜，渡到中流啊，旗帜迎着风飘扬。等待柳侯等不来啊，不知道我的心多么悲伤。

【原文】

侯乘驹兮入庙，慰我民兮，不颦❶以笑。鹅之山兮柳之水，桂树团团❷兮白石齿齿❸。侯朝出游兮暮来归，春与猿吟兮秋鹤与飞。北方之人兮为侯是非。千秋万岁兮侯无我违。福我兮寿我，驱厉鬼兮山之左。下无苦湿兮高无干。粳稌❹充羡❺兮蛇蛟结蟠。我民报事兮无怠，其始自今兮钦❻于世世。

【注释】

①颦（pín）：皱眉。

②团团：聚集的样子。

③齿齿：排列得像牙齿一样密聚整齐。
④粳稌（tú）：粳稻和糯稻。
⑤羡：羡余。正赋外的各种附加税，唐时对百姓巧取豪夺的杂税。
⑥钦：敬仰。

【译文】

柳侯乘坐骏马啊进入了庙堂，安慰我们百姓啊，面带笑容无愁样。我们的鹅山啊柳州的水，桂树茂密啊白石排列整齐。柳侯早上出游啊傍晚归来，春天与猿歌吟唱啊，秋天与仙鹤齐飞。北方的人啊，对柳侯说短道长。千秋万岁啊，不要与我远离。赐福给我啊赐寿给我，从山的左边呵驱走恶鬼。低处不苦湿啊，高处不枯干。稻子可以当作羡余啊，蛇和蛟盘曲而伏潜。我们百姓向柳侯报告事情啊，像过去一样不懈怠，从今往后啊世世代代敬仰您。

《张中丞传》后叙

【导读】

张中丞，即张巡。中丞是张巡驻守睢阳（今河南商丘）时朝廷加的官衔。安史之乱时，张巡在雍丘一带抗击叛军，后与许远同守睢阳，城破被俘，二人先后殉难。安史之乱平定以后，朝廷有小人竭力散布张巡、许远二人有罪的流言，为藩镇割据势力助长声势。韩愈对此十分愤怒感慨，读了李翰写的《张巡传》后作了此文，对有关材料作了补充，对有关人物发表议论，所以题为后叙。

【原文】

元和二年四月十三日夜，愈与吴郡张籍❶阅家中旧书，得李翰❷所为《张巡传》。翰以文章自名，为此传颇详密。然尚恨有阙者：不为许远❸立传，又不载雷万春❹事首尾。

【注释】

①张籍：字文昌，吴郡（今江苏苏州）

人，唐代著名诗人，韩愈的学生。

②李翰：字子羽，赵州赞皇（今属河北）人，曾官至翰林学士。客居睢阳时，李翰曾目睹张巡守城的事迹。张巡死后，有人诬其降贼，李翰于是作《张巡传》上唐肃宗，为其辩解。

③许远：字令威，杭州盐官（今浙江海宁）人。安史之乱时，许远任睢阳太守，后与张巡同守孤城，城陷遇害。

④雷万春：张巡的部将。此处当是“南霁云”之误。

【译文】

元和二年四月十三日夜，我和吴郡人张籍翻阅家中的旧书，发现了李翰撰写的《张巡传》。李翰以文章写得好而自负，这篇传记写得很详细周密。但可惜还有不足之处，没有替许远立传，又没有记载雷万春事迹的始末。

【原文】

远虽材若不及巡者，开门纳巡❶，位本在巡上，授之柄❷而处其下，无所疑忌，竟与巡俱守死，成功名。城陷而虏❸，与巡死先后异耳。

【注释】

①开门纳巡：唐肃宗至德二年（757）正月，叛军安庆绪部将尹子奇率军围困睢阳，许远向张巡告急，张巡自宁陵率军进入睢阳城。

②柄：权柄。

③城陷而虏：睢阳陷落，张巡、许远被俘虏。张巡与部将被斩，许远被押送洛阳邀功。

【译文】

虽然许远的才能似乎比不上张巡，但他打开城门，接纳张巡共同守卫睢阳，地位本来在张巡之上，却把权柄交给他，受他指挥，没有什么猜疑和妒忌。最后，许远和张巡一起死守城池，建立了功名。许远由于城池沦陷而被俘虏，和张巡的死相比时间不同罢了。

【原文】

两家子弟材智下，不能通知[1]二父志，以为巡死而远就虏，疑畏死而辞服于贼。远诚畏死，何苦守尺寸之地，食其所爱之肉，以与贼抗而不降乎？当其围守时，外无蚍蜉[2]蚁子[3]之援，所欲忠者国与主耳，而贼语以国亡主灭。远见救援不至，而贼来益众，必以其言为信。外无待而犹死守，人相食且尽，虽愚人亦能数日而知死处矣。远之不畏死亦明矣。乌有城坏，其徒俱死，独蒙愧耻求活？虽至愚者不忍为。呜呼！而谓远之贤而力之邪？

【注释】

①通知：通晓。

②蚍（pí）蜉（fú）：黑色的大蚁。

③蚁子：幼蚁。

【译文】

许、张两家子弟才能智慧低下，不能彻底理解许远、张巡的志气。张家子弟认为张巡战死而许远受虏不死，怀疑许远怕死而降贼。许远假如怕死的话，为何要苦苦地死守小小的睢阳城，以他所爱之人的肉给士兵充饥，来同敌军抗战而不投降呢？当他们被围困的时候，城外连极其弱小的援兵都没有，他们所要效忠的只是国家和君主罢了，而叛军则告诉许远唐朝已经灭亡，君主已经死了。许远看见救兵不来，而叛军却越来越多，一定以为敌人的话是真的。等不到外来的救兵尚且死守城池，人吃人也快吃完了，即使是傻瓜也会算得出死亡的期限！由此看来，许远的不怕死也就很明白了。哪有城池失陷了，部下都死光了，他自己却独自含羞忍辱、苟且偷生的呢？即使是最愚蠢的人也不肯这么做。唉！难道说许远这样贤明的人会做这样的事吗？

【原文】

说者又谓远与巡分城而守，城之陷自远所分始，以此诟❶远。此

又与儿童之见无异。人之将死，其脏腑必有先受其病者；引绳而绝之，其绝必有处。观者见其然，从而尤之，其亦不达于理矣。小人之好议论，不乐成人之美如是哉！如巡、远之所成就如此卓卓，犹不得免，其他则又何说？

【注释】

①诟：诟骂，辱骂。

【译文】

谈论的人又说许远和张巡各守城的一方，城池失陷是从许远所把守的一面开始的，拿这个来辱骂许远。这又和儿童的见识没有差别。人要死，他的内部器官一定有先得那个病的部位；拉断绳子，它先断开的地方一定是绳子的某一段。看到人死、绳断的人见到情况是这样，据此就责怪某一内脏和绳子的某一段，也未免太不懂道理了。小人喜欢非议，不乐意成全别人的好事竟然到了这个地步啊！像张巡、许远对国家做出的贡献是如此卓越，还不免遭受指责，其他人还有什么可说的呢？

【原文】

当二公之初守也，宁能知人之卒不救，弃城而逆遁❶？苟此不能守，虽避之他处何益？及其无救而且穷也，将其创残饿羸❷之余，虽

欲去，必不达。二公之贤，其讲之精矣。守一城，捍天下，以千百就尽之卒，战百万日滋之师，蔽遮江淮，沮遏❸其势。天下之不亡，其谁之功也？当是时，弃城而图存者，不可一二数；擅强兵坐而观者，相环也。不追议此，而责二公以死守，亦见其自比于逆乱，设淫辞而助之攻也。

【注释】

①逆遁：事先遁逃。

②羸（léi）：瘦弱。

③沮（jǔ）遏：阻止。

【译文】

当张、许二公初守睢阳的时候，怎能料到人家最终也不来救援，因而放弃睢阳，事先退走呢？如果这座城不能够守住，即使退避到别的地方去又有什么用处呢？等到确无救兵、处于困难的境地时，率领着他们那些因受伤而残废、因挨饿而瘦弱的余部，即便想撤离睢阳也肯定不可能了。张、许二公这样贤明，他们已经考虑得很周全了。他们坚守一座城池，来保卫朝廷，凭借千百名接近死亡的士兵，抵挡上百万且日益增多的敌军，掩蔽江淮流域，从而阻遏叛军的兵势。唐王朝没有被灭亡，是谁的功劳呢？在当时，丢弃城池而考虑活路的不是少数几个人；掌握强兵、坐视不救的人到处都是。他们不去追究非议这些人，反而责怪张、许不该死守，也就可见他们把自己比同叛逆，制造邪说帮助叛敌攻击张、许二公。

【原文】

愈尝从事于汴[1]、徐[2]二府，屡道于两府间，亲祭于其所谓双庙[3]者。其老人往往说巡、远时事，云：

【注释】

①汴：即汴州，今河南开封。

②徐：即徐州，今江苏徐州。

③双庙：张巡、许远死后，后人在睢阳立庙祭祀二人，称为双庙。

【译文】

我曾在汴州、徐州二幕府任推

官，多次经过两州之间的睢阳城，亲自到那称为“双庙”的地方拜祭过，那里的老人常常谈到张巡、许远当时的事情：

【原文】

南霁云❶之乞救于贺兰❷也，贺兰嫉巡、远之声威功绩出己上，不肯出师救。爱霁云之勇且壮，不听其语，强留之，具食与乐，延霁云坐。霁云慷慨语曰：“云来时，睢阳之人不食月余日矣。云虽欲独食，义不忍，虽食，且不下咽。”因拔所佩刀断一指，血淋漓，以示贺兰。一座大惊，皆感激为云泣下。云知贺

兰终无为云出师意，即驰去。将出城，抽矢射佛寺浮图，矢著其上砖半箭，曰："吾归破贼，必灭贺兰！此矢所以志也。"

【注释】

①南霁云：唐朝时期名将。安禄山反叛，被派至睢阳协助张巡守城，成为张巡的部将。

②贺兰：即贺兰进明，时任御史大夫、河南节度使。

【译文】

南霁云向贺兰进明请求救援，贺兰进明嫉妒张巡、许远的名声威望和功劳业绩超过自己，不肯出兵援救。贺兰进明喜欢南霁云的英勇和豪壮，不听他求救的要求，硬要留他下来，陈设酒肉，具备歌舞，邀请南霁云入座。南霁云情绪激昂地说：“我南霁云来的时候，睢阳城内的人已经有一个多月没东西吃了。我即使想一个人吃，道义上不忍心这样做，即使吃也咽不下去。”于是抽出随身佩带的刀砍断一个手指，鲜血淋漓，来给贺兰看。满座的人非常震惊，都感动得为他掉泪。南霁云明白贺兰终究不会为自己出兵，就飞马离去了。他快要出城的时候，抽出一支箭射向佛寺的高塔，箭射中在塔上，有一半箭头穿进塔砖里，说：“我这次回去，如果打败了叛贼，一定回来灭掉贺兰！这一箭就是标记。”

【原文】

愈贞元中过泗州❶，船上人犹指以相语。城陷，贼以刃胁降巡。巡不屈，即牵去，将斩之。又降霁云，云未应。巡呼云曰："南八❷，男儿死耳，不可为不义屈！"云笑曰："欲将以有为也。公有言，云敢不死？"即不屈。

【注释】

①泗州：唐时属河南道，州治在今江苏泗洪县东南。

②南八：南霁云排行第八，故称。

【译文】

我于贞元年间路过泗州，船上的人还指着中箭的塔砖告诉我当年的情况。睢阳城失陷时，叛贼用刀威逼张巡投降。张巡不屈服，随即被拉走，行将斩首。叛贼又威逼南霁云投降，南霁云没有回答。张巡对南霁云呼喊道："南八，大丈夫一死罢了，不能屈从不义的人！"南霁云笑着回答说："我原想要有所作为。现在您说这话，我敢不死吗？"于是他就没有屈服。

【原文】

张籍曰：有于嵩者，少依于巡。及巡起事，嵩尝在围中。籍大历❶中于和州乌江县❷见嵩，嵩时年六十余矣。以巡初尝得临涣❸县

尉，好学无所不读。籍时尚小，粗问巡、远事，不能细也。

【注释】

①大历：唐代宗李豫的年号。

②和州乌江县：在今安徽和县东北。

③临涣：故城在今安徽濉溪县中南部。

【译文】

张籍曾经跟我说过，有一个名叫于嵩的人，青年时代跟随张巡办事。等到张巡起兵讨伐叛贼时，于嵩也曾在敌人围困之中。大历年间，张籍在和州乌江县见到过于嵩，于嵩当时已经六十多岁了。由于张巡的缘故，于嵩当初曾当上了临涣县的县尉，喜欢学问，没有什么书不读。那时的张籍还小，粗略地打听过张巡、许远的事情，了解得不够详细。

【原文】

云巡长七尺余，须髯若神，尝见嵩读《汉书》，谓嵩曰："何为久读此？"嵩曰："未熟也。"巡曰："吾于书读不过三遍，终身不忘也。"因诵嵩所读书，尽卷，不错一字。嵩惊，以为巡偶熟此卷，因乱抽他帙❶以试，无不尽然。嵩又取架上诸书，试以问巡，巡应口诵无疑。嵩从巡久，亦不见巡常读书也。为文章，操纸笔立书，未尝起草。初守睢阳时，士卒仅万人，城中居人户亦且数万。

巡因一见问姓名，其后无不识者。巡怒，须髯辄张。

【注释】

①帙（zhì）：书套，也指书本。

【译文】

据说张巡身高七尺多，胡子长得如同神像。他曾有一次看到于嵩在读《汉书》，便问："为什么老是读这一部书？"于嵩回答说："还没读熟呢。"张巡说："我读书不超过三遍，读过后终生不会忘掉。"于是背诵起于嵩正读的那卷书，背诵完了整卷，没错一个字。于嵩很惊讶，以为张巡碰巧熟读过这一卷，于是随意抽出其他各卷来测试，无不都是这样。于嵩又从书架上取出另外一些书，试着拿来考问张巡，随问随诵，毫不踌躇。于嵩跟随张巡很长时间了，也没见过张巡经常读书。张巡做文章时，拿起纸笔就写，不曾打过草稿。开始驻守睢阳时，士兵差不多有上万人，城里的居民户口也将近几万。张巡通过见一面，问过姓名，以后碰见便没有不认识的。张巡发起怒来，胡须总是张开的。

【原文】

及城陷，贼缚巡等数十人坐，且将戮。巡起旋，其众见巡起，或起，或泣。巡曰："汝勿怖。死，命

也。"众泣，不能仰视。巡就戮时，颜色不乱，阳阳如平常。远宽厚长者，貌如其心，与巡同年生，月日后于巡，呼巡为兄。死时年四十九。嵩贞元初死于亳❶、宋❷间。或传嵩有田在亳、宋间，武人夺而有之。嵩将诣州讼理，为所杀。嵩无子。张籍云。

【注释】

①亳（bó）：即亳州，治所在谯县（今安徽亳州）。

②宋：宋州，治所在睢阳（今河南商丘）。

【译文】

到了睢阳失陷的时候，叛贼捆绑住张巡等几十个人，让他们在那里坐等着被杀掉。张巡站起身来环视四周，部下看到张巡站起来，有的也站起来，有的掉眼泪。张巡说：“你们别害怕。死是命中注定的。”部下悲泣得不忍心仰起头来看。张巡受戮时，脸色不变，就如同平常一样镇定自若。许远是位宽厚老成的人，相貌也同他的心地一样质朴。他和张巡在同一年出生，月份和日子在张巡之后，称张巡为兄，死时四十九岁。于嵩贞元初年死在亳、宋一带。有人传说于嵩有田宅在亳、宋一带，有个武人侵夺霸占了他的田宅。于嵩打算到睢阳告状，被那个武人杀害。于嵩没有儿子。这是张籍说的。

祭河南张员外文

【导读】

张员外，即张署，河间（今属河北）人，贞元二年（786）进士，曾任校书郎、监察御史、河南县令。韩愈自称是“最为知”张署的人，张署逝世后，韩愈先作《唐故河南令张君墓志铭》以“纪德事功”，“纳石壤中”，继又作本文以寄托伤怀。作者以生动的笔触、悲郁的情感描写了自己和张署忧患与共的经历，用回忆平生的方式来寄托哀思和无限的感慨。

【原文】

维年月日[1]，彰义军[2]行军司马守太子右庶子兼御史中丞韩愈，谨遣某乙以庶羞[3]清酌之奠，祭于亡友故河南县令张十二员外之灵。

【注释】

①维年月日：此指元和十二年（817）八月。

②彰义军：唐置淮宁军节度，治蔡州，后改号彰义军。

③羞：通“馐”，精美的食物。

【译文】

某年某月某日，彰义军行军司马、守太子右庶子兼御史中丞韩愈极恭敬地派遣某乙，用美好的菜肴、清冽的好酒作祭品，祭奠我的亡友河南县令张十二员外的英灵。

【原文】

贞元十九❶，君为御史；余以无能，同诏并峙❷。君德浑刚，标高揭己；有不吾如，唾犹泥滓。余戆❸而狂，年未三纪❹；乘气加人，无挟自恃。

【注释】

①贞元十九：803年。

②峙：立。

③戆（zhuàng）：愚直。

④纪：十二年为一纪。

【译文】

贞元十九年，你担任御史；我本没什么才能，但也在同一道诏书上受封和你并列御史职务。您的德行浑厚刚直，自己把为人的品格标准定得很高。如果遇到不合己意之处，就像对待泥土渣滓一样加以唾弃。我愚直而又狂妄，年龄还不到三十六岁；凭着自己的意气一定要超过别人，就靠着自己有本领而不依仗别人。

【原文】

彼婉娈❶者，实惮吾曹。侧肩帖耳，有舌如刀。我落阳山❷，以尹䁴❸猱❹；君飘临武❺，山林之牢。

【注释】

①婉娈(luán)：美好的样子。此指谗佞。

②我落阳山：贞元十九年（803），韩愈被贬连州，担任阳山县令。

③鼯(wú)：小兽，有肉翅似蝙蝠，能飞。

④猱（náo）：猴。

⑤临武：县名，即今湖南临武。

【译文】

那些温顺貌美的人，确实忌惮我们。他们表面上斜侧着肩膀，贴着耳朵，但舌头却像刀子一样伤害我们。我被贬为阳山县令，去管理那些鼯鼠、猕猴；你被贬到临武县，到如同监牢一般的山林中去了。

【原文】

岁弊寒凶，雪虐风饕；颠于马下，我泗❶君咷❷。夜息南山，同卧一席；守隶防夫，抵顶交跖❸。洞庭漫汗❹，粘天无壁；风涛相豗❺，中作霹雳；追程盲进，飒❻船箭激。南上湘水，屈氏所沉；二妃❼行迷，泪踪染林；山哀浦思，鸟兽叫音。余唱君和，百篇在吟。君止于县，我又南逾；把盏相饮，后期有无。

【注释】

①泗：液自鼻出者。

②咷（táo）：哭泣不止。

③跖（zhí）：此处指脚。

④漫汗：水面宽阔，无边无际。

⑤豗（huī）：撞击。

⑥颿（fān）：同“帆”。

⑦二妃：禹舜的二位妃子娥皇和女英。

【译文】

那年，天气极其寒冷，大雪纷飞，狂风怒号，把我们吹落马下，我流泪，你哭号。晚上在南山休息，两个人躺在一张席子上。守卫的差役们头挨着头，脚挨着脚，挤在一起。洞庭湖无边无际，茫茫一片，湖水和天相接，没有界限，狂风吹卷着波涛，不时发出霹雳般的声响。为了赶路，我们盲目地前行，帆船像射出的箭一样飞快。往南进入湘江，那是屈原投江自沉的地方。舜的两个妃子在那里迷过路，她们的泪水染遍了竹林，山水都为她们难过忧虑，连鸟兽都为此凄厉地鸣叫。我们在那个地方写诗唱和，大概有上百篇。你到临武县就止步了，我却还要继续往南进发。我们举杯敬酒，谁知道以后还能不能再见面。

【原文】

期宿界❶上，一夕相语；自别几时，遽变寒暑。枕臂欹眠，加余以股。仆来告言，虎入厩处，无敢惊逐，以我騬❷去。君云是物，不骏于乘；虎取而往，来寅其征。我预在此，与君俱膺；猛兽果信，恶祷而凭。

【注释】

①界：交界，即临武。

②騵：小驴子。

【译文】

我们约定在临武边界再同住一宿，再说一晚上的话。我们知道自从这一分别不知几时才能见面，冬天和夏天会很快地变换。我们那次枕着胳膊斜躺着，你把大腿压在我的肚子上。仆人来报信说，有一只老虎闯到了公家的马棚里，因为不敢惊动、追赶，老虎拖走了我的一头小毛驴。你告诉我说，驴这个东西乘坐不如骏马，老虎把它拖走倒是个好的预兆，来年正月就会应验。你还说你也在这预兆中，到时要和我一同享受预兆之福。猛兽的行为果然真应验了，哪里用得着向神祷告后才相信呢？

【原文】

余出岭中，君俟州下。匿掾江陵，非余望者。郴山①奇变，其水清写。泊沙倚石，有遻②无舍。衡阳放酒，熊咆虎嗥。不存令章③，罚筹猬毛④。委舟湘流，往观南岳⑤。云壁潭潭，穹林攸擢。

【注释】

①郴山：今湖南郴州黄岑山。

②遻（è）：逢。

③令章：酒令，唐人宴饮，违令则以酒

筹罚。

④猬毛：刺猬的毛，形容众多。

⑤南岳：即衡山。

【译文】

我离开了岭南，你在江陵城里等我。我们一同做了江陵郡的属官，这是我没有想到的。郴州的山景色奇特，富于变化。那里的流水清冽，奔泻流下。我们把船停在岸旁靠着石头，凡是遇到有优美景色的地方，我们都舍不得离开。我们在衡阳开怀痛饮，像熊和老虎那样大声吼叫。我们喝酒不拘泥什么酒令，罚酒的筹码多得像刺猬的毛。我们顺着湘江行船，去游览南岳衡山。山上云崖深邃，树林郁郁葱葱。

【原文】

避风太湖，七日鹿角❶。钓登大鲇，怒颊豕狗；脔❷盘炙酒，群奴余啄；走官阶下，首下尻❸高；下马伏涂，从事是遭。

【注释】

①鹿角：洞庭湖中的地名。

②脔（luán）：切成小块的肉。

③尻（kāo）：脊骨尽处。此处指低首而耸臀。

【译文】

我们在洞庭湖中躲避大风，在鹿角山下住了七天。我钓到了一条大鲇鱼，它鼓着双颊，好像在发怒，还发出猪一样的叫声。我们吃盘中的肉片，喝壶里温好的美酒，仆役们吃剩余的东西。到江陵府上任后，我们一到公堂下，头埋得很低，屁股撅得老高。在路上遇到长官，我们就要跳下马来，趴在路边行礼。

【原文】

予征博士，君以使已❶，相见京师，过愿之始。分教东生，君掾雍首❷。两都相望，于别何有。解手背面，遂十一年。君出我入，如相避然。生阔死休，吞不复宣。

【注释】

①予征博士，君以使已：元和元年（806），韩愈被召为国子博士，张署谢绝了邕管经略使的任命。

②分教东生，君掾雍首：元和二年（807），韩愈被分到东都洛阳教育学生，张署担任了京兆府司录参军，掌总录众曹文簿，举弹善恶，位在列曹参军上，故称掾首。雍：即雍州，位于今陕西终南山北。

【译文】

我被征召为博士，你却谢绝了邕管经略使的任命。在京城我们又一次相见了，这大大超出了我们本来的愿望。不久，我被分到东都去教学生，你在京兆府下任属官首领。我们在两都间相望，和分别有什么区别？自那次相别以后，竟过了十一年。有时是你出京我入京，有时是我入京你出京，就像故意避开一样。我们生前一直远远地分开，死后又不能相见，这种种悲伤忍下不说也罢。

【原文】

刑官属郎，引章讦夺。权臣不爱，南昌是斡❶。明条谨狱，氓獠❷户歌。用迁澧浦，为人受瘥❸。还家东都，起令河南；屈拜后生，愤所不堪。屡以正免，身伸事蹇❹；竟死不升，孰劝为善！

【注释】

①斡：转。

②獠（liáo）：旧指南方溪峒少数民族。

③瘥（cuó）：病，此处指代人受过。

④蹇（jiǎn）：不顺利。

【译文】

你担任刑部员外郎的时候，喜欢引用法律条文，反对改变法度，所以掌权的人不喜欢，调你去南昌做官。你在那里总是严明地执行政令条文，谨慎公平地审理案件，当地百姓特别是少数民族都欢心地歌颂你。因此，又迁你去澧州做刺史，在那里你为了保护老百姓不受侵害而受到打击。回到家乡洛阳后，你又被起用，担任河南县令。这需要你委屈自己去拜见后生小子，你愤愤不平难以忍受。你一生中多次因为太正直被免官，你想为自己申诉但事情不顺利。你这样一直到死委屈都得不到伸张，像这样不公平还能劝谁去做好事呢！

【原文】

丞相南讨，余辱司马❶；议兵大梁❷，走出洛下。哭不凭棺，奠不亲斝❸；不抚其子，葬不送野；望君伤怀，有陨如泻。铭君之绩，纳石壤中；爰及❹祖考，纪德事功；外著后世，鬼神与通。君其奚憾，不余鉴衷！呜呼哀哉，尚飨！

【注释】

①丞相南讨，余辱司马：元和十二年（817），宰相裴度担任淮西宣慰处置使，南讨淮西蔡州。裴度上奏让韩愈担任行军司马。

②大梁：今河南开封。

③斝（jiǎ）：酒器。

④爰（yuán）及：延及。

【译文】

丞相裴度率军到南方讨伐淮西，我很惭愧地担任了行军司马。由于要去开封商议军务，我路过洛阳城外就离开了。因此，我没有能够扶着你的棺材悼念你，没有能亲自斟酒祭奠你；也没能安慰你的儿子，埋葬你时我也没能把你送到郊外。我远望你的墓地，不禁倍感伤心，眼泪像流水一样涌泻。我把你的功绩写进了墓志铭，刻在碑石上埋入了土里。碑文上溯到你的祖父和父亲的功德。你们的功劳和事迹足以外显于后世，鬼神也应该了解。你还有什么遗憾呢？你体会不到我内心的苦衷吗？唉，真叫人悲伤！请你享用这些祭品吧！

小墨香书·传世美文

唐代作品（三）

纸贵满堂 编　朱宝荣 绘

湖南美术出版社
·长沙·

图书在版编目（CIP）数据

传世美文·唐代作品 / 纸贵满堂编；朱宝荣绘. 长沙：湖南美术出版社，2025.1.--（小墨香书）.

ISBN 978-7-5746-0532-9

Ⅰ. I212.01

中国国家版本馆CIP数据核字第20243FB249号

小墨香书

传世美文·唐代作品

CHUANSHI MEIWEN · TANGDAI ZUOPIN

出 版 人：黄　啸

编　　者：纸贵满堂

绘　　者：朱宝荣

责任编辑：范　琳

装帧设计：刘　畅

出版发行：湖南美术出版社（长沙市东二环一段622号）

印　　刷：廊坊市颖新包装装潢有限公司

开　　本：787 mm × 1092 mm　1/96

印　　张：12

版　　次：2025年1月第1版

印　　次：2025年1月第1次印刷

定　　价：60.00元（全4册）

如有倒装、破损、少页等印装质量问题，请与印刷厂联系调换。

联系电话：0316-2514166

目录

送孟东野序

【导读】

孟郊（751—814），字东野，湖州武康（今浙江德清）人，中唐著名诗人。他屡次参加考试而未能及第，四十六岁才中进士，五十岁时被授为溧阳县尉。而韩愈因一直怀才不遇，心中郁闷，于是在孟郊上任之际，作了这篇赠序。作者运用比兴手法，从物不平则鸣，写到人不平则鸣，流露出对朝廷用人不当的感慨和不满。

【原文】

大凡物不得其平则鸣。草木之无声，风挠❶之鸣；水之无声，风荡❷之鸣。其跃也或激之，其趋也或梗❸之，其沸也或炙❹之。金石之无声，或击之鸣。人之于言也亦然，有不得已者而后言。其歌也有思，其哭也有怀❺。凡出乎口而为声者，其皆有弗平者乎！

【注释】

①挠：摇动。

②荡：振动。

③梗：堵塞。

④炙：烧煮。

⑤怀：感伤。

【译文】

一般说来各种事物处在不平静的时候就会发出声音。草木本来没有声音,风摇动它就发出声响;水本来没有声音,风震荡它就发出声响。水浪翻涌,或是有东西在阻遏水势 水流湍急,或是有东西阻塞了水道;水花沸腾,或是有火在烧煮它。金属石器本来没有声音,有人敲击它就发出音响。人的语言也同样如此,往往到了不得不说的时候才出来说话。人们唱歌是为了寄托情思,人们哭泣是因为有所感怀,凡是从口中发出而成为声音的,大概都有其不能平静的原因吧!

【原文】

乐也者，郁于中而泄于外者也，择其善鸣者而假之鸣。金、石、丝、竹、匏、土、革、木❶八者，物之善鸣者也。维天之于时也亦然，择其善鸣者而假之鸣。是故以鸟鸣春，以雷鸣夏，以虫鸣秋，以风鸣冬。四时之相推敓❷，其必有不得其平者乎！

【注释】

①金、石、丝、竹、匏（páo）、土、革、木：古代制作乐器的八种材料 一般用来指代各种乐器，也叫八音。金：指钟等。石：指磬。丝：指琴、瑟。竹：指箫等。匏：指笙、竽。土：

指埙（xūn）、缶。革：指鼗（táo）、鼓。木：指柷（zhù）等。

②推敚（duó）：推移变化。敚：同“夺”。

【译文】

音乐，是人们心中郁闷而抒发出来的心声，人们选择最适合发音的东西来奏乐。金、石、丝、竹、匏、土、革、木这八种乐器，是各类物质中发音最好的。上天对于一年四季也是这样，选择最善于发声的事物，借助此来发声。因此，春天百鸟啁啾，夏天雷霆轰鸣，秋天虫声唧唧，冬天寒风呼啸。一年四季互相推移变化，也一定有其不能平静的原因吧！

【原文】

其于人也亦然。人声之精者为言，文辞之于言，又其精也，尤择其善鸣者而假之鸣。其在唐、虞，咎陶❶、禹，其善鸣者也，而假以鸣。夔❷弗能以文辞鸣，又自假于《韶》❸以鸣。夏之时，五子❹以其歌鸣。伊尹❺鸣殷，周公❻鸣周。

【注释】

①咎（gāo）陶（yáo）：又作“皋陶”。相传是虞舜的臣子，掌管司法，制定法律。

②夔：相传为虞舜时的乐官。

③《韶》：相传为虞舜时夔所作的乐曲名。

④五子：夏王太康的五个弟弟。

⑤伊尹：商朝初年的宰相，曾辅佐商

汤灭夏。

⑥周公：即姬旦，周武王的弟弟，周成王的叔叔。

【译文】

对于人来说也是这样。人类声音的精华是语言，文辞对于语言来说，又是它的精华，所以尤其要选择善于表达的人，依靠他们来表达意见。在唐尧、虞舜时，咎陶、禹是最善于表达的，因而借助他俩来表达。夔不能用文辞来表达，他就借演奏《韶》乐表达自己的心声。夏朝的时候，太康的五个弟弟用他们的歌声来表达。殷代善于表达的是伊尹，周朝善于表达的是周公。

【原文】

凡载于《诗》《书》六艺，皆鸣之善者也。周之衰，孔子之徒鸣之，其声大而远。传曰："天将以夫子为木铎❶。"其弗信矣乎？其末也，庄周❷以其荒唐❸之辞鸣。楚，大国也，其亡也，以屈原❹鸣。臧孙辰❺、孟轲❻、荀卿❼，以道鸣者也。杨朱❽、墨翟❾、管夷吾❿、晏婴⓫、老聃⓬、申不害⓭、韩非⓮、慎到⓯、田骈⓰、邹衍⓱、尸佼⓲、孙武⓳、张仪⓴、苏秦㉑之属，皆以其术鸣。

【注释】

①木铎：以木为舌的铃。

②庄周：战国时道家代表人物，著有

《庄子》。

③荒唐：此指《庄子》内容汪洋恣肆，旨趣深奥。

④屈原：战国时楚国著名诗人，著有《离骚》《九歌》《九章》等。

⑤臧孙辰：春秋时鲁国大夫臧文仲。

⑥孟轲：即孟子，战国时儒家代表人物。与孔子并称“孔孟”，今存《孟子》七篇。

⑦荀卿：即荀子，战国时赵国人，儒家代表人物，著有《荀子》。

⑧杨朱：字子居，战国时魏国思想家、哲学家。

⑨墨翟：春秋战国时宋国人，墨家学派创始人，其言行见《墨子》。

⑩管夷吾：即管仲，春秋时齐国政治家，其言论见《管子》。

⑪晏婴：春秋时齐国大夫，其言行见《晏子春秋》。

⑫老聃：即李耳，字伯阳，谥号聃，春秋末期楚国人，道家学派的创始人，著有《道德经》。

⑬申不害：战国时韩昭侯的宰相，法家代表人物，著有《申子》。

⑭韩非：战国时韩国人，法家代表人物，著有《韩非子》。

⑮慎到：战国人时赵国人，著有《慎子》。

⑯田骈：战国时齐国人，著有《田子》。

⑰邹衍：战国时齐国人，阴阳家，著有《终始》《大圣》。

⑱尸佼：战国时晋国人，杂家，著有《尸子》。

⑲孙武：春秋时齐国人，著名军事家，著有《孙子》。

⑳张仪：战国时魏国人，纵横家，主张"连横"，游说六国单独和秦国讲和，著有《张子》（已佚）。

㉑苏秦：战国时东周人，纵横家，主张六国"合纵"抗秦，著有《苏子》（已佚）。

【译文】

凡是记载在《诗经》《尚书》等儒家六种经典中的诗文，都是表达得很高明的文辞。周朝衰落时，孔子和他的弟子表达看法，他们的声音洪大而传播遥远。《论语》上说："上天将使孔子成为宣扬教化的人。"这难道不是真的吗？周朝末年，庄周用他那旨趣深奥的文辞来表达。楚国是大国，它灭亡时候的情景靠着屈原的创作来表达。臧孙辰、孟轲、荀卿等人用他们的学说来表达。杨朱、墨翟、管夷吾、晏婴、老聃、申不害、韩非、慎到、田骈、邹衍、尸佼、孙武、张仪、苏秦这些人，都通过各自的主张来表达。

【原文】

秦之兴，李斯❶鸣之。汉之时，司马迁❷、相如❸、扬雄❹，最其善鸣者也。其下魏、晋氏，鸣者不及于

古，然亦未尝绝也。就其善者，其声清以浮，其节数以急，其辞淫以哀，其志弛以肆，其为言也，乱杂而无章。将天丑⑤其德莫之顾邪？何为乎不鸣其善鸣者也？

【注释】

①李斯：战国末年楚国人，曾任秦国丞相，著有《谏逐客书》等。

②司马迁：西汉史学家，著有《史记》。

③相如：司马相如，西汉辞赋家。

④扬雄：字子云，西汉著名辞赋家，著有《太玄》《法言》等。

⑤丑：憎恶。

【译文】

秦朝的兴起，李斯是表达者。在

汉朝，司马迁、司马相如、扬雄，是其中最善于表达的人。此后的魏朝、晋朝，能表达的人及不上古代，可是也并未绝迹。就其比较好的人来说，他们作品的声音轻飘而虚浮，节奏短促而急迫，辞藻艳丽而伤感，志趣颓废而放荡；他们的文辞，杂乱而没有章法。这大概是上天厌弃他们的丑陋德行而不顾惜他们吧？为什么不让那些善于表达的人出来表达呢？

【原文】

唐之有天下，陈子昂❶、苏源明❷、元结❸、李白、杜甫、李观❹，皆以其所能鸣。其存而在下者，孟郊

东野始以其诗鸣。其高出魏、晋，不懈而及于古，其他浸淫[5]乎汉氏矣。从吾游者，李翱[6]、张籍[7]其尤也。三子者之鸣信善矣。抑不知天将和其声而使鸣国家之盛邪？抑将穷饿其身、思愁其心肠而使自鸣其不幸邪？三子者之命，则悬乎天矣。

【注释】

①陈子昂：字伯玉，初唐文学家、诗人，其诗作《登幽州台歌》被誉为古典诗歌中的千古绝唱。

②苏源明：字弱夫，唐代文学家。《全唐诗》收录其诗作两首。

③元结：字次山，唐代文学家，编有诗选《箧中集》。

④李观：字元宾，唐代文学家，后人辑有《李元宾文集》。

⑤浸淫：此指接近。

⑥李翱：字习之，唐代文学家，有《李文公集》传世。

⑦张籍：字文昌，唐代诗人，擅长乐府诗，代表诗作有《江南曲》《秋思》等。

【译文】

唐朝建立以后，陈子昂、苏源明、元结、李白、杜甫、李观，都凭他们的出众才华来表达心声。其后还活着的居于他们之下的人当中，孟东野开始用他的诗歌来表达感情。这些作品超过了魏、晋，有些经过不懈的努力已达到了上古诗作的水平，其他作品也都接近了汉朝的水准。同我交往的人中间，李翱、张籍大概是最引人注目的。他们三位的文辞表达确实是很好的。但不知道上天将应和他们的声音，使他们作品表达国家的强盛呢，还是将让他们贫穷饥饿、愁肠百结，使他们用作品表达自身的不幸遭遇呢？他们三位的命运，就掌握在上天的手里了。

【原文】

其在上也，奚以喜？其在下也，奚以悲？东野之役于江南❶也，有若不释然者，故吾道其命于天者以解之。

【注释】

①役于江南：指孟郊赴溧阳担任县尉。唐代溧阳县属江南道。

【译文】

身居高位有什么可喜的？身居下僚有什么可悲的？东野马上就要到江南地区去就任县尉，心里好像有想不开的地方，所以我讲这番“命由天定”的话来解开他心中的疙瘩。

送李愿归盘谷序

【导读】

韩愈自从贞元八年（792）进士

及第后，在将近十年的时间里始终没有得到朝廷的重用，郁郁不得志。贞元十七年（801），韩愈到京城谋职，借送友人李愿归盘谷隐居之际作了这篇赠序，将当时官场得意者和钻营者的丑态刻画得淋漓尽致，同时表达了羡慕友人隐居生活的思想感情。

【原文】

太行之阳有盘谷❶。盘谷之间，泉甘而土肥，草木藂❷茂，居民鲜少。或曰："谓其环两山之间，故曰盘。"或曰："是谷也，宅幽而势阻，隐者之所盘旋❸。"友人李愿居之。

【注释】

①盘谷：位于今河南济源。

②藂（cóng）：同“从”，聚集。

③盘旋：盘桓，逗留。

【译文】

太行山的南面有个盘谷。盘谷中间，泉水甘甜，土地肥沃，草木繁茂，人烟稀少。有人说：“因为这山谷环绕在两山之间，所以称作‘盘’。”也有人说：“这个山谷，位置幽僻而地势阻塞，是隐者盘桓逗留的地方。”我的朋友李愿就住在这里。

【原文】

愿之言曰：“人之称大丈夫者，

我知之矣。利泽施[1]于人，名声昭[2]于时。坐于庙朝[3]，进退[4]百官，而佐天子出令。其在外，则树旗旄[5]，罗[6]弓矢，武夫前呵[7]，从者塞途，供给之人，各执其物，夹道而疾驰。喜有赏，怒有刑。才畯[8]满前，道古今而誉盛德，入耳而不烦。

【注释】

①施：施给。

②昭：显赫。

③坐于庙朝：在宗庙和朝廷参议国家大事。庙：宗庙。朝：朝廷。

④进退：此指任免。

⑤旗旄（máo）：旗帜。旄：用旄牛尾装饰的旗帜。

⑥罗：罗列。

⑦武夫前呵：武士呼喝开道。

⑧才畯：才能出众的人。畯：通"俊"。

【译文】

李愿说："人们称为大丈夫的人，我是了解的。他们把利益恩惠施发给别人，名声显赫于当世。他们在朝廷上参与政事，任免百官，辅佐皇帝发号施令。他们到了朝廷外面，便立起旗帜，陈设弓箭，武夫在前面吆喝，侍从塞满道路，负责供给的仆役各自拿着物品，在路的两边飞快奔跑。他们高兴时就随意赏赐，发怒时就任情处罚。他们跟前聚集着很多才能出众的人，论古说今，赞扬他们的美德，这些话叫人听在耳中而不感到厌烦。

【原文】

“曲眉丰颊，清声而便体❶，秀外而惠❷中，飘轻裾❸，翳❹长袖，粉白黛绿❺者，列屋而闲居，妒宠而负恃❻，争妍而取怜。大丈夫之遇知于天子，用力于当世者之所为也。吾非恶此而逃之，是有命焉，不可幸而致也。

【注释】

①便（pián）体：轻盈的体态。

②惠：通“慧”。

③裾（jū）：衣服的前后襟。

④翳：轻轻舞动。

⑤粉白黛绿：形容女子装扮得娇艳妩媚，面容白皙，眉毛美丽。黛：古代女子画眉用的青黑色颜料。

⑥负恃：自恃美貌。

【译文】

“那些眉毛弯弯，面颊丰腴，声音清脆，体态美好，外貌秀丽，资质聪慧，起舞时轻薄的衣襟飘然而动，长长的衣袖遮掩面容，白粉搽脸，青黛画眉的女子，在一排排的房中清闲地住着，自恃美貌，忌妒其他的姬人得到宠爱，争着比美，一心要获取主人的怜爱。这就是受到皇帝的知遇掌握了很大权力的大丈夫的所作所为啊！我并非厌恶这些而躲开的，只是命中注定而不能侥幸得到啊!

【原文】

“穷居而野处,升高而望远,坐茂树以终日,濯❶清泉以自洁。采于山,美可茹❷;钓于水,鲜可食。起居无时,惟适之安。与其有誉于前,孰若无毁于其后;与其有乐于身,孰若无忧于其心。车服❸不维,刀锯❹不加,理乱❺不知,黜陟❻不闻。大丈夫不遇于时者之所为也,我则行之。

【注释】

①濯:洗涤。

②茹:吃。

③车服：车马服饰。此处代指官职。

④刀锯：古代刑罚中用的刀和锯，泛指刑具。

⑤理乱：指国家的安宁与动乱。理：治。

⑥黜（chù）陟（zhì）：官员的升降。黜：降职。陟：升职。

【译文】

“过着贫寒生活，住在山野，登上高处眺望远方，在繁茂的树下整日悠然静坐，在清澈的泉水里洗涤，保持自身的洁净。从山上采来的果子，甜美可食；从水中垂钓的鱼虾，鲜嫩可口。日常作息没有定时，只要感到舒适就安于如此。与其当面受到赞誉，不如背后不受诋毁；与其肉体享受安乐，不如心中没有忧虑。既不受官职的约束，也不受刑罚的惩处；既不问天下的治乱，也不管官吏的升降。这些都是遭遇不好、不行时不得志的人的所作所为，我就这样去做。

【原文】

“伺候于公卿之门，奔走于形势之途，足将进而趦趄❶，口将言而嗫嚅❷，处污秽而不羞，触刑辟❸而诛戮，侥幸于万一，老死而后止者，其于为人贤不肖何如也？”

【注释】

①趦（zī）趄（jū）：想往前走又不敢走的样子。

②嗫嚅：吞吞吐吐，欲言又止的样子。

③刑辟：刑法。辟：法。

【译文】

“侍候在达官贵人的门下，在通往地位权势的路上奔走，想要抬脚进门却犹豫不定，想要开口说话却欲言又止，处于污浊低下的地位而不知羞耻，触犯了刑法而受到诛杀，因偶然的机会获得成功，直到老死才罢休。这样的人在为人方面究竟是好还是不好呢？”

【原文】

昌黎韩愈，闻其言而壮之，与之酒而为之歌曰：“盘之中，维子之

宫❶。盘之土，可以稼❷。盘之泉，可濯可沿。盘之阻，谁争子所？窈❸而深，廓其有容；缭❹而曲，如往而复。嗟盘之乐兮，乐且无央❺；虎豹远迹兮，蛟龙遁藏；鬼神守护兮，呵禁不祥。饮且食兮寿而康，无不足兮奚所望？膏❻吾车兮秣❼吾马，从子于盘兮，终吾生以徜徉❽。”

【注释】

①宫：室、房屋。

②稼：种植农作物。

③窈：幽深的样子。

④缭：缠绕。

⑤无央：无尽。

⑥膏：用油脂润滑。

⑦秣：喂马。

⑧徜徉：自由自在地走动。

【译文】

昌黎韩愈听了李愿的话，称赞他讲得有气魄，给他斟上酒，并为他作一首歌："盘谷之中，是你的房屋。盘谷的土地，可以播种五谷。盘谷的泉水，可以用来洗涤，可以沿着它去闲游。盘谷地势险要，谁会来争夺你的住所？山谷幽远而深邃，天地广阔足以容身；山谷回环曲折，像是走了过去，却又回到了原处。啊！盘谷中的快乐啊，快乐无穷；虎豹远离这儿啊，蛟龙逃避躲藏；鬼神守卫保护啊，呵斥禁绝不祥。有吃有喝啊，长寿而健康；没有不满足的事啊，还有什么奢望？用油抹我的车轴啊，用粮草喂我的马；随着你到盘谷啊，终生在那里悠游徜徉。”

送董邵南序

【导读】

唐宪宗元和年间，寿州（今安徽寿县西南）的董邵南到长安参加进士考试，因屡试不第，准备投靠河北的藩镇。韩愈一直主张“大一统”，反对地方藩镇割据，且与董邵南交谊甚厚，所以在这篇赠序中委婉地表示希望友人不要前去。文章寄寓深远，言短而意长。

【原文】

燕、赵❶古称多感慨悲歌之士。董生❷举进士，连不得志于有司❸，怀抱利器❹，郁郁适兹土❺，吾知其必有合❻也。董生勉乎哉！

【注释】

①燕、赵：古国名。借指河北一带。

②董生：即董邵南。

③有司：此指礼部主管考试的官员。

④利器：此处比喻杰出的才能。

⑤兹土：指燕、赵之地，当时被藩镇割据势力统治。

⑥有合：有所遇合，指受到赏识和重用。

【译文】

自古就说燕、赵一带有很多慷慨激昂的豪侠义士。董生考进士，接连几次未被主考官录取，有着杰出的才能，却郁闷着要到那个地方去，我知道这次董生一定会受到赏识。董生，努力吧！

【原文】

夫以子之不遇时，苟慕义强仁者❶，皆爱惜焉。矧❷燕赵之士出乎其性者哉？然吾尝闻风俗与化移易，吾恶知其今不异于古所云邪？聊以吾子之行卜❸之也。董生勉乎哉！

【注释】

①慕义强仁者：仰慕正义、力行仁道的人。

②矧（shěn）：何况。

③卜：测验、判断。

【译文】

像你这样才不逢时，如果是仰慕仁义而且大力实行的人，都会同情怜惜你的。何况燕、赵一带的豪侠壮士奉行仁义是出于他们的本性呢？然而，我曾经听说风俗是随着教化的改变而改变的，我哪能料想现在比起古时候所说的没有什么两样呢？姑且以你这次的行程去判断吧。董生，努力吧！

【原文】

吾因之有所感矣。为我吊望诸君❶之墓，而观于其市，复有昔时屠狗者❷乎？为我谢❸曰："明天子在上，可以出而仕❹矣！"

【注释】

①望诸君：战国时燕国名将乐毅，因政治失意投奔赵国，赵国封他为望诸君。望诸：古泽名，在河南商丘东北。

②屠狗者：指高渐离一类埋没在草野的志士。高渐离是荆轲的朋友，其职业是屠狗。荆轲死后，高渐离曾行刺秦始皇，失败后被杀。

③谢：致意。

④出而仕：出来做官。

【译文】

我因为你的此行而产生了一些感想。请你替我到望诸君乐毅坟墓上去凭吊一番，并且到那里的街市上看看，还有过去宰狗者一类的豪侠义士吗？替我向他们殷勤致意："圣明天子在上执政，可以出来任职效忠了！"

送杨少尹序

【导读】

杨少尹即杨巨源，字景山，河中府（今山西永济）人。唐德宗贞元五年（789）进士，曾官至国子监司业。其年满七十即辞官返乡，授河中少尹，食禄终身。杨巨源返乡时，韩愈作了这篇赠序。作者将杨巨源和名垂史册的疏广、疏受相比，对他不贪恋禄位、功成身退的美德给予了赞美。

【原文】

昔疏广、受❶二子，以年老，一朝辞位而去。于时公卿设供张❷，祖道❸都门外，车数百两❹。道路观者，多叹息泣下，共言其贤。汉史既传其事，而后世工画者又图其迹，至今照人耳目，赫赫若前日事。

【注释】

①疏广、受：即疏广、疏受，西汉人。

疏广为太傅，其侄疏受为少傅。二人年老同时辞官回乡，百官欢送，在当时传为美谈。

②设供张：即设供帐，陈设帐度举行酒宴。

③祖道：饯行。

④两：通“辆”。

【译文】

从前疏广和疏受叔侄二人，因为年老的缘故，一同辞去官职，离开朝廷。当时朝中高级官员在城门外设帐摆宴为他们饯行，车子多达数百辆。在道路两旁观看的人，大多为之感叹流泪，共同称赞他们的贤德。汉代的史书里已经记下了他们的事迹，后代擅长绘画的人，还描画了他们的故事，到现在仍能看在眼里、听在耳内，给人印象颇深，就好像前天才发生的事情一样。

【原文】

国子司业❶杨君巨源，方以能《诗》训后进，一旦以年满七十，亦白丞相去归其乡。世常说古今人不相及，今杨与二疏，其意岂异也？

【注释】

①国子司业：国子监的司业。国子：唐代最高学府。司业：学官，国子监的副职。

【译文】

国子监司业杨巨源先生，正当他以精通《诗经》的本领来教导后辈的时候，一旦年满七十岁，就禀告宰相请求离开朝廷，返归他的故乡。世人常说今人不能和古人相比，如今杨君和二疏，他们的心意难道有什么两样吗？

【原文】

予忝❶在公卿后，遇病不能出。不知杨侯去时，城门外送者几人、车几两、马几匹，道边观者亦有叹息知其为贤与否？而太史氏又能张大其事，为传继二疏踪迹否？不落莫否？见今世无工画者，而画与不画，固不论也。然吾闻杨侯之去，丞相有爱而惜之者，白以为其都少尹，不绝其禄。又为歌诗以劝之，京师之长于诗者，亦属而和之。又不知当时二疏之去，有是事否？古今人同不同未可知也。

【注释】

①忝（tiǎn）：有愧于。谦辞。

【译文】

我惭愧地排列在公卿之列的后面，当时因为生病，没能前去送行。不知道杨君离开的时候，到城门外送行的有多少人，车有多少辆，马有多少匹？在道旁观看的人是不是也知道他是贤人而加以赞叹？而史官是否也能宣扬他的言行，为他立传来继续二疏的遗事？不至于让他受到冷落？现今世上没有擅长绘画的人，但画与不画暂且不必去管它了。不过，我听说杨君离开的时候，宰相有爱惜他的意思，就禀告皇帝，任命他担任家乡河中府的少尹，不中断他的俸禄，还作诗来勉励他。京城中擅长写诗的人，也跟着作诗应和。我又不知道当时二疏离京回故乡的时候，是否有这样的事？古人和今人到底相同还是不相同，看来还是不能确切地知道的。

【原文】

中世士大夫以官为家，罢则

无所于归。杨侯始冠❶，举❷于其乡，歌《鹿鸣》而来也。今之归，指其树曰："某树吾先人之所种也，某水某丘，吾童子时所钓游也。"乡人莫不加敬，诫子孙以杨侯不去其乡为法❸。古之所谓乡先生没❹而可祭于社者，其在斯人欤！其在斯人欤！

【注释】

①冠：古代男子二十岁时，行冠礼以示成年。

②举：通过科举考试。

③法：榜样。

④没：通"殁"，死。

【译文】

中古时的士大夫们是以官为家的，一旦官职被免，就无家可归。杨侯刚成年，便通过乡贡考试中举，参加了鹿鸣宴然后前来京城做官。现在回到家乡，可以指着树说："某棵树是我的先辈种植的，某条河、某座小山，是我童年时钓鱼游玩的地方。"家乡人没有哪一个不加倍尊敬他，同时告诫子孙们要把杨君不离开故乡的行为作为学习的榜样。古时所说的乡先生死后能够在社庙里享受祭祀的人，大概就是指杨先生这样的人吧！大概就是指杨先生这样的人吧！

送石处士序

【导读】

古代称有才德而不做官的知识分子为处士。元和五年（810），乌重胤担任河阳军节度使，上任不久即访贤求才。洛阳人石洪颇具才略，十年不曾外出做官。当乌氏以国之大事相邀，石洪欣然出山，成为其幕府参谋。东都人士作诗饯别，并请韩愈写序以赠之。作者在序中期望乌重胤与石洪以道义为归依，同舟共济，兼寓箴规之意。

【原文】

河阳军❶节度、御史大夫乌公❷为节度之三月，求士于从事❸之贤者。

【注释】

①河阳军：唐时置，治所在今河南孟州南。由于唐代的节度使的辖区也是军区，故称“军”。

②乌公：即乌重胤，字保君，张掖（今甘肃张掖）人，唐朝中期名将。他起初在昭义节度使卢从史部下任都知兵马使，元和五年（810）升河阳节度使，封张掖郡公。

③从事：汉代以后，三公及州郡长官均自辟僚属，称为“从事”，到宋代

时废除。

【译文】

河阳军节度使、御史大夫乌公，就任节度使后的第三个月，向僚属中的贤者访求人才。

【原文】

有荐石先生者。公曰："先生何如？"曰："先生居嵩❶、邙❷、瀍❸、榖❹之间，冬一裘❺，夏一葛❻。食，朝夕饭一盂、蔬一盘。人与之钱，则辞。请与出游，未尝以事免。劝之仕，不应。坐一室，左右图书。与之语道理，辨古今事当否，论人高下，事后当成败，若河决下流而东注，若驷马驾轻车、就熟路，而王良❼、造父❽为之先后也，若烛照，数计❾而龟卜也。”

【注释】

①嵩：山名，五岳之一，在河南登封北。

②邙：山名，在河南西部。

③瀍（chán）：水名，源出洛阳市西北，汇入洛水。

④穀：水名，源出河南三门峡，在洛阳西南汇入洛水。

⑤裘：皮衣服。

⑥葛：一种植物，古代用葛织布制成夏衣。此指粗布衣服。

⑦王良：春秋末晋国大夫赵简子的车夫，善于驾车。

⑧造父：西周时期驭马和相马的高手，相传其曾为周穆王驾车巡狩天下。

⑨数计：算卜。

【译文】

有人推荐石先生。乌公问："石先生为人怎么样？"回答说："石先生深居于嵩、邙两座山和瀍、谷两条水之间，冬天穿一件皮衣，夏天穿一件布衫。早晚用餐，只是一碗饭、一盘蔬菜。人家给他钱，他就谢绝。请他一道出去游玩，他从未借故推辞过。劝他出去做官，他却总是不答应。他坐在一间屋子里，左右两旁全是图书。同他谈论道理，辩论古今事情的正确与否，评论人物德才的高下，事情的结局是成功还是失败，他的话就好像黄河决堤向东倾注那样滔滔不绝；就像四匹马驾着轻车走在熟悉的路上，而又是王良、造父那样的驾车高手在前后驾车；又好像用烛光照耀一样明察秋毫，像数理计算般分析精确，像龟甲占卜般预见得准确灵验。”

【原文】

大夫曰：“先生有以自老，无求于人，其肯为某来耶？”从事曰：“大夫文武忠孝，求士为国，不私于家。方今寇聚于恒，师环其疆❶，农不耕收，财粟殚❷亡。吾所处地，归输❸之涂，治法征谋，宜有所出。

先生仁且勇，若以义请而强委重焉，其何说之辞？”于是撰书词❹，具马币，卜日以授使者，求先生之庐而请焉。

【注释】

①寇聚于恒，师还其疆：元和四年，成德节度使王士真死了，其子王承宗发动叛乱。唐宪宗派吐突承璀统兵讨伐，未能成功。次年，唐宪宗被迫任命王承宗为成德节度使。此处指受其威胁。恒：州名，治所在今河北正定县。

②殚：尽。

③归输：运输军用物资。

④书词：书信。

【译文】

乌大夫说："先生有隐居终老的心愿，没有什么要求别人的地方，他肯为我而出山吗？"僚属说："大夫您文武全才，忠孝兼备，为国家访求贤才，不是为自家谋私利。现在贼寇集结在恒州，军队环布在它的疆界周围，农民无法耕种收获，钱财粮食均已用尽。我们所处的地方，是军队往来和物资运输的交通要道，无论政治措施还是军事谋略，都应有人帮助出主意。石先生仁爱并且勇敢，假如凭借大义去聘请并将重任委派给他，他还有什么话推辞呢？"于是，乌大夫写好聘请的书信，备好马匹和礼品，选择好的日子将礼物交给使者，寻找到石先生的住处去聘请他。

【原文】

先生不告于妻子，不谋于朋友，冠带出见客，拜受书礼❶于门内。宵❷则沐浴，戒❸行李，载书册，问道所由，告行于常所来往。晨则毕至张❹上东门外，酒三行，且起，有执爵❺而言者曰："大夫真能以义取人，先生真能以道自任，决去就❻。为先生别。"

【注释】

①书礼：指聘书和礼物。

②宵：夜晚。

③戒：准备。

④张：供张。为饯别而在郊野设置的宴席。

⑤爵：古代饮酒的器皿，三足，以不同的形状显示使用者的身份。

⑥就：就职。

【译文】

石先生没告诉家人，也没同朋友商量，整好衣冠就出来会见客人，在屋里恭敬地接受了聘书和礼物。当天晚上就洗澡，准备行李，装好书籍，问清路上经过的地方，并向经常往来的朋友告别。次日清晨，亲友们一起都来到东门外，为他设宴饯行。酒喝过三巡，石先生将要动身的时候，有人端酒杯说道："乌大夫真正能以大义访求人才，石先生也真正能以道义作为自己的责任，从而定夺自己的离去或者就职。这杯酒为先生您送别。"

【原文】

又酌而祝曰："凡去就出处何常？惟义之归。遂以为先生寿。"又酌而祝曰："使大夫恒无变其初，无务富其家而饥其师，无甘受佞人❶而外敬正士，无昧❷于谄言，惟先生是听，以能有成功，保天子之宠命。"又祝曰："使先生无图利于大夫，而私便其身图。"先生起拜祝辞曰："敢不敬蚤夜❸以求从祝规！"

于是东都之人士咸知大夫与先生果能相与以有成也。遂各为歌诗六韵，遣愈为之序云。

【注释】

①佞(nìng)人：指善以巧言献媚的人。

②昧：蒙蔽。

③蚤夜：早晚。

【译文】

又斟了一杯酒祝愿说："凡是隐居或做官，哪有什么一成不变的规定？只以道义为依归。我就用这杯酒祝先生长寿。"又斟了杯酒祝愿说："希望乌大夫永远不要改变他的初衷，不去做那种专使自家富裕发财而让军队缺乏军粮忍饥挨饿的事，不要内心喜爱那些善于阿谀奉承的人而只有表面上敬重正直之士，也不要被讨好奉承的话所蒙蔽，只愿他听从石先生的意见，从而能取得胜利，保持皇帝加恩特赐的光荣使命。”又祝愿说：“希望石先生不要从乌大夫那里谋取私利，有营私利己的打算。”石先生起身拜谢这番祝词说：“我怎么敢不恭敬小心地从早到晚遵照诸位的祝愿劝告去做呢？”因此，东都洛阳的人士全都料定乌大夫与石先生一定能密切配合而取得成功。于是大家各自作了一首六个韵脚十二句的诗，委托韩愈我写了这篇序。

送温处士赴河阳军序

【导读】

本文是《送石处士序》的姊妹篇。温处士名造，少好读书，隐居王屋山，曾担任寿州刺史张建封的参军，后隐居洛阳。河阳军节度使乌重胤上任不久，即聘石洪至幕府。过了数月，又将温造征聘而去。韩愈被乌氏求贤若渴的精神感动，为好友石洪、温造怀才得遇而欣喜。作者在序文中热情赞扬石、温二人的出众才能与乌氏的知人善任，对他们合力报国寄予了殷切期望，同时又对两位好友的离去表示出无限惋惜之情。

【原文】

伯乐❶一过冀北之野，而马群遂空。夫冀北马多天下，伯乐虽善知马，安能空其群邪？解之者曰：吾所谓空，非无马也，无良马也。伯乐知马，遇其良，辄取之，群无留良焉。苟无良，虽谓无马，不为虚语矣。

【注释】

①伯乐：传说是春秋时期秦穆公时人，善相马。

【译文】

伯乐一经过冀北的原野，马群就

空了。冀北是天下马最多的地方，伯乐虽然擅长相马，怎么能使那里的马群空了呢？解释的人说："我们说的空，不是没有马了，而是没有好马了。伯乐能识别好马，一遇到好马就把它挑去，马群里留不下一匹好马。如果没有一匹好马，那么说没有马，也不能算是假话了。"

【原文】

东都❶，固士大夫之冀北也。恃才能深藏而不市者，洛❷之北涯曰石生❸，其南涯曰温生❹。大夫乌公❺以𫓧钺❻镇河阳之三月，以石生为才，以礼为罗❼，罗而致之幕

下。未数月也，以温生为才，于是以石生为媒，以礼为罗，又罗而致之幕下。东都虽信多才士，朝取一人焉，拔其尤❽；暮取一人焉，拔其尤。

【注释】

①东都：即洛阳。唐朝以洛阳为东都。

②洛：洛河。

③石生：名洪，洛阳人。

④温生：即温造，曾隐居王屋山及洛阳，后官至礼部尚书。

⑤乌公：即乌重胤，元和五年（810）担任河阳军节度使兼御史大夫。

⑥铁（fū）钺（yuè）：同“斧钺”，本是古代的两种兵器，后成为刑罚、杀戮之权的标志。此处指乌重胤节度使

的身份。

⑦罗：罗网，此指招聘贤士的手段。

⑧尤：特异的、突出的。

【译文】

东都洛阳，原本是士大夫的“冀北”之地。有真才实学而隐身不仕的，洛水的北岸有一位，叫石生，洛水的南岸有一位，叫温生。御史大夫乌公凭节度使的身份镇守河阳的第三个月，认为石生是个人才，就依照礼仪，把石生纳入幕府。没过几个月，乌公认为温生也是个人才，于是通过石生引见，把温生招入幕府。东都有真才实学的人尽管很多，可是怎么禁得起早晨挑选一个，把最好的带走；晚上挑选一个，把最优的带走呢？

【原文】

自居守、河南尹❶以及百司之执事，与吾辈二县❷之大夫，政有所不通，事有所可疑，奚所谘而处焉？士大夫之去位而巷处者，谁与嬉游？小子后生，于何考德而问业焉？缙绅❸之东西行过是都者，无所礼❹于其庐。若是而称曰："大夫乌公一镇河阳，而东都处士之庐无人焉。"岂不可也？

【注释】

①河南尹：河南府的长官。

②二县：指东都城下辖的洛阳县、河

南县，当时韩愈任河南县令。

③缙（jìn）绅：也作“搢绅”，指古代将笏牌插在腰带里、垂绅（垂着衣带）的人。此指官员。缙：插。绅：大带。

④礼：此指谒见，拜访。

【译文】

今后，从东都留守、河南尹起，到各部门的主管和我们两县的官吏，如果政事上遇到疑难问题，或者办案时遇到可疑点，找什么人去商量妥善解决的办法呢？辞官回乡的士大夫们和谁一起游玩呢？青年后辈又到哪里去考究德行，请教学业呢？东来西往经过洛阳的官员们，也无法依照常规礼仪到他们的住所去拜访。像这样也就可以说是："御史大夫乌公一到洛阳，洛阳处士们的住所里就没有人了。"难道不行吗？

【原文】

夫南面❶而听天下，其所托重而恃力者惟相与将耳。相为天子得人于朝廷，将为天子得文武士于幕下，求内外无治，不可得也。

【注释】

①南面：此指皇帝。古代以坐北朝南为尊位，故皇帝见群臣时面向南而坐。

【译文】

皇帝处理天下大事，所依靠出大力的，只有宰相和将军罢了。宰相为皇帝把人才搜罗到朝廷，将军为皇帝选拔文人武士到军帐里，如果这样做了，要使国家内外不安宁，那是不可能的了。

【原文】

愈縻❶于兹，不能自引去❷，资二生以待老。今皆为有力者夺之，其何能无介然❸于怀邪？生既至，拜公于军门，其为吾以前所称，为天下贺；以后所称❹，为吾致私怨于尽取也。留守相公❺首为四韵❻诗歌其事，愈因推其意而序之。

【注释】

①縻（mí）：系住，此指束缚，羁留。

②引去：引退，辞去。

③介然：耿耿于心。

④后所称：指石生和温生被选走，使河南人才空虚。

⑤留守相公：指郑余庆，贞元一四年（798）、永贞元年（805）两次拜相。元和元年（806），郑余庆再次被免去宰相之职。元和三年（808），郑余庆代理兵部尚书之职，兼任东都留守。相公：宰相。

⑥四韵：旧体诗一般为隔句押韵，四韵为八句。

【译文】

我被束缚在这里，没有办法自己引退，想依靠石、温两位的帮助度过晚年。现在，二位都被有权力的人要走了，这又怎能不使我耿耿于怀呢？温生初到，在军门拜见乌公时，就像我前面所说的，代为天下人庆贺得到了人才；就像我后面所说的，替我表示对本地人才都被选空这件事的抱怨。东都留守相公首先写成一首四韵诗来赞美此事，我便依照他的诗意写了这篇序文。

祭十二郎文

【导读】

古时写祭文有一套固定的格式，内容多为对死者生平的追述和赞颂，形式多为骈文或四言韵文。韩愈作的这篇祭文打破了这一常规，其主旨不在于称颂死者，而在于倾诉自己的痛悼之情。作者通过对家常琐事的记叙，表现自己与侄子十二郎的密切关系，体现刻骨铭心的骨肉之情。本文在形式上突破了四言押韵常规，或散或偶，或长或短，被后人誉为“祭文中千年绝调”。

【原文】

年、月、日，季父❶愈闻汝丧之七日，乃能衔哀❷致诚❸，使建中❹远具时羞❺之奠，告汝十二郎之灵：

【注释】

①季父：排行最小的叔父。

②衔哀：心中含着悲哀。

③致诚：表达赤诚的心意。

④建中：人名，韩愈家中的仆人。

⑤时羞：应时的鲜美佳肴。羞：同“馐”。

【译文】

某年某月某日，小叔叔韩愈在听到你去世消息的第七天，才能强忍哀痛，倾吐衷情，派遣建中打老远赶去，备办些时鲜食品，祭告于十二郎的灵前：

【原文】

呜呼！吾少孤❶，及长，不省所

怙❷，惟兄嫂是依。中年，兄殁南方，吾与汝俱幼，从嫂归葬河阳❸。既又与汝就食江南❹，零丁孤苦，未尝一日相离也。吾上有三兄，皆不幸早世，承先人❺后者，在孙惟汝，在子惟吾，两世一身❻，形单影只。嫂尝抚汝指吾而言曰：“韩氏两世，惟此而已！”汝时尤小，当不复记忆；吾时虽能记忆，亦未知其言之悲也。

【注释】

①孤：幼年丧父。

②怙（hù）：依靠。

③河阳：今河南孟州西，是韩氏祖宗坟墓所在地。

④就食江南：唐德宗建中二年（781）。

北方藩镇李希烈反叛，中原局势动荡。因韩氏在宣州（今安徽宣城）置有田宅别业，韩愈随嫂子迁家避居宣州。

⑤先人：此指已去世的父亲韩仲卿。

⑥两世一身：子辈和孙辈均只剩一个男丁。

【译文】

呜呼！我幼年丧父，等到长大，还不知道父亲的模样，全是依靠着哥哥和嫂子。哥哥中年时，在南方去世。当时我和你年纪都还小，跟随嫂嫂送哥哥的灵柩回河阳安葬。随后又和你到江南谋生，孤苦伶仃，我俩没有一天分开过。我上面有三个哥哥，

都不幸早死，继承先人之后事的，在孙子辈中只有一个你，在儿子辈中只有一个我，两代都是独苗，形单影只。嫂嫂曾经一只手抚摸着你、一只手指着我说："韩家两代人，就只有你们了！"你当时更小，大概没有留下什么记忆；我虽然能记得，但那时候并不懂得嫂嫂的话有多么悲哀啊！

【原文】

吾年十九，始来京城。其后四年，而归视❶汝。又四年，吾往河阳省❷坟墓，遇汝从嫂丧来葬❸。又二年，吾佐董丞相❹于汴州❺，汝来省吾，止❻一岁，请归取其孥❼。明年，丞相薨❽，吾去汴州，汝不果❾来。是年，吾佐戎徐州❿，使取⓫汝者始行，吾又罢去⓬，汝又不果来。吾念汝从于东⓭，东亦客也，不可以久。图久远者，莫如西归，将成家而致汝。呜呼！孰谓⓮汝遽⓯去吾而殁乎！

【注释】

①视：古时探亲，上对下称视 下对上称省。

②省：探望，此处引申为凭吊。

③遇汝从嫂丧来葬：韩愈的嫂子郑氏卒于贞元九年（793年），韩愈作《祭郑夫人文》。贞元十一年，韩愈往河阳祖坟扫墓，与奉其母郑氏灵

柩来河阳安葬的十二郎相遇。

④董丞相：指董晋。贞元十二年（796），董晋以检校尚书左仆射，同中书门下平章事任宣武军节度使，汴、宋、亳、颍等州观察使。时韩愈在董晋幕中担任节度推官。

⑤汴州：今河南开封。

⑥止：住。

⑦取其孥（nú）：把家眷接来。孥：妻子和儿女的统称。

⑧薨（hōng）：古时诸侯或二品以上大官死曰薨。贞元十五年（799），董晋死于汴州任所，韩愈随葬西行。去后第四天，汴州即发生兵变。

⑨不果：没能够。

⑩佐戎徐州：当年秋天，韩愈入徐、泗、濠节度使张建封幕下担任节度推官。节度使府在徐州。佐戎：辅助军务。

⑪取：迎接。

⑫罢去：贞元十六年（800）五月，张建封去世，韩愈离开徐州赴洛阳。

⑬东：指故乡河阳之东的汴州和徐州。

⑭孰谓：谁料到。

⑮遽（jù）：骤然。

【译文】

我十九岁那年，初次来到京城。此后四年，我才回家看望你。又过了四年，我去河阳凭吊祖坟，遇到你送嫂嫂的灵柩来河阳安葬。又过了两年，我在汴州辅佐董丞相，你来看望我，只住了一年，你要求回去接家眷来。第二年，董丞相去世，我离开了汴州，你没有能够来。那一年，我在徐州辅助军事，派去接你的人刚要启程，我又罢职离开了徐州，你又没能够来。我想，你跟随我到东边，东边也是异乡，不能久住。从长远打算，不如向西回到河阳，将家安顿好再接你来。唉！谁料到你竟突然去世离开了我啊！

【原文】

吾与汝俱少年，以为虽暂相别，终当久相与处，故舍汝而旅食京师，以求斗斛之禄❶。诚知其如

此，虽万乘❷之公相，吾不以一日辍❸汝而就也！

【注释】

①斗斛（hú）之禄：微薄的俸禄。斗斛：唐时十斗为一斛。

②万乘（shèng）：此指高官厚禄。

③辍：停止。此指离开。

【译文】

我和你都年轻，满以为尽管暂时分离，最终会长久团聚的，所以才丢下你跑到京城求官做，企图赚点俸粮。如果早知道结果会这样，即便有万乘之国的宰相职位等着我，我也不愿离开你一天而去就任啊！

【原文】

去年❶孟东野往，吾书与汝曰："吾年未四十，而视茫茫，而发苍苍，而齿牙动摇。念诸父与诸兄，皆康强而早世，如吾之衰者，其能久存乎？吾不可去，汝不肯来，恐旦暮死，而汝抱无涯之戚❷也。"孰谓少者殁而长者存，强者夭而病者全乎？

【注释】

①去年：指贞元十八年（802）。

②无涯之戚：无穷的悲伤。涯：边。戚：忧伤。

【译文】

去年，孟东野前往江南，我托

他带给你的信中说："我还未到四十岁，而视力模糊，头发花白，牙齿松动。想到诸位叔伯和兄长，都是在壮年时便过早去世，像我这样衰弱的身体，能够活得长久吗？我不能离开职守，你又不肯来，生怕我早晚死去，使你陷入无边无际的悲哀啊！"谁料年轻的先死而年长的还活着，强壮的夭折而病弱的却保全了呢？

【原文】

呜呼！其信然邪？其梦邪？其传之非其真邪？信也，吾兄之盛德而夭其嗣乎？汝之纯明❶而不克❷蒙其泽乎？少者强者而夭殁，长者

衰者而存全乎？未可以为信也！梦也，传之非其真也？东野之书、耿兰③之报，何为而在吾侧也？呜呼！其信然矣！吾兄之盛德而夭其嗣矣！汝之纯明宜业④其家者，不克蒙其泽矣！所谓天者诚难测，而神者诚难明矣！所谓理者不可推，而寿者不可知矣！

【注释】

①纯明：纯正贤明。

②不克：不能。

③耿兰：韩家仆人名。

④业：继承。

【译文】

唉！难道这是真的吗？是在做梦

吗？还是传送的消息不确实呢？如果是真的，为什么我哥哥有那么美好的德行却丧失了后代？你那么纯正贤明却不能承受他遗留的恩泽？为什么年少身强的反而早死，年长衰弱的却反活着呢？我不敢相信这是真的啊！这是在做梦，这是传错了消息吗？可是，东野的丧信，耿兰的讣闻，为什么又分明放在我身边呢？唉！这是真的啊！我哥哥有美好品德反而他的儿子却夭亡了啊！你纯洁聪明最适于继承家业，却不能承受先人的恩泽了啊！所谓“天”实在测不透，所谓“神”的确弄不清啊！所谓“理”简直没法推测，所谓“寿”根本不可知啊！

【原文】

虽然，吾自今年来，苍苍者或化而为白矣，动摇者或脱而落矣，毛血❶日益衰，志气❷日益微，几何不从汝而死也！死而有知，其几何离❸？其无知，悲不几时，而不悲者无穷期矣！

【注释】

①毛血：指体质。

②志气：指精神。

③其几何离：分离会有多久呢？

【译文】

虽然如此，我从今年以来，花白的头发有的已经全白了，动摇的牙齿有的已经脱落了，体质一天比一天衰弱，精神一天比一天衰退，怎么不跟随你死去呢！死后如果有知觉，那我们的分离还能有多久？如果没有知觉，那我哀伤的时间也就不会长，而不哀伤的日子倒是无穷无尽啊！

【原文】

汝之子❶始十岁，吾之子始五岁❷，少而强者不可保，如此孩提❸者，又可冀其成立耶？呜呼哀哉！呜呼哀哉！

【注释】

①汝之子：十二郎有两个儿子，长子韩湘，次子韩滂。此指韩湘。

②吾之子始五岁：指韩愈的长子韩昶，

贞元十五年(799)生,小名叫符。

③孩提:本指二三岁的幼儿。此指年纪尚小。

【译文】

现在你的儿子才十岁,我的儿子刚五岁。年少身强的都不能保全,像这样的孩子,又怎么能期望他们长大成人呢?呜呼,悲恸啊!呜呼,悲恸啊!

【原文】

汝去年书云:"比❶得软脚病❷,往往而剧。"吾曰:"是疾也,江南之人,常常有之。"未始以为忧也。呜呼!其竟以此而殒其生乎?抑别有疾而致斯乎?汝之书,六月十七日也。东野云，汝殁以六月二日，耿兰之报无月日。盖东野之使者，不知问家人以月日，如耿兰之报，不知当言月日。东野与吾书，乃问使者，使者妄称以应之耳。其然乎？其不然乎？

【注释】

①比：近来。

②软脚病：即脚气病。

【译文】

你去年来信说："近来得了脚气病，时常发作得很厉害。"我说："这种病，江南人是常有的。"未曾为你这种病而担忧。唉！难道这种病竟然夺去了你的生命吗？还是有其他的疾病而导致这样的呢？你的信，是六月十七日写的。东野的来信说，你死于六月二日，耿兰报丧的信没有说明你死于哪月哪日。可能是东野的使者没有向家人问明死期；耿兰报丧的信不懂得应当说明死期。东野给我写信时向使者询问死期，使者不过信口胡乱回答罢了。是这样吗？不是这样吗？

【原文】

今吾使建中祭汝，吊❶汝之孤❷与汝之乳母。彼有食可守以待终丧❸，则待终丧而取以来；如不能守以终丧，则遂取以来。其余奴婢，并令守汝丧。吾力能改葬，终葬汝于先人之兆，然后惟其所愿。

【注释】

①吊：此指慰问。

②孤：此指十二郎的儿子。

③终丧：守满三年丧期。

【译文】

现在我派建中前来祭奠你，慰问你的儿子和你的奶妈。如果他们家中有粮可以守你的灵，直到丧事结束，那么就等到丧事结束之后再接他们来；如果不能等到丧事结束，就立即接他们来。其余奴婢下人，都让他们为你守丧。如果我有能力给你迁葬，最终一定把你埋葬到祖先的墓地里，此后这些奴婢的去留，听其自愿。

【原文】

呜呼！汝病吾不知时，汝殁吾不知日；生不能相养以共居，殁不能抚汝以尽哀；敛不凭其棺，窆❶不临其穴。吾行负神明，而使汝夭，不孝不慈，而不得与汝相养以生，相守以死。一在天之涯，一在地之角，生而影不与吾形相依，死而魂不与吾梦相接。吾实为之，其又何尤❷？彼苍者天，曷其有极！

【注释】

①窆（biǎn）：下棺入土。

②何尤：怨恨谁？

【译文】

唉！你生病我不知道时间，你去

世我不知道日期；你活着我们不能互相照顾，同住一起；你死后我又不能抚摸你的遗体，尽情痛哭；入殓之时不曾紧靠你的棺材，下葬之时不曾俯视你的墓穴。我的德行有负于神灵，因而使你夭亡；我不孝顺、不慈爱，因而既不能和你互相照顾、一同生活，又不能和你互相依傍、一起死去。一个在天涯，一个在地角，活着的时候，你的影子不能和我的身子靠拢；去世以后，你的灵魂不能和我的梦魂亲近。这实在是我造成的，又能怨恨谁呢？那苍苍的上天啊，我的痛苦何时才有尽头！

【原文】

自今以往，吾其无意于人世矣！当求数顷之田于伊、颍[1]之上，以待余年，教吾子与汝子，幸其成[2]；长[3]吾女与汝女，待其嫁，如此而已。

呜呼！言有穷而情不可终，汝其知也邪？其不知也邪？呜呼哀哉！尚飨。

【注释】

①伊、颍：伊水和颍水，均在今河南境内。此指故乡。

②幸其成：希望他们长大成人。

③长：此指养育。

【译文】

从今以后，我没有心思活在人世了！我应当在伊水和颍水边上买些田地，来度过我的晚年，教育我的儿子和你的儿子，期望他们长大成人；抚养我的女儿和你的女儿，等到她们出嫁，我的心愿不过如此罢了。

唉！言语总有说尽的时候，而悲痛的心情却是没完没了的，你能够理解吗？还是什么都不知道了呢？唉！伤心啊！希望你的灵魂能来享用我的祭品啊！

祭鳄鱼文

【导读】

元和十四年（819），韩愈因谏迎佛骨，触怒了唐宪宗，几乎被杀，幸亏裴度救援，最后被贬为潮州刺史。据说韩愈刚到潮州，就听说境内的恶溪中有鳄鱼为害，把附近百姓的牲畜都吃光了。于是，韩愈作了这篇祭文，劝诫鳄鱼搬迁，实则鞭笞了当时祸国殃民的藩镇大帅和贪官污吏。

【原文】

维年月日，潮州❶刺史❷韩愈，使军事衙推❸秦济，以羊一、猪一投恶溪❹之潭水，以与鳄鱼食，而告之曰：

【注释】

①潮州：州名，唐时治所在海阳县（今广东潮州），辖境约相当于今广东潮州、汕头、揭阳和梅州、汕尾一部分地区。

②刺史：州的行政长官。

③军事衙推：州刺史的属官，掌管狱讼。

④恶溪：又名鳄溪，在潮州境内。

【译文】

某年某月某日，潮州刺史韩愈，让

军事衙推官秦济将一只羊和一头猪投入这被百姓称为“恶溪”的潭水中，把它们给鳄鱼吃，并向鳄鱼宣告道：

【原文】

昔先王既有天下，列山泽，罔❶绳擉❷刃，以除虫蛇恶物为民害者，驱而出之四海之外。及后王德薄，不能远有，则江、汉之间，尚皆弃之以与蛮、夷、楚、越❸，况潮，岭、海之间，去京师万里哉？鳄鱼之涵淹❹卵育❺于此，亦固其所。

【注释】

①罔：同“网”。

②擉（chuò）：刺。

③楚、越：泛指东南方偏远地区。

④涵淹：潜伏。

⑤卵育：生息。

【译文】

以前上天掌管天下的时候，他封禁山川河泽，自己提着网绳和刀刃，来驱除危害百姓的虫蛇恶物，这些虫蛇恶物被赶到了四海之外。等到后来的君主的德义渐渐浅薄，不能够将偏远的地方据为己有，江汉这种地方都能被抛弃，为楚越地区的蛮夷之族所占据，又何况潮州这种闲散又离京城有万里路程的地方呢？于是鳄鱼就在潮州潜伏生息，这里确实也是适合它们的地方。

【原文】

今天子[1]嗣唐位，神圣慈武[2]，四海之外，六合[3]之内，皆抚而有之；况禹迹所揜，扬州[4]之近地，刺史、县令之所治，出贡赋以供天地宗庙百神之祀之壤者哉！鳄鱼其不可与刺史杂处此土也！刺史受天子命，守此土，治此民，而鳄鱼睅然[5]不安溪潭，据处食民、畜、熊、豕、鹿、獐，以肥其身，以种其子孙，与刺史亢拒[6]，争为长雄。刺史虽驽弱[7]，亦安肯为鳄鱼低首下心[8]，伈伈[9]睍睍[10]，为民吏羞，以偷活于此邪？且承天子命以来为吏，固其势不得不与鳄鱼辨。

【注释】

①今天子：指唐宪宗李纯。

②慈武：仁爱勇武。

③六合：天地上下和四方，即普天之下。

④扬州：传说大禹治水以后，把天下划为九州，扬州即为其一，潮州古属扬州地域。

⑤睅（hàn）然：瞪起眼睛，十分凶狠的样子。睅：眼睛瞪大而突出。

⑥亢拒：抗拒。

⑦驽弱：平庸软弱。

⑧低首下心：形容屈服顺从。低首：低头不敢仰视。下心：屈服于人。

⑨伈（xǐn）伈：恐惧的样子。

⑩睍（xiàn）睍：眯起眼睛看，比喻胆怯。

【译文】

现今的皇上是大唐天子，神圣仁爱又勇武。无论四海之外、六合之内都在他的安抚和统治之下。何况大禹足迹所留、扬州所管辖、刺史和县令所治理、交纳贡品和赋税来供应天地宗庙百神祭祀的潮州呢！鳄鱼你不能和刺史一起在这儿居住。刺史接受天子的命令，在这里守卫国土，治理百姓。但是鳄鱼你不在潭水中安然生活，却占据这里凶暴地吃掉百姓、牲畜和熊、豕、鹿、獐等来使自己的身体肥大，使自己的子孙繁衍，又经常和刺史我对抗，来比较高下。刺史我虽然无能，但又怎么可能对鳄鱼低下头呢？

我低下头胆小的样子一定被百姓嘲笑，又怎么能在世上苟且活下去呢？而且我是奉天子的命令来上任的，看形势不得不与鳄鱼你辩论一下了。

【原文】

鳄鱼有知，其听刺史言：潮之州，大海在其南，鲸、鹏❶之大，虾、蟹之细，无不容归，以生以食，鳄鱼朝发而夕至也。今与鳄鱼约：尽三日，其率丑类❷南徙于海，以避天子之命吏。三日不能，至五日；五日不能，至七日；七日不能，是终不肯徙也，是不有刺史、听从其言也。不然，则是鳄鱼冥顽不灵❸，刺史虽有言，不闻不知也。夫傲天子之命吏，不听其言，不徙以避之，与冥顽不灵而为民物害者，皆可杀。刺史则选材技吏民❹，操强弓毒矢，以与鳄鱼从事❺，必尽杀乃止。其无悔！

【注释】

①鲸、鹏：鲸鱼与大鹏鸟。鹏：传说中的巨鸟，由鲲变化而成。

②丑类：指鳄鱼。

③冥顽不灵：愚钝无知，顽固不化。冥顽：愚昧无知。

④材技吏民：有才能、有技艺的官吏和百姓。

⑤从事：处置。此指战斗。

【译文】

鳄鱼如果有灵性，那就听我说：大海在潮州的南面，像鲸、鹏那么大或者像虾、蟹那么细小，都能在大海容身、安居，依靠大海生活。鳄鱼你们早上出发，晚上就到了。现在我与你们约定：三天之内，你们鳄鱼要全部向南迁徙到海里去，以回避天子任命的大臣。如果三天不行，那就五天；五天不行，那就七天。如果七天还没有迁徙，那就是你们不想迁徙了，这是无视刺史，不听从刺史的话。不是这样的话，那就是鳄鱼你们冥顽不灵，即使刺史我有言在先，却只装作不知道。像你们这些鳄鱼傲视天子任命的大臣，不听从他的话，不迁徙回避，和那些愚蠢顽固而危害百姓之物，都得杀掉。那刺史我就挑选有才干和技艺的民众，带上强弓毒箭，和你们较量一番，一定将你们赶尽杀绝。你们可不要后悔。

柳子厚墓志铭

【导读】

这是韩愈为已故好友柳宗元作的一篇墓志铭。在墓志铭中，作者讲述了柳宗元的家世、为人、生平事迹等，高度赞扬了其文章学问、政治才能和道德品行，对其受排挤、长期遭贬、穷困潦倒的经历给予深切的同情，对其一生给予了高度评价。文章夹叙夹议，酣畅淋漓，情文并茂。

【原文】

子厚❶，讳宗元。七世祖庆❷，为拓跋魏侍中❸，封济阴公。曾伯祖奭❹，为唐宰相，与褚遂良❺、韩瑗❻俱得罪武后，死高宗朝。皇考❼讳镇，以事母弃太常博士❽，求为县令江南。其后以不能媚权贵❾，失御史。权贵人死，乃复拜侍御史❿。号为刚直，所与游皆当世名人。

【注释】

①子厚：柳宗元的字。

②七世祖庆：柳庆在北魏时受封平齐公。其子柳旦为北周中书侍郎，封济阴公。此处为韩愈误记。

③拓跋魏侍中：北魏国君门下省的长官。

④曾伯祖奭（shì）：即柳奭，唐高宗李治的王皇后的外祖，曾任中书令。

⑤褚（chǔ）遂良：字登善，曾做过吏部尚书、同中书门下三品、尚书右仆射等官。唐太宗临终时命他与长孙无忌一同辅助高宗，后因劝阻高宗改立武后遭贬，忧病而死。

⑥韩瑗（yuàn）：字伯玉，官至侍中，因救褚遂良被贬黜。

⑦皇考：古时对先祖的尊称，此指先父。

⑧太常博士：太常寺有博士四人，专门讨论谥法。

⑨权贵：此指窦参，曾担任宰相。

⑩侍御史：御史台的属官，掌纠察百官，审讯案件。

【译文】

子厚，名宗元。七世祖先柳庆在北魏时官至侍中，封济阴公。曾伯祖柳奭，在唐朝曾出任宰相，与褚遂良、韩瑗一同得罪了武后，死于高宗时期。父亲叫柳镇，为了侍奉母亲，放弃了太常博士的官位，请求到江南做县令。后来因为他不肯向权贵献媚，丢掉御史的官位。直到那位权贵死了，才又被任命为侍御史。子厚为人以刚直著称，所交往的朋友都是当时很有名望的人。

【原文】

子厚少精敏，无不通达。逮❶其父时，虽少年，已自成人❷，能取进士第，崭❸然见头角，众谓柳氏有子❹矣。其后以博学宏词❺，授集贤殿正字❻。俊杰廉悍❼，议论证据今古，出入经史百子，踔厉风发❽，率常❾屈其座人，名声大振，一时皆慕与之交。诸公要人，争欲令出我门下❿，交口⓫荐誉之。

【注释】

①逮：等到，当。

②已自成人：已经成才。

③嶄：突出。

④有子：有光耀门楣之子。

⑤博学宏词：博学宏词科的考试。在唐制中，进士及第者可应博学宏词考选，取中后即授予官职。

⑥集贤殿正字：官名。集贤殿：集贤殿书院，掌刊辑经籍，搜求佚书。正字：集贤殿置学士、正字等官，正字掌管编校典籍、刊正文字的工作。

⑦廉悍：方正廉洁，有骨气。

⑧踔（chuō）厉风发：言论纵横，精神奋发，气势勃勃。踔：远。厉：高。

⑨率常：总是。

⑩令出我门下：都想叫他做自己的门

生以沾光彩。

⑪交口：异口同声。

【译文】

子厚少年时就很精明能干，没有不明白通晓的事。当他父亲还在世时，他虽然年纪轻，已经独立成人，能够考中进士，显露出超凡的气象，众人都说柳家有个好儿子。以后他又应博学鸿词科考试合格，授集贤殿正字。他才智突出，清廉刚毅，发表议论时能引证今古事例为依据，精通经史典籍和诸子百家，言谈纵横上下，意气风发，常常使满座的人为之叹服，因此名声大噪，一时之间人们都敬慕并希望与他交往。那些公卿、贵

人们争着要收他做自己的门生，一齐推荐、称赞他。

【原文】

贞元十九年，由蓝田尉❶拜监察御史❷。顺宗即位，拜礼部员外郎❸。遇用事者❹得罪，例出❺为刺史。未至，又例贬❻州司马❼。居闲❽益自刻苦，务记览❾，为词章，泛滥❿停蓄⓫，为深博无涯涘⓬，而自肆于山水间。

【注释】

①蓝田尉：蓝田县的县尉。

②监察御史：御史台的属官，掌分察百僚，巡按郡县，纠视刑狱，整肃朝

仪诸事。

③礼部员外郎：官名，掌辨别和拟定礼制之事及学校贡举之法。

④用事者：掌权者，此指王叔文。

⑤例出：按规定遣出。

⑥例贬：依照条例贬官。

⑦州司马：官名。州刺史属下掌管军事的副职，唐时已成为有职无权的闲官。

⑧居闲：指公事清闲。

⑨记览：记诵阅览，此喻刻苦学习。

⑩泛滥：此指文笔汪洋恣肆。

⑪停蓄：此指文笔雄厚凝练。

⑫无涯涘（sì）：无边际。涯涘：水的边际。

【译文】

贞元十九年，子厚由蓝田县尉晋升为监察御史。顺宗即位后，他出任礼部员外郎。这时遇上当权的人获罪，子厚也被视为其同党，被遣出京城去担任刺史。他还未到任，又被贬为州司马。他担任清闲的官职，更加刻苦为学，专心诵读，写作诗文，文笔汪洋恣肆，雄厚凝练，像无边的海水那样精深博大，同时纵情于山水之间。

【原文】

元和中，尝例召至京师，又偕出❶为刺史，而子厚得柳州。既至，叹曰："是岂不足为政邪？"因其

土俗❷，为设教禁❸，州人顺赖❹。其俗以男女质钱，约不时赎，子本相侔❺，则没为奴婢。子厚与设方计❻，悉令赎归。其尤贫力不能者，令书其佣，足相当❼，则使归其质❽。观察使下其法❾于他州，比❿一岁，免而归者且千人。衡、湘⓫以南为进士者，皆以子厚为师。其经承子厚口讲指画为文词者，悉有法度可观。

【注释】

①偕出：一同出任。

②土俗：当地的风俗。

③教禁：教谕和禁令。

④顺赖：顺从信赖。

⑤子本相侔(móu):利息和本钱相等。

⑥与设方计:替债务人想方设法。

⑦足相当:佣工所值足以抵消借款本息。

⑧质:人质。

⑨观察使下其法:观察处置使推行赎回人质的办法。观察使:即观察处置使,中央派往地方掌管监察的官。

⑩比:及,等到。

⑪衡、湘:衡山、湘水,泛指岭南地区。

【译文】

元和年间,他曾经按例奉召回到京师,又和其他人一起出京做刺史,子厚分在柳州。到任之后,他慨叹道:“这里难道就不值得实施政教吗?”

于是按照当地的风俗，制定了劝谕和禁止的政令，赢得了柳州民众的顺从和信赖。此地人借钱时习惯用子女作为人质相抵押，如不能按约期赎回，等到利息与本钱相等时，子女就要沦为债主的奴婢。子厚为此替借债人想方设法，都让他们能够把子女赎回来。那些特别穷困没有能力赎回的，就让债主记下子女当佣工的工钱，到应得的工钱足够抵销债务时，就让债主归还被抵押的人质。观察使把这个办法推广到别的州县，到一年后，免除奴婢身份回家的将近一千人。衡山、湘江以南考进士的人，都以子厚为老师。那些经过子厚亲自指点而撰写文辞的人，从他们的文章中都可以看到很好的章法技巧。

【原文】

其召至京师而复为刺史也，中山刘梦得禹锡[1]亦在遣中，当诣播州[2]。子厚泣曰："播州非人所居，而梦得亲在堂[3]，吾不忍梦得之穷，无辞以白其大人，且万无母子俱往理。"请于朝，将拜疏[4]，愿以柳易播[5]，虽重得罪，死不恨。遇有以梦得事白上者，梦得于是改刺连州[6]。

【注释】

①中山刘梦得禹锡：刘禹锡，字梦得，

自称中山（今河北正定）人，文学家，曾任监察御史，因参与王叔文的改革而被贬职。

②诣播州：前往播州。播州：今贵州遵义绥阳县。

③亲在堂：母亲健在。

④拜疏：上呈奏章。

⑤以柳易播：指柳宗元自愿到播州去，让刘禹锡去柳州。

⑥连州：今广东连州市。

【译文】

他被召回京师又再次被遣出做刺史时，中山人刘梦得（禹锡）也在被遣之列，应当去播州。子厚流着眼泪说道："播州不适宜人居住，而梦得有母亲健在，我不忍心看到梦得处境困窘，以至于无法向母亲说明一切，况且也绝没有让母子同赴贬所的道理。”于是子厚准备向朝廷上书请求，愿从柳州换到播州，即使因此再次获罪，虽死而无遗憾。此时正好又有人将梦得的事报告了朝廷，于是，梦得又被改为连州刺史。

【原文】

呜呼！士穷乃见节义。今夫平居里巷相慕悦，酒食游戏相征逐[1]，诩诩强笑[2]语以相取下[3]，握手出肺肝相示[4]，指天日涕泣，誓生死不相背负[5]，真若可信；一旦临小利

害，仅如毛发比⑥，反眼若不相识，落陷阱，不一引手救，反挤之又下石焉者，皆是也。此宜禽兽夷狄所不忍为，而其人自视以为得计，闻子厚之风，亦可以少愧矣。

【注释】

①征逐：往来频繁。

②诩（xǔ）诩：讨好取媚的样子。

③取下：指采取谦下的态度。

④出肺肝相示：比喻做出非常诚恳和坦白的样子。

⑤背负：背叛，变心。

⑥如毛发比：比喻事情细微。比：类似。

【译文】

唉！士人到了穷困的处境时，才

看得出他的节操和义气。现在一些人，平日街坊居处互相仰慕讨好，一起吃喝玩乐来往频繁，夸夸其谈，强作笑脸，表示甘愿居于对方之下，频频握手，做出掏肺挖肝的样子给对方看，指着太阳流泪，发誓不论生死谁都不会背弃朋友，简直像真的一样可信；一旦遇到小小的利害和冲突，仅仅像头发丝般细小，便翻脸不认人，朋友落入陷阱，也不伸一下手去救，反而借机推挤他，再往下扔石头，到处都是这样的人啊！这种事情恐怕连禽兽和异族都不忍心去做，而那些人却自以为得计，当他们听到子厚的为人风度，也应该感到有些惭愧吧。

【原文】

子厚前时少年，勇于为人[1]，不自贵重顾藉[2]，谓功业可立就，故坐[3]废退[4]。既退，又无相知有气力得位者推挽[5]，故卒死于穷裔[6]，材不为世用，道不行于时也。使子厚在台、省[7]时，自持其身，已能如司马、刺史时，亦自不斥；斥时有人力能举之，且必复用不穷。然子厚斥不久，穷不极，虽有出于人，其文学辞章，必不能自力以致必传于后，如今，无疑也。虽使子厚得所愿，为将相于一时，以彼易此，孰得孰失，必有能辨之者。

【注释】

①为人：助人。

②顾籍：顾惜。

③坐：因他人获罪而受牵连。

④废退：指远谪边地，不用于朝廷。

⑤推挽：推举提拔。

⑥穷裔（yì）：穷困的边远地方。

⑦台、省：御史台和尚书省。

【译文】

子厚过去年轻，勇于助人，不知道保重和顾惜自己，以为功名事业可以立见成就，结果反受其牵连而遭贬黜。他被贬以后，又缺少有权有势的知己援引推荐，所以最终死于荒远穷困的边地，才能不得施展，抱负也未能实现。如果子厚当时在御史台、尚书省做官时，能谨慎约束自己，像后来做司马、刺史那样，也自然不会被贬了；被贬后，如果有人能够推举他，将一定会再次被任用，不至穷困潦倒。然而子厚被贬的时间如果不长，其困窘如果没有到极点，他即便有过人之处，也不会在文学创作方面下苦功，以致达到像现在这样必然流传到后世的成就，这一点是确定无疑的。即使让子厚实现他的愿望，一度官至将相，拿那个换这个，何者为得，何者为失，一定有能够辨别清楚的人。

【原文】

子厚以元和十四年十一月八日卒，年四十七。以十五年七月十日归葬万年❶先人墓侧。子厚有子男二人，长曰周六，始四岁；季曰周七❷，子厚卒乃生。女子二人，皆幼。其得归葬也，费皆出观察使河东裴君行立❸。行立有节概❹，重然诺，与子厚结交，子厚亦为之尽，竟赖其力。葬子厚于万年之墓者，舅弟卢遵❺。遵，涿❻人，性谨慎，学问不厌。自子厚之斥，遵从而家❼焉，逮其死不去。既往葬子厚，又将经纪其家，庶几有始终者。铭曰：是惟子厚之室，既固既安，以利其嗣人❽。

【注释】

①万年：地名，在今陕西西安临潼。

②周七：即柳告，柳宗元的遗腹子。

③河东裴君行立：即裴行立，时任桂管观察使，是柳宗元的上司。

④节概：节操度量。

⑤卢遵：柳宗元舅父之子。

⑥涿（zhuō）：今河北涿州。

⑦从而家：跟从柳宗元在外安家。

⑧嗣人：子孙后代。

【译文】

元和十四年十一月初八，子厚去世，终年四十七岁。他的灵柩于元和十五年七月一日归葬在万年县祖先墓旁。子厚有两个儿子，长子名周六，才四岁；次子名周七，子厚死后出生。他还有两个女儿，都还在幼年。子厚之所以能归葬祖茔，全赖观察使河东人裴行立出资相助。行立先生为人有气节，重信用，与子厚是朋友，子厚对他一直很尽心尽力，最后竟仰赖他的力量办理了后事。把子厚安葬到万年县墓地的，是他的表弟卢遵。卢遵是涿州人，性情谨慎，做学问永不满足。自从子厚被贬之后，卢遵就跟随他在外安家，直到他去世也没有离开。既送子厚回乡归葬，又安排料理子厚的家属，他可以称得上是有始有终的人了。铭文说：这是子厚的墓室，既牢固又安适，对子厚的子孙会有好处。

试大理评事王君墓志铭

【导读】

本文是韩愈在唐宪宗元和九年(814)时,为曾担任过大理评事的"天下奇男子"王适所作的墓志铭。在墓志铭的前半部分,作者通过几个事例展现了王适的个性风采。在后半部分,作者用传奇笔法补写王适的求婚经历,突出其曲折过程,将王适怀奇负气、落拓不羁、注重名节却一生不得志的奇人形象刻画得栩栩如生。

【原文】

君讳适，姓王氏。好读书，怀奇❶负气❷，不肯随人后举选❸。见功业有道路可指取，有名节可以戾契致❹，困于无资地❺，不能自出，乃以干❻诸公贵人，借助声势。诸公贵人既志得，皆乐熟软媚耳目者，不喜闻生语❼，一见，辄戒门以绝。

【注释】

①怀奇：怀抱雄奇的志向。

②负气：恃其意气，不肯屈服于人。

③举选：参加科举考试而取得功名。

④以戾契致：用非常规的方法刻意追求而获取。戾：乖戾。

⑤资地：资历、地位。

⑥干：干谒，拜见权责、名人，请求帮助。
⑦生语：生硬冷僻的话。

【译文】

君名适，姓王。王适喜欢读书，怀抱雄奇的志向而不肯屈于人下，不愿意跟在别人后面去参加科举考试。他眼见功勋事业有其他道路随手可得，名誉与节操也可以另辟蹊径获取，但苦于没有资历、地位，不能凭自己的力量出人头地，这才去求那些公卿贵人，想借助他们的声望和势力。那些公卿贵人志得意满，都喜欢会用甜言蜜语媚人耳目的人，不喜欢听生硬的话，见过他一回，就吩咐守门人不许再让他进门。

【原文】

上初即位，以四科❶募天下士。君笑曰："此非吾时邪？"即提所作书，缘道歌吟，趋直言试❷。既至，对语惊人；不中第，益困。

【注释】

①四科：四种临时特开的选拔人才的科目，即贤良方正直言极谏科、才识兼茂明于体用科、达于吏理可使从政科、军谋弘远堪任将帅科。

②趋直言试：去参加贤良方正直言极谏科的考试。

【译文】

皇上刚登帝位，便另开四个科目的考试来招募天下的才士。王君笑着说：“这不正是我的好机会吗？”于是提着他所写的书，沿途边走边歌吟，去参加贤良方正直言极谏科的考试。考试时，他对答的话语令人吃惊，结果没有考中，从此生活更加困窘。

【原文】

久之，闻金吾李将军❶年少喜士，可撼❷。乃踏门告曰：“天下奇男子王适，愿见将军白事。”一见语合意，往来门下。卢从史❸既节度昭义军，张甚，奴视法度士，欲闻无顾忌大语，有以君平生告者，即遣客钩致❹。君曰：“狂子不足以共事。”立谢客❺。李将军由是待益厚，奏为其卫胄曹参军，充引驾仗判官，尽用其言。将军迁帅凤翔，君随往，改试大理评事，摄❻监察御史、观察判官。栉垢爬痒❼，民获苏醒。

【注释】

①金吾李将军：即李惟简，宪宗元和初年（806）担任左金吾卫（唐十六卫之一，皇帝的警卫部队）大将军。

②可撼：可以说动其心。撼：动摇。

③卢从史：时任昭义军节度使，后叛唐，元和五年（810）被擒。

④钩致：招致，罗致。

⑤谢客：谢绝卢从史派来的说客。

⑥摄：代理。

⑦栉（zhì）垢爬痒：比喻去除弊政。栉

垢：梳去头发里的污垢。爬痒：搔痒。

【译文】

过了很久，王适听说左金吾卫李将军年轻，喜欢和士人结交，可以打动。他便登门报告说："天下奇男子王适，希望见到将军陈述事情。"两人一见面就谈得很投机，于是王适便经常出入李将军门下。卢从史担任昭义军节度使后，嚣张至极，鄙视那些遵守规矩礼法的人，想听没有顾忌的狂妄言论。有人以王君的生平为人告诉他，他立即派人去拉拢王君。王君说："卢从史是个狂妄的人，不值得和他共事。"立即谢绝了说客。李将军因此越发看重他，保奏他为左金吾卫胄曹参军，充当引驾仗判官，对他言听计从。李将军后来升调为凤翔节度使，王君也随同前往，改任大理评事兼监察御史、观察使判官。他在任上就像用梳子清污垢，抓搔痛痒一般，为百姓除去弊政，减轻痛苦，使百姓得以休养生息。

【原文】

居岁余，如有所不乐，一旦❶载妻子入阌乡南山不顾。中书舍人❷王涯、独孤郁，吏部郎中张惟素，比部郎中韩愈日发书问讯，顾不可强起，不即荐。

【注释】

①一旦：某一天。

②中书舍人：中书省下属的官名，掌管进奏参议、起草诏令等。

【译文】

任职一年多后，王适好像有什么不愉快，有一天毫不顾惜地用车子载着妻子儿女来到阌乡县的南山中。中书舍人王涯、独孤郁，吏部郎中张惟素，比部郎中韩愈，他们接连写信讯问王适的情况，也不能够勉强他再出来做官，就没有立即推荐他。

【原文】

明年九月疾病，舆医京师，其月某日卒，年四十四。十一月某日，即葬京城西南长安县界中。曾祖

爽，洪州[1]武宁[2]令；祖微，右卫[3]骑曹参军[4]；父嵩，苏州昆山丞[5]。妻，上谷[6]侯氏处士高女。

【注释】

①洪州：今江西南昌。

②武宁：今江西武宁。

③右卫：唐十六卫之一。

④骑曹参军：官名，掌管杂畜牧养等。

⑤丞：即县丞，县令的主要佐官，地位在主簿、县尉之上。

⑥上谷：今河北易县。

【译文】

第二年九月，王适病得很重，用车子送到京师来就医，当月的某天去世，享年四十四岁。十一月某日，王适被葬在京城西南方长安县境内。王适的曾祖父王爽，当过洪州武宁县令；祖父王微，曾任右卫骑曹参军；父亲王嵩，曾任苏州昆山县丞。他的妻子是上谷处士侯高的女儿。

【原文】

高固奇士，自方阿衡、太师，世莫能用吾言，再试吏，再怒去，发狂投江水。初，处士将嫁其女，懲❶曰："吾以龃龉❷穷，一女，怜之，必嫁官人；不以与凡子。"君曰："吾求妇氏久矣，惟此翁可❸人意，且闻其女贤，不可以失。"即谩❹谓媒妪❺："吾明经❻及第，且选❼，即官人。

侯翁女幸嫁，若能令翁许我，请进百金为妪谢。”诺，许白翁。

【注释】

①惩：惩戒。此指自我告诫。

②龃龉：上下齿对不上。此指自己与时不合。

③可：合。

④谩：欺骗。

⑤媒妪（yù）：媒婆。

⑥明经：唐代科举考试科目之一，地位仅次于进士科。明经及第者经吏部考试合格就可以做官。

⑦且选：将选授官职。

【译文】

侯高本来是一位奇特的人，自比

伊尹、姜太公一类的人物，认为世上没有人能够采用自己的意见，两次试着做官，两次发怒离去，以致后来发狂投江自沉。当初，侯处士打算嫁女儿，自我告诫说：“我因为和人意见不合所以不得志，只有这一个女儿，非常怜爱她，一定要把她嫁给做官的，不把她许给一般的平民。”王君说：“我寻求妻室已经很久了，只有这位老先生适合我的心意，而且听说他的女儿很贤惠，不可以错过这个机会。”王君就骗媒婆说：“我是明经科考试及第，将被选任官职，也就是当官的人。侯老先生的女儿待嫁，倘若能使侯翁将她许配给我，我就用百金来酬谢你。”媒婆答应去对侯翁说。

【原文】

翁曰：“诚官人邪？取文书来！”君计穷吐实。妪曰：“无苦❶，翁大人❷，不疑人欺我，得一卷书粗若告身❸者，我袖以往，翁见，未必取视，幸而听我。”行其谋。翁望见文书衔袖❹，果信不疑，曰：“足矣！”以女与王氏。

【注释】

①无苦：不必苦恼。

②大人：此指光明磊落、不使小心眼的君子。

③告身：委任官职的文书。因文书上

的印文是“尚书吏部告身之印”，故称告身。

④衔袖：装在衣袖里。

【译文】

侯翁说：“真的是做官的人吗？拿文书来我看看。”王君没有办法了，只得对媒婆说了实话。媒婆说：“不用苦恼，侯翁是德行高尚的人，不会怀疑别人欺骗他。我只要得到一卷文书，大致像告身的样子，我放在袖子里带去他家，侯翁看到文书也不一定要拿去细看，或许会听我的。”于是王君照着媒婆的计谋去办。侯翁望见文书藏在媒婆的衣袖中，果然相信不怀疑，说：“可以了。”就将女儿许配给王君。

【原文】

生三子，一男二女。男三岁夭死，长女嫁亳州❶永城❷尉姚挺，其季❸始十岁。铭曰：鼎也不可以柱❹车，马也不可使守闾❺。佩玉长裾❻，不利走趋。只系其逢，不系巧愚。不谐其须，有衔不祛❼。钻石埋辞，以列幽墟。

【注释】

①亳州：今安徽亳州。

②永城：今河南永城。

③其季：他的第三个孩子。

④柱：同“拄”，支撑。

⑤守闾：守门。闾：古代里巷的大门。

⑥长裾：前襟很长的衣袍。

⑦不谐其须，有衔不祛：不合乎别人的需要，纵使有才能也只能隐藏着无法施展。谐：合。须：需。

【译文】

婚后她生了三个孩子，一男二女。男孩三岁时就夭折了，长女嫁给亳州永城尉姚挺，小女儿才十岁。铭文说：鼎不可用来支撑车子，马不可以用来守门。身上戴着佩玉，拖着长襟，不方便快步走。人的命运只取决于机遇，和他聪明还是愚笨无关。不符合人家的需要，有才能也不能施展。在石头上刻下墓志，把它埋进墓穴中。

柳宗元

作者简介

柳宗元（773—819），字子厚，河东郡（今山西运城）人，『唐宋八大家』之一。曾任监察御史里行等职，病逝于柳州刺史任上，又称柳柳州。有《柳河东集》等传世。

驳复仇议

【导读】

这是柳宗元在礼部员外郎任上写的一篇驳论性的奏议，是针对谏官陈子昂的《复仇议状》而作。徐元庆为父报仇，杀了人，然后到官府自首。陈子昂提出徐元庆应“诛而后旌”的处理意见，柳宗元予以批驳，认为这样不但赏罚不明，而且自相矛盾，指出徐元庆报杀父之仇的行为既合乎礼义，又合乎法律，应充分肯定。文章观点鲜明，逻辑严密，驳论有力。

【原文】

臣伏❶见天后❷时，有同州下邽❸人徐元庆者，父爽为县尉赵师韫❹所杀，卒能手刃父仇，束身归罪。当时谏臣陈子昂❺建议诛之而旌❻其闾❼，且请编之于令，永为国典❽。臣窃独过之。

【注释】

①伏：古代臣子见皇帝必须跪着俯伏，不敢直面，因此奏疏中也常用“伏”字，表现敬畏。

②天后：即武则天。

③下邽(guī)：县名，在今陕西渭南北。

④赵师韫：当时的下邽县尉。

⑤陈子昂：字伯玉，时任右拾遗，为谏

诤之官。

⑥旌(jīng):表彰。

⑦闾:此指代乡里。

⑧国典:国法。

【译文】

臣从记载上看到天后在位的时候,有个同州下邽人叫徐元庆的,父亲徐爽被县尉赵师韫杀害,而他最终亲手杀死父亲的仇人,然后自缚其身,投案认罪。当时谏臣陈子昂提出建议,主张将他处以死刑,而后在他家乡予以表彰,并且请求将这一案例载入律令,永远列为国家定法。臣个人认为这是不对的。

【原文】

臣闻礼之大本，以防乱也，若曰无为贼虐❶，凡为子者杀无赦；刑之大本，亦以防乱也，若曰无为贼虐，凡为治者杀无赦。其本则合，其用则异，旌与诛莫得而并焉。诛其可旌，兹谓滥，黩刑❷甚矣；旌其可诛，兹谓僭❸，坏礼甚矣。果以是示于天下，传于后代，趋义者不知所向，违害者不知所立，以是为典可乎？

【注释】

①贼虐：行凶杀人。

②黩（dú）刑：滥用刑法。黩：轻率，引申为滥用。

③僭（jiàn）：超出本分。

【译文】

我听说“礼”的根本作用是防止暴乱，按照“礼”来说不许残害虐杀，凡是做儿子的不应复仇而复仇的，要处以死刑而不能赦免；“刑”的根本作用也是防止“暴乱”，按照“刑”的规定不许残害虐杀，凡是做官的，杀害无辜之人，要处以死刑而不能赦免。“礼”与“刑”的本质相同，而具体运用的对象和方法却不一样，表彰和惩处是不能同时运用到一件事情上的。惩办应当表彰的，这就叫滥杀，是严重亵渎刑法的尊严；表彰那应该惩处的，这就叫错赏，是严重破坏礼仪的规范。如果以这种做法来宣示天下百姓，传给后代子孙，那么，追求正义的人就弄不清前进方向了，避免祸患的人就不知怎么处世了，用这个建议来作为国家的定法，行吗？

【原文】

盖圣人之制，穷理以定赏罚，本情以正褒贬，统于一而已矣。向使刺谳❶其诚伪，考正其曲直，原❷始而求其端❸，则刑、礼之用，判然离矣。何者？

【注释】

①刺谳（yàn）：侦察审理判罪。

②原：推究。

③端：原因。

【译文】

圣人的原则是彻底弄清事理以决定赏罚，根据情由来正确地加以赞扬或贬斥，统一于一个标准而已。假使调查审理了事情的真假，辨明了它的是非，研究了事情的发生而探求它的起因，那么“刑”与“礼”的运用，就能明确地加以区别了。为什么这样说呢？

【原文】

若元庆之父，不陷于公罪❶，师韫之诛，独以其私怨，奋其吏气，虐于非辜，州牧不知罪，刑官不知问，上下蒙冒❷，吁号不闻；而元庆能以戴天❸为大耻，枕戈为得礼，处心积虑，以冲仇人之胸，介然❹自克，即死无憾，是守礼而行义也。执事者宜有惭色，将谢之不暇，而又何诛焉？其或元庆之父，不免于罪，师韫之诛，不愆❺于法，是非死于吏也，是死于法也。法其可仇乎？仇天子之法，而戕❻奉法之吏，是悖骜❼而凌上也。执而诛之，所以正邦典❽，而又何旌焉？

【注释】

①公罪：违反国法之罪。

②蒙冒：蒙蔽，包庇。

③戴天：头上顶着天，意即和仇敌共

同生活在一个天地里。

④介然：坚定的样子。

⑤愆（qiān）：违背。

⑥戕（qiāng）：杀害。

⑦悖骜（ào）：桀骜不驯。

⑧邦典：国法。

【译文】

假如元庆的父亲没有犯下违背国法的罪行，师韫对他的诛戮，只是因为个人之间的怨恨，施展他当官的威风，对无辜的人加以迫害，而州里的长官不去追究他的罪行，刑部的官员不去加以责问，上下都蒙骗包庇，冤屈的呼叫充耳不闻；而元庆能够以和杀父的仇人一起活着为耻辱，以为身带武器时刻准备报仇是合乎礼义，想方设法，来刺穿仇人的胸膛，正直坚强，严格约束自己，即使丧命也不遗憾，这正是遵守礼而实行义啊。执政的官员应该惭愧，向元庆道歉还来不及，又怎么能去处死他呢？或许元庆的父亲确实有罪，师韫对他的诛戮，不违背国法。这就不是死在官吏的手中，而是死于国法啊。国法难道可以仇视吗？仇视天子的法令，而杀害奉行法令的官吏，是凶顽蛮横、犯上作乱啊。逮捕他并处以死刑，正是用以明正国法，又怎么能表彰他呢？

【原文】

且其议曰："人必有子，子必有亲，亲亲相仇，其乱谁救？"是惑于礼也甚矣。礼之所谓仇者，盖其冤抑沉痛，而号无告也；非谓抵罪触法，陷于大戮。而曰"彼杀之，我乃杀之"，不议曲直，暴寡胁弱而已。其非经背圣，不亦甚哉！《周礼》："调人❶，掌司万人之仇。""凡杀人而义者，令勿仇，仇之则死。""有反杀者，邦国交仇之。"又安得亲亲相仇也？《春秋公羊传》❷曰："父不受诛，子复仇可也。父受诛，子复仇，此推刃❸之道，复仇不除害。"今若取此以

断两下[4]相杀，则合于礼矣。

【注释】

①调人：周代官名，负责排解纠纷的官员。

②《春秋公羊传》：即《公羊传》，《春秋》三传之一。子夏弟子公羊高所作。

③推刃：拿刀子杀来杀去。指互相仇杀，循环报复。

④两下：双方。

【译文】

而且陈子昂的议状中说："人必定会有儿子，儿子也必定有双亲，因为爱自己的双亲而互相仇杀，这种混乱状态谁来解救呢？"这是太不明白

“礼”了。“礼”所说的仇，是怀着冤屈悲痛而无处申诉啊，不是指的犯罪违法，陷于死刑之中。若说：“他杀了人，我就杀死他。”不去评断是非，不过是欺负孤单力弱的人罢了。这违反经典、背离圣人的教诲不是太过分了吗？《周礼》说：“调人的职责就是负责处理人们之间的怨仇的。”“凡是杀人而符合义的，便命令死者亲属不许报仇，假如报仇就处死。”“有为报复而杀人的，全国的人都仇视他！”又怎么会发生因爱自己的父母而互相仇杀的事呢？《春秋公羊传》说：“父亲罪不当诛而被杀，儿子报仇是可以的；父亲罪当该死，儿子报仇，这是会引起不断地互相仇杀的行为，虽然报了仇但却消除不了祸害。”现在如果能采取上述原则来审断双方的相杀，就符合礼了。

【原文】

且夫不忘仇，孝也；不爱死，义也。元庆能不越于礼，服孝死义，是必达理而闻道者也。夫达理闻道之人，岂其以王法为敌仇者哉？议者反以为戮，黩刑坏礼，其不可以为典，明矣！

请下臣议，附于令。有断斯狱❶者，不宜以前议从事。谨议。

【注释】

①斯狱：这种案件。

【译文】

况且不忘父仇，是孝；不惜一死，是义。元庆能不越出礼的规定，尽了孝道并为义而赴死，这一定是个通达事理而明白道义的人。通达事礼明白道义的人，难道他会把王法看作仇敌吗？陈子昂反而主张把他处死，这是亵渎了刑法，败坏了礼义，它不能列为国家法典，是十分清楚的。

请求把我的议状，附于律令之后。有审理这类案件的，不应当按照以前陈子昂的意见去做。谨对此提出上述建议。

桐叶封弟辨

【导读】

辨是一种辨别是非的论说文。作者通过对“桐叶封弟”这一事件进行辩证分析，批评了所谓“天子无戏言”的谬论，并借古讽今，揭露了当时某些政治势力企图利用这种谬论把持朝政的阴谋。作者还用桐叶封妇人和宦官的假设，影射了唐朝宦官专权的腐败政治，表达了革新朝政的愿望。

【原文】

古之传者❶有言：成王❷以桐叶与小弱弟❸，戏曰："以封汝。"周公入贺。王曰："戏也。"周公❹曰："天子不可戏。"乃封小弱弟于唐❺。

【注释】

①传者：史书的作者。

②成王：周武王之子，姓姬名诵，十三岁继承王位，由叔父周公摄政。

③小弱弟：周成王的弟弟叔虞。

④周公：周武王的弟弟，姓姬名旦。

⑤唐：古国名，在今山西翼城一带。

【译文】

古书上记载说：周成王拿着一片梧桐树叶子和年幼的弟弟开玩笑，

说："凭着这个给你封国。"周公入宫庆贺。成王解释说："我是开玩笑呀。"周公说："天子不可以随便开玩笑。"于是成王就把唐地封给了年幼的弟弟。

【原文】

吾意不然。王之弟当封耶，周公宜以时言于王，不待其戏而贺以成之也；不当封耶，周公乃成其不中之戏❶，以地以人与小弱弟者为之主，其得为圣乎？且周公以王之言不可苟焉而已，必从而成之耶？设有不幸，王以桐叶戏妇、寺❷，亦将举而从之乎？

【注释】

①不中之戏：不适当的玩笑。

②妇、寺：宫中的妃嫔和太监。

【译文】

我认为这件事不可能是这样的。成王的弟弟如果应当受封，周公就应及时地告诉成王，而不必等他开了玩笑再去庆贺，趁机促成这件事；成王的弟弟如果不应当受封，周公这种做法就使一个不恰当的玩笑变成了事实，使成王把土地和百姓封给年幼的弟弟，让一个小孩成为一国之主，周公这样做能算是圣人吗？况且周公只是认为君王说话不可随便罢了，哪里一定要听从成王的玩笑，并促成它呢？如果有这样不幸的事，成王拿了桐树叶子与妃嫔和太监开玩笑，周公难道也要按这种玩笑去办吗？

【原文】

凡王者之德，在行之何若。设未得其当，虽十易之不为病❶；要于其当，不可使易也，而况以其戏乎？若戏而必行之，是周公教王遂❷过也。

【注释】

①病：弊病。

②遂：致使，铸成。

【译文】

大凡君王的恩德，要看实行得怎

样。如果不恰当，即使改变十次也不算什么缺点；关键是要恰当，不随意更改，更何况是开玩笑的话呢？如果开玩笑的话也一定要照办，这样做就是周公在教唆成王铸成过错。

【原文】

吾意周公辅成王，宜以道，从容优乐，要归之大中❶而已，必不逢其失而为之辞。又不当束缚之，驰骤之，使若牛马然，急则败矣。且家人父子尚不能以此自克❷，况号为君臣者耶？是直小丈夫𫛞𫛞❸者之事，非周公所宜用，故不可信。

【注释】

①大中：指适当的道理和方法，不偏于极端。

②自克：自我约束。

③ 駃（quē）駃：耍聪明的样子。

【译文】

我认为周公辅佐成王，应当用适当的原则去引导他，是要使他的举止行动和嬉闹玩乐恰如其分而已，一定不会去迎合他的过错并替他掩饰。同时周公又不应当对他管束太严，使他终日奔忙，像牛马那样，急于使他成长反而会坏事。而且家人父子之间，尚不能用这种方式来自我约束，何况名分上还有君臣之别的人呢！这不过是那些见识浅薄而又自作聪明的人所干的事，不是周公所应该采用的做法，因此不可相信。

【原文】

或曰：“封唐叔❶，史佚❷成之。”

【注释】

①唐叔：即叔虞。

②史佚：周武王时的史官。据《史记·晋世家》记载，是史佚促成桐叶封弟。

【译文】

有人说：“封唐叔这件事，是太史佚促成的。”

封建论

【导读】

中唐时期，藩镇割据愈演愈烈。各地藩镇为自己的割据制造舆论，极力鼓吹恢复周以前的封建制度，反对中央集权的郡县制度。针对这种情况，被贬永州的柳宗元作了这篇议论文。作者主要探讨了千余年来封建制度的弊病，认为“封建”制度（分封国土给皇族王侯）不如“郡县”制度，“郡县制”是时代潮流所趋。文章立论恢宏，逻辑严密，可媲美贾谊的

《治安策》。

【原文】

天地果无初❶乎?吾不得而知之也。生人❷果有初乎?吾不得而知之也。然则孰为近?曰:有初为近。孰明❸之?由封建而明之也。彼封建者,更古圣王尧、舜、禹、汤、文、武而莫能去之。盖非不欲去之也,势❹不可也。势之来❺,其生人之初乎?不初,无以有封建。封建,非圣人意也。

【注释】

①初:初始阶段。

②生人:指人类。

③明：证明。
④势：情势。
⑤来：产生。

【译文】

天地是真的没有初始阶段吗？我没办法知道。人类真的有初始阶段吗？我也无法知道。可是，哪种说法更接近事实呢？回答说："有初始阶段的比较接近事实。"用什么来证明它呢？从分封建国的制度就可以证明。那分封建国的制度经历了圣王尧、舜、禹、汤、文、武都没能废除。并不是他们不想废除它，而是形势不允许。这种形势的产生，大概就是人类的起初阶段吧？没有起始阶段，也就不可能有封建制。封建制的出现并不是圣人的意愿。

【原文】

彼其初与万物皆生，草木榛榛❶，鹿豕狉狉❷，人不能搏噬❸，而且无毛羽，莫克❹自奉自卫。

【注释】

①榛（zhēn）榛：指草木丛生的样子。

②狉（pī）狉：形容群兽走动。

③噬（shì）：撕咬。

④克：能够。

【译文】

人类的起始阶段与万物一同生活。那时，草木杂乱丛生，鹿、猪等兽类成群地奔跑。人类不能像兽类那样击打、撕咬食物，而且没有毛羽可以御寒，不能够供养自己、保卫自己。

【原文】

荀卿有言：必将假物以为用者也。夫假物者必争，争而不已，必就其能断曲直❶者而听命焉。其智而明者，所伏必众。告之以直而不改，必痛之而后畏，由是君长刑政生焉。故近者聚而为群。

【注释】

①曲直：是非。

【译文】

荀子说过：一定要借助外物来

为人类利用。借助外物的时候一定会发生争斗，一旦不能停止，一定会在他们中间找到能够判断是非的人，并听从他的命令。又聪明又明白事理的人，服从他的人必定有很多。他告诉人们哪些是对的，假如他们不悔改，他必定会狠狠地斥责他们，然后他们就惧怕他，因此，君长、刑法、政教就产生了。所以住在相近的就聚在一起形成一个群落。

【原文】

群之分，其争必大，大而后有兵有德。又有大者，众群之长又就而听命焉，以安其属，于是有诸侯

之列。则其争又有大者焉。德又大者，诸侯之列又就而听命焉，以安其封，于是有方伯❶、连帅❷之类。则其争又有大者焉。德又大者，方伯、连帅之类。又就而听命焉，以安其人，然后天下会于一。

【注释】

①方伯：一方之长，古代诸侯中的领袖。

②连帅：古代十国诸侯之长。

【译文】

分成群落后，群落之间的争斗必然会更厉害，争斗得更厉害就会有军队、道德、教化。在武力和德行方面有更大权威的人，各个群落的首领又聚在一起听从他的命令，来安定他们的部属，于是有了众多的诸侯。那么他们之间争斗的规模更大，又有才德更高的人，众多的诸侯又去听从他的命令，来安定他们的封地，于是有了方伯、连帅一类的人。那么他们之间争斗的规模又更大，又有才德更高的人，方伯、连帅一类的首领，又去听从他的命令，来安定自己的人民，然后天下听命于天子一人。

【原文】

是故有里胥❶而后有县大夫❷，有县大夫而后有诸侯，有诸侯而后有方伯、连帅，有方伯、连帅而后有天子。自天子至于里胥，其

德在人者，死必求其嗣❸而奉之。故封建非圣人意也，势也。

【注释】

①里胥：里长，管理乡里事务的公差。

②县大夫：县令的别称。

③嗣：后代。

【译文】

因此，有了里胥然后才有县官，有了县官才会有诸侯，有了诸侯才会有方伯、连帅，有了方伯、连帅才会有天子。从天子到里胥，他们有些人有德行，死后人们必定会寻求他的后代并尊奉他为首领。所以封建制的产生并不是圣人的意愿，是由形势决定的。

【原文】

夫尧、舜、禹、汤之事远矣，及有周而甚详。周有天下，裂土田而瓜分之，设五等[1]，邦群后，布履星罗，四周于天下，轮运而辐集[2]，合为朝觐会同[3]，离为守臣扞[4]城。然而降于夷王，害礼伤尊，下堂而迎觐者。历于宣王，挟中兴复古之德，雄南征北伐之威，卒不能定鲁侯之嗣。陵夷迄于幽、厉，王室东徙[5]，而自列为诸侯矣。厥[6]后，问鼎[7]之轻重者有之，射王中肩[8]者有之，伐凡伯[9]、诛苌弘[10]者有之，天下乖戾[11]，无君君之心。

【注释】

①五等：指周朝设置的公、侯、伯、子、男五个爵位。

②辐集：聚集。

③朝觐（jìn）会同：对诸侯拜见天子时的不同称谓。

④扞（hàn）：同“捍”，捍卫，抵御。

⑤徙：迁移。

⑥厥：其。

⑦问鼎：春秋时，楚庄王向王孙满打听周朝的传国之宝九鼎的大小与重量，意在夺取周王朝的天下。后以“问鼎”比喻图谋夺取政权。

⑧射王中肩：公元前707年，周桓王率军讨伐郑国，被郑国军队打败，自

己还被郑庄公的手下祝聃一箭射中肩膀。此战之后，周王室威风扫地，再也没有出兵讨伐过诸侯。

⑨伐凡伯：公元前716年，周天子派凡伯出使鲁国，回国途中遭到西戎的伏击，被俘虏。

⑩诛苌弘：公元前492年，晋国大夫范吉射与赵鞅互相攻伐，周朝大夫苌弘支持范吉射。范氏失败后，赵鞅责问周朝，周敬王只好诛杀苌弘，向赵鞅道歉。

⑪乖戾：背离，反常。

【译文】

尧、舜、禹、汤的事情离现在已经很远。至于周朝的事，知道得却很详细。周拥有天下后，像切瓜一样把土地分封给诸侯，设置了公、侯、伯、子、男五个爵位。分封后，各个诸侯星罗棋布，散布在天下，如同运转的车轮，车辐都集中在轮轴上，要聚合时就进朝去朝见天子，离开后就成为守卫城市的大臣。可是后来传到周夷王时，周夷王却破坏了礼制，损害了天子的尊严，走下宝座去迎接觐见的人。到了周宣王，凭着复兴周初的道德风光，南征北伐的雄威，但最终却不能决定鲁侯的继承人。西周王朝的势力继续衰落，到周幽王、周厉王时，国都遭到少数民族的攻击，被迫迁到洛阳，而且把自己降到诸侯的地位。从此以后，有打听九鼎大小轻重的人，有射中周天子肩膀的人，有袭击周天子的大臣凡伯、迫使周天子诛杀苌弘的人。天下都在背离周天子，没有把天子当成天子看待的观念了。

【原文】

余以为周之丧久矣，徒建空名于公侯之上耳。得非诸侯之盛强，末大不掉❶之咎欤？遂判为十二❷，合为七国❸，威分于陪臣之邦，国殄❹于后封之秦。则周之败端，其在乎此矣。

【注释】

①末大不掉：即尾大不掉。此指诸侯

势力大于王室。

②十二：指天下分为鲁、齐、秦、晋、楚、宋、卫、陈、蔡、曹、郑、燕十二个主要诸侯国。

③七国：指战国七雄秦、楚、齐、燕、韩、赵、魏。

④殄（tiǎn）：消灭，灭绝。

【译文】

我以为周朝失去实权已经很久了，在诸侯之上徒有一个天子的空名罢了。那难道不是诸侯太强大了，尾大不掉的过错吗？随后，天下分为鲁、齐、秦、晋、楚、宋、卫、陈、蔡、曹、郑、燕十二国，后又合为秦、楚、齐、燕、韩、赵、魏七国。周王朝的威信分在各个诸侯王所建的国家里，并灭亡在最后分封的秦国手里。可见周王朝的衰败灭亡的起因，是由分封造成的。

【原文】

秦有天下，裂都会❶而为之郡邑，废侯卫而为之守宰，据天下之雄图，都六合之上游，摄制四海，运于掌握之内，此其所以为得也。不数载而天下大坏，其有由矣。亟役万人，暴其威刑，竭其货贿。负锄梃❷谪戍之徒，圜视❸而合从，大呼而成群。时则有叛人而无叛吏，人怨于下而吏畏于上。天下相合，杀守劫令而并起。咎在人怨，非郡邑之制失❹也。

【注释】

①都会：诸侯国都城。

②梃（tǐng）：棍棒。

③圜视：即环伺，互相窥视，待机而起。圜：通“环”。

④失：过失。

【译文】

秦占有天下，以诸侯的都城为中心，设置郡县，废掉诸侯，设立郡守县宰，据守天下形势险要的地方，首都设在地势最好的咸阳，控制着全国，紧紧地握住统治大权，这是秦做得对的地方。没过几年，天下大乱，是有缘由的：频繁地役使天下百姓，残暴地施行严酷的刑罚，刮尽百姓的钱财。那些肩扛锄头棍棒、被罚去防守边地的人，彼此相视，联合起来，大呼造反，跟随他们的人成群结队。那时只有反叛的百姓而没有反叛的官吏，老百姓在下面怨恨朝廷而官吏却畏惧朝廷。天下的百姓互相应和，杀死郡守，劫走县令一齐起来造反。这种错误在于激起了百姓的怨怒，并不是郡县制的罪过。

【原文】

汉有天下，矫秦之枉，徇❶周之制，剖❷海内而立宗子，封功臣。数年之间，奔命扶伤之不暇。困平城❸，

病流矢[4]，陵迟不救者三代[5]。后乃谋臣献画，而离削[6]自守矣。然而封建之始，郡邑居半，时则有叛国而无叛郡。秦制之得，亦以明矣。继汉而帝者，虽百代可知也。

【注释】

①徇：遵从。

②剖：分割。

③困平城：公元前201年，韩王信叛降匈奴，次年汉高祖领兵讨伐，在平城（今山西大同）被围困了七天。

④病流矢：公元前196年，淮南王英布反叛，汉高祖亲往镇压，被流矢射伤。

⑤三代：三世，即汉惠帝、汉文帝和汉景帝。

⑥离削：分散削弱诸侯王的力量。

【译文】

汉拥有天下，纠正秦的偏差，沿用周朝的制度，分割天下，把土地封给王子、宗室、功臣。几年内，朝廷奔忙于营救百姓的性命，医治战争的创伤而没有空闲。汉高祖为讨伐韩王信，被匈奴围困在平城，为平定英布的叛乱被乱箭射伤，王室日渐卑微已有三代。后来由于谋臣出谋划策，分散削弱他们的力量，才使他们安分自守。可是分封建国的初期，设郡县的占了一半，当时只有造反的封国而没有反叛的郡县。秦朝郡县制的正确，也就得到了证明。继汉朝以后称帝的，即使超过百代也可以看出郡县制的正确性。

【原文】

唐兴，制州邑，立守宰，此其所以为宜❶也。然犹桀猾❷时起，虐害方域❸者，失不在于州而在于兵，时则有叛将而无叛州。州县之设，固不可革也。

【注释】

①宜：适宜，正确。

②桀猾：凶残狡猾。

③虐害方域：危害一方。

【译文】

唐朝兴起，设置州县，任命刺

史、县令，那样做是很适宜的。可是仍然经常有凶残狡猾的人起来作乱，危害一方，过失不在于州县制而在于兵制，当时只有反叛的将军而没有反叛的州县。可见，州县制度，确实不可以革除。

【原文】

或者曰：“封建者，必私其土，子其人❶，适其俗，修其理，施化易也。守宰者，苟其心，思迁其秩❷而已，何能理乎？”余又非之。

【注释】

①子其人：视民如子。

②秩：官职品级。

【译文】

有的人说："封建制的世袭君长，一定会把他管辖的地区当作自己的土地尽心治理，把他管辖的老百姓当作自己的儿女悉心爱护，使那里的风俗变好，把那里的政治治理好，这样施行教化就比较容易。郡县制的州县地方官，抱着得过且过的心理，一心只想升官罢了，怎么能把地方治理好呢？"我认为这种说法也是不对的。

【原文】

周之事迹，断可见矣。列侯骄盈，黩货事戎❶。大凡乱国多，理国寡。侯伯不得变其政，天子不得变

其君。私土子人者，百不有一。失在于制，不在于政，周事然也。

【注释】

①黩货事戎：指列侯们贪财好战。事戎：用兵好战。

【译文】

周朝的情况，毫无疑问地可以看清楚了：诸侯骄横，贪财好战，大致是政治混乱的国家多，治理得好的国家少。诸侯的霸主不能改变政治混乱之国的政治措施，天子无法撤换不称职的诸侯国的君主，真正爱惜土地爱护人民的诸侯，一百个中间也没有一个。造成这种弊病的原因在于封建制，不在于政治方面。周朝的情况就是如此。

【原文】

秦之事迹，亦断可见矣。有理人之制，而不委郡邑，是矣；有理人之臣，而不使守宰，是矣。郡邑不得正其制，守宰不得行其理。酷刑苦役，而万人侧目[1]。失在于政，不在于制，秦事然也。

【注释】

①侧目：怨恨。

【译文】

秦朝的情况，也完全可以看清楚了：朝廷有治理百姓的制度，而不让郡县专权，这是正确的；中央有管理政务的大臣，不让地方官自行其是，这也是正确的。但是郡县不能正确发挥郡县制的作用，郡守、县令不能很好地治理人民。残酷的刑罚、繁重的劳役，使万民怨恨。这种过失在于政治方面，不在于郡县制本身。秦朝的情况便是这样。

【原文】

汉兴，天子之政行于郡，不行于国；制其守宰，不制其侯王。侯王虽乱，不可变也；国人虽病❶，不可除也。及夫大逆不道，然后掩捕而迁之，勒兵而夷之耳。大逆未彰，奸利浚财❷，怙❸势作威，大刻于民

者，无如之何。

【注释】

①病：遭受祸害。

②浚财：搜刮钱财。

③怙：依仗，凭借。

【译文】

汉朝建立的时候，天子的政令只能在郡县推行，不能在诸侯国推行；天子只能控制郡县长官，不能控制诸侯王。诸侯王即使胡作非为，天子也不能撤换他们；侯王国的百姓尽管深受祸害，朝廷却无法解除他们的痛苦。只是等到诸侯王叛乱造反，才把他们逮捕、流放或率兵讨伐，以至灭掉他们。当他们的罪恶尚未充分暴露的时候，尽管他们非法牟利搜刮钱财，倚仗权势作威作福，给百姓造成严重的伤害，朝廷也不能对他们怎么样。

【原文】

及夫郡邑，可谓理且安矣。何以言之？且汉知孟舒于田叔❶，得魏尚于冯唐❷，闻黄霸之明审❸，睹汲黯之简靖❹，拜❺之可也，复其位可也，卧而委之以辑一方可也。有罪得以黜，有能得以赏。朝拜而不道❻，夕斥之矣；夕受而不法，朝斥之矣。

【注释】

①汉知孟舒于田叔：汉高祖时，孟舒担任云中郡太守，后被罢官。汉文帝时，召见汉中郡太守田叔，田叔向文帝推荐了孟舒，文帝便又起用孟舒为云中郡太守。

②得魏尚于冯唐：汉文帝时，魏尚为云中郡太守，防御匈奴有功，一次因多报杀敌首级被免官。冯唐在文帝面前辨明功过，汉文帝复了他的官职。

③闻黄霸之明审：黄霸为人明察审慎，执法严明，汉宣帝时召为廷尉，后任郡守，晚年官至丞相。

④睹汲黯之简靖：汲黯，汉武帝时任东海郡太守，尚黄老学说，从政简

约，为人好静。后来汉武帝让汲黯担任淮阳郡太守，他称病推辞。汉武帝对他说："淮阳吏民关系不好，我只能借助你的威望，你躺着治理就行了。"经过汲黯的治理，淮阳政通人和。

⑤拜：委任。

⑥不道：不按朝廷规定行事。

【译文】

至于郡县，可以说是政治清明、社会安定了。根据什么这样讲呢？汉文帝从田叔那里了解到孟舒，从冯唐那里了解到魏尚，汉宣帝听说黄霸执法明察审慎，汉武帝看到汲黯为政简约清静，那么就可以任命黄霸做官，可以恢复孟舒、魏尚原来的官职，甚至可以让汲黯躺着任职，委任他只凭威望去安抚一个地区。官吏犯了罪可以罢免，有才干可以奖赏。早上任命的官吏，如果发现他不行正道，晚上就可以撤了他；晚上接受任命的官吏，如果发现他违法乱纪，第二天早上就可以罢免他。

【原文】

设使汉室尽城邑而侯王之，纵令其乱人，戚之而已。孟舒、魏尚之术，莫得而施；黄霸、汲黯之化，莫得而行。明谴而导之，拜受而退已违矣。下令而削之，缔交合从之

谋，周于同列，则相顾裂眦❶，勃然而起。幸而不起，则削其半。削其半，民犹瘁❷矣，曷若❸举而移之以全其人乎？汉事然也。

【注释】

①裂眦（zì）：眼睛瞪得都要裂开。眦：眼眶。

②瘁：病，受苦。

③曷若：何如。

【译文】

假使汉王朝把城邑全部都分割给侯王，即使他们危害人民，也只好对它发愁罢了。孟舒、魏尚的治理方法不能施行，黄霸、汲黯的教化无法推行。如果公开谴责并劝导这些侯王，他们当面接受，但转过身去就违反了；如果下令削减他们的封地，互相串通联合行动的阴谋就会遍及侯王各国之间，那么大家都怒眼圆睁、气势汹汹地反叛朝廷。如果他们不起来闹事，就削减他们的一半封地，即使削减一半，百姓还是受害了，何不把诸侯王完全废除掉来保全那里的人民呢？汉朝的情况就是这样。

【原文】

今国家尽制郡邑，连置守宰，其不可变也固❶矣。善制兵，谨择守，则理平矣。

【注释】

①固：肯定。

【译文】

今天国家完全实行郡县制，不断地任命郡县长官，这种情况是肯定不能改变了。只要好好地控制军队，慎重地选择地方官吏，那么政局就会安定了。

【原文】

或者又曰："夏、商、周、汉封建而延，秦郡邑而促。"尤非所谓知理者也。魏[1]之承汉也，封爵犹建。晋之承魏也，因循不革。而二姓陵替，不闻延祚[2]。今矫而变之，垂[3]二百

祀[4]，大业弥固，何系于诸侯哉？

【注释】

①魏：指曹丕建立的魏国。

②祚：帝位。

③垂：将近。

④祀：年。

【译文】

有人又说："夏、商、周、汉四代实行封建制，他们统治的时间都很长久，而秦朝实行郡县制，统治的时间却很短。"这更是不懂得治理国家的人说的话。魏继承汉朝，分封贵族的爵位仍然实行封建制；西晋继承魏，因袭旧制不加改变，但魏和晋都很快就衰亡了，没听说有国运长久的。现在唐朝纠正魏晋的过失改变了制度，国事已历经两百年，国家基业更加巩固，这与分封诸侯又有什么关系呢？

【原文】

或者又以为："殷、周，圣王也，而不革其制，固不当复议也。"是大不然。夫殷、周之不革者，是不得已也。盖以诸侯归殷者三千焉，资❶以黜夏，汤不得而废；归周者八百焉，资以胜殷，武王不得而易。徇之以为安，仍❷之以为俗，汤、武之所不得已也。夫不得已，非公之大者也，私其力于己也，私其卫于子孙也。秦之所以革之者，其为制，公之大者也；其情，私也，私其一己之威也，私其尽臣畜③于我也。然而公天下④之端自秦始。

【注释】

①资：凭借，依靠。

②仍：因袭。

③臣畜：臣服。古代统治者认为臣民都是他们畜养的。

④公天下：以天下为公。

【译文】

有人又认为："治理商、周二代的是圣明的君王啊，他们都没有改变封建制，那么，本来就不应当再议论这件事了。"这种说法非常不正确。商、周二代没有废除封建制，是不得已的。因为当时归附商朝的诸侯有三千个，商朝靠了他们的力量才灭掉了夏，所以商汤就不能废除他们；归附周朝的诸侯有八百个，周朝凭借他们的力量才战胜了商朝，所以周武王也不能废弃他们。沿用它来求得安定，因袭它来作为习俗，这就是商汤、周武王不得不这样做的原因。他们是不得已的，并不是什么大公无私的美德，而是有私心，是要使诸侯为自己出力，并保卫自己的子孙。秦朝用废除分封诸侯的办法来作为制度，是最大的公；它的动机是为私的，是皇帝想要巩固个人的权威，使天下的人都臣服于自己。但是废除分封，以天下为公，却是从秦朝开始的。

【原文】

夫天下之道，理安，斯得人者也。使贤者居上，不肖者居下，而后可以理安。今夫封建者，继世而理❶。继世而理者，上果贤乎？下果不肖乎？则生人之理乱未可知也。将欲利其社稷，以一其人之视听，则又有世大夫❷世食禄邑，以尽其封略❸。圣贤生于其时，亦无以立于天下，封建者为之也。岂圣人之制使至于是乎？吾固曰："非圣人之意也，势也。"

【注释】

①继世而理：一代一代地治理。

②世大夫：世袭的大夫。

③封略：疆界，指国土。

【译文】

至于天下的常理，是治理得好、政局安定，这才能得到人民的拥护。使贤明的人居上位，不肖的人居下位，然后才会清明安定。封建制的君长，是一代继承一代地统治下去的。这种世袭的统治者，居上位的果真贤明吗？居下位的真的不肖吗？这样，百姓究竟是得到太平还是遭遇祸乱，就无法知道了。如果想要对国家有利而统一人民的思想，而同时又有世袭大夫世世代代统治他们的封地，占尽了诸侯国的全部国土，即使有圣人贤人生在那个时代，也会没有立足之地，这种后果就是封建制造成的。难道是圣人的制度要使事情坏到这种地步吗？所以我说："这不是圣人的本意，而是形势发展的结果。"

罴说

【导读】

这是一篇寓言式小品文。安史之乱被平定后，唐王朝只能采用"以藩制藩"的策略，结果获胜的藩镇更加强大，对国家造成更大的威胁。唐王朝想要削弱藩镇，但收效甚微。柳宗元贬官永州时期，针对这种政治局面作了此文。作者描写了一个"能吹竹为百兽之音"的猎人，企图用竹管吹奏出鹿鸣的声音来诱捕鹿，结果招来其他猛兽，最终为罴所食。故事有力地讽刺了那些无真实本领、虚张声势、欺世惑众而必定失败的人。

【原文】

鹿畏貙❶，貙畏虎，虎畏罴❷。罴之状，被发❸人立，绝❹有力而甚害人焉。

【注释】

①貙(chū):兽名,像狐狸而形体较大。

②罴(pí):棕熊,也叫马熊。

③被(pī)发:披散毛发。被:同“披”。

④绝:极,非常。

【译文】

鹿怕貙,貙怕虎,虎怕罴。罴的样子像披散着毛发站立的人,非常有力气,非常能伤害人类。

【原文】

楚❶之南有猎者,能吹竹❷为百兽之音。寂寂❸持弓矢罂火❹而即之山,为鹿鸣以感❺其类,伺其至,发火而射之。貙闻其鹿也,趋

而至。其人恐，因为虎而骇之。貙走而虎至，愈恐，则又为罴，虎亦亡去。罴闻而求其类，至则人也。捽❻搏挽❼裂而食之。

【注释】

①楚：指今湖南、湖北一带，春秋战国时属楚国。

②吹竹：吹小竹管。

③寂寂：寂静无声。

④罂火：装在瓦罐中的灯火。罂：一种口小肚大的罐子。

⑤感：召唤，引诱。

⑥捽（zuó）：揪住。

⑦挽：拉，撕。

【译文】

楚国的南部有个猎人，他能够用竹箫吹出很多野兽的声音。一天，他悄悄地拿了弓箭和一罐火种，就上山去了。他吹出鹿的鸣叫声来召唤它的同类，等鹿到了，就用火种射鹿。听见鹿的声音，貙也跑来了。那人很害怕，就吹出老虎的声音来吓貙。貙跑了，而老虎来了。这个人更加害怕，就又吹出罴的声音，老虎也吓得逃跑了。罴听到声音来找它的同类，到那一看是个人。罴就将这个人揪住摔倒撕开给吃了。

【原文】

今夫不善内❶而恃❷外者，未有不为罴之食也。

【注释】

①善内：改善内部。

②恃：依靠。

【译文】

如今那些不知道完善内部而借用外部力量的人们，没有不成为罴的食物的。

谪龙说

【导读】

这是柳宗元贬居永州期间作的一篇寓言式小品文。作者以谪龙自比，用轻蔑的态度回击了腐朽势力对自己的侮辱，表现了决不与那些“非其类”的人同流合污的昂扬气概。同时，作者对朝廷抱有幻想，希冀“七日当复”，即朝廷不久就会收回成命，招自己重归长安加以重用。然而，事实是柳宗元至死也没有再回到朝廷任职，被贬十四年后客死于柳州刺史任上。

【原文】

扶风❶马孺子❷言：年十五六时，在泽州❸，与群儿戏郊亭上。顷然，有奇女坠地，有光晔❹然，被缬❺裘白纹之里，首步摇❻之冠。贵游少年骇且悦之，稍狎焉。奇女頩尔❼怒曰："不可！吾故居钧天❽帝宫，下上星辰❾，呼嘘阴阳，薄❿蓬莱，羞昆仑，而不即者。帝以吾心侈⓫大，怒而谪来，七日当复。今吾虽辱尘土中，非若俪⓬也。吾复，且害若。"

【注释】

①扶风：今陕西扶风。

②孺子：年轻人。

③泽州：今山西晋城。

④晔（yè）：光彩耀眼。

⑤缥：青色。

⑥步摇：古代妇女佩戴的一种首饰，上面连着珠子，在走动的时候会来回晃动。

⑦頩（pīng）尔：一脸严肃的样子。

⑧钧天：天空中。

⑨下上星辰：在星宿之间自由地穿梭。

⑩薄：轻视。

⑪侈：傲慢的样子。

⑫俪（lì）：配偶。

【译文】

扶风那个地方有个姓马的年轻人说：十五六岁的时候，在泽州，他和一群孩子在郊外的亭子上玩耍。突然，有个奇异的女子从天而降，光彩夺目，身披青色皮衣，上面是白色的纹理，头上戴步摇冠。这些富家公子见了，骇异但很喜欢她，试探着亲近她。那个女子板起面孔怒道："不准这样。我一向居住在天中央的帝宫，在星辰之间上上下下，呼吸的是阴阳两气，看不起蓬莱，对昆仑不屑一顾，而且是从来不去那些地方的。玉帝因为我自高自大，一生气把我贬谪到这来，七天后就回去。现在我虽然屈辱地来到尘世中，却并非你的伴侣。我回去会将灾祸降临到你们头上。"

【原文】

众恐而退。遂入居佛寺讲室❶焉。及期,进取杯水饮之,嘘成云气,五色翛翛❷也。因取裘反之❸,化为白龙,徊翔登天,莫知其所终,亦怪甚矣!

【注释】

①讲室:寺院的讲经堂。

②五色翛(xiāo)翛:色彩斑斓的云雾飘荡在空中。翛:自由自在没有约束的样子。

③反之:反穿皮衣。

【译文】

众人害怕便退避开了。于是她来到佛寺,住在讲经堂中。等到了期限,拿了杯水喝到嘴里，嘘出来成了一片云气，五彩缤纷。她反穿上皮衣，化成一条白色的龙，盘旋地飞上天去了，不知道去了什么地方，也是非常怪异啊！

【原文】

呜呼！非其类而狎其谪，不可哉！孺子不妄人❶也，故记其说。

【注释】

①妄人：无知妄为的人。

【译文】

唉！不是其同类却趁其被贬谪而进行狎侮，不能这样啊！那个年轻人不是妄人，所以我记录了他的故事。

段太尉逸事状

【导读】

段太尉，即段秀实，唐朝中期名将。唐德宗建中四年（783），泾原士兵在京哗变，德宗仓皇出奔，叛军遂拥戴原卢龙节度使朱泚为帝。段秀实谋刺朱泚，事败被害，后被追赠为太尉。本文是柳宗元为段秀实作的一篇叙事严谨、写人生动的传记文。作者选取段太尉一生中“勇服郭晞”“仁愧焦令谌”“节显治事堂”三件逸事，多角度地表现了人物外柔内刚、勇毅见于平易的个性特征，刻画了一位正直官吏的形象。

【原文】

太尉❶始为泾州刺史时，汾阳王❷以副元帅居蒲❸，王子晞❹为尚书，领❺行营节度使，寓军❻邠州❼，纵士卒无赖❽。邠人偷嗜暴恶者，卒以货窜名军伍中，则肆志，吏不得问。日群行丐取于市，不嗛❾，辄奋击折人手足，椎釜❿鬲⓫瓮⓬盎⓭盈道上，袒臂徐去，至撞杀孕妇人。邠宁节度使白孝德⓮以王故，戚不敢言。

【注释】

①太尉：指段秀实，字成公，曾官至泾州刺史兼泾原郑颍节度使，死后被朝廷追赠太尉。作者以段秀实死后追赠的官名称呼他，以示尊敬。

②汾阳王：即郭子仪。郭子仪因平定安史之乱有功，被唐肃宗封为汾阳王。唐代宗广德二年（764），郭子仪以司徒兼中书令（宰相）的身份，充任单于镇北大都护、朔方节度大使、河中节度观察使、河中尹、关内河东副元帅，出镇河中。

③蒲：即蒲州（今山西永济）。

④晞：郭子仪第三子郭晞。广德二年（764），吐蕃犯边，御史中丞郭晞

奉命率朔方军支援邠州，大破吐蕃，以战功加御史大夫，又任朔方行营节度使。唐德宗贞元年间去世后，被朝廷追赠兵部尚书。

⑤领：兼任。

⑥寓军：在辖区之外驻军。

⑦邠（bīn）州：唐属关内道，今陕西彬州。

⑧无赖：此指强横妄为。

⑨嗛（qiè）：通“慊”，满足。

⑩釜：锅。

⑪鬲（lì）：古代烹饪器皿，形似鼎而足中空。

⑫瓮：盛酒的陶器。

⑬盎：腹大口小的容器。

⑭白孝德：李光弼的部将，广德二年（764）任邠宁节度使。

【译文】

段太尉刚任泾州刺史时，汾阳王郭子仪以副元帅的身份住在蒲州。郭子仪第三子郭晞任尚书，兼任郭子仪军营行营节度使，驻军邠州，放纵其士卒横行不法。邠地懒惰、贪婪、凶残、邪恶之人，大都用财物行贿，把自己的名字混进军队里，就可以胡作非为，官吏都不敢去过问。他们天天成群结伙地在街市上强索财物，一不顺心，就用武力打断他人的手脚，用棍棒把各种瓦器砸得满街都是，然后裸露着臂膀扬长而去，甚至还撞死怀孕的妇女。邠宁节度使白孝德因为汾阳王的缘故，心中忧伤却不敢明说。

【原文】

太尉自州以状❶白❷府，愿计事。至则曰："天子以生人❸付公理，公见人被暴害，因恬然，且大乱，若何？"孝德曰："愿奉教。"太尉曰："某为泾州，甚适，少事，今不忍人无寇暴死，以乱天子边事。公诚以都虞候❹命某者，能为公已乱，使公之人不得害。"孝德曰："幸甚！"如太尉请。

【注释】

①状：陈述事实的文书。

②白：陈述，禀告。

③生人：生民，百姓。

④都虞候：军队中的执法官。

【译文】

段太尉从泾州把有关情况禀告邠宁节度使衙门，希望能商议此事。他到了节度使衙门就对白孝德说："皇上把老百姓交给您治理，您看见老百姓被暴徒伤害，依然安闲自在，如果引起大乱，怎么办？"白孝德说："愿听从您的指教。"段太尉说："我担任泾州刺史，很空闲，事务不多，现在不忍心百姓没有外敌却惨遭杀害，来扰乱天子的边防。你假如真的任命我为都虞候，我能替您制止暴乱，使您的百姓不再遭到伤害。”白孝德说：“太好了！”就答应了段太尉的要求。

【原文】

既署一月，晞军士十七人入市取酒，又以刃刺酒翁，坏酿器，酒流沟中。大尉列卒取十七人，皆断头注槊❶上，植市门外。晞一营大噪，尽甲。

【注释】

①槊：古代兵器，即长杆矛。

【译文】

段太尉代理都虞候职务一个月后，郭晞部下十七人进街市拿酒，又用兵器去刺卖酒老头，砸坏了酒器，使酒流进沟中。太尉布置二兵逮捕了这十七人，把他们的头都砍下来挂在长矛上，竖立在城门外。郭晞全营士兵大肆喧哗，全部披上铠甲。

【原文】

孝德震恐，召太尉曰："将奈何？"太尉曰："无伤也。请辞于军。"孝德使数十人从太尉，太尉尽辞去。解佩刀，选老躄❶者一人持马，至晞门下。甲者出。太尉笑且入曰："杀一老卒，何甲也？吾戴吾头来矣！"甲者愕。因谕曰："尚书固负若属耶？副元帅固负若属耶？奈何欲以乱败郭氏？为白尚书，出听我言。”

【注释】

①躄（bì）：跛脚。

【译文】

白孝德大为震惊恐慌，召见太尉说："你打算怎么办？"太尉回答说："不要紧，请让我到军营中去劝说。"白孝德派了几十个人跟随太尉，太尉把他们全部辞退了。他解下佩刀，挑选了一个又老又跛的士兵牵马，来到郭晞门下。全副武装的士兵涌了出来。段太尉边笑边走进营门，说："杀一个老头，何必全副武装呢？我顶着我的头颅来啦！"士兵们大惊。段太尉乘机劝说道："郭尚书难道亏待你们了吗？副元帅难道亏待你们了吗？为什么要以变乱来败坏郭家的名声？替我禀告郭尚书，请他出来听我解释。”

【原文】

晞出见太尉，太尉曰：“副元帅勋塞天地，当务始终。今尚书恣卒为暴，暴且乱，乱天子边，欲谁归罪？罪且及副元帅。今邠人恶子弟以货窜名军籍中，杀害人，如是不止，几日不大乱？大乱由尚书出，人皆曰尚书倚副无帅，不戢❶士，然则郭氏功名，其与存者几何？”

【注释】

①戢（jí）：管束。

【译文】

郭晞出来见太尉，太尉说：“副元帅功勋充满天地之间，应当力求全始全终。现在您放纵士兵为非作歹，这样将造成变乱，扰乱天子边地，应该归罪于谁？罪将连累到副元帅身上。现在邠州那些坏家伙用贿赂在军队名册上挂个名字，杀害百姓，像这样再不制止，离大乱还有多久？大乱从您这儿发生，人们都会说您是倚仗了副元帅的势力，不管束部下。那么郭家的功名，将还能保存多少呢？”

【原文】

言未毕，晞再拜曰："公幸教晞以道，恩甚大，愿奉军以从。"顾叱左右曰："皆解甲散还火伍❶中，敢哗者死！"太尉曰："吾未晡食❷，请假设草具。"既食，曰："吾疾作，愿留宿门下。"命持马者去，旦日来。遂卧军中。晞不解衣，戒候卒击柝❸卫太尉。旦，俱至孝德所，谢不能，请改过。邠州由是无祸。

【注释】

①火伍：泛指队伍。古代兵制，五人为伍，十人为火。

②晡（bū）食：晚餐。晡：申时，下午三至五时。

③柝（tuò）：古代巡夜打更用的梆子。

【译文】

话没说完，郭晞一再拜谢说："有幸蒙您用大道理来教导我，恩惠很大，我愿意带领全军听从您的命令。"他回头呵斥手下的士兵："都解下铠甲解散回到队伍中去，胆敢再喧哗就处死！"太尉说："我还没吃晚餐，请代为备办些粗劣的食物。"吃完后，他又说："我的毛病又犯了，想留宿在您营中。"他命令牵马的人回去，次日清早再来。于是他就睡在营中。郭晞连衣服也不脱，命警卫敲打着梆子巡夜，保卫段太尉。第二天一早，郭晞和段太尉一起来到白孝德那儿，郭

晞道歉说自己实在无能，请求允许改正错误。邠州从此没有了祸乱。

【原文】

先是，太尉在泾州为营田官❶。泾大将焦令谌取人田，自占数十顷，给与农，曰："且熟，归我半。"是岁大旱，野无草，农以告谌。谌曰："我知入数而已，不知旱也。"督责益急。农且饥死，无以偿，即告太尉。

【注释】

①营田官：唐制，诸军万人以上置营田副使一人，掌管军队屯垦。

【译文】

在此以前，太尉在泾州担任营田

官。泾州大将焦令谌夺取民田，据为己有，多达几十顷，租给农夫耕种，说："谷子将成熟时，一半归我。"这年大旱，田野寸草不生，农民将灾情报告焦令谌。焦令谌说："我只知道收入的数量，不知道旱不旱。"催逼更急，农民眼看将要饿死，没有谷子偿还，只得去求告段太尉。

【原文】

太尉判状辞甚巽❶，使人求谕谌。谌盛怒，召农者曰："我畏段某耶？何敢言我！"取判铺背上，以大杖击二十，垂死，舆来庭中。太尉大泣曰："乃我困汝。"即自取水洗去

血，裂裳衣疮，手注善药，旦夕自哺农者，然后食。取骑马卖，市谷代偿，使勿知。

【注释】

①巽（xùn）：通“逊”，委婉，谦恭。

【译文】

段太尉写了判决书，语言很是谦和，派人劝告焦令谌，替农夫求情。焦令谌大怒，将农夫叫了去说：“我难道怕段某吗？为什么竟敢议论我！”他把判决书铺在农民背上，用粗棍子重打二十下，打得农民奄奄一息，被扛到太尉府上。太尉大哭道：“是我害苦了你！”马上自己动手取水洗去农民身上的血迹，撕下自己的衣服为他包扎伤口，亲自为他敷上良药，早晚都亲手喂农民吃饭，然后自己再吃饭。将自己的坐骑卖掉，买谷子代农夫偿还地租，不让焦令谌知道。

【原文】

淮西❶寓军帅尹少荣，刚直士也。入见谌，大骂曰："汝诚人耶？泾州野如赭❷，人且饥死，而必得谷，又用大杖击无罪者。段公，仁信大人也，而汝不知敬。今段公唯一马，贱卖市谷入汝，汝又取不耻。凡为人傲天灾、犯大人、击无罪者，又取仁者谷，使主人出无马，汝将何以视天地，尚不愧奴隶耶？"谌虽

暴抗，然闻言则大愧流汗，不能食，曰："吾终不可以见段公。"一夕，自恨死。

【注释】

①淮西：今河南省许昌、信阳一带。

②野如赭（zhě）：形容土地赤裸，寸草不生。赭：赤褐色。

【译文】

驻扎在邠州的淮西军主帅尹少荣是个刚直的人。他来到焦令谌的住处，见到焦令谌大骂说："你真的算得上是人吗？泾州田野如同赤土，人都快饿死了，而你却一定要得到租谷，又用大杖打无罪的人。段公是仁慈而有信义道德的人，而你却不知道敬重。现在段公仅有的一匹马，低价卖掉来买谷子送进你家，你又不知羞耻地收下了。总之你的为人，是不顾天灾、冒犯长者、打击无罪者之辈，还取仁义之人的谷子，使段公进出没有马骑，你将如何面对天地，作为奴仆而不感到羞愧吗？”焦令谌虽然强横，但听了这番话后，却大为惭愧，汗流浃背，吃不下东西，说：“我终究不能再见段公了。”一天傍晚，他恼恨而死。

【原文】

及太尉自泾州以司农征，戒其族：“过岐❶，朱泚❷幸致货币，慎勿纳。”及过，泚固致大绫三百匹。

太尉婿韦晤坚拒，不得命。至都，太尉怒曰："果不用吾言！"晤谢曰："处贱无以拒也。"太尉曰："然终不以在吾第。"以如司农治事堂，栖之梁木上。泚反，太尉终，吏以告泚，泚取视，其故封识❸具存。

【注释】

①岐：州名，治所在今陕西凤翔南。

②朱泚（cǐ）：时任凤翔府尹。

③识（zhì）：通"志"，标记。

【译文】

到太尉自泾原节度使被征召为司农卿之时，他告诫他的家属说："经过岐州时，朱泚可能赠送财物，切不要接受。"待到过岐州之时，朱泚坚决要赠送大绫三百匹。太尉女婿韦晤坚决拒绝，朱泚还是不同意。到了京都，太尉大发脾气说："竟然不听我的话！"韦晤谢罪说："我地位卑贱，无法拒绝呀。"太尉说："但终究不能把大绫放在我家里。"就把它送往司农的办公处，安放在屋梁上。朱泚谋反，段太尉遇害，官吏将这事报告了朱泚，朱泚取下一看，原来封存的标记还在。

【原文】

太尉逸事如右。元和九年❶月日，永州司马员外置同正员柳宗元谨上史馆❷。

【注释】

①元和九年：814年。元和：唐宪宗李纯的年号。

②史馆：国家修史机构。

【译文】

以上就是段太尉的逸事。元和九年某月某日，永州司马员外置同正员柳宗元恭谨地献给史馆。

【原文】

今之称太尉大节者，出入以为武人一时奋不虑死，以取名天下，不知太尉之所立如是。宗元尝出入岐、周、邠、斄间，过真定，北上马岭，历亭障堡戍，窃好问老校退卒，能言其事。太尉为人姁姁❶，常低首拱手行步，言气卑弱，未尝以色待物；人视之，儒者也。遇不可，必达其志，决非偶然者。

会州刺史崔公来，言信行直，备得太尉遗事，复校无疑。或恐尚逸坠，未集太史氏，敢以状私于执事。谨状。

【注释】

①姁（xǔ）姁：和善的样子。

【译文】

现今称赞段太尉大节的人，不外乎是认为他是武夫一时奋不顾身不怕死，以此来扬名天下，这些人不了解太尉的为人如上所述。我曾来往于岐、周、邠、鳌之间，经过真定，北上马岭，游历了亭筑、障设、堡垒和戍所等各种军事建筑，喜欢访问年老和退伍将士，他们都能介绍段太尉的事迹。太尉为人谦和，常常低着头、拱着手走路，说话的声息低微，从来不用坏脸色待人。别人看他，完全是一个儒者。但他遇到不能赞同的事，一定要达到自己的目的，他的事迹绝不是偶然的。

适逢永州刺史崔公来，他说话言而有信，行事正直，并详细地收集了太尉的遗事，我再次核对没有什么疑问。有的事实恐怕还有散失遗漏，未集中到史官手里，我斗胆将这篇行状私下送交给您。郑重地写下这篇逸事状。

憎王孙文

【导读】

这是一篇寓言式的骈文。柳宗元贬居永州期间，在山中观察了猿和猢狲的习性，了解了它们的品行，作了此文。作者通过对猿和猢狲善恶不同的品行的描写，影射以王叔文为首的政治革新集团和以宦官、藩镇为主体的守旧顽固势力之间势不两立的矛盾斗争，无情地鞭挞了顽固守旧势力排斥异己、祸国殃民的种种罪行。

【原文】

猿、王孙居异山，德异性，不能相容。猿之德静以恒，类仁让孝慈。居相爱，食相先，行有列，饮有序。不幸乖离，则其鸣哀。有难，则内其柔弱者。不践稼蔬。木实未熟，相与视之谨；既熟，啸呼群萃，然后食，衎衎❶焉。山之小草木，必环而行遂其植。故猿之居山恒郁然❷。

【注释】

①衎（kàn）衎：和气欢乐的样子。

②郁然：树木等繁盛的样子。

【译文】

猿和猢狲群居在不同的山上，彼此德行不同，双方不能相容。猿的德行文静稳重，都能仁爱谦让、孝顺慈善。它们群居时互相爱护，吃东西互相推让，行走时排成行列，饮水时遵守秩序。如果有的不幸失散离群，它就发出哀伤的鸣叫。假如遇到灾难，就把弱小的幼猿保护起来。它们不践踏庄稼蔬菜。树上的果子还未成熟时，大家共同小心看护着；果子成熟之后，便呼叫同伴聚齐，这才一同进食，显得一派和气欢乐的样子。它们遇到山上的小草幼树，一定绕道行走，使其能顺利生长。所以猿群居住的山头，经常是草木茂盛，郁郁葱葱。

【原文】

王孙之德躁以嚣，勃诤❶号呶❷，唶唶❸强强❹，虽群不相善也。食相噬啮，行无列，饮无序。乖离而不思。有难，推其柔弱者以免。好践稼蔬，所过狼藉披攘。木实未熟，辄龁❺咬投注。窃取人食，皆知自实其嗛❻。山之小草木，必凌挫折挽，使之瘁然后已。故王孙之居山恒蒿然❼。

【注释】

①勃诤：相争。

②号呶（náo）：号叫。

③唶（zé）唶：大声呼叫。

④强强：相随的样子。

⑤龁（hé）：咬。

⑥嗛(qiǎn)：猴类两颊内藏食物的皮囊。

⑦蔫然：此指枯萎。

【译文】

那猢狲的德行暴躁而又吵闹，整天争吵嚎叫，喧闹不休，虽然群居却彼此不和。吃东西时互相撕咬，行走时争先恐后，饮水时乱成一团。有的离群走散了也不思念群体。遇到灾难时，便推出弱小的而使自己脱身。它们喜欢糟蹋庄稼蔬菜，所过之处一片狼藉。树上的果子还未成熟，就被它们乱咬坏了。偷了人们的食物，都只知塞满自己的腮帮子。遇到山上的小草幼树，一定要摧残攀折，直到毁坏干净才肯罢休。所以猢狲居住的山头经常是草木枯萎一片荒凉。

【原文】

以是猿群众则逐王孙，王孙群众亦龇❶猿。猿弃去，终不与抗。然则物之甚可憎，莫王孙若也。余弃山间久，见其趣如是，作《憎王孙》云：

【注释】

①龇（zé）：咬。

【译文】

因此猿群众多时就把猢狲赶跑，猢狲多的时候也咬猿。猿就索性离去，始终不同猢狲争斗。因而动物中再没有比猢狲更可恶的了。我被贬到山区很久了，看到猢狲这样的行为，就写了这篇《憎王孙文》：

【原文】

湘水之浟浟❶兮，其上群山。胡兹郁而彼瘁兮，善恶异居其间。恶者王孙兮善者猿，环行遂植兮止暴残。王孙兮甚可憎！噫，山之灵❷兮，胡不贼❸旃❹？

【注释】

①浟（yóu）浟：水流的样子。

②山之灵：山神。

③贼：诛杀。

④旃（zhān）：“之焉”的合音。

【译文】

湘江江水长又长啊，两岸起伏尽是山。为什么这座山草木茂盛而那座山光秃荒凉啊，因为善类和恶类分别聚居在这两座山上。凶恶的是猢狲啊，善良的是猿，绕道而行让草木顺利生长啊制止暴残。猢狲啊太可憎！唉，山上的神灵啊，为什么不把它们斩尽杀完？

【原文】

跳踉❶叫嚣兮，冲目宣断❷。外以败物兮，内以争群。排斗善类兮，哗骇披纷。盗取民食兮，私己不分。充嗛果腹兮，骄傲欢欣，嘉华美木

兮硕而繁，群披竞啮兮枯株根。毁成败实兮更怒喧，居民怨苦兮号穹旻❸。王孙兮甚可憎！噫，山之灵兮，胡独不闻？

【注释】

①跳踉（liáng）：跳跃。

②宣龂（yín）：露出牙根肉。

③穹旻（mín）：苍天。

【译文】

那猢狲乱跳狂叫啊，瞪眼露牙。对外毁坏东西啊，对内争夺打架。排挤打击善良的猿类啊，喧哗惊扰乱如麻。偷得百姓的食物啊，只把自己不分给人家。塞满两颊填饱肚子啊，得意扬扬自高自大。好花美树啊粗大又茂盛，群猴争折竞咬啊变成死树枯根。毁坏了成果啊更加暴怒喧阗，百姓怨恨痛苦啊呼叫苍天。猢狲啊太可憎！唉，山上的神灵啊，为什么只有你听不见？

【原文】

猿之仁兮，受逐不校。退优游兮，惟德是效。廉、来[1]同兮圣[2]囚[3]，禹、稷[4]合兮凶[5]诛。群小遂[6]兮君子违，大人聚兮孽无余。善与恶不同乡兮，否[7]泰既兆其盈虚。伊细大之固然兮，乃祸福之攸[8]趋。王孙兮甚可憎！噫，山之灵兮，胡逸而居？

【注释】

①廉、来：指飞廉和恶来，相传是殷纣王的臣子。

②圣：指周文王。

③囚：周文王曾被殷纣王囚禁在羑(yǒu)里(今河南安阳汤阴北)。

④禹、稷：夏禹和后稷，舜向尧推荐的二位贤臣。

⑤凶：即"四凶"，相传是被舜放逐的四个恶人，即浑敦、穷奇、梼(táo)杌(wù)、饕(tāo)餮(tiè)。

⑥遂：得逞。

⑦否(pǐ)：厄运。

⑧攸：所。

【译文】

猿的仁慈正直啊，遭受驱逐也不计较；从容不迫地退避啊，只把美好的德行来仿效。飞廉和恶来勾结起来啊，圣人周文王就被囚禁；大禹与后稷携手合作啊，“四凶”就被铲除。小人们一旦得势啊君子就会遭殃，有德行的人聚在一起啊坏人就会完蛋。善与恶不能共处啊，倒霉还是幸运得视双方力量的强弱而定。弱肉强食是事物的必然规律啊，弱得祸强得福大势所趋。猢狲啊太可憎！唉，山上的神灵呀，为什么你竟安逸地闲居？

《三戒》并序

【导读】

这一组三篇寓言是柳宗元贬谪永州时所写。题名“三戒”，取《论语》“君子有三戒”之意。文前的序是文章的主旨所在。作者借麋、驴、鼠三种动物的可悲结局，对社会上那些倚仗人势、色厉内荏、擅威作福的人进行辛辣的讽刺。三篇寓言主题统一而又各自独立，形象生动而又寓意深刻，篇幅短小，语言简练而又刻画细致、传神，具有强烈的现实讽刺意义。

序

【原文】

吾恒恶世之人，不知推己之本❶，而乘物以逞❷，或依势以干❸非其类，出技以怒强，窃时以肆暴❹，然卒迨于祸。有客谈麋❺、驴、鼠三物，似其事，作《三戒》。

【注释】

①推己之本：审察自己的实际能力。推：推求。

②乘物以逞：依靠别的东西来逞强。

③干：触犯。

④肆暴：放肆地做坏事。

⑤麋（mí）：形体较大的一种鹿类动物。

【译文】

我常常厌恶世上的有些人，不知道考虑自己的实际能力，而只是凭借外力来逞强，或者依仗势力触犯和自己不同的人，使出伎俩来激怒比他强的对象，趁机胡作非为，但最后却招致了灾祸。有位客人同我谈起麋、驴、鼠三种动物的结局，我觉得与那些人的情形差不多，于是就作了这篇《三戒》。

临江之麋

【原文】

临江❶之人畋❷，得麋麑❸，畜之。入门，群犬垂涎，扬尾皆来。

其人怒，怛[4]之。自是日抱就犬，习示之，使勿动，稍使与之戏。积久，犬皆如人意。麋麑稍大，忘己之麋也，以为犬良我友，抵触偃仆，益狎。犬畏主人，与之俯仰甚善，然时啖其舌。

【注释】

①临江：今江西清江。

②畋（tián）：打猎。

③麑（ní）：鹿仔。

④怛（dá）：恐吓。

【译文】

江西清江有个人打猎得到一只幼鹿，就捉回家把它饲养起来。刚踏进家门，群狗一见，口水直流，摇着尾巴都来了。这个人发怒，大声喝退了这些馋狗。从这以后，这个人每天抱着幼鹿去接近群狗，使它们熟悉起来，并示意群狗不得乱动，并渐渐让群狗跟幼鹿玩一会儿。日子一长，群狗都能根据主人的意向行动。幼鹿慢慢地长大起来，忘记自己是只鹿，认为这些狗确实是自己的朋友，和它们相互用头碰碰撞撞，一会儿翻身仰天，一会儿俯身伏地，越来越亲近、随便。这些狗怕主人，跟着幼鹿仰身、伏倒，相处得非常好，然而却经常舔嘴咂舌，露出馋相。

【原文】

三年，麋出门，见外犬在道甚众，走欲与为戏。外犬见而喜且怒，共杀食之，狼藉[1]道上。麋至死不悟。

【注释】

①狼藉（jí）：此指散乱。

【译文】

三年后，有一次鹿单独出门，看见路上有许多不相识的狗，就跑上去想跟它们玩耍。这些狗看见鹿，又喜欢又恼火，一起把鹿弄死了吃掉，血肉骨头散乱，弄得满地都是。鹿到死还不知道这是怎么回事。

黔之驴

【原文】

黔❶无驴，有好事者船载以入。至则❷无可用，放之山下。虎见之，庞然大物也，以为神。蔽林间窥之，稍出近之，慭慭然❸莫相知。

【注释】

①黔（qián）：即唐代黔中道，辖地相当于今彭水、酉阳、秀山一带和贵州北部部分地区。

②则：却。

③慭（yìn）慭然：小心谨慎的样子。

【译文】

黔地没有驴子，有一个好事的人

用船运了一头驴子进去。运到了那里却发现没有什么用处，他就把驴放在山脚下。老虎见到驴，看到那么巨大的身躯，把驴当作神仙。它躲在树林里偷看，又慢慢出来接近驴，谨慎小心地观察，不知道这究竟是什么东西。

【原文】

他日，驴一鸣，虎大骇❶，远遁❷，以为且噬❸己也，甚恐。然往来视之，觉无异能者。益习其声，又近出前后，终不敢搏。稍近，益狎，荡❹倚冲冒。驴不胜怒，蹄之。虎因喜，计之曰："技止此耳。"因跳踉大㘎❺，断其喉，尽其肉，乃去。

【注释】

①骇：害怕。

②遁（dùn）：逃。

③噬（shì）：咬。

④荡：碰撞。

⑤㘎（hǎn）：怒吼。

【译文】

有一天，驴子叫了一声，老虎大为惊恐，远远地逃走了，以为驴子要来咬自己，非常害怕。可是老虎来回观察驴子，感到它没有什么特殊的本领。同时老虎也越来越习惯了驴子的叫声，又靠近一些，在它的前后走来走去，始终不敢上前抓它。老虎又靠近一些，更加随便，开始靠近、冲撞、冒犯驴子。驴子非常愤怒，就用蹄子去踢老虎。老虎于是高兴起来，心里盘算这件事说："本领只有这点罢了。"于是跳起来大声吼叫，咬断驴子的喉咙，吃光驴子的肉，然后走开了。

【原文】

噫！形之庞也类❶有德，声之宏也类有能。向不出其技，虎虽猛，疑畏，卒不敢取。今若是焉，悲夫！

【注释】

①类：似乎，好像。

【译文】

唉！形状庞大看上去像有德性，声音洪亮像是有才能。假使不暴露出自己的弱点，老虎虽然凶猛，疑虑畏惧，到底不敢随便动手。现在落得这般模样，可悲啊！

永某氏之鼠

【原文】

永❶有某氏者，畏日，拘忌❷异甚。以为己生岁直子❸，鼠，子神也，因爱鼠。不畜猫犬，禁僮勿击鼠。仓廪❹庖厨❺，悉以恣鼠，不问。

【注释】

①永：即永州，今湖南永州市零陵区。

②拘忌：禁忌。

③生岁直子：出生的年份正当农历子年。

④仓廪：粮仓。

⑤庖厨：厨房。

【译文】

湖南零陵有个人，这个人特别拘泥于生辰八字等禁忌之事。他认为自己出生那年恰逢地支属子，而鼠，就是子的生肖神，因此很爱鼠。他家里不养猫狗，不许仆人捕杀老鼠。连得他家的粮仓、厨房，也都任凭老鼠横行，从不过问。

【原文】

由是鼠相告，皆来某氏，饱食而无祸。某氏室无完器，椸❶无完衣，饮食大率鼠之余也。昼累累与人兼行❷，夜则窃啮斗暴，其声万

状，不可以寝。终不厌。

【注释】

①椸（yí）：衣架。

②兼行：并走。

【译文】

因此老鼠们互相通报，纷纷到某人家里来，每顿吃得饱饱的而无祸患。这人家里没有一件器具是完整的，衣架上的衣服也没有一件是完好的，平时吃喝的大都是老鼠吃剩的东西。白天满地的老鼠成群结队跟人们并行，一到夜晚，偷东西、啃咬、打斗、作恶，弄出各种各样的响声，使人不能安睡。某人始终不感到讨厌。

【原文】

数岁，某氏徙居他州。后人来居，鼠为态如故。其人曰："是阴类❶恶物也，盗暴❷尤甚，且何以至是乎哉？"假五、六猫，阖❸门撤瓦灌穴，购僮❹罗捕之，杀鼠如丘，弃之隐处，臭数月乃已。

呜呼！彼以其饱食无祸为可恒也哉！

【注释】

①阴类：在阴暗的地方活动的东西。

②盗暴：盗吃食品、糟蹋物品。

③阖：关闭。

④购僮：此指雇人。

【译文】

几年以后，某人搬迁到别的地方去了。原来的房屋换了别人来居住，老鼠照旧胡作非为。新主人说："这是暗中出没的坏东西，破坏作恶特别厉害，不过怎么到了这个地步呢？"于是他借来五六只猫，把门关上，撤去瓦片，用滚水灌进老鼠洞，出钱雇用仆人捕杀老鼠，杀死的老鼠堆积成小山，把它们丢弃在阴暗的角落里，臭气几个月才散掉。

唉！这些老鼠还以为吃得饱饱的而无祸患，但岂能一直这样呢！

小墨香书·传世美文

唐代作品（四）

纸贵满堂 编 朱宝荣 绘

湖南美术出版社
·长沙·

图书在版编目（CIP）数据

传世美文·唐代作品 / 纸贵满堂编；朱宝荣绘.

长沙：湖南美术出版社，2025.1.--（小墨香书）.

ISBN 978-7-5746-0532-9

Ⅰ. I212.01

中国国家版本馆CIP数据核字第20243FB249号

小墨香书

传世美文·唐代作品

CHUANSHI MEIWEN · TANGDAI ZUOPIN

出 版 人：黄　啸

编　　者：纸贵满堂

绘　　者：朱宝荣

责任编辑：范　琳

装帧设计：刘　畅

出版发行：湖南美术出版社（长沙市东二环一段622号）

印　　刷：廊坊市颖新包装装潢有限公司

开　　本：787 mm × 1092 mm　1/96

印　　张：12

版　　次：2025年1月第1版

印　　次：2025年1月第1次印刷

定　　价：60.00元（全4册）

如有倒装、破损、少页等印装质量问题，请与印刷厂联系调换。

联系电话：0316-2514166

目录

捕蛇者说

【导读】

唐顺宗时期，以王叔文为首的永贞革新运动失败后，王叔文被杀，柳宗元被贬为永州司马。在永州期间，柳宗元大量地接触下层百姓，目睹了民不聊生的社会现实，构思了这篇散文。作者通过描写以捕蛇为业的蒋氏一家三代的悲惨遭遇，深刻地揭露了官府的横征暴敛，最后以“苛政猛于虎”作结，笔锋犀利，文情并茂。

【原文】

永州❶之野产异蛇，黑质❷而白章❸。触草木尽死，以啮❹人，无御之者。然得而腊之❺以为饵，可以已❻大风❼、挛踠❽、瘘❾、疠❿，去死肌⓫，杀三虫⓬。其始，太医以王命聚之，岁赋其二⓭，募有能捕之者，当其租入⓮。永之人争奔走焉。

【注释】

①永州：今湖南零陵。

②质：质地。此指蛇的身体。

③章：花纹。

④啮（niè）：用牙咬。

⑤得而腊（xī）之：抓到并把它的肉晾干。腊：此指把蛇肉晾干。

⑥已：止，治愈。

⑦大风：麻风病。

⑧挛（luán）踠：手脚弯曲不能伸展。

⑨瘘（lòu）：脖子肿。

⑩疠（lì）：毒疮、恶疮等。

⑪去死肌：去除腐肉。

⑫三虫：泛指人体内的寄生虫。

⑬岁赋其二：每年征收这种蛇两次。赋：征收。

⑭当其租入：抵他的税赋。

【译文】

永州的郊野有一种奇异的蛇，黑色的皮肤上有白色的斑纹。它碰过的草木全得枯死，若咬了人，人就没有医治的办法。但把它捉了来，风干以后制成药饵，却可以治好麻风、手脚弯曲不伸展、脖子肿和恶疮等恶性疾病，还可以消除烂肉，杀死人体内的寄生虫。起初，太医用皇帝的命令征集这种蛇，每年征收两次，招募能捕捉它的人，准许他们用蛇来充抵应缴的租税。永州的老百姓都争着去干这件差事。

【原文】

有蒋氏者，专其利❶三世矣。问之，则曰：“吾祖死于是，吾父死于是。今吾嗣❷为之十二年，几死者数❸矣。”言之，貌若甚戚❹者。

【注释】

①专其利：独占这种好处。

②嗣：继承。

③数（shuò）：屡次，多次。

④戚：悲伤。

【译文】

有个姓蒋的人家，专享这种好处有三代了。我向他打听，他却说："我爷爷死在捕蛇上，我父亲死在捕蛇上，我接着干这件差事十二年了，险些送了命也有好几次了。"说这话的时候，脸上好像很悲伤。

【原文】

余悲之，且曰："若毒之乎？余将告于莅事者❶，更若役❷，复若赋，则何如？"

【注释】

①莅（lì）事者：管理政事的人，指地方官。

②役：给官府做劳力。

【译文】

我很同情他，就问他："你怨恨这件差事吗？我打算告诉主管人，换掉你这件差事，恢复你的赋税 你看怎么样呢？"

【原文】

蒋氏大戚，汪然❶出涕曰："君将哀而生之乎？则吾斯役之不幸，未若❷复吾赋不幸之甚也。向吾不为斯役，则久已病❸矣。自吾氏三

世居是乡，积于今六十岁矣，而乡邻之生日蹙❹。殚❺其地之出，竭其庐之入，号呼而转徙❻，饥渴而顿踣❼，触风雨，犯寒暑，呼嘘毒疠❽，往往而死者相藉❾也。

【注释】

①汪然：满眼含泪的样子。

②若：比得上。

③病：困苦不堪。

④蹙（cù）：窘迫。

⑤殚（dān）：尽，竭尽。

⑥徙：迁移。

⑦顿踣（bó）：困顿倒毙。

⑧疠：此指疫气。

⑨藉（jiè）：枕、垫。

【译文】

蒋氏大为悲伤，眼泪汪汪，说道："您想哀怜我，让我能够活下去吗？那么我告诉您，我干这差事遭受的不幸，是远不如恢复租赋遭受的不幸的。要是先前我不干这差事，那我早已困苦不堪了。自从我家住在这个地方，三代人到现在，已经六十年了。这六十年间，乡邻们的生活一天比一天窘迫。他们把田里的出产全部拿出，把家里的收入全部用尽，也交不够租赋，只得哭号着辗转迁徙，饥渴交迫而倒毙在地，顶着狂风暴雨的袭击，受着严寒酷暑的煎熬，呼吸着带毒的疫气，常常是死去的人一个压一个。

【原文】

“曩❶与吾祖居者，今其室十无一焉；与吾父居者，今其室十无二三焉；与吾居十二年者，今其室十无四五焉。非死而徙尔。而吾以捕蛇独存。

【注释】

①曩（nǎng）：从前。

【译文】

“从前和我爷爷住在一起的人家，现在十户当中难得有一户了；和我父亲住在一起的人家，现在十户当中难得有两三户了；和我一起住了十二年的人家，现在十户当中难得有四五户了。那些人家不是死绝了就是迁走了。

然而我却由于捕蛇而独自存活下来。

【原文】

“悍吏之来吾乡，叫嚣乎东西，隳突❶乎南北，哗然而骇者，虽鸡狗不得宁焉。吾恂恂❷而起，视其缶，而吾蛇尚存，则弛然而卧。谨食之，时而献焉。退而甘食其土之有，以尽吾齿。

【注释】

①隳（huī）突：骚扰。

②恂（xún）恂：小心谨慎、提心吊胆的样子。

【译文】

“凶暴的官吏来到我们这个地

方，四处狂喊乱叫，到处骚扰毁坏，气势汹汹，惊骇乡里，就连鸡狗都不得安宁啊。我小心翼翼地起身看看那瓦罐，蛇还在里面，我又放心躺下了。我小心喂养蛇，到时候把蛇送上去交了差。回家后我有滋有味地吃着田地里长出的东西，来过完我的岁月。

【原文】

“盖一岁之犯死者二焉，其余则熙熙[1]而乐。岂若吾乡邻之旦旦[2]有是哉！今虽死乎此，比吾乡邻之死则已后矣，又安敢毒耶？”

【注释】

①熙熙：快乐的样子。

②旦旦：天天。

【译文】

“一年当中冒死的情况只有两次，其余时间我就可以快快乐乐地过日子了。哪像我的乡邻们天天都有死亡的威胁呢！现在我即使死在这差事上，比起那些死去的乡邻已经是要晚了，我怎么敢怨恨这差事呢？”

【原文】

余闻而愈悲。孔子曰：“苛❶政猛于虎也。”吾尝疑乎是，今以蒋氏观之，犹信。呜呼！孰知赋敛之毒有甚是蛇者乎！故为之说，以俟❷夫观人风❸者得焉。

【注释】

①苛：苛刻。

②俟（sì）：等待。

③人风：即民风。唐代为了避李世民的名讳，用“人”字代替“民”字。

【译文】

听了这些话，我更加悲痛。孔子说：“横征暴敛比老虎还要凶狠啊。”我曾经怀疑过这句话，现在从蒋氏的遭遇来看，还是真实可信的。唉，谁能想到横征暴敛的毒害比这种毒蛇还要厉害呢！所以我为此事写了这篇文章，我期待着那些考察民情的人能了解这种情况。

箕子碑

【导读】

本文是柳宗元为箕子庙写的碑文。箕子，名胥余，殷纣王的叔父，曾任太师之职，封于箕（今山西晋中市太谷区东北）。箕子因屡次劝谏纣王被囚禁，周武王灭商后将他释放。相传箕子不愿仕周，逃亡到朝鲜。柳宗元因参加王叔文领导的革新运动而获罪，被贬谪到荒远的边郡为官，其遭遇与箕子有相似之处。因此，这篇碑文借赞美箕子来寄托自己的信念和抱负。

【原文】

凡大人之道有三：一曰正蒙难❶，二曰法授圣，三曰化及民。殷有仁人曰箕子，实具兹道，以立于世，故孔子述六经之旨，尤殷勤❷焉。

【注释】

①正蒙难：坚持正道，不惜遭受磨难。

②殷勤：情意恳切。

【译文】

一般说来，伟大人物立身处世的原则有三个方面：一是受危难仍能保持正直的品德；二是将治理天下的法典传授给圣明的君主；三是使人民受到教化。殷朝有位贤人叫箕子，确实具备这三方面的德行而在世上立身行事，因此孔子在概述“六经”要旨的时候，对他特别重视。

【原文】

当纣之时，大道悖乱，天威之动不能戒，圣人之言无所用。进死以并❶命，诚仁矣，无益吾祀，故不为；委身以存祀，诚仁矣，与亡吾国，故不忍。具是二道，有行之者矣。

【注释】

①并：通“屏”，舍弃。

【译文】

在殷纣王那时候，大道背弃，政治混乱，天威显示不能加以制止，圣人的教诲毫不起作用。牺牲生命以便维护天命国运，确实是一种“仁”德，只是不利于家族的延续，因此箕子不去这样做；委身随顺以便保存自己宗庙的奉祀，确实也是一种“仁”德，只是参与灭亡自己的国家，故而他也不忍心去做。上述这两种办法，已经有这样做的人了。

【原文】

是用保其明哲，与之俯仰；晦❶是谟范❷，辱于囚奴；昏而无邪，隤❸而不息。故在《易》曰：“箕子之明夷❹。”正蒙难也。及天命既改，生人以正，乃出大法，用为圣师，周人得以序彝❺伦而立大典。

【注释】

①晦：昏暗。

②谟范：谋略、计划。

③隤（tuí）：跌倒。

④明夷：卦名。出自《易经·明夷》，象征暗主在上，明臣在下，明臣隐藏自己的智慧。

⑤彝：常规。

【译文】

因此，箕子便保持自己清醒的头脑，随顺适应这混乱的世道；隐藏自己的见解和主张，在囚犯奴隶中受屈辱；貌似糊涂却不去做邪恶之事，形同柔弱而却自强不息。故而《易经》中说："箕子能做到韬晦。"这就是蒙受危难而能保持正直的品德啊。等到天命更改了，人民得到了公正和安定，于是箕子便献出治国的大法，因此成为圣君的老师，使周朝的人们能根据这些法则来规范社会伦理道德，创立典章制度。

【原文】

故在《书》曰："以箕子归，作《洪范》❶。"法授圣也。及封朝鲜，推道训俗，惟德无陋，惟人无远，用广殷祀，俾❷夷为华，化及民也。率是大道，藂❸于厥❹躬，天地变化，我得其正，其大人欤？

【注释】

①洪范：《尚书》中的一篇，柜传为禹时的文献，箕子增订并献给周武王。

②俾：使。

③藂（cóng）：聚集。

④厥：其。

【译文】

故而《尚书》中说："因召回了箕子而写成了《洪范》。"这便是将治理天下的法则传授给圣明的君主啊。等到箕子被封在朝鲜，推行道义来驯化民俗，使德行不再鄙陋，人民不再疏远，以便发展推延殷朝宗绪，使外夷变为华夏，这便是使人民受到教化啊！所有这些崇高的品德，都集中在他的身上，天地变化发展，自己保持了正道，难道不是伟大的人吗？

【原文】

於虖❶！当其周时未至，殷祀未殄❷，比干❸已死，微子❹已去，向使纣恶未稔❺而自毙，武庚❻念乱以图存，国无其人，谁与兴理？是固人事之或然者也。然则先生隐忍而为此，其有志于斯乎？

【注释】

①於虖：感叹词，呜呼。

②殄（tiǎn）：尽、绝。

③比干：商朝大臣，因屡次进谏被纣王剖心而死。

④微子：名启，商纣王的庶兄。周武王灭商后，微子被封于宋。

⑤稔（rěn）：庄稼成熟。此指罪恶发展到极点。

⑥武庚：名禄父，纣王的儿子。周武王灭商后，封武庚以存殷祀。武王死后，武庚与管叔、蔡叔因反叛被杀。

【译文】

啊！当那周朝的时运尚未到来，殷朝宗庙的香火还没灭绝，比干已经死掉，微子也已离去，假如纣正作恶还不算多而自己死去，武庚能为暴乱而忧虑并力图保存社稷，国中要是没有箕子这样的人，谁和武庚一起使国家复兴并加以治理呢？这也是人事发展的一种可能性啊。这样来看箕子能忍辱含屈到这种地步，莫非正是在这方面有所考虑吗？

【原文】

唐某年，作庙汲郡❶，岁时致祀。嘉先生独列于《易》象，作是颂云。

【注释】

①汲郡：治所在今河南汲县。

【译文】

唐朝的某一年，在汲郡修建了箕子的庙宇，逢年遇节便祭祀他。我敬慕先生被单独写进《易经》中的卦象，便写了这篇颂。

种树郭橐驼传

【导读】

本文是一篇讽喻极强的寓言。作者先以种植得当与不得当作对比，继以管理的善与不善作对比，最后以吏治与种树相映照，在反复比照中导出题旨，阐明种树育人、治国养民的道理。作者指出为官治民不能“好烦其令”，抨击中唐吏治的扰民、伤民，表达了改革弊政的主张。

【原文】

郭橐驼❶，不知始何名。病偻❷，隆然伏行❸，有类橐驼者，故乡人号之"驼"。驼闻之，曰："甚善。名我固❹当。"因舍其名，亦自谓"橐驼"云。其乡曰丰乐乡，在长安西。驼业❺种树，凡长安豪家富人为观游及卖果者，皆争迎取养❻。视驼所种树，或移徙，无不活，且硕茂❼，蚤❽实以蕃❾。他植者虽窥伺效慕，莫能如也。

【注释】

①橐（tuó）驼：骆驼。此指驼背。

②偻（lǚ）：脊背弯曲。

③伏行：因脊背突起而弯腰行走。

④固：确实。

⑤业：以……为业。

⑥取养：雇用。

⑦硕茂：高大茂盛。

⑧蚤：通“早”。

⑨蕃：繁多。

【译文】

郭橐驼，不知道原名叫什么。由于得了佝偻病，后背高高隆起，俯伏着走路，好像骆驼的样子，所以乡里人称呼他“橐驼”。橐驼听到这个外号，说：“好得很，用它来称呼我确实很恰当。”于是他舍弃了原名，也自称“橐驼”了。他的家乡是丰乐乡，在长安城的西郊。橐驼以种树为职业，凡

是长安城的豪绅人家修建观赏游览的园林，以及卖水果的商人，都争相迎请雇用他。看橐驼所种植的树木，或者移栽的树木，没有不成活的，而且高大茂盛，果实结得又早又多。其他种树的人虽然偷偷地察看仿效，都不能赶上他。

【原文】

有问之，对曰："橐驼非能使木寿且孳❶也，能顺木之天，以致其性焉尔。凡植木之性，其本欲舒，其培欲平，其土欲故，其筑欲密。既然已，勿动勿虑，去不复顾。其莳❷也若子，其置也若弃，则其天者全而

其性得矣。故吾不害其长而已，非有能硕茂之也；不抑耗其实而已，非有能蚤而蕃之也。

【注释】

①孳（zī）：繁殖。

②莳（shì）：栽种。

【译文】

有人问他原因，他回答说："我郭橐驼并不能使树木活得长久而且繁殖得快，只不过能够顺应树木自然生长的规律，使它按照自己的习性成长罢了。一般说来，种植树木的习性要求是：树根要舒展，培土要均匀，移栽树木要保留根部的旧土，土要细密。这样做了以后，不要再去动它，也不要再为它担心，离开后就不必再去看顾它了。树木移栽的时候要像培育子女一样精心细致，栽好后置于一旁要像把它丢弃一样，那么树木的生长规律就可以不受破坏，而能按照它的本性自然生长了。所以我只是不妨害它生长罢了，并没有使它长得高大茂盛的特殊本领；我只是不抑制、减少它的结果罢了，并没有使它果实结得又早又多的特殊本领。

【原文】

他植者则不然，根拳❶而土易❷，其培之也，若不过焉则不及。苟有能反是者，则又爱之太殷，忧之

太勤，旦视而暮抚，已去而复顾。甚者爪其肤以验其生枯，摇其本以观其疏密❸，而木之性日以离矣。虽曰爱之，其实害之；虽曰忧之，其实仇之。故不我若也，吾又何能为哉！”

【注释】

①根拳：树根蜷曲。

②土易：更换新土。

③疏密：指土的松与紧。

【译文】

其他种树的人却不是这样，树根蜷曲不能伸展，又换了新土，培土不是多了就是少了。如果有与此相反的人，却又对树木爱得过于深厚，担心得过了头，早晨看看，晚上摸摸，已经离开了，还要回头看顾。更严重的，还用手指抓破树皮来检验树的死活，摇动树根来察看栽得是否紧实，这样，树木的本性就一天天丧失了。虽然说是爱护树，实际上却害了树；虽然说是忧虑树，实际上却是仇恨树。所以都不如我啊，我又有什么本领呢？”

【原文】

问者曰：“以子之道，移之官理，可乎？”驼曰：“我知种树而已，官理非吾业也。然吾居乡，见长人者好烦其令，若甚怜焉，而卒以祸。旦暮，吏来而呼曰：‘官命促尔耕，勖❶尔植，督尔获，缫缫❷而绪，蚤织而缕，字❸而幼孩，遂❹而鸡豚。'鸣鼓而聚之，击木而召之。吾小人辍飧❺饔❻以劳吏者，且不得暇，又何以蕃吾生而安吾性耶？故病且怠❼。若是，则与吾业者其亦有类乎？"

【注释】

①勖（xù）：勉励。

②缫（sāo）：煮茧抽丝。

③字：养育。

④遂：顺利地成长。

⑤飧（sūn）：晚饭。

⑥饔（yōng）：早饭。

⑦怠：疲倦。

【译文】

问的人说："把你种树的道理，

转用到为官治民上，可以吗？”橐驼说：“我只知道种树罢了，为官治民，不是我的职业啊。然而我住在乡里，看到那些官吏喜欢不断地发布各种命令，好像很爱惜百姓，但最后反造成了灾祸。每天早晚，差吏来到村中喊叫：‘官长命令催促你们耕田，勉励你们播种，督促你们收割。早点缫好你们的丝，早点纺好你们的线。抚育好你们幼小的子女，喂养大你们的鸡猪。’一会儿击鼓让人们聚集在一起，一会儿敲木梆把大家召来。我们小百姓顾不上吃晚饭、早饭来应酬慰劳差吏，尚且都没有空暇，又靠什么来使我们人口兴旺、生活安定呢？所以都非常困苦而且疲乏。像这样，那与我们行业的人大概也有相似之处吧？”

【原文】

问者嘻曰：“不亦善夫！吾问养树，得养人❶术。”传其事以为官戒❷也。

【注释】

①养人：治民。

②戒：鉴戒。

【译文】

问的人颇有感慨地说道：“这不是说得很好吗？我问养树，却得到了治民的办法。”我记下这件事，把它作为为官的鉴戒。

梓人传

【导读】

这是一篇托物寓意的文章。本文所说的“梓人”即木匠，类似于现在的建筑设计师。文章的主旨是借梓人指挥工匠盖房子的道理，说明辅佐天子的宰相要懂得治理国家的要领，能够统揽全局，善于用人。前面写梓人，句句暗伏为相的道理；后面写为相的道理，句句照应梓人。

【原文】

裴封叔①之第，在光德里②。有梓人款③其门，愿佣隙宇④而处焉。所职⑤寻引⑥、规矩⑦、绳墨⑧，家不居砻⑨斫之器。问其能，曰："吾善度材，视栋宇之制，高深、圆方、短长之宜，吾指使而群工役焉。舍我，众莫能就一宇。故食于官府，吾受禄三倍；作于私家，吾收其直大半焉。"他日，入其室，其床阙⑩足而不能理，曰："将求他工。"余甚笑之，谓其无能而贪禄嗜货⑪者。

【注释】

①裴封叔：名墐，柳宗元的妹夫，曾担任长安县令。

②光德里：旧址在今陕西西安西南郊。

③款：叩，敲打。

④隙宇：空闲的房子。

⑤职：掌管。

⑥寻引：长度单位，八尺为寻，十丈为引，此指测量工具。

⑦规矩：木工工具，校正圆形的叫规，校正方形的叫矩。

⑧绳墨：木工画直线的工具。

⑨砻（lóng）：磨砺用的工具。

⑩阙：通“缺”。

⑪货：钱物。

【译文】

裴封叔的住宅，在京城光德里。一天，有一个木匠敲门求见，想在裴家租一间空屋居住。他所从事职业的工具只有量尺寸的寻引、画方圆的规矩和弹墨线的墨斗等，家中却不具备磨刀石和刀斧之类的用具。问他会干什么，他说："我擅长测算材料，根据房子的规模、高深、圆方、长短选用合适的木料，指挥工匠们干活。如果没有我，他们连一间房子也造不成。所以我到官府里干活，所得到的工资等于一般木匠的三倍；给私人干活，我拿的工价要占众人工资的一大半。"有一天，我走进他的卧室，见他的床少了一条腿，他却不会修理，他说："我打算请别的木匠来修。"我觉得非常好笑，认为他是一个没有什么本领而只知道贪财的人。

【原文】

其后，京兆尹❶将饰官署，余往过焉。委❷群材，会众工，或执斧斤，或执刀锯，皆环立向之。梓人左持引，右执杖，而中处焉。量栋宇之任❸，视木之能，举挥其杖，曰“斧！”彼执斧者奔而右；顾而指曰“锯！”彼执锯者趋而左。

【注释】

①京兆尹：京兆府的长官，即管理京城的最高长官。

②委：堆积。

③栋宇之任：房屋的规模。

【译文】

后来，京兆尹要修理官署，我去那里瞧瞧。只见那儿已堆放着许多建筑材料，聚集了许多工匠。他们有的手握斧子，有的拿着刀锯，都围着那木匠等候使唤。那木匠左手拿着引绳，右手执一根木杖，站在中间。他测量好房屋的规模，又看准木料是否合用，然后挥起木杖说“砍！”那执斧的工匠立刻奔向右边；他转过头说“锯！”那拿锯的立刻奔向左边。

【原文】

俄而斤者斫，刀者削，皆视其色，俟其言，莫敢自断者。其不胜

任者，怒而退之，亦莫敢愠❶焉。画宫于堵❷，盈尺而曲尽其制，计其毫厘而构大厦，无进退❸焉。既成，书于上栋曰“某年某月某日某建”，则其姓字也。凡执用之工不在列。余圜视❹大骇，然后知其术之工大矣。

【注释】

①愠（yùn）：怨恨。

②画宫于堵：把房屋的设计图画在墙壁上。堵：墙。

③进退：指增减、出入。

④圜（huán）视：向四周看。圜：通“环”。

【译文】

一会儿众工匠刀砍斧削地动起

手来，一个个都看他的眼色，等他的号令行事，没有一个敢自作主张的。有些不能胜任的工匠，被他怒喝到一旁，也不敢恼恨抱怨。他又在墙上画了房子的图样，虽然只有一尺见方，却全面周详，根据图上缩小的尺寸比例而造出高楼大厦，竟完全合乎设计而不增减分毫。房子造成后，他在大梁上写上“某年某月某日某某造”，这某某就是他的姓名。凡是执斧锯操作的工匠的名字却一个也不能写上。我在房子周围审视一番以后不禁大吃一惊，这才知道这木匠的技艺确实非常高明。

【原文】

继而叹曰:“彼将舍其手艺,专其心智,而能知体要❶者欤?”吾闻劳心者役人,劳力者役于人,彼其劳心者欤?能者用而智者谋,彼其智者欤?是足为佐天子相天下❷法矣!物莫近乎此也。彼为天下者本于人。其执役者,为徒隶❸,为乡师❹、里胥❺;其上为下士❻,又其上为中士、为上士;又其上为大夫、为卿、为公。

【注释】

①体要:主体和纲要。

②相天下:治理天下。

③徒隶:此指社会底层从事各种体力

劳动的人。

④乡师：一乡之长。

⑤里胥：一里之长。

⑥下士：西周时期统治阶级中的最低等级。其上有中士、上士、大夫、卿、公等各级官僚。

【译文】

接着，我赞叹道："他应该是一个舍弃手艺，专用心智，而且又能知道工作要领的人吧！"我听说劳心的人指使人，劳力的人被人指使，他应该是劳心的人吧！有技能的人工作，有智能的人筹划，他应该是有智能的人吧！这件事可以做辅助天子治理天下的榜样，再也没有比这两者更相似的了。那些治理天下的人，完全靠别人。那些执行工作的人，是工役，是乡师、里胥；上面是下士，再上面是中士、上士，再上面是大夫、卿、公。

【原文】

离而为六职❶，判❷而为百役❸。外薄❹四海，有方伯❺、连率❻。郡有守，邑有宰，皆有佐政。其下有胥吏❼，又其下皆有啬夫❽、版尹❾，以就役焉，犹众工之各有执技以食力也。

【注释】

①六职：中央六部，即吏部、工部、礼部、户部、刑部、兵部。

②判：细分。

③百役：各种差事。

④薄：迫近。

⑤方伯：一方诸侯中的领袖。

⑥连率：即“连帅”，统辖十国的诸侯。

⑦胥吏：办理文书的小吏。

⑧啬（sè）夫：佐助县令管理赋税、诉讼等事务的乡官。

⑨版尹：主管户籍的官吏。版：户籍。

【译文】

就分工来看，中央有六部，再细分为各种差事。外面到四边边境，有方伯和连率。郡有太守，县有县令，都有佐理政事的人。下面有管文书的胥吏，再下面有管税收诉讼的啬夫、管户籍版图的版尹来办理各种事情，就好像许多工人，各有专长技术，凭能力吃饭似的。

【原文】

彼佐天子相天下者，举而加焉❶，指而使焉，条其纲纪而盈缩❷焉，齐其法制而整顿焉，犹梓人之有规矩、绳墨以定制也。择天下之士，使称其职；居天下之人，使安其业。视都知野❸，视野知国❹，视国知天下，其远迩❺细大，可手据其图而究焉，犹梓人画宫于堵而绩于成也。能者进而由之，使无所德；不能者退而休之，亦莫敢愠。不衒❻

能，不矜名。不亲小劳，不侵众官，日与天下之英才讨论其大经，犹梓人之善运众工而不伐艺也。夫然后相道得而万国理矣。

【注释】

①举而加焉：选拔各种官吏，赋予他们各种职务。

②盈缩：增减。

③野：旷野，指乡村。

④国：诸侯王的封地。

⑤迩：近。

⑥衒（xuàn）：卖弄才能。

【译文】

那个辅佐天子治理天下的宰相，举用他们，给他们各种官职，指挥他们，叫他们去工作；把治理国家的大纲领整理出来，真正运用的时候，又加以增减；统一政府的法令制度，并且加以整顿。这就好像木匠有圆规、曲尺、墨线、墨斗来决定规格一样。选择天下的人才，使他们的能力能和职务相称；安定天下的人，使他们都能安心工作。只看都城的情形，就知道民间的情形是怎样；只看民间的情形，就知道全国的情形是怎样。那些远近小大的事情，可以用手按着图表，研究得清清楚楚。这就好像木匠把房子的图样画在墙壁上，能够照着图样完成工作一样。有能力的人，荐举他，给他合适的工作，使他不感到这是私人的恩惠；没有能力的人，就辞退他，停止他的职务，也没有人敢抱怨。不显示自己的才能，不夸大自己的名声。小的事情不自己去做，不侵犯众官的职权，每天和天下的精英人士讨论国家的常法，这就好像木匠善于运用工人们，而不夸耀自己的技艺。像这样，当宰相的算是得到方法，同时天下也就平治了。

【原文】

相道❶既得，万国既理，天下举首而望曰："吾相之功也！"后之人循迹而慕曰："彼相之才也！"士或谈殷、周之理者，曰伊❷、傅❸、

周[4]、召[5]，其百执事之勤劳而不得纪焉，犹梓人自名其功而执用者不列也。大哉相乎！通是道者，所谓相而已矣。

【注释】

①相道：当宰相的方法。

②伊：即伊尹，商初的功臣，曾辅佐商汤灭夏。

③傅：即傅说，曾辅佐殷商高宗武丁安邦治国，开创“武丁中兴”。

④周：即周公，周武王的弟弟，曾辅佐武王灭商，后辅佐周成王。

⑤召（shào）：即召公，姓姬，名奭（shì），曾辅佐武王灭商，后与周公一起辅佐周成王。

【译文】

当宰相的得到了方法，天下都已经平治了，天下的人都抬着头仰望着他说："这是我们宰相的功劳啊！"后代的人照着他的行事去做，也羡慕地说："他有宰相的才能啊！"读书人有时谈到商、周两代治理天下的人，总是谈到伊尹、傅说、周公、召公等人，其余那许许多多官吏的功劳，都没有记载。这就好像木匠自己署名在他完成的建筑物上，可是那些实际参加工作的工人不列名一样。伟大啊宰相！能够懂得这个道理的，只有所谓宰相罢了。

【原文】

其不知体要者反此。以恪勤❶为公，以簿书❷为尊，衒能矜名，亲小劳，侵众官，窃取六职、百役之事，听听❸于府庭，而遗其大者、远者焉，所谓不通是道者也。犹梓人而不知绳墨之曲直、规矩之方圆、寻引之短长，姑夺众工之斧斤刀锯以佐其艺，又不能备其工，以至败绩，用而无所成也，不亦谬欤？

【注释】

①恪勤：谨慎勤恳。

②簿书：官署中的文书簿册。泛指各种公文案牍。

③听听：通“龂（yín）龂”，争辩的样子。

【译文】

那些不知道要领的和这种人相反。他们认为谨慎勤劳是奉公守法，把簿记文书看得很贵重，处心积虑显示自己的才能，夸大自己的名声，亲自去做小事情，侵犯百官的职权，窃取中央各部甚至各职工的事，在政府机关里争论不停，反而把那些重大长远的计划遗漏了，这就是所谓不懂做宰相方法的人。这就好像做一个大匠，可是不懂得用墨线墨斗来定曲直，用圆规曲尺来定方圆，用长尺短尺来定长短，姑且把工人的斧子刀锯夺过来，来辅助自己的技艺，又不能把工作做得很完善，以至工作完全失败，没有一点成就，这不是很荒谬吗？

【原文】

或曰："彼主为室者，傥或[1]发其私智，牵制梓人之虑，夺其世守[2]而道谋是用。虽不能成功，岂其罪耶？亦在任之而已！"余曰："不然！夫绳墨诚陈[3]，规矩诚设，高者不可抑而下也，狭者不可张而广也。由我则固，不由我则圮[4]。彼将乐去固而就圮也，则卷其术，默其智，悠尔而去，不屈吾道，是诚良梓人耳！其或嗜其货利，忍而不能舍也，丧其制量，屈而不能守也，栋桡[5]屋坏，则曰：'非我罪也'！可乎哉？

可乎哉？”

【注释】

①傥或：假若。

②世守：指固有的经验法则。

③诚陈：确实已完备。

④圮（pǐ）：倒塌。

⑤桡（náo）：弯曲变形。

【译文】

有人说：“那个盖房子的主人，倘使发挥他个人的聪明，牵制木匠的计划，不用他世代相传悠久的经验，而采取些外行人的意见，纵然不能盖好房子，难道能说是木匠的过错吗？这也是在于主人信任他不信任他罢了！”我说：“不是这样！墨线、墨斗、圆规、曲尺现在实实在在陈设在面前，高的不可以硬把它压低，狭小的不可以硬把它扩大。照我的做法就坚固，不照我的做法就会倒坏。如果房主情愿不要坚固而要将倒掉的，那么木匠就只好收起自己的技术，保留自己的智能，高高兴兴地自己离开，不变更自己的主张，这样才是真正的好木匠呀！如果因为贪图财利，容忍着不愿离去，不顾盖房子的法则，迁就而不能坚持，等到栋梁弯曲了，屋子倒塌了，就说：'这不是我的罪过呀！'这可以吗？这可以吗？"

【原文】

余谓梓人之道类于相，故书而藏之。梓人，盖古之审曲面势❶者，今谓之“都料匠❷”云。余所遇者，杨氏，潜其名。

【注释】

①审曲面势：审察材料的曲直形状。

②都料匠：负责设计和施工的总工匠。

【译文】

我说做木匠的道理和当宰相相似，所以记下来留着以后用。木匠大概就是古时候所说的“审曲面势”的人，现在叫作“都料匠”。我所碰到的那一位，姓杨，名字叫潜。

愚溪诗序

【导读】

唐宪宗元和五年（810），柳宗元在永州城郊发现了冉溪，于是迁居到这里，并将冉溪改名为愚溪，又写了《八愚诗》（已佚）歌咏附近的景物，本文是为这些诗作的一篇序。作者说明了把溪、丘、泉、沟、池、堂、亭、岛八物一概以“愚”题名的缘由，在自嘲中表达了被统治者排挤、抱负不能施展的愤激之情。

【原文】

灌水❶之阳❷有溪焉，东流入于潇水❸。或曰：“冉氏尝居也，故姓是溪为冉溪。”或曰：“可以染也，名之以其能，故谓之染溪。”余以愚触罪❹，谪潇水上，爱是溪，入二三里，得其尤绝者家焉。古有愚公谷，今余家是溪，而名莫能定，土之居者犹龂龂然❺，不可以不更也，故更之为愚溪。

【注释】

①灌水：即灌江，湘江的支流，位于今广西东北部。

②阳：山的南面，水的北面。

③潇水：湘江的上游河段，流经今湖

南道县。

④以愚触罪：唐宪宗时，柳宗元参加王叔文的变法革新运动，失败后被贬为永州司马。

⑤龂（yín）龂然：争辩的样子。

【译文】

灌水的北面有一条溪水，向东流入潇水。有人说："过去有个姓冉的人在这里住过，所以这条溪水被称为冉溪。"也有人说："这溪里的水可以用来染色，根据这种性能，所以称它为染溪。"我因为愚昧而犯了罪，被贬谪到潇水边。我喜爱这条溪水，沿着溪边往里走了二三里路，发现了一个景色绝佳的地方，就在这里安了家。古代有个愚公谷，现在我住在这条溪水旁，而溪水的名字没有定下来，当地的居民还在争论不休，不能不换个名称，所以替它改名叫愚溪。

【原文】

愚溪之上，买小丘，为愚丘。自愚丘东北行六十步，得泉焉，又买居之，为愚泉。愚泉凡六穴，皆出山下平地，盖上出也。合流屈曲而南，为愚沟。遂负土累石❶，塞其隘❷，为愚池。愚池之东为愚堂，其南为愚亭，池之中为愚岛。嘉木异石错置，皆山水之奇者，以余故，咸以愚辱焉。

【注释】

①负土累石：指运土堆石。累：堆积。

②塞其隘：堵住水沟狭窄的地方。

【译文】

我在愚溪上游，买了个小丘，称为愚丘。从愚丘往东北方向走六十步，发现一处泉水，又把它买了下来，称为愚泉。这愚泉有六个泉眼，都出自山下平地，泉水是往上涌出来的。六股泉水合流后，弯弯曲曲向南流去，我称它为愚沟。我于是堆土砌石，堵住愚沟的狭窄部位，形成了一个愚池。愚池的东面是愚堂，它的南面是愚亭，愚池的中央是愚岛，岛上美好的树木和奇异的石头参差错落。这些都是山水中的奇景，因为我的缘故，都用愚字玷辱了它们。

【原文】

夫水，智者乐❶也。今是溪独见辱于愚，何哉？盖其流甚下，不可以溉灌；又峻急❷，多坻❸石，大舟不可入也；幽邃❹浅狭，蛟龙不屑，不能兴云雨。无以利世，而适❺类于余，然则虽辱而愚之，可也。

【注释】

①乐（yào）：喜爱，爱好。语出《论语·雍也》："知者乐水，仁者乐山。"

②峻急：湍急。

③坻（chí）：水中的小洲。

④幽邃：幽深。

⑤适：恰好。

【译文】

水是聪明人喜欢的。现在这条溪水却被愚字玷辱，那是什么原因呢？因为它水道很低，不能用来灌溉；又险峻湍急，有许多小洲和石头，大船无法驶入。它幽深浅窄，蛟龙不愿住在里面，因为不能在浅水中腾云化雨。它对世人没有带来好处，而这些却正好与我相似，既然如此，即使是玷辱了它，用愚字称呼它，也是可以的。

【原文】

宁武子❶“邦无道则愚❷”，智

而为愚者也；颜子❸“终日不违如愚❹”，睿❺而为愚者也。皆不得为真愚。今余遭有道，而违于理，悖于事，故凡为愚者莫我若也夫。然则天下莫能争是溪，余得专而名焉。

【注释】

①宁武子：春秋时卫国大夫宁俞，谥号武。

②邦无道则愚：语出《论语·公冶长》：子曰：“宁武子，邦有道，则知；邦无道，则愚。其知可及也，其愚不可及也。”意思是说宁武子是佯愚，并非真愚。

③颜子：颜回，字子渊，孔子的学生。

④终日不违如愚：语出《论语·为

政》：子曰："吾与回言终日，不违，如愚。退而省其私，亦足以发，回也不愚。"意思是说孔子和颜回说话，颜回从不发表不同看法，好像很愚笨。但考察他私下的言行，发现他不但懂得孔子的话，而且还有所发挥，可见他并不愚笨。

⑤睿：通达，明智。

【译文】

宁武子"在国家混乱时就装愚"，那是聪明人故意装作愚昧；颜回"整天听孔子讲学，从来不提不同的见解，像个愚蠢的人"，那是通达的人在表面上显得愚昧。他们都不是真正的愚笨。现在我身逢政治清明的时世，却违反常理，做了蠢事，所以世上再也没有像我这样愚蠢的人了吧。这样，那天下就没有谁能和我争这条溪水，我就可以单独占有并给它取这个名字了。

【原文】

溪虽莫利于世，而善鉴❶万类，清莹秀澈，锵❷鸣金石，能使愚者喜笑眷慕❸，乐而不能去也。余虽不合于俗，亦颇以文墨自慰，漱涤❹万物，牢笼❺百态，而无所避之。以愚辞歌愚溪，则茫然而不违，昏然而同归，超鸿蒙❻，混希夷❼，寂寥而莫我知也。于是作《八愚诗》，记于溪石上。

【注释】

①鉴：照。

②锵：金石撞击声。

③眷慕：眷恋。

④漱涤：洗涤。

⑤牢笼：包罗，概括。

⑥鸿蒙：宇宙形成以前的混沌状态。

⑦希夷：虚寂玄妙的境界。

【译文】

这条溪水虽然对世人没有什么用处，但它能映照万物，又透明清澈，水声铿锵，像金石作响，能使愚笨的人笑逐颜开，眷恋爱慕，高兴得不愿离去。我虽然不合于世俗，也颇能用写文章来安慰自己，我描写的各种事物像用水洗涤过一样，鲜明生动，又能概括各种形态，无论什么形状都逃不过我的笔端。我用愚昧的诗歌唱愚溪，便觉得茫茫然与愚溪不相背离，昏昏然与愚溪找到了同样的归宿，超越天地人间，进入了虚寂静谧的境界，在寂静无声之中，忘却了自己。于是我写了《八愚诗》，刻在溪旁的石头上。

永州韦使君新堂记

【导读】

使君是对州郡地方长官刺史的尊称。元和七年（812），永州刺史韦宙刚到任，就组织人力在城内一处荒地开挖池沼，垒石造山，植草种花，建造了一座园林式的新堂。作者以其生花妙笔，道出了新堂建设的始末，通过描述永州原来的荒僻，新堂建成后的精美形制，隐喻这种除旧布新的举措是为了“因俗成化”“废贪立廉”。

【原文】

将为穹谷[1]、嵁岩[2]、渊池[3]于郊邑之中，则必辇[4]山石，沟[5]涧壑，陵[6]绝险阻，疲极人力，乃可以有为也。然而求天作地生之状，咸无得焉。逸其人，因其地，全其天，昔之所难，今于是乎在。

【注释】

①穹谷：深谷。

②嵁（kān）岩：峭壁。

③渊池：深地。

④辇（niǎn）：人推或拉的车，此指用车装载。

⑤沟：开凿。

⑥陵：超越。

【译文】

如果要在城郊修造深谷、峭壁、深池，就必须用车子运送山上的石头，在山涧沟壑中挖出水道越过险阻，使老百姓疲惫不堪，才能建造成功。可是要追求天造地设的形状，那是全然不可能的。不使老百姓劳累，因地制宜，保全天然形态，过去是做不到的，今天却在这里出现了。

【原文】

永州实惟九疑❶之麓。其始度❷土者，环山为城。有石焉，翳❸于奥草❹；有泉焉，伏于土涂。蛇虺❺之所蟠❻，狸鼠之所游，茂树恶木，嘉葩毒卉，乱杂而争植，号为秽墟。

【注释】

①九疑：即九嶷山，在今湖南宁远。

②度：测量。

③翳（yì）：遮蔽。

④奥草：深草。

⑤虺（huǐ）：一种毒蛇。

⑥蟠：盘屈而伏。

【译文】

永州其实是九嶷山的山脚。最初测量地形的人，环绕山脚建造永州城。城中有石头，隐蔽在深草之中；有泉水，隐伏于淤泥之下。那里毒蛇盘踞，野猫野鼠出没。茂盛的树木与低劣的树木，美丽的花朵与有毒的花卉，杂乱地生长在一起，被称为污秽之地。

【原文】

韦公之来既逾月，理甚无事。望其地，且异之，始命芟❶其芜❷，行其涂。积之丘如，蠲❸之浏如❹。既焚既釃❺，奇势迭出。清浊辨质，美恶异位。

【注释】

①芟（shān）：割除。

②芜：荒草。

③蠲（juān）：清洁。

④浏如：水流清澈的样子。

⑤酾（shī）：疏导。

【译文】

韦公来到永州已一个多月了，政治清明，太平无事。韦公望着那些地方，感到很惊奇，于是就命人割掉那里的野草，清理那里的淤泥。割掉的草堆积得像山丘，疏浚后的泉水顿见澄清。将杂草焚烧，将淤泥清除，奇妙的地势就接连出现了。清浊分辨开来，美丽的与丑陋的不再混在一起。

【原文】

视其植，则清秀敷舒[1]；视其蓄，则溶漾[2]纡余[3]。怪石森然，周于四隅，或列或跪，或立或仆，窍穴逶邃[4]，堆阜突怒。乃作栋宇，以为观游。

【注释】

①敷舒：枝叶舒展的样子。

②溶漾：水动荡的样子。

③纡余：曲折萦绕。

④逶邃：曲折深远。

【译文】

看那些树木，清秀舒展；看那蓄

水河道，碧波荡漾，曲折环绕。奇形怪状的石头森然布列，环抱四角，有的像排成队列，有的像跪在地上，有的像站立，有的像倒地，洞穴曲折幽深，小山突起耸立。于是修筑房屋，作为观赏游览的地方。

【原文】

凡其物类，无不合形辅势，效伎于堂庑❶之下。外之连山高原、林麓之崖，间厕❷隐显，迩延野绿，远混天碧，咸会于谯门❸之内。

【注释】

①庑（wǔ）：堂下四周的屋子。

②间厕：交错。

③谯（qiáo）门：古代建在门楼上用作瞭望的楼。

【译文】

所有的东西，无不与地形地势相配合，在大堂及四周的屋子下争展风姿。城外的连绵群山、高大的山冈、林木茂密的山脚，夹杂在一起，或隐或现。近处延伸到绿色的原野，远处与蔚蓝的天空融为一体，它们都集中在城门之内一望之中。

【原文】

已乃延❶客入观，继以宴娱。或赞且贺曰：“见公之作，知公之志。公之因土而得胜，岂不欲因俗

以成化？公之择②恶而取美，岂不欲除残而佑仁？公之蠲浊而流清，岂不欲废贪而立廉？公之居高以望远，岂不欲家抚而户晓？

【注释】

①延：邀请。

②择：舍弃。一说应作“释”。

【译文】

园林造好后，韦公就邀请宾客来参观，接着又举行宴会娱乐。有人称赞并且祝贺道：“看了您建造的园林，就知道您的志向。您因地制宜而造出胜景，难道不是想顺应民俗而推行教化吗？您剔除丑的东西而留下美的东西，难道不是想铲除残暴而保护仁义吗？您清除污泥浊水而让清水流淌，难道不是想废除贪污而树立廉洁的风气吗？您居住在高处，遥望远处，难道不是想挨家挨户抚慰和开导百姓吗？

【原文】

“夫然，则是堂也，岂独草木、土石、水泉之适欤？山、原、林麓之观欤？将使继公之理者，视其细，知其大也。”

宗元请志诸石，措❶诸壁，编以为二千石❷楷法。

【注释】

①措：放置。

②二千石：汉代郡守的俸禄为二千石，后来成为州郡一级的长官的代称。

【译文】

“如果这样，那么这座大堂，难道仅仅是草木、土石、泉水的好去处吗？难道仅仅是山林原野的好景观吗？它一定会让继韦公之后治理永州的人，看到小的方面从而了解大的方面啊！”

我请求将这些话刻在石碑上，安放在大堂的墙壁上，作为刺史们效法的榜样。

始得西山宴游记

【导读】

永州本是一个偏僻荒凉的地方。作者到永州之后，排解心中的愤懑、压抑，发现永州的美，游于山水之间，于是就用自己高超的笔触，把永州山水的美丽描述了出来，作八篇游记，永留后世。本文是《永州八记》的第一篇，作者寄情山水，写偶至西山的欣喜，写西山形势的高峻，写宴饮之乐，写人与自然的融合，表露自己傲世的情怀。

【原文】

自余为僇人❶，居是州❷，恒惴栗❸。其隙也，则施施而行❹，漫漫而游❺。

【注释】

①僇人：同“戮人”，受过刑辱的人。作者因参与永贞革新，被贬为永州司马，故自称僇人。僇：通“戮”，耻辱。

②是州：指永州。

③惴栗：恐惧不安。

④施施而行：慢慢地行走。施施：慢步缓行的样子。

⑤漫漫而游：无拘无束地游走。漫漫：不受拘束的样子。

【译文】

自从我成了被贬受辱的人，居住在这个州里，就经常惊恐不安。我在那空闲的时候，就缓步地行走，无拘无束地游历。

【原文】

日与其徒❶上高山，入深林，穷回溪❷，幽泉怪石，无远不到。到则披草而坐，倾壶而醉。醉则更相枕以卧，卧而梦。意有所极，梦亦同趣。觉而起，起而归。以为凡是州之山水有异态者，皆我有也，而未始知西山之怪特❸。

【注释】

①徒：同一类的人

②回溪：曲折的溪流。

③怪特：奇异特别。

【译文】

我天天与同伴上高山、入深林，走遍迂回曲折的溪流。凡是有幽泉怪石的地方，无论多远，没有不到的。一到就拨开茅草坐下，倒出壶里的酒来尽情喝醉。醉了就互相枕靠着睡觉，睡着了做起梦来，心中想到哪里，梦也做到哪里。醒来后即起来，起来后即回家。我以为凡是这个州的山水有奇异姿态的，都为我所拥有、欣赏了，但未曾知道西山的怪异独特。

【原文】

今年❶九月二十八日，因坐法华❷西亭，望西山，始指异之。遂命仆人过湘江❸，缘❹染溪，斫榛莽❺，焚茅茷❻，穷山之高而止。攀援而登，箕踞❼而遨，则凡数州之土壤，皆在衽席❽之下。

【注释】

①今年：指元和四年（809）。

②法华：即法华寺，今名高山寺，位于永州城内东山（又名高山）。

③湘江：应为潇水。潇水流经永州城西，至萍岛才与湘江汇合。

④缘：沿着。

⑤榛莽：杂乱丛生的荆棘灌木。

⑥茅茷：长得繁密杂乱的野草。茷：草叶茂盛。

⑦箕踞：像簸箕一样蹲坐着。指坐时随意伸开两腿，像个簸箕，是一种不拘礼节的坐法。

⑧衽席：坐垫、席子。

【译文】

今年九月二十八日，因为坐在法华西亭，远望西山，才开始指点着它并称道它的奇异。于是我带着仆人渡过湘江，沿着染溪而行，砍伐丛生的草木，焚烧茂密的茅草，直至山的高处才停止。然后，我们攀缘着登上山去，伸开两腿坐下，观赏风景，只见所有几州的土地，都在自己的坐垫下面。

【原文】

其高下之势，岈然❶洼然❷，若垤❸若穴，尺寸千里，攒蹙❹累积，莫得遁隐；萦青缭白❺，外与天际，四望如一。然后知是山之特立，不与培塿❻为类。悠悠乎与灏气❼俱，而莫得其涯；洋洋乎与造物者游，而不知其所穷。

【注释】

①岈（xiā）然：高山深邃的样子。

②洼然：深谷低洼的样子。

③垤（dié）：小土堆。

④蹙：紧缩在一起。

⑤萦青缭白：青山萦回，白水缭绕。

⑥培塿：小土堆。

⑦灏气：同“浩气”，指天地间的大气。

【译文】

这里的地势有高有低，山峰高耸，山谷凹陷，有的像小土堆，有的像洞穴，千里内外的景物近在眼前，种种景物聚集、缩拢在一块，没有能够逃离、隐藏在视线之外的；青山白水互相缠绕，视野之外的景物与高天相连，向四面眺望都是一样。这才知道这座山的卓然耸立，不与小丘同类。辽阔浩渺，与天地间的大气融合，没有谁知道它的边界；悠然自得，与大自然交游，不知道它的尽期。

【原文】

引觞满酌，颓然❶就醉，不知日之入。苍然暮色，自远而至，至无所见，而犹不欲归。心凝形释，与万化❷冥合❸。然后知吾向之未始游，游于是乎始，故为之文以志。是岁，元和四年也。

【注释】

①颓然：东倒西歪的样子。

②万化：万物。

③冥合：不知不觉地融合为一体。

【译文】

我拿起酒杯来倒满酒，喝醉得身子倾倒，不知道太阳落山了。昏暗的晚色，从远处来临，然后就什么也看不见了，但我还不想回家。心神凝住了，形体消散了，与万物暗暗地融合为一体。我这才认识到以前的游览不能算作游览，真正的游览从这一次才开始。所以我为这次游览写了篇文章作为记述。元和四年所作。

钴鉧潭记

【导读】

本文是《永州八记》的第二篇，写于游西山后几天。钴鉧潭位于永州愚溪西北面。古代称熨斗为钴鉧，钴鉧潭河床底面都是天然石头，凹陷甚深，潭面像古代的熨斗，故名。

【原文】

钴鉧潭在西山西。其始盖冉水❶自南奔注，抵山石，屈❷折东流；其颠委❸势峻，荡击益暴，啮其涯，故旁广而中深，毕至石乃止。流沫成轮，然后徐行。其清而平者且十亩余，有树环焉，有泉悬焉。

【注释】

①冉水：即冉溪，又称染溪。

②屈：通“曲”，弯曲。

③颠委：首尾，此指上游和下游。

【译文】

钴鉧潭在西山的西面。它的源头

大概是冉水从南边奔流下来，碰到山石阻隔，曲折向东奔流；其上游和下游水势湍急，经过山石激荡而使流势更加凶猛，侵蚀岸崖，因此边缘广阔而中部的水深，最后遇到石头停下来。水流形成的旋涡像车轮翻滚一样，然后慢慢流去。清澈而平静的水面有十亩，四周树木环绕，上面有泉水流下。

【原文】

其上有居者，以予之亟❶游也，一旦款门❷来告曰："不胜官租、私券❸之委积，既芟山而更居，愿以潭上田贸财以缓祸。"

【注释】

①亟（qì）：经常，多次。

②款门：敲门。

③券：债务的借据。

【译文】

山上有居民，因我多次来游玩，刚一敲门他就告诉我说："官租、私债越欠越多，没办法，我想在山上锄草开荒，并卖给你位于潭上的田，暂时缓解一下债务。"

【原文】

予乐而如其言。则崇其台❶，延其槛❷，行其泉，于高者而坠之潭，有声潨然❸。尤与中秋观月为

宜，于以见天之高，气之迥。孰使予乐居夷而忘故土者，非兹潭也欤？

【注释】

①崇其台：加高潭边的台沿。崇：加高。

②延其槛：延长那里的栏杆。延：加长。槛：栏杆。

③潨（cóng）然：水声淙淙的样子。

【译文】

我很高兴地答应了他的话。我加高台面，延伸那里的栏杆，疏导高处的泉水，使其流入潭中，发出了悦耳的声音。特别是到了中秋时节赏月更为合宜，可以看到天空更高，视野更加辽远。是什么让我更喜欢住在这野旷之地而忘掉故土，莫非是这钴鉧潭吗？

钴鉧潭西小丘记

【导读】

本文是《永州八记》的第三篇。作者以工巧生动的笔触描绘了钴鉧潭西小丘的美景，抒发了自己身怀奇才异能却因横遭贬逐而不得施展的抑郁心情。文中着重刻画嶔嵚磊落的奇峰怪石，正是作者性格才能的自我写照。景色佳胜的小丘成为‘唐氏之弃地”，虽贱价出售却连年无人问津，但最终还是有人赏识，隐喻作者自己被唐王朝摈弃于蛮荒之地，长期得不到有力者的同情援引。

【原文】

得西山后八日，寻❶山口西北道❷二百步，又得钴𬭁潭。西二十五步，当湍而浚❸者为鱼梁❹。梁之上有丘焉，生竹树。其石之突怒偃蹇❺，负土而出，争为奇状者，殆不可数。其嵚然❻相累而下者，若牛马之饮于溪；其冲然❼角列而上者，若熊罴❽之登于山。

【注释】

①寻：沿着。

②道：行走。

③浚（jùn）：深水。

④鱼梁：用石砌成的拦截水流、中开缺口以便捕鱼的堰。

⑤偃蹇（jiǎn）：形容山石错综盘踞的姿态。

⑥嵚（qīn）然：山势高峻的样子。

⑦冲然：突出向前的样子。

⑧罴（pí）：棕熊。

【译文】

找到西山后的第八天，循着山口向西北走两百步，又发现了钴鉧潭。离潭西二十五步，正当水深流急的地方是一道坝。坝顶上有一座小丘，上面长着竹子和树木。小丘上的石头拔地而起，曲折起伏，破土而出，争奇斗怪的，几乎多得数不清。那些崚嶒重叠相负而下的，好像牛马俯身在小溪里喝水；那些高耸突出，如兽角斜列往上冲的，好像熊罴在登山。

【原文】

丘之小不能[1]一亩，可以笼[2]而有之。问其主，曰："唐氏之弃地，货[3]而不售[4]。"问其价，曰："止四百。"余怜而售之。李深源、元克己时同游，皆大喜，出自意外。即更取器用，铲刈[5]秽草，伐去恶木，烈火而焚之。嘉木立，美竹露，奇石显。由其中以望，则山之高，云之浮，溪之流，鸟兽之遨游，举熙熙然回巧献技，以效兹丘之下。

【注释】

①不能：不足。

②笼：包笼，包罗。

③货：卖，出售。

④售：本义为卖，此指买。

⑤刈（yì）：割。

【译文】

这小丘小得不足一亩，简直可以把它装在笼子里提走。我打听它的主人是谁，有人说："这是唐家不要的地方，想出售而没人买。"问它的价钱，说："只要四百文。"我很喜欢它，就买了下来。李深源、元克己这时和我一起游览，他们都非常高兴，以为是出乎意料的收获。我们就轮流拿起镰刀、锄头，铲去杂草，砍掉那些乱七八糟的树，点起一把大火把它们烧掉。好看的树木竹子显露出来了，奇异的石头也呈现出来了。站在其中眺望，只见四面的高山，天上的浮云，潺潺的溪流，遨游的飞禽走兽，全都自然融洽地展露技巧，在这小丘之下表演。

【原文】

枕席而卧，则清泠❶之状与目谋，潽潽❷之声与耳谋，悠然而虚者与神谋，渊然而静者与心谋。不匝旬❸而得异地者二，虽古好事之士，或未能至焉！

【注释】

①清泠（líng）：形容景色清凉明澈。

②潆（yíng）潆：溪水流动的声音。

③匝（zā）旬：满十天。匝：周。旬：十天为一旬。

【译文】

枕着石头席地而卧，清澈明净的溪水使我眼目舒适，潺潺的水声分外悦耳，那悠远寥廓恬静幽深的境界使人心旷神怡。不满十天就得到两处风景胜地，即使古代爱好山水的人士，也许都不能做到呢！

【原文】

噫！以兹丘之胜，致❶之沣❷、

镐[3]、鄠[4]、杜[5]，则贵游之士争买者，日增千金而愈不可得。今弃是州也，农夫渔父过而陋之，价四百，连岁不能售。而我与深源、克己独喜得之，是其果有遭[6]乎！书于石，所以贺兹丘之遭也。

【注释】

①致：放到。

②沣：水名。

③镐：周武王的都城，位于今陕西西安长安区。

④鄠（hù）：治所在今陕西户县北。

⑤杜：位于今陕西西安东南。

⑥遭：际遇，机遇。

【译文】

唉！凭着这小丘优美的景色，如果把它放到京都附近的沣、镐、鄠、杜等地，那么，喜欢游览观赏的人士会争先恐后地来买它的，每天增加高价恐怕也买不到。如今被抛弃在这荒僻的永州，连农民、渔夫走过也瞧不上眼，售价只有四百文钱，一连几年也卖不出去。而我和深源、克己独独为了得到它而高兴，这大概是它真的走运吧！我把这篇文章写在石碑上，用来祝贺这小丘的好运气。

小石潭记

【导读】

本文是《永州八记》的第四篇。文章着力描写小石潭及其周围幽深冷寂的景色和气氛，透露出作者贬居生活中孤凄悲凉的心情，是一篇情景交融的佳作。作者对潭水中游鱼的刻画虽只寥寥几句，却极其准确地写出潭水空明澄澈的程度和游鱼的身姿神态，其生动传神的笔触、绘声绘影的手段，令人叹为观止。

【原文】

从小丘❶西行百二十步，隔篁竹❷，闻水声，如鸣珮环❸，心乐之。伐竹取道，下见小潭，水尤清冽。全石以为底，近岸，卷石底以出，为坻❹，为屿❺，为嵁❻，为岩。青树翠蔓❼，蒙络❽摇缀，参差披拂❾。

【注释】

①小丘：小山丘，位于小石潭东边。

②篁(huáng)竹：成林的竹子。篁：竹林。

③如鸣珮环：好像珮环碰撞的声音。珮、环都是玉饰。

④坻（chí）：水中的小洲。

⑤屿：小岛。

⑥嵁（kān）：不平的岩石。

⑦翠蔓：翠绿的藤蔓。

⑧蒙络：笼罩。

⑨参差（cī）披拂：长短高低不齐，随风飘动。

【译文】

从小丘向西行走一百二十步的样子，隔着竹林，就能听到水声，好像挂在身上的玉珮、玉环相互碰撞的声音，我心里很是高兴。于是砍了竹子，开出一条小路，顺势往下走便可见一个小潭，潭水特别清澈。整个潭底是一块石头，靠近岸边，石底有的部分翻卷出水面，形成坻、屿、嵁、岩等各种不同的形状。青葱的树木，翠绿的藤蔓，遮盖、缠绕、摇动、低

垂，参差不齐，随风飘动。

【原文】

潭中鱼可❶百许头，皆若空游无所依。日光下澈，影布石上，佁然❷不动，俶尔❸远逝，往来翕忽❹，似与游者相乐。

【注释】

①可：大约。

②佁（yǐ）然：呆呆的样子。

③俶（chù）尔：忽然。

④翕忽（xī）：轻快敏捷的样子。翕：迅疾。

【译文】

潭中游鱼约有一百来条，都好像

在空中游动，没有什么依靠似的。阳光直射潭底，把鱼的影子映在水底的石面上，呆呆地不动，忽然间又向远处游去了，这些鱼来来往往轻快敏捷，好像在与游人一起娱乐。

【原文】

潭西南而望，斗折❶蛇行，明灭可见。其岸势犬牙差互❷，不可知其源。坐潭上，四面竹树环合，寂寥无人，凄神寒骨，悄怆幽邃。以其境过清，不可久居，乃记之而去。

【注释】

①斗折：像北斗七星那样曲折。

②犬牙差互：像狗的牙齿那样互相交

错。差互：互相交错。

【译文】

顺着水潭向西南方向望去，溪流像北斗七星那样曲折，又像蛇爬行那样弯曲，或隐或现，都看得清楚。溪岸的形势像犬牙般交错参差，无法看到水的源头。我坐在潭边，四周有竹子和树林围绕着，静悄悄的没有人迹，使人感到心境凄凉、寒气彻骨，真是太寂静幽深了。由于这地方过于冷清，不能长时间地停留，于是就把当时的情景记下来便离去了。

【原文】

同游者：吴武陵、龚古、余弟

宗玄。隶而从❶者，崔氏二小生：曰恕己，曰奉壹。

【注释】

①隶而从：跟着同去的。

【译文】

同我一起游玩的人，有吴武陵、龚古、我的弟弟宗玄。作为随从跟着我们来的，有两个姓崔的年轻人：一个叫恕己，一个叫奉壹。

袁家渴记

【导读】

本文是《永州八记》的第五篇。

作者先引出所记对象袁家渴，接着又介绍其总体上的特色，写出它曲曲折折的特点，然后详细描写奇异风光，记山石、岩洞、树木花草和水涛，让读者感受它的奇光异彩，听到清远音韵，闻到郁郁浓香。最后，作者交代写作目的、命名缘由，联想到自身遭遇如袁家渴一样不为世人了解，寄托了深沉的感慨。

【原文】

由冉溪西南水行十里，山水之可取者五，莫若钴鉧潭。由溪口而西陆行，可取者八九，莫若西山。由朝阳岩❶东南，水行至芜江❷，可取

者三，莫若袁家渴。皆永中幽丽奇处也。

【注释】

①朝阳岩：地名，位于永州古城潇水西岸。

②芜江：水名，潇水的支流，在永州市境内。

【译文】

从冉溪向西南方乘船走十里水路，值得观赏的山水有五处，风景最好的是钴鉧潭。从溪口向西走陆路，值得观赏的山水有八九处，风景最好的是西山。从朝阳岩向东南方乘船到芜江，值得观赏的山水有三处，风景最好的是袁家渴。这些都是永州幽深、美丽而奇特的地方。

【原文】

楚、越之间方言，谓水之反流者为濄，音若衣褐之褐。濄上与南馆高嶂❶合，下与百家濑❷合。其中重洲小溪，澄潭浅渚，间厕曲折。平者深墨，峻者沸白。舟行若穷，忽又无际。

【注释】

①高嶂：高而险如屏障一样的山峰。

②百家濑（lài）：水名，在永州古城南。

濑：急水从沙石上流过。

【译文】

楚、越两地之间的方言，把水

的支流叫“渴”，读音就像衣褐的“褐”。袁家渴的上游与南馆的高山中的流水相连，下游与百家濑汇合。袁家渴中有重重的沙洲，洲中有小小溪流，溪流汇合成为清澈的深潭，水浅的地方露出小块的地，成为浅渚，它们错错杂杂，曲曲折折。深潭的水面平，呈深黑色，冲击石头的水像沸腾时一样冒着白沫。船好像走到了尽头，忽然又豁然开朗，眼前又是一望无际的水面。

【原文】

有小山出水中。山皆美石，上生青丛，冬夏常蔚然。其旁多岩洞，

其下多白砾❶；其树多枫、枏❷、石楠❸、楩❹、槠❺、樟、柚；草则兰芷，又有异卉，类合欢❻而蔓生，轇轕❼水石。

【注释】

①白砾（lì）：白色的小石子。

②枏（nán）：同“楠”，常绿乔木。

③石楠：生于石缝间的常绿树，又名千年红。

④楩（pián）：即黄楩木。

⑤槠（zhū）：常绿树，木坚硬，子可食。

⑥合欢：合欢树，又名马缨花，落叶乔木，夜间小叶成对相合，夏季开花。

⑦轇（jiāo）轕（gé）：即胶葛，交错纠缠的样子。

【译文】

有一座小山突立在水中。山上都是好看的石头,上面生长着绿色的草丛,一年四季都浓密茂盛。山旁有许多岩洞,山下有许多白色的碎石;山上的树木多是枫树、柟树、石楠、楩树、槠树、樟树、柚树;小草则多是兰草、芷草,又有许多奇异的花卉,类似合欢但是长出许多茎蔓,有藤蔓缠绕着水中的石头。

【原文】

每风自四山而下,振动大木,掩苒❶众草,纷红骇绿,蓊葧❷香气。冲涛旋濑,退贮溪谷。摇飏葳蕤❸,与时推移。其大都如此,余无

以穷其状。

永之人未尝游焉。余得之，不敢专也，出而传于世。其地主袁氏，故以名焉。

【注释】

①掩苒（rǎn）：野草轻柔地随风倒斜的样子。苒：轻柔。

②蓊（wěng）葧（bó）：浓郁、浓烈。

③葳蕤（ruí）：草木茂盛，枝叶下垂。

【译文】

每当风从四周山上刮来，大树为之摇动，众草为之倒伏，红花和绿叶在纷乱中也为之惊慌失措，香气浓郁，随风传播。波涛旋着水涡，从溪谷流进流出，水边的花草更显得繁茂而摇曳多姿。这景象随着季节的推移变化而各呈异彩。袁家渴的景象大体都是这样，我没有办法把它的奇异之处全描绘出来。

永州的人未曾游玩过这个地方，我来到了这里，得了奇景不敢独自享受，回来写出文章告诉世人。这里土地的主人姓袁，所以我叫它袁家渴。

石渠记

【导读】

本文是《永州八记》的第六篇。文章记述了作者沿石渠探幽，寻找美景的事，表达了作者探奇制胜，追求胜景，借以抒发胸中积郁之气的感情。

【原文】

自渴❶西南行不能百步，得石渠。民桥❷其上。有泉幽幽然，其鸣乍❸大乍细。渠之广，或咫尺❹，或倍尺❺，其长可十许步。其流抵大石，伏出其下。逾石而往有石泓❻，昌蒲被❼之，青藓环周。又折西行，旁陷岩石下，北堕❽小潭。

【注释】

①渴：指袁家渴。

②桥：架桥。

③乍：忽然。

④咫（zhǐ）尺：比喻很近的距离。

⑤倍尺：二尺。

⑥泓（hóng）：深潭，水深而广。

⑦被：通“披”，覆盖。

⑧堕：落，流。

【译文】

从袁家渴潭往西南走不到百步，就看见一个石渠，百姓在石渠上建了一座便桥。有一眼泉水幽静地流淌，它流淌时的声音时大时小。泉渠的宽度有时不足一尺，有时则有二尺宽，它的长度有十步左右。它的水流遇到一块大的石头，就从石头下流过。跳过大石头再往前走，就发现一个石潭，菖蒲覆盖着它，碧绿的苔藓环绕着石潭。渠水又转弯往西流，在岩石边流入石隙里，最后像瀑布一样流入北边的小潭中。

【原文】

潭幅员减百尺，清深多儵鱼。又北曲行纡余，睨❶若无穷，然卒入于渴。其侧皆诡石怪木，奇卉美箭❷，可列坐而庥❸焉。风摇其巅，韵动崖谷，视之既静，其听始远。

【注释】

①睨（nì）：斜着眼睛看。

②箭：小竹。

③庥（xiū）：同“休”，休息。

【译文】

小潭方圆不足一百尺，潭水清澈

且较深，有许多快速游动的鯈鱼。渠水又往北迂回绕行一些，斜着看似乎没有尽头，就这样最终流入袁家渴潭。潭的一边全是奇异的石头、怪异的树木、奇异的花草、美丽的小竹，人可以并列坐在那里休息。风吹动着树梢，悦耳的声音在山崖和山谷间回荡。它看起来虽然很宁静，听起来却很辽远。

【原文】

予从州牧得之，揽去翳朽，决疏土石，既崇而焚，既酾而盈。惜其未始有传焉者，故累记其所属，遗❶之其人，书之其阳，俾后好事者求之得以易。

【注释】

①遗：留给。

【译文】

我从永州太守那里得知了它，拨开阴郁的密林和腐烂的朽木，开掘和疏通淤土、乱石，把朽木乱草堆积起来烧掉，石渠里的渠水便满盈起来。可惜从来都没有记载它的人，所以我把它全都写下来，留给人们，刻在潭北面的石头上，使以后喜好游历的人能较容易找到它。

【原文】

元和七年正月八日蠲❶渠至大石，十月十九日逾石得石泓、小

潭。渠之美于是始穷也。

【注释】

①蠲（juān）：清洁。

【译文】

元和七年正月初八，疏通石渠时遇到大石头。十月十九日，越过石头发现了石泓、小潭，石渠的美因此就全都展示给游人了。

石涧记

【导读】

本文是《永州八记》的第七篇。文章着重写清泉美石，写涧中石和树的特色，描绘了石涧溪石的千姿百态，清流激湍，景色美丽宜人，表达了作者热爱自然，钟情山水的情怀，同时又书写了胸中愤郁，对自己的遭遇表示叹息和苦闷。全文景由情生，于常景中写出奇景；物我交融，主体和客体并重。在结构上，文章剪裁得体，收结巧妙。

【原文】

石渠之事既穷❶，上由桥西北下土山之阴❷，民又桥焉。其水之大，倍石渠三之一❸。亘石❹为底，达于两涯❺。若床若堂，若陈筵席，若限阃奥❻。水平布其上，流若织文❼，响若操琴。揭跣❽而往，折竹箭，扫陈叶，排腐木，可罗胡床❾十八九居之。交络❿之流，触激之音，皆在床下；翠羽之木，龙鳞之石，均荫⓫其上。古之人其有乐乎此耶？后之来者有能追予之践履⓬耶？得意之日，与石渠同。

【注释】

①穷：毕，完成。

②阴：山的北面。

③三之一：即三分之一。

④亘（gèn）石：接连不断的石头。

⑤两涯：两岸。

⑥阃（kǔn）奥：指内室深处。阃：内室，闺门。

⑦文：同“纹”，纹彩、花纹。

⑧跣（xiǎn）：光着脚。

⑨胡床：也叫“交床”“交椅”，一种可以折叠的轻便坐具。

⑩交络：交织。

⑪荫：遮蔽。

⑫践履：此指足迹。

【译文】

游览、整修石渠的事情已经结束，从石渠的桥上向西北走，下去到土山的北坡，百姓又架了一座桥。桥下的水流很大，比石渠的水量大三分之一。接连不断的石头作为水的底部，宽达到水的两岸。石头有的像床，有的像门堂的基石，有的像筵席上摆满菜肴，有的像用门槛隔开的内外屋。水面平静，像布铺在水面上，水流像纺织物的花纹，泉水叮咚声像是弹琴声。我们撩起衣服赤脚涉水，折断竹箭，扫除陈叶，除去腐木，清出一块可排十八九张交椅的空地。交织的流水，激撞的水声，皆在交椅下了；像翠鸟羽毛般的树木，像鱼龙麟甲般的石块，都遮蔽在交椅之上了。古时候的人有谁曾在这里找到这种快乐吗？以后的人，有谁能追随我的足迹来到这里吗？发现石涧的日子，与发现石渠相同。

【原文】

由渴❶而来者，先石渠，后石

涧；由百家濑上而来者，先石涧，后石渠。涧之可穷者，皆出石城村东南，其间可乐者数焉❷。其上深山幽林逾峭险，道狭不可穷也。

【注释】

①渴：即袁家渴。

②数焉：有几处。

【译文】

从袁家渴一路走来的人，先发现石渠，后发现石涧；从下游百家濑上山到这里的人，先发现石涧，后发现石渠。石涧的源头，在石城村的东南方，路中间可以游览的景致还有好几处。登上深幽的山林，翻过峻峭险要的地方，道路狭窄不能走到尽头。

小石城山记

【导读】

本文是《永州八记》的第八篇。文章的前半段描写小石城山的奇异景色，后半段借景抒情，以佳胜之地被埋没不彰比喻自己徒有经邦济世之才却横遭斥逐，蛰居蛮荒，英雄无用武之地。字里行间，隐隐含有对当时最高统治者昏聩不明的强烈讥刺。

【原文】

自西山道口径北❶，逾黄茅岭❷

而下，有二道：其一西出，寻之无所得；其一少北而东，不过四十丈，土断而川分❸，有积石横当其垠❹。

【注释】

①径北：一直往北。

②黄茅岭：位于今湖南零陵西面。

③土断而川分：土路中断，出现分流的河水。

④横当其垠：横着挡在路的尽头。垠：边界。

【译文】

从西山路口一直向北走，越过黄茅岭往下走，有两条路：一条向西，走过去寻找风景却毫无所得；另一条稍微偏北又折向东去，只走了四十丈，路就被一条河流截断了。有一座石山横挡在这条路的尽头。

【原文】

其上为睥睨❶梁欐❷之形，其旁出堡坞❸，有若门焉。窥之正黑，投以小石，洞然❹有水声。其响之激越，良久乃已。环之可上，望甚远。无土壤而生嘉树美箭，益奇而坚，其疏数偃仰，类智者所施设也。

【注释】

①睥（pì）睨（nì）：城墙上齿状的矮墙。

②梁欐（lì）：栋梁。

③堡坞（wù）：小城堡，此指由山石天然形成的，作者称其为小石城山。

④洞然：象声词。

【译文】

石山顶部天然生成城墙和栋梁的形状，旁边又凸出一块好像堡垒，有一个洞像是门。从洞往里探望一片漆黑，丢一块小石子进去，咚的一下有水响声，那声音很洪亮，好久才消失。石山可以盘绕着登到山顶，站在上面望得很远。山上没有泥土却长着很好的树木和竹子，而且更显得形状奇特质地坚硬，竹木分布疏密有致、高低参差，好像是人工特意布置的。

【原文】

噫！吾疑造物者之有无久矣，

及是，愈以为诚有。又怪其不为之于中州[1]，而列是夷狄，更[2]千百年不得一售其伎[3]，是固劳而无用。神者傥不宜如是，则其果无乎？或曰："以慰夫贤而辱于此者。"或曰："其气之灵，不为伟人，而独为是物，故楚之南少人而多石。"是二者，余未信之。

【注释】

①中州：中原地区。

②更：经历。

③伎：技艺。

【译文】

唉！我怀疑造物主的有无已很久了，到了这儿更以为造物主确实是有的。但又奇怪它不把这小石城山安放到中原地区去，却把它摆在这荒僻遥远的蛮夷之地，即使经过千百年也没有一次可以显示自己奇异景色的机会，这简直是白耗力气而毫无用处。神灵的造物主似乎不会这样做的。那么造物主果真是没有的吧？有人说：“造物主之所以这样安排是用这佳胜景色来安慰那些被贬逐在此地的贤人的。”也有人说：“这地方山川钟灵之气不孕育伟人，而唯独凝聚成这奇山胜景，所以楚地的南部少出人才而多产奇峰怪石。”这两种说法，我都不信。

贺进士王参元失火书

【导读】

柳宗元的友人王参元家不幸遭遇火灾，财物都被焚毁。按常理柳宗元应该写信安慰朋友，可他却写信去道贺。文章立意奇特，作者由骇而疑，由疑而大喜，接着层层深入说明“贺”的原因，阐述了坏事变为好事的道理。信的最后表达了自己对王参元的想念，包含着对友人前程的无限关怀。全文曲折抑扬，淋漓酣畅，入情入理。

【原文】

得杨八❶书，知足下❷遇火灾，家无余储。仆❸始闻而骇，中而疑，终乃大喜。盖将吊而更以贺也。道远言略，犹未能究知其状，若果荡焉泯焉❹而悉无有，乃吾所以尤贺者也。

【注释】

①杨八：名敬之，排行第八。柳宗元的亲戚，王参元的好友。

②足下：对对方的尊称。

③仆：自谦之词，柳宗元自指。

④荡焉泯焉：荡然无存。

【译文】

我收到了杨八的来信，知道您

家遭到了火灾，家里没有剩下一点东西。我刚听到这消息时大吃一惊，其后又产生了怀疑，最后十分高兴。我本想去慰问您，现在却改变为祝贺了。由于路远而杨八的信中又说得简略，还不能详细地了解火灾的实情，如果您家中已经烧得一无所有，这才是我特别要祝贺您的原因。

【原文】

足下勤奉养，乐朝夕，惟恬安无事是望也。今乃有焚炀❶赫烈之虞，以震骇左右，而脂膏滫❷瀡❸之具，或以不给，吾是以始而骇也。

【注释】

①炀（yáng）：焚烧。

②滫（xiǔ）：淘米水。

③瀡（suǐ）：起柔滑作用的调料，指淀粉一类。

【译文】

您勤劳地奉养父母，终日过着快活的日子，只希望平平安安不出事故。现在竟然出现了烈火肆虐的灾难，使您受到了惊吓，甚至连普通饭食的用料也许都不能正常供应，我因此在开始听到这消息时才大吃一惊。

【原文】

凡人之言皆曰：盈虚倚伏❶，去

来之不可常。或将大有为也，乃始厄困震悸，于是有水火之孽[2]，有群小之愠，劳苦变动，而后能光明，古之人皆然。斯道辽阔诞漫[3]，虽圣人不能以是必信，是故中而疑也。

【注释】

①倚伏：出自《道德经》："祸兮福所倚，福兮祸所伏。"意为祸是福依托之所，福又是祸隐藏之所，祸福可以互相转化。

②孽：灾祸。

③诞漫：荒诞无垠。

【译文】

人们都这样说：盛衰祸福都是相互依存、相互转化的，它们的来去经常发生变化。有的人在大有作为之前，起初会遭到困苦惊骇，遇到水火之灾，受到小人的怨恨，经过劳苦磨炼，然后才能见到光明，古人都是这样的。这个道理博大精深又荒诞无垠，连圣人也不能说它一定可信，我因此在后来又产生了怀疑。

【原文】

以足下读古人书，为文章，善小学❶，其为多能若是，而进不能出群士之上，以取显贵者，盖无他焉。京城人多言足下家有积货，士之好廉名者，皆畏忌不敢道足下之善，独自得之心，蓄之衔忍❷，而不出诸口，

以公道之难明，而世之多嫌也。一出口，则嗤嗤者❸以为得重赂。

【注释】

①小学：旧时对文字学、音韵学、训诂学的总称。

②衔忍：存在心里忍住不说。

③嗤嗤者：喜欢讥笑别人的人。

【译文】

您读过古人的书，善写文章，精通文学、音韵、训诂，如此多才多艺，然而您进入官场后的地位不能超出一般士人之上，去博取显贵地位，这并没有别的原因。京城的人大多数都说您家里有积蓄，士人中珍惜廉洁名声的人都心存顾虑，不敢称道您的才能，只是把话存在心里，强忍着不说出口。这是由于公正的道理难以说得清楚，世上的人又疑虑重重。称道的话一出口，那些好讥笑别人的人就会认为他受了您很多贿赂。

【原文】

仆自贞元十五年❶见足下之文章，蓄之者盖六七年未尝言。是仆私一身而负公道久矣，非特负足下也。及为御史尚书郎，自以幸为天子近臣，得奋其舌❷，思以发明足下之郁塞❸，然时称道于行列，犹有顾视而窃笑者。仆良恨修己之不亮，素誉之不立，而为世嫌之所加，常与孟几道言而痛之。

【注释】

①贞元十五年：799年。

②畚其舌：这里指对皇帝劝谏、上疏等。

③郁塞：此指怀才不遇。

【译文】

我从贞元十五年看了您的文章后，憋在心里六七年也不敢说出称赞的话。这是我存有私心杂念而长久地违背了公道，不只是对不起您啊。等我做了御史、尚书郎后，自认为有幸当上了皇帝的近臣，可以大胆说话了，便想阐明您被压抑的才能，可是当我有时在同事中间称赞您时，还有相视而暗笑的人。我深恨自己的修养还没被人理解，声誉还没树立，从而遭到世人疑忌。我常和孟几道提到这件事，感到痛心。

【原文】

乃今幸为天火之涤荡❶，凡众之疑虑，举为灰埃。黔其庐❷，赭其垣❸，以示其无有，而足下之才能，乃可以显白而不污。其实出矣，是祝融、回禄❹之相吾子也。则仆与几道十年之相知，不若兹火一夕之为足下誉也。宥❺而彰之，使夫蓄于心者咸得开其喙❻，发策❼决科❽者授子而不栗，虽欲如向之蓄缩受侮，其可得乎？于兹吾有望于子！是以终乃大喜也。

【注释】

①涤荡：洗涤，清除。此指焚烧殆尽。

②黔其庐：烧焦了房屋。黔：黑色。此指烧黑。

③赭（zhě）其垣：烧红了墙壁。

④祝融、回禄：都是传说中的火神名。

⑤宥（yòu）：宽恕。

⑥喙：鸟兽的嘴。此处借指人的嘴。

⑦发策：在科举考试中制定试题。

⑧决科：评定考试成绩，授予官职。

【译文】

现在您家幸好被大火烧得干干净净，所有人们的疑虑，也都化为灰烬了。房屋被烧黑了，墙壁被烧红了，这可以显示出您什么都没有了，从而您的才能就可以显示出来而不致由于财产而受到玷污。您的才能得以显露，这是祝融、回禄二位火神在帮助您啊！那么，我和孟几道十年来对您的了解，还不如这把大火在一夜之间给您带来的名声。人们就会谅解和表彰您，使藏在内心的话，都可以开口说出来了，主管考试的官员，也可以授给您官职而不必害怕了，即便是想要像过去那样战战兢兢地怕受别人轻侮，还有可能吗？想到这里我才对您寄托了希望，因而最后才为您家失火感到十分高兴。

【原文】

古者列国有灾，同位者皆相吊。许不吊灾❶，君子恶之。今吾之所陈若是，有以异乎古，故将吊而更以贺也。颜、曾❷之养，其为乐也大矣，又何阙焉？

【注释】

①许不吊灾：据《左传》记载，鲁昭公十八年，宋、卫、陈、郑四国发生火灾，许国却没有去慰问。

②颜、曾：颜回和曾子，都是孔子的弟子。

【译文】

在古代，各国发生了火灾，同等地位的诸侯都要去慰问。许国没有派出使节去慰问，君子对此事感到憎恶。现在我所陈述的这些看法，和古代的社会环境有所不同，所以才把慰问改成了祝贺。像颜回、曾参那样奉养父母，是一件很大的乐事，这样看来，您还缺少什么呢？

蝜蝂传

【导读】

这是一篇结构短小而极富哲理意味的寓言。作者先以简洁的文字勾勒出蝜蝂的形象，接着发表议论，将讽刺的矛头直指“日思高其位，大其禄”而智若小虫的贪得无厌者。文章用语精警，立意深刻，引人深思。

【原文】

蝜蝂❶者，善负小虫也。行遇物，辄持取，卬❷其首负之。背愈重，虽困剧❸不止也。其背甚涩❹，物积因❺不散，卒踬仆❻不能起。人或怜之，为去其负，苟能行，又持取如故。又好上高，极其力不已，至坠地死。

【注释】

①蝜（fù）蝂（bǎn）：《尔雅》中记载的一种黑色小虫，背部隆起的部分可背负物体。

②卬(áng):同“昂”,仰、抬头。

③困剧:非常困倦疲累。

④涩:不光滑。

⑤因:因而。

⑥踬(zhì)仆:跌倒。此指被东西压倒。

【译文】

蝜蝂是一种喜爱背东西的小虫。它在爬行时遇到东西,总是要抓取过来,抬起头背着这些东西。东西越背越重,即使非常劳累也不停止。它的背很不光滑,因而东西堆上去不会散落,最终被压倒爬不起来。有的人可怜它,替它去掉背上的东西,可是蝜蝂如果能爬行,又把东西像原先一样抓取过来背上。这种小虫又喜欢往高处爬，用尽了它的力气也不肯停下来，以致跌倒摔死在地上。

【原文】

今世之嗜取者❶，遇货不避，以厚❷其室，不知为己累也，唯恐其不积。及其怠❸而踬也，黜弃之，迁徙之，亦以病矣。苟能起，又不艾❹，日思高其位，大其禄，而贪取滋❺甚，以近于危坠，观前之死亡不知戒。虽其形魁然❻大者也，其名人❼也，而智则小虫也，亦足哀夫！

【注释】

①嗜取者：贪得无厌的人。嗜：贪。

②厚：增加。

③怠：通“殆”，松懈。

④不艾（yì）：不悔改。艾：通“乂”，悔改。

⑤滋：更加。

⑥魁然：壮伟的样子。

⑦名人：被称作是人。

【译文】

现今世上那些贪得无厌的人，见到钱财就捞一把，用来增加他们的家产，不知道财货已成为自己的负担，还只怕财富积聚得不够。等到一旦因疏忽大意而垮下来的时候，有的被罢官，有的被贬往边远地区，也算吃了苦头了。如果一旦被起用，他们又不思悔改，天天想着提高自己的地位，增加自己的俸禄，而且变本加厉地谋取钱财，以至接近摔死的程度，看到以前由于极力求官贪财而自取灭亡的人也不知引以为戒。虽然他们的外形看起来庞大，他们的名字是人，可是见识却和蝜蝂一样，也太可悲了！

童区寄传

【导读】

这是一篇为穷孩子立传，为下层百姓呐喊的人物传记。作者选取了一个真实的故事：年仅十一二岁的小区寄被两个强盗劫持后，凭着勇敢机智，杀死了两个坏人，保全了自己。作者抓住人物的性格特征，从不同角度有层次地进行刻画，把小英雄写得栩栩如生，呼之欲出。

【原文】

柳先生曰：越人❶少恩，生男女，必货视之❷。自毁齿❸以上，父兄鬻卖❹以觊❺其利。不足，则取他室❻，束缚钳梏❼之，至有须鬣❽者，力不胜，皆屈为僮❾。当道相贼杀❿以为俗。幸得壮大，则缚取幺⓫弱者，汉官因以为己利，苟得僮，恣⓬所为不问。以是越中户口滋耗⓭，少得自脱。惟童区寄以十一岁胜，斯亦奇矣。

桂部⑭从事杜周士为余言之：

【注释】

①越人：古代指岭南一带的少数民族。

②货视之：把他们当作货物一样看待。

③毁齿：换去乳牙。儿童七八岁时乳牙脱落，换生恒牙。

④鬻（yù）卖：出卖。

⑤觊（jì）：希图，贪图。

⑥他室：别人家的孩子。

⑦钳梏（gù）：用铁箍套颈，用木铐铐手。

⑧须鬣（liè）：胡须。

⑨僮：仆人。

⑩贼杀：伤害残杀。

⑪幺（yāo）：幼小的儿童。

⑫恣：听任。

⑬滋耗：增加消耗，指死亡人数增多，人口减少。

⑭桂部：唐高宗时分岭南道为广州、桂州、容州、邕州、交州五都督府，统称岭南五管。桂部是五管之一，又称桂管，即桂州都督府。

【译文】

柳先生说：越地的人寡恩薄情，无论生男生女，都把他们当作货物一般看待。孩子七八岁以后，父母就为贪图钱财而把他们卖掉。如获得的钱财还不能满足他们的贪欲，便去偷他人的子女。得手后就用铁箍套颈，木铐铐手，以防逃跑，甚至有的成年人因敌不过束缚者也被逼为奴仆。当时在大路上互相残杀已习染成风，有幸而能长得强壮高大的人就去绑架那些力小体弱的人。汉族官吏则利用这种恶习为自己谋利，只要能得到僮仆，他们就放纵而不加追究。因此，越地人口减少，很少有人能逃脱作僮仆的悲惨命运。只有区寄，以十一岁的小小年纪却战胜了绑架他的强盗，这也算够奇特的了。

桂州都督从事杜周士对我讲了这件事：

【原文】

童❶寄❷者，郴州❸荛牧儿❹也。行牧且荛，二豪贼❺劫持，反接❻，布囊❼其口，去逾四十里之墟❽所卖之。寄伪儿啼，恐栗为儿恒状❾。贼易❿之，对饮，酒醉。一人去为市，一人卧，植刃道上。童微伺其睡，以缚背刃，力上下，得绝，因取刃杀之。

【注释】

①童：儿童。

②寄：即区寄。

③郴(chēn)州：今属湖南。一作"柳州"。

④荛（ráo）牧儿：打柴放牧的孩子。

荛：打柴。

⑤豪贼：强盗。豪：强横。

⑥反接：反背着手捆起来。

⑦囊：口袋。

⑧墟：集市。

⑨恒状：常有的情态。

⑩易：轻视，不在意。

【译文】

儿童区寄，是柳州地区打柴放牛的孩子。一天，他正一边放牛一边打柴，有两个蛮横的强盗把他绑架了，反背着手捆起来，用布蒙住他的嘴，离开本乡四十多里地，想到集市上把他卖掉。区寄假装小孩儿似的哭哭啼啼，害怕得发抖，做出一副孩子常有的胆小的样子。强盗并不把他放在心上，相对喝酒，喝醉了。其中一个强盗离开前去集市谈买卖孩子的生意，另一个躺下来，把刀插在路上。区寄暗暗看他睡着了，就把捆绑自己的绳子靠在刀刃上，用力地上下磨动，绳子断了，他便拿起刀杀死了那个强盗。

【原文】

逃未及远，市者还，得童，大骇，将杀童。遽[1]曰："为两郎[2]僮，孰若为一郎僮耶？彼不我恩也。郎诚见完[3]与恩，无所不可。"市者良久计曰："与其杀是僮，孰若卖之？与其卖而分，孰若吾得专焉？幸而杀彼，甚善！"即藏其尸，持童抵主

人❹所，愈束缚牢甚。

【注释】

①遽（jù）：急忙。

②郎：当时奴仆对主人的称呼。

③完：保全。

④主人：此指集市窝藏豪贼的人家。

【译文】

区寄逃出去没多远，那个上集市谈买卖的强盗回来了，抓住区寄，非常惊恐，打算要杀掉他。区寄急忙说："做两个主人的奴仆，哪旦比得上做一个主人的奴仆呢？他不好好待我，主子你果真能保全我的性命并好好待我，无论怎么样都可以。"强盗盘算了很久，心想："与其杀死这个奴仆，哪里比得上把他卖掉呢？与其卖掉他后两个人分钱，哪里比得上我一个人独吞呢？幸亏杀掉了他，好极了！”随即埋藏了那个强盗的尸体，带着区寄到集市中窝藏强盗的主人那里，越发把区寄捆绑得结实。

【原文】

夜半，童自转，以缚即炉火烧绝之，虽疮❶手勿惮，复取刃杀市者。因大号，一墟皆惊。童曰：“我区氏儿也，不当为僮。贼二人得我，我幸皆杀之矣。愿以闻于官。”

【注释】

①疮：通“创”，此指烧伤。

【译文】

到了半夜，区寄自己转过身来，把捆绑的绳子就着炉火烧断了，虽然烧伤了手也不怕，又拿过刀来杀掉了做买卖的强盗。然后他大声呼喊，整个集市都惊动了。区寄说："我是姓区人家的孩子，不该做奴仆。两个强盗绑架了我，幸好我把他们都杀了。我愿把这件事报告官府。"

【原文】

墟吏❶白州，州白大府❷。大府召视儿，幼愿❸耳。刺史颜证❹奇之，留为小吏，不肯。与衣裳，吏护还之乡。

【注释】

①墟吏：管理集市的官吏。

②大府：指州的上级官府。

③幼愿：年幼而老实。愿：老实。

④颜证：唐代书法家颜真卿的堂侄，曾任桂州刺史、桂管观察使。

【译文】

集镇的差吏把这件事报告了州官，州官又报告给府官。府官召见了区寄，不过是个幼稚老实的孩子。刺史颜证认为他很了不起，便留他做小吏，区寄不愿意。刺史于是送给他衣裳，派官吏护送他回到家乡。

【原文】

乡之行劫缚者❶，侧目❷莫敢过其门。皆曰："是儿少秦武阳二岁，而讨杀❸二豪，岂可近耶？"

【注释】

①行劫缚者：专干绑架、抢东西的人。

②侧目：不敢正视，形容畏惧。

③讨杀：杀。讨：讨伐。

【译文】

乡里干抢劫勾当的强盗，都斜着眼睛不敢正视区寄，没有哪一个敢经过他的家门。他们都说："这个孩子比秦武阳小两岁，却杀死了两个强盗，怎么可以靠近他呢？"

宋清传

【导读】

柳宗元曾为一系列下层人物立传，歌颂他们的崇高品质。本文记叙的是一个叫宋清的普通药商乐善好施而不求回报的事迹，作者将其与虽为朝廷官员、士大夫却争相做附炎弃寒的势利小人进行对比，尖锐地讽刺了官场中盛行势利之交的恶劣风气。全文思路清晰，脉络分明，内蕴深刻。

【原文】

宋清，长安西部药市人❶也，居❷善药。有自山泽来者，必归宋清氏，清优主之❸。长安医工得清药辅其方，辄易雠❹，咸誉清。疾病疕❺疡❻者，亦皆乐就清求药，冀速已❼。清皆乐然响应，虽不持钱者，皆与善药，积券❽如山，未尝诣取直❾。或不识遥与券，清不为辞。岁终，度不能报，辄焚券，终不复言。

【注释】

①药市人：在市场上卖药的商人。

②居：囤积、储藏。

③优主之：给他们优惠。

④雠（chóu）：销售。

⑤疕（bǐ）：头疮。

⑥疡（yáng）：痈疮。

⑦已：消除伤痛、康复。

⑧券：债券、借据。

⑨诣取直：前去讨取药钱。

【译文】

宋清是长安西部药市上的药商，收购贮存上等药材。凡从山区水乡来销售药材的，都投奔他那里，宋清总是热情地接待他们，付给优厚的报酬。长安的医生用宋清的药配上自己的药方，总能很快卖出去，大家都称赞宋清。患有各种疾病的人，也都乐意去宋清那里求药，希望尽快治愈。宋清一律高兴地满足他们的要求，即使不带钱的人来了，也给好药。一年下来积累的欠账票据像山一样高，却从不上门去索取药钱。有些不认识的人从很远的地方送来赊购的票据，宋清也不拒绝，照样给好药。到了年终，估计有谁不能付药钱了，就把票据烧掉，不再提起这事。

【原文】

市人以其异，皆笑之曰："清，蚩妄❶人也。"或曰："清其有道者欤？"清闻之曰："清逐利以活妻子耳，非有道也，然谓我蚩妄者也亦谬。"

【注释】

①蚩（chī）妄：痴愚狂妄。

【译文】

药市上的人认为他很怪，都讥笑他说："宋清是个愚蠢荒唐的人。"也有人说："宋清大概是个有道德的人吧？"宋清听了这些议论后说："我不过是为了追求利润用来养活老婆孩子罢了，并不是有什么道德，可是说我愚蠢荒唐也不对。"

【原文】

清居药四十年，所焚券者百数十人，或至大官，或连数州，受俸博❶，其馈遗❷清者，相属❸于户。虽不能立报，而以赊❹死者千百，不害清之为富也。

【注释】

①博：多。

②馈（kuì）遗：馈赠、赠送。

③相属：接连、相继。

④赊（shē）：赊欠。

【译文】

宋清经营药材四十年来，烧毁的票据有一百几十个人的。这些人后来有的富贵了，有的做了大官，有的当了节度使，他们俸禄多了，前来给宋清送礼的人，总是络绎不绝。虽然欠账短期内不能偿还的人很多，并且背着欠账死去的人有成百成千，也不影响宋清发财致富。

【原文】

清之取利远，远故大，岂若小市人哉？一不得直，则怫然❶怒，再则骂而仇耳。彼之为利，不亦翦翦❷乎？吾见蚩之有在也。清诚以是得大利，又不为妄，执其道不废，卒以富。

【注释】

①怫（fú）然：变色愤怒的样子。

②翦翦：心中容不下事情、狭隘的样子。

【译文】

宋清谋利的眼光放得远，放得远所以获利多，哪里像那些小商人呢？他们一次收不到现款，就变脸发怒，两次收不到现款，就咒骂你，仇恨你。那些人赚钱的方法，不也太小气了吗？我由此看到真正愚蠢荒唐的人是存在的。宋清确实是用这种经营方法赚了大钱，又不随意而为，一贯坚持自己的做法，不半途而废，终于发了财。

【原文】

求者益众，其应益广。或斥弃沉废❶，亲与交；视之落然者❷，清不以怠遇其人，必与善药如故。一旦复柄用❸，益厚报清。其远取利皆类此。

【注释】

①斥弃沉废：指被罢官贬斥的官吏。

②落然者：流落、破落的人。

③柄用：被信任而掌权。

【译文】

需要购买药的人越多，他满足别人需求的面也就越广。遇到遭贬谪的官员，他也同样以诚相待；遇到生活极其贫困的，宋清也同样热情接待，及时地给予良药。受到他恩惠的人将来只要重新获得重用，带给宋清的报答就会十分丰厚。宋清有长远的赚钱眼光，和上面讲的都是一样的。

【原文】

吾观今之交乎人者，炎而附，寒而弃，鲜❶有能类清之为者。世之言，徒曰“市道交❷”。呜呼！清，

市人也，今之交有能望报如清之远者乎？幸而庶几，则天下之穷困废辱得不死亡者众矣，“市道交”岂可少耶？或曰：“清，非市道人也。”

【注释】

①鲜（xiǎn）：少。

②市道交：势力上的交往，以有利可图为标准。

【译文】

我观察现在与人交往的人，富贵了他就依附你，贫贱了他就弃你而去，很少有人能像宋清这样做的。社会上流行一句话，只说这是“市侩的交往”。唉！宋清，就是个商人，现在的社会交往中有能像宋清那样打算得到长远报答的人吗？如果幸而有近似宋清的人，那么普天下穷困无路、蒙受凌辱而能不至于死亡的人就很多了。那些“市侩的交往”能够减少吗？有人说：“宋清不是市侩的人。”

【原文】

柳先生曰：“清居市❶不为市之道，然而居朝廷、居官府、居庠塾❷乡党以士大夫自名者，反争为之不已，悲夫！然则清非独异于市人也。”

【注释】

①居市：在街市上开店。

②庠（xiáng）塾：泛指地方学校。

【译文】

柳先生说："宋清身居闹市，却不搞小商人那一套。然而在朝廷、在官府、在学校和乡里的那些自命为士大夫的人，反而争先恐后地搞小商人那一套而不罢休，真可悲呀！那么宋清就不仅仅是不同于一般商人了。"

吊屈原文

【导读】

永贞元年（805），柳宗元被贬为永州司马，赴永州途经汨罗江时，触景伤怀，于是写下这篇凭吊屈原的文章。作者在文中赞美了屈原坚贞不渝的爱国精神，借以抒发自己坚持理想和操守的决心。文章采用了离骚体的形式，文字隽永，耐人寻味。

【原文】

后❶先生❷盖千祀❸兮，余再逐❹而浮湘❺。求❻先生之汨罗❼兮，揽蘅若❽以荐❾芳。愿荒忽❿之顾怀兮，冀陈辞而有光。

【注释】

①后：晚。

②先生：指屈原。

③祀：年。

④逐：贬逐。

⑤浮湘：漂泊在湘水间。

⑥求：访求。

⑦汨（mì）罗：此指汨罗江，在今湖南东北部。

⑧蘅（héng）若：杜衡、杜若，均为香草名。

⑨荐：祭献。

⑩荒忽：同“恍惚”，模糊的样子。

【译文】

先生逝世后约一千年的今天，我又一次被贬逐，乘船来到湘江。为访求先生的遗迹，我来到汨罗江畔，采摘杜衡、杜若向先生敬献芳香。愿先生在荒茫中能顾念到我，让我荣幸地向你倾诉衷肠。

【原文】

先生之不从世❶兮，惟道是就。支离抢攘❷兮，遭世孔疚❸。华虫荐壤❹兮，进御羔袖❺。牝鸡咿嗄❻兮，孤雄束咮❼。哇咬❽环观兮，蒙耳大吕❾。堇❿喙以为羞兮，焚弃稷黍。

【注释】

①从世：屈从世俗。

②支离抢攘：分散混乱。

③孔疚：重病。此指世道混乱，政治腐败。

④华虫荐壤（rǎng）：美丽的冕服被弃置在地上。

⑤羔袖：用羊羔皮装饰袖口的衣服，

指普通的衣裳。

⑥牝（pìn）鸡咿嗄：母鸡喳喳乱叫。

⑦咮（zhòu）：鸟嘴。

⑧哇咬：一种表现男女爱情的乐曲，此指低级庸俗的曲调。

⑨大吕：古代音乐十二律，大吕是其中的第二律。此指高雅的音乐。

⑩堇：一种有剧毒的药用植物。

【译文】

先生不屈从世俗，不随波逐流，只遵循正确的政治主张。当时国家是那样残破纷乱，你生活的世道实在令人忧伤。华贵的礼服被抛弃在地上，却穿起羊皮制成的粗劣衣裳。母鸡喳喳乱叫，昂然独立的公鸡却不能放声高唱。庸俗低级的曲调人们围住欣赏啊，对高雅美妙的音乐反而捂住耳朵。把毒药当成美好的食物，却把真正的粮食抛弃烧光。

【原文】

犴狱❶之不知避兮，宫庭之不处。陷涂❷藉❸秽兮，荣若绣黼❹。榱❺折火烈兮，娱娱笑舞。谗巧之哓哓❻兮，惑以为咸池❼。便媚鞠恧❽兮，美逾西施。谓谟言❾之怪诞兮，反置瑱❿而远违。匿重痼⓫以讳避兮，进俞、缓⓬之不可为。

【注释】

①犴（àn）狱：监狱。

②涂：污泥。

③藉：坐在……之上。

④黼（fǔ）：古代礼服或礼器上绣的或画的黑白相间的斧形花纹。

⑤榱（cuī）：椽子，此处代指房屋。

⑥哓（xiāo）哓：杂乱的喊叫声。

⑦咸池：古乐名，传说由黄帝所作。

⑧鞠恧（nǜ）：弯腰低声下气的样子。

⑨谟（mó）言：没有信用的言语。

⑩瑱（tiàn）：玉制的耳饰，用以塞耳。

⑪痼（gù）：难治的病。

⑫俞、缓：战国时的名医俞跗和秦缓。

【译文】

明明是牢狱却不知回避，丢下美丽的宫殿任其荒凉。陷进泥坑坐在肮脏的地方弄得满身污秽，却自以为很荣耀，像披上锦绣的礼服。房屋已被烈火烧毁，却还歌舞欢笑，一片喜气洋洋。喋喋不休的谗言巧语，却糊涂地当成悦耳动听的乐章。本是阿谀奉承、厚颜无耻的小丑，却看得比西施还要漂亮。把治国图强的言论视为怪诞，塞住耳朵把它抛到远方。有了重病还要讳疾忌医，其实就算请来名医俞跗和秦缓也束手无方。

【原文】

何先生之凛凛❶兮，厉❷针石❸而从之？但仲尼之去鲁兮，曰吾行之迟迟。柳下惠❹之直道兮，又焉往而可施！今夫世之议夫子兮，曰胡隐忍而怀斯❺？惟达人之卓轨❻兮，固僻陋❼之所疑。委故都以从利兮，吾知先生之不忍；立而视其覆坠兮，又非先生之所志。

【注释】

①凛凛：严肃而令人敬重的样子。

②厉：同“砺”，磨砺。

③针石：金属针和石针，均为古代的医疗器具。

④柳下惠：春秋时鲁国大夫。

⑤怀斯：心里怀有忠诚和苦闷的情感。

⑥卓轨：高尚的行为。

⑦僻陋（lòu）：见识短浅的人。

【译文】

为什么像先生这样令人钦佩的人，还偏要磨砺针石去医治那不能治愈的创伤？但从前孔子离开鲁国的时候，曾说："我慢慢地走。"柳下惠奉行直道，也曾说过去哪里能实现这种主张。现在世上的人都在议论先生，说你为什么那样遭受打击还要关怀楚国的兴亡？通达事理的人的卓越行为，本就是知识浅薄的人无法想象的。抛弃自己的祖国去追求个人的私利，我知道先生决不忍心这样做。袖手旁观、坐视国家灭亡，这更不是先生的志向。

【原文】

穷与达固不渝❶兮，夫惟服道❷以守义❸。矧❹先生之悃愊❺兮，蹈大故而不贰。沉璜瘗佩❻兮，孰幽而不光？荃蕙蔽匿❼兮，胡久而不芳？

【注释】

①渝：改变。

②服道：坚持自己的政治理想。

③守义：信守大义，保持节操。

④矧（shěn）：况且。

⑤悃（kǔn）愊（bì）：忠诚。

⑥沉璜（huáng）瘗（yì）佩：把美玉沉入水底，埋进土里。璜：半璧形的玉。瘗：掩埋。

⑦荃蕙蔽匿：香草被掩埋。荃蕙：两种香草名。

【译文】

无论处境好坏都不改变自己的志向，你始终坚守自己的节操和理想。何况先生对祖国是这样忠心耿耿，宁可壮烈投江，死也不改变自己的立场。沉在水底和埋进土里的美玉，怎么会变得幽暗无光？香草被隐藏起来，怎么会因时间久了就失去芳香？

【原文】

先生之貌不可得兮，犹仿佛其文章。托遗编❶而叹喟兮，涣❷余涕之盈眶。呵星辰而驱诡怪兮，夫

孰救于崩亡？何挥霍❸夫雷电兮，荀为是之荒茫❹。耀姱辞❺之曭朗❻兮，世果以是之为狂。哀余衷之坎坎❼兮，独蕴愤而增伤。

【注释】

①遗编：遗留后世的著作。

②涣（huàn）：流。

③挥霍：此指指挥。

④荒茫：渺茫无际的宇宙。

⑤姱（kuā）辞：指屈原的作品。姱：美好。

⑥曭（tǎng）朗：不明朗的样子。

⑦坎坎：不平。

【译文】

先生的容貌再也看不到了，但从

你的文章里却仿佛看到了你的形象。捧读先生的遗著，我满腹感慨，不禁热泪盈眶。你呵斥星辰、驱逐各种怪异，那样又怎能挽救国家的危亡？你为什么那样指挥风云、驾驭雷电，姑且浸沉于那渺茫的幻想。你写下了那些辞藻华美而又朦胧难明的文章，世上的一般人果真以为你在发狂。唯独我为你的遭遇深感不平，内心充满了愤怒和悲哀。

【原文】

谅❶先生之不言兮，后之人又何望？忠诚之既内激兮，抑衔忍❷而不长。芈❸为屈之几何兮，胡独

焚其中肠?

【注释】

①谅:料想。

②衔忍:隐忍。

③芈(mǐ):楚国的祖姓,屈姓包含在其中。

【译文】

如果先生不写下这些文章,后世的人又如何对你心生敬仰?你那爱国的赤诚既然在胸中激荡,哪能长久忍耐在心中而不向外溢扬?芈姓的楚国同你的屈姓能有多大关系,为什么你忧心如焚地为它着想?

【原文】

吾哀今之为仕兮，庸❶有虑时之否臧❷。食君之禄畏不厚兮，悼得位之不昌。退自服以默默兮，曰吾言之不行。既媮风❸之不可去兮，怀先生之可忘！

【注释】

①庸：难道。

②否（pǐ）臧（zāng）：恶与善。

③媮（tōu）风：苟且偷安的风气。媮：同“偷”。

【译文】

我对如今那些当官的感到痛心疾首，他们中有哪一个关心国家的治乱兴亡！他们只担心自己的俸禄不多啊，又发愁自己的官运不昌。我只好反身自守默不作声，因为我也难以实现自己的主张。既然这恶劣的世风难以改变，我只有缅怀先生，永不遗忘。

答韦中立论师道书

【导读】

本文是元和八年(813)，柳宗元被贬永州期间写给韦中立的一封回信。韦中立，潭州刺史韦彪的孙子，元和十四年(819)考取进士。未中进士时，韦中立曾写信要求拜柳宗元为师，并从长安来到永州拜访、求教。

柳宗元的这封回信谈论了师道和写作两个问题，是其文学理论的代表作，在我国文学理论发展史上占有重要的地位。

【原文】

二十一日，宗元白：辱❶书云，欲相师。仆道不笃，业甚浅近，环顾其中，未见可师者。虽常好言论，为文章，甚不自是也。不意吾子❷自京师来蛮夷❸间，乃幸见取❹。仆自卜❺固无取；假令有取，亦不敢为人师。为众人师且不敢，况敢为吾子师乎？

【注释】

①辱：谦辞。

②吾子：指韦中立。

③蛮夷：古代对少数民族的蔑称。此处指柳宗元的贬所永州。

④见取：被取法，受到看重。

⑤自卜：自量。

【译文】

二十一日，宗元写：承蒙您来信说，想要认我做老师。我的道德修养不深，学识非常浅薄，从各方面审察自己，看不出有值得您学习的地方。我虽然经常喜欢发表议论，写点文章，但自己并不以为都是正确的。没有想到您从京城来到偏远的永州，竟幸运地被您取法。我自量本来就没有什么可取的东西；即使有可取的，也不敢做别人的老师。做一般人的老师尚且不敢，更何况做您的老师呢？

【原文】

孟子称“人之患在好为人师”。由魏、晋氏以下，人益不事师。今之世，不闻有师，有辄哗笑之，以为狂人。独韩愈奋不顾流俗，犯笑侮，收召后学，作《师说》，因抗颜❶而为师。世果群怪聚骂，指目牵引，而增与为言辞。愈以是得狂名。居长安，炊不暇熟❷，又挈挈❸而东❹。如是者数矣。

【注释】

①抗颜：严正认真的态度。

②炊不暇熟：饭都来不及煮熟。

③挈（qiè）挈：急切地。

④东：此指洛阳。

【译文】

孟子说“人们的毛病，在于喜欢充当别人的老师”。从魏、晋以来，人们更加不尊奉老师。在当今时代，没听说还有老师，如果有，人们就会哗然讥笑他，把他看作狂人。只有韩愈奋然不顾时俗，冒着人们的嘲笑侮辱，招收后辈学生，写了《师说》，严正不屈地当起老师来。世人果然都感到惊怪，相聚咒骂，对他指指点点使眼色，相互拉拉扯扯示意，而且大肆编造谣言来攻击他。韩愈因此得到了狂人的名声。他住在长安，煮饭都来不及煮熟，又被外放而匆匆忙忙地向东奔去。类似这样的情况有好几次了。

【原文】

屈子❶赋曰："邑犬群吠，吠所怪也。"仆往闻庸、蜀❷之南，恒雨少日，日出则犬吠，余以为过言。前六七年，仆来南。二年冬，幸大雪逾岭被❸南越❹中数州。数州之犬，皆仓黄❺吠噬狂走者累日❻，至无雪乃已，然后始信前所闻者。

【注释】

①屈子：即屈原，名平，战国时楚国人。

②庸、蜀：泛指湖北、四川一带。

③被：覆盖。

④南越：广东、广西一带。

⑤仓黄：同"仓皇"，张皇失措的样子。

⑥累日：连日。

【译文】

屈原的赋里说："城镇中的狗成群地乱叫，叫的是它们感到奇怪的东西。"我过去听说湖北、四川南部经常下雨，很少出太阳，太阳一出来就会引起狗叫。我以为这是过分夸大的话。六七年前，我来到南方。元和二年的冬天，幸好下大雪，越过了五岭，

覆盖了南越的几个州。这几个州的狗，都惊慌地叫着、咬着，疯狂奔跑了好几天，直到没有雪了才安静下来，这以后我才相信过去所听到的话。

【原文】

今韩愈既自以为蜀之日，而吾子又欲使吾为越之雪，不以病乎？非独见病，亦以病吾子。然雪与日岂有过哉？顾①吠者犬耳！度今天下不吠者几人，而谁敢炫怪于群目，以召闹取怒乎？

【注释】

①顾：但，只是。

【译文】

如今韩愈已经把自己当作蜀地的太阳，而您又想使我成为越地的雪，我岂不要因此受到辱骂吗？不仅我会被辱骂，人们也会因此辱骂您。然而雪和太阳难道有罪过吗？只不过感到惊怪而狂叫的是狗罢了。试想当今天下见到奇异的事情不像狗那样乱叫的能有几个人，因而谁又敢在众人眼前显出自己与众不同，来招惹人们的喧闹和恼怒呢？

【原文】

仆自谪过❶以来，益少志虑。居南中九年，增脚气病，渐不喜闹，

岂可使呶呶❷者早暮咈❸吾耳、骚❹吾心？则固僵仆烦愦❺，愈不可过矣。平居望外遭齿舌不少，独欠为人师耳。

【注释】

①谪过：因过失被贬谪。

②呶（náo）呶：喧哗不休。

③咈（fú）：烦扰。

④骚：扰乱。

⑤烦愦（kuì）：心烦意乱。

【译文】

我自从被贬官以来，更加意志薄弱，很少思虑。居住南方九年，增添了脚气病（风瘫之类，行走困难），渐渐不喜欢喧闹，怎能让那些喧嚣不休的人从早到晚来刺激我的耳朵，扰乱我的心绪？那么必将使我卧病不起，心烦意乱，更加不能生活下去了。平时意外地遭受到不少是非口舌，唯独还没有喜欢充当别人老师的罪名罢了。

【原文】

抑又闻之，古者重冠礼❶，将以责成人之道，是圣人所尤用心者也。数百年来，人不复行。近有孙昌胤者，独发愤行之。既成礼，明日造朝❷，至外庭❸，荐笏❹，言于卿士❺曰："某子冠毕。"应之者咸怃然❻。京兆尹郑叔则怫然曳笏❼却立❽曰："何预我耶？"廷中皆大笑。天下不以非郑尹而快孙子⑨，何哉？独为所不为也。今之命师者，大类此。

【注释】

①冠礼：古代男子二十岁行加冠仪式，表示成人，到唐代时已不流行。

②造朝：上朝。

③外庭：皇宫中群臣等待上朝和办公议事的地方。

④荐笏：把笏板插在衣带中。

⑤卿士：泛指官吏。

⑥怃（wǔ）然：莫明其妙的样子。

⑦曳笏：拿笏板的手垂下来。

⑧却立：退后站立。

⑨孙子：即孙昌胤。

【译文】

我还听说，古代重视冠礼，是借以用成年人做人的道理来要求大家。这是圣人特别重视的原因。几百年来，人们不再举行这种冠礼。近来有个叫孙昌胤的人，独自下决心举行冠礼。冠礼举行过后，第二天去上朝，来到外庭，把笏板插进衣带对大臣们说："我已经行过冠礼了。"听见这话的人都感到莫名其妙。京兆尹郑叔则满脸怒气，垂手拖着笏板，退后一步站着说："这与我有什么相干呀！"廷中的人都大笑起来。天下的人不因此去责难京兆尹郑叔则，反而嘲笑孙昌胤，这是为什么呢？只是因为孙昌胤做了别人不愿做的事。现在被称作老师的人，和这种情况非常相像。

【原文】

吾子行厚而辞深❶，凡所作皆恢恢然❷有古人形貌。虽仆敢为师，亦何所增加也。假而以仆年先吾子，闻道著书之日不后，诚欲往来言所闻，则仆固愿悉陈中所得者。吾子苟自择之，取某事，去某事，则可矣；若定是非以教吾子，仆才不足，而又畏前所陈者，其为不敢也决矣。

【注释】

①行厚而辞深：品行敦厚，文学修养高。

②恢恢然：宽阔宏大的样子。

【译文】

您的品行敦厚，文辞高深，凡是您作的文章，都气魄宏大，有古人的风貌。即使我敢做您的老师，对您又有什么帮助呢？假如因为我比您年长，学习儒家经典、写文章的时间比您早，您确实愿同我往来，切磋彼此所学的东西，那么，我当然愿意向您毫无保留地陈述自己全部的心得，您自己随便加以选择，吸取哪些，舍弃哪些，就可以了。如果要我判定是非来教您，我的才能不够，而且又顾忌前面所说的那些情况，我肯定不敢做您的老师。

【原文】

吾子前所欲见吾文，既悉以陈之，非以耀明❶于子，聊欲以观子气色诚好恶如何也。今书来，言者皆大过❷。吾子诚非佞誉诬谀❸之徒，直❹见爱甚故然耳。

【注释】

①耀明：炫耀。

②大过：太过分，过分夸奖。

③佞誉诬谀：随意称赞、奉承。

④直：只不过。

【译文】

您以前想要看看我的文章，我已经全部陈列给您了，这并不是以此向您炫耀自己，只是姑且想要您看看，从您的神情态度上反映出我的文章的确是好是坏。现在您来信中说的话都对我过奖了。您的确不是那种巧言谄媚、假意奉承的人，只不过是特别喜欢我的文章，所以才这样说罢了。

【原文】

始吾幼且少，为文章以辞为工。及长，乃知文者以明道，是固不苟为炳炳烺烺❶、务采色、夸声音而以为能也。凡吾所陈，皆自谓近道，而不知道之果近乎远乎？吾子好道而可吾文，或者其于道不远矣。

【注释】

①炳炳烺（lǎng）烺：指文辞优美，光

彩照人。

【译文】

当初我年轻又不懂事，写文章时把文辞漂亮当作工巧。到了年纪大一些，才知道文章是用来阐明道的，因此不再轻率地讲究形式的美观、追求辞采的华美、炫耀声韵的铿锵，把这些当作自己的才能了。凡是我呈给您看的文章，都自认为接近于道，但不知道果真离道近呢，还是远呢？您喜爱道而又赞许我的文章，也许它离道不远了。

【原文】

故吾每为文章，未尝敢以轻心

掉之，惧其剽而不留❶也；未尝敢以怠心易之，惧其弛而不严也；未尝敢以昏气❷出之，惧其昧没❸而杂也；未尝敢以矜气❹作之，惧其偃蹇❺而骄也。抑之欲其奥❻，扬之欲其明，疏之欲其通，廉❼之欲其节❽，激而发之欲其清，固而存之欲其重。此吾所以羽翼夫道也。

【注释】

①剽而不留：轻浮而没有根基。

②昏气：指头脑昏乱。

③昧没：指文章的意思表达不明确。

④矜气：自高自大。

⑤偃蹇（jiǎn）：骄傲不恭。

⑥奥：深刻，此指含蓄。

⑦廉：节制，适可而止，此指精简。

⑧节：此指简洁。

【译文】

所以，每当我写文章的时候，从来不敢漫不经心地随便写作，恐怕文章浮滑而不深刻；从来不敢偷懒取巧地写作，恐怕文章松散而不严谨；从来不敢用糊涂不清的态度去写作，恐怕文章晦涩而又杂乱；从来不敢用骄傲的心理去写作，恐怕文章盛气凌人而又狂妄。加以抑制是希望文章含蓄，进行发挥是希望文章明快，加以疏导是希望文气流畅，进行精简是希望文辞凝练，剔除污浊是希望语言清雅不俗，凝聚保存文气是希望风格庄重不浮。这就是我用文章来辅佐道的方法。

【原文】

本之《书》以求其质，本之《诗》以求其恒，本之《礼》以求其宜，本之《春秋》以求其断❶，本之《易》以求其动❷。此吾所以取道之原❸也。参之《穀梁氏》以厉其气❹，参之《孟》《荀》以畅其支❺，参之《庄》《老》以肆其端❻，参之《国语》以博其趣❼，参之《离骚》以致其幽，参之《太史公》以著其洁❽。此吾所以旁推交通而以为之文也。

【注释】

①断：对是非的判断。

②动：变化。

③原：本原。

④厉其气：磨炼文章的气势。

⑤畅其支：使文章条理畅达。

⑥肆其端：舒展文章的端绪。

⑦博其趣：丰富文章的情趣。

⑧著其洁：使文章鲜明精练。

【译文】

学习写作以《尚书》为本源，以求文章质朴无华，以《诗经》为本源，以求文章具有永恒的情理，以《周礼》《仪礼》《礼记》为本原，以求文章内容合理，以《春秋》为本源，以求文章是非明确、褒贬分明，以《易经》为本源，以求文章能够反映出事物的发展变化。这就是我吸取“道”的源泉的办法。参考《春秋谷梁传》，以加强文章的气势，参考《孟子》《荀子》，以使文章条理通达，参考《庄子》《老子》，以使文章汪洋恣肆，参考《国语》以使文章增强情趣，参考《离骚》以使文章能够情思幽微，参考《史记》以使文章显得语言简洁。这就是我用来广泛学习，使它们融会贯通，并运用来写文章的办法。

【原文】

凡若此者，果是耶，非耶？有取乎，抑其无取乎？吾子幸观焉，择焉，有余❶以告焉。苟亟来以广是道，子不有得焉，则我得矣，又何以师云尔哉？取其实而去其名，无招越、蜀吠而为外廷所笑，则幸矣。宗元白。

【注释】

①有余：有空闲。

【译文】

凡是上面所说的这些，到底是对，还是不对呢？有可取的地方呢，还是没有可取的地方呢？希望您看看，进行选择，有空就来信告诉我。如果我们经常往来交谈，以扩充发挥作文之道，即使您不因我的帮助有什么收获，我却因为您的帮助而有所收获，又何必以老师来称呼这种关系呢？采取老师的实质，去掉老师的义，不要招致越地和蜀地的狗的惊怪狂叫，或者像孙昌胤举行冠礼那样遭到人们的嘲笑，那就万幸了。宗元谨告。

李商隐

作者简介

李商隐（813—858），字义山，号玉谿生，又号樊南生，荥阳（今河南郑州）人。晚唐时期诗人，与杜牧合称「小李杜」，与温庭筠合称「温李」。曾官至弘农县尉、秘书省校书郎等职。著有《李义山诗集》等。

李贺小传

【导读】

本文是李商隐为诗人李贺作的一篇传记。李贺，字长吉，中唐时期的著名诗人，杜牧曾为其诗集作序，赞颂其诗歌成就。作者以杜牧为李贺作序之事提挈全篇，接着描写李贺的外貌，再写李贺的交游情况，叙述李贺诗歌的创作过程和特点，最后着力描绘李贺临终之奇异，抒发了对李贺的惋惜和同情。全文构思巧妙，融叙事、议论和抒情于一体，意蕴深长。

【原文】

京兆[1]杜牧为《李长吉集序》，状[2]长吉之奇甚尽，世传之。长吉姊嫁王氏者，语长吉之事尤备[3]。

【注释】

①京兆：今陕西西安一带。

②状：描写。

③备：完备。

【译文】

京兆杜牧所作《李长吉集序》，描绘李长吉的奇特之处非常详尽，为世人所传诵。李长吉嫁入王家的姐姐说起长吉的事来尤其完备。

【原文】

长吉细瘦，通眉❶，长指爪。能苦吟❷疾书，最先为昌黎韩愈所知。所与游者，王参元❸、杨敬之❹、权璩❺、崔植❻为密。

【注释】

①通眉：两眉相连。

②苦吟：写诗反复推敲。

③王参元：唐代进士，柳宗元的好朋友。

④杨敬之：字茂孝，其文章受韩愈称赞。

⑤权璩（qú）：字大圭，做过中书舍人等官。

⑥崔植：字公修，做过宰相。

【译文】

李长吉身材纤瘦，双眉相连，手

指很长。他写诗喜欢反复推敲，能快速书写，最早赏识他的是昌黎人韩愈。与李长吉一起交游的人，以王参元、杨敬之、权璩、崔植这些人最为密切。

【原文】

每旦日[1]出与诸公游，未尝得题然后为诗，如他人思量牵合[2]以及程限为意[3]。恒从小奚奴[4]，骑距驉[5]，背一古破锦囊，遇有所得，即书投囊中。及暮归，太夫人使婢受囊，出之，见所书多。辄曰："是儿要当呕出心始已耳。"上灯与食，长吉从婢取书，研墨叠纸足成之[6]，

投他囊中。

【注释】

①旦日：白天。

②思量牵合：想些句子去凑合题意。

③程限为意：把体裁、韵脚等限制放在心上。

④小奚奴：小书童。

⑤距驉（xū）：古代传说中的兽名，驴、骡之属，故用以称驴。

⑥足成之：把它写成完整的作品。

【译文】

李长吉每天白天出去与他们一同出游，从不曾先确立题目然后再写诗，不像其他人那样想些句子去凑合题意、把符合作诗的规范放在心里。

他常常带着一个小书童，骑着驴，背着一个又旧又破的锦帛制成的袋子，一有心得感受就写下来投入囊中。等到晚上回家，母亲让婢女拿过锦囊，取出里面的诗稿，见所写的稿子很多，就说："这个孩子要呕出心才罢休啊！"说完就点灯，安排饭给李长吉吃。李长吉从婢女那里取出草稿，研好墨，铺好纸，把诗稿补成完整的诗，再投入其他袋子。

【原文】

非大醉及吊丧日，率❶如此，过亦不复省❷。王、杨辈时复来探取写去。长吉往往独骑往还京、洛，

所至或时有著,随弃之,故沈子明❸家所余四卷而已。

【注释】

①率:大致都是。

②复省:再次察看。

③沈子明:李贺的朋友。

【译文】

只要不是碰上大醉及吊丧的日子,李长吉大致都是这样做,过后也不再查看那些诗文。王参元、杨敬之等经常过来,从囊中取出诗稿抄好带走。李长吉常常独自骑着驴来往于京城长安和洛阳之间,所到之处有时写了诗文,也随意丢弃,所以沈子明家所保存下来的李贺的诗作只有四卷罢了。

【原文】

长吉将死时，忽昼见一绯❶衣人，驾赤虬，持一版，书若太古篆❷或霹雳石文❸者，云当召长吉。长吉了不能读，欻❹下榻叩头言：“阿㜷❺老且病，贺不愿去。”绯衣人笑曰：“帝成白玉楼，立召君为记。天上差乐不苦也。”长吉独泣，边人尽见之。少之❻，长吉气绝。

【注释】

①绯（fēi）：红色。

②太古篆：远古的篆字。

③霹雳石文：雷击后石上留下的纹痕，即石鼓文。

④欻（xū）：忽然。

⑤阿㜷(nǎi):同"阿奶",此指母亲。

⑥少之:过了一会儿。

【译文】

李长吉快要死的时候,忽然在大白天里看见一个穿着红衣服的人驾着红色的苍龙,拿着一块木板,上面写着远古的篆体字或石鼓文,说是召唤李长吉。李长吉全都不认识,忽然下床磕头说:"我母亲老了,而且生着病,我不愿意去啊。"红衣人笑着说:"天帝刚刚建成一座白玉楼,马上召你去为楼写记。天上的生活还算快乐,并不痛苦啊!"长吉独自哭泣,旁边的人都看见了。过了一会儿,长吉就气绝了。

【原文】

常所居窗中，勃勃有烟气，闻行车嘒管❶之声。太夫人急止人哭，待之如炊五斗黍许时，长吉竟死。王氏姊非能造作❷谓长吉者，实所见如此。

【注释】

①嘒（huì）管：吹奏乐器。

②造作：捏造。

【译文】

李长吉平时所住的房屋的窗户里，有烟气袅袅升腾，还听到行车的声音和微微的奏乐声。李长吉的母亲赶紧制止他人的哭声，等了如同煮熟五斗小米那么长时间，长吉最终还是死了。嫁入王家的姐姐不是那种编造、虚构故事来描述长吉的人，她所见到的确实是这样。

【原文】

呜呼，天苍苍而高也，上果有帝耶？帝果有苑囿、宫室、观阁之玩耶？苟信然，则天之高邈，帝之尊严，亦宜有人物文采愈❶此世者，何独眷眷❷于长吉，而使其不寿耶？

【注释】

①愈：超过。

②眷眷：眷顾。

【译文】

唉！天空碧蓝而又高远，天上真

的有天帝吗？天帝真的有林苑园圃、宫殿房屋、亭观楼阁这些东西吗？如果确实如此，那么上天这么高远，天帝这么尊贵，天上也应该有文学才华超过这个世上的人物啊，为什么唯独对李长吉眷顾，而使他不长寿呢？

【原文】

噫！又岂世所谓才而奇者，不独地上少，即天上亦不多耶？长吉生二十七年，位不过奉礼太常，时人亦多排摈❶毁斥之，又岂才而奇者，帝独重之，而人反不重耶？又岂人见❷会胜帝耶？

【注释】

①排摈：排挤。

②人见：世人的见解。

【译文】

唉！又难道是世上所说的有才华而且奇异的人，不仅仅地上少，就是天上也不多吗？李长吉活了二十七年，职位不过奉礼太常，当时的人也多排挤、诽谤他。又难道是有才华而且奇异的人，天帝特别重视，而世人反倒不重视吗？又难道是人的见识会超过天帝吗？

祭小侄女寄寄文

【导读】

本文是唐武宗会昌四年（844）李商隐为堂弟李羲叟的女儿寄寄迁归祖坟所作的祭文。祭文开头叙述了迁葬一事，并因久未迁葬对死者表示愧疚之情，最后写对死者的悼念和告慰。全文字里行间感情自然流露，感人至深。

【原文】

正月二十五日，伯伯以果子、弄

物❶招送寄寄体魄❷，归大茔❸之旁。哀哉！尔生四年，方复本族❹；既复数月，奄然归无❺。于鞠育❻而未申，结悲伤而何极！来也何故，去也何缘？念当稚戏之辰，孰测死生之位？

【注释】

①弄物：儿童的玩具。

②体魄：遗体和魂魄。

③大茔（yíng）：祖坟墓地。

④本族：父族。

⑤奄然归无：很快死亡。奄：急遽的样子。

⑥鞠育：抚养，养育。

【译文】

正月二十五日，伯伯用瓜果、玩具

召唤寄寄的身体魂魄，回归祖坟的旁边。悲伤啊！你出生四年之后，才回到自己的家中；然而仅仅过了几个月，便很快逝去了。家人养育之情还不是很深，悲伤却已经到了极致！你为什么出生，又为什么死去？怀念你嬉戏的时候，奈何我们却都预测不了生死。

【原文】

时吾赴调京下，移家关中[1]，事故纷纶，光阴迁贸[2]，寄瘗尔骨，五年于兹。白草枯荄[3]，荒途古陌，朝饥谁饱？夜渴谁怜？尔之栖栖[4]，吾有罪矣！今我仲姊[5]，反葬有期，遂迁尔灵，来复先域[6]。平原卜穴[7]，

刊石书铭⑧。明知过礼⑨之文，何忍深情所属！

【注释】

①关中：此指京城长安。

②迁贸：改换变迁。

③荄（gāi）：草根。

④栖栖：不安的样子。

⑤仲姊：二姐。

⑥先域：祖先墓地。

⑦卜穴：占卜埋棺的地点。

⑧刊石书铭：刻石碑书写铭文。

⑨过礼：超过礼制的规定。按当时的礼制，幼女不应刻石碑、书写铭文。

【译文】

那时我在京城等待调补官职，把

家搬到长安，世事纷乱，光阴迁移，在外地寄埋你的遗骨，如今已经五年了。白草萋萋，荒凉的小路上，白天饿了，谁来喂饱你？夜晚渴了，谁来怜爱你？你孤孤寂寂的，我有罪啊！如今我的二姐，已经归返祖坟，于是，我也把你的魂灵迁葬至此，为你建造墓穴，写文作碑。明明知道这样违反了礼制的规定，奈何实在对你疼爱至深。

【原文】

自尔殁后，侄辈数人，竹马玉环❶，绣襜文褓❷，堂前阶下，日里风中，弄药❸争花，纷吾左右。独尔精诚❹，不知所之。况吾别娶已来，

胤绪❺未立，犹子❻之义，倍切他人。念往抚存，五情❼空热。

【注释】

①竹马玉环：儿童玩具。

②绣襜（chān）文褓（bǎo）：绣花的短袄，有纹饰的被子。

③弄药：在芍药花边玩耍。

④精诚：此指魂灵。

⑤胤（yìn）绪：嗣子，儿子。

⑥犹子：侄子辈。

⑦五情：此指五内，即内心。

【译文】

自从你逝去之后，侄子辈的几个人还小，在明月下骑着竹马，穿着绣花的衣服、盖着有纹饰的被子，堂前阶下，日里风中，芍药花旁，他们在我身边玩耍吵闹。唯独你的灵魂，不知道去了哪里。况且我另娶以来，仍然没有孩子，尤其对你的疼爱，更甚于他人。我怀念以前的日子，抚摸着身边你的同辈人，空有满腹的深情。

【原文】

呜呼！荥水[1]之上，坛山[2]之侧，汝乃曾乃祖，松櫝[3]森行，伯姑仲姑[4]，冢坟相接。汝来往于此，勿怖勿惊。华彩衣裳，甘香饮食，汝来受此，无少无多。汝伯祭汝，汝父哭汝，哀哀寄寄，汝知之耶？

【注释】

①荥（xíng）水：古水名，旧址在今河南郑州西北，与济水相通。

②坛山：古山名，在今河南郑州北。

③槚（jiǎ）：即楸树，古时通常同松树一起种在坟墓前。

④伯姑仲姑：大姑母、二姑母。

【译文】

唉！荥水之上，坛山之侧，你的祖辈墓旁，松树、槚树成行，大姑母、二姑母的坟地相接。你在这里来来往往，不要感到恐怖和惊讶。这些美丽的衣服，好吃的东西，你尽管来享用吧。我来祭奠你，你的父亲在哭送你，悲哀啊！寄寄，你知道吗？

孙樵

作者简介

孙樵（生卒年不详），字可之，一作隐之，自称关东人，唐代散文家、古文家、辞赋家。著有《书何易于》《读开元杂报》等，有《孙樵集》等传世。

书褒城驿壁

【导读】

这是一篇讽刺晚唐吏治腐败的散文。作者生活在晚唐时期，目睹了吏治的腐败，于是借褒城驿荒凉衰败的景象，尽情揭露了地方官吏不思革故图新，只求中饱私囊的腐败情形。全文叙事简洁，议论中肯，语言辛辣，寓意深刻。

【原文】

褒城❶驿❷号天下第一。及得

寓目❸，视其沼，则浅混而茅；视其舟，则离败而胶❹；庭除❺甚芜，堂庑甚残，乌❻睹其所谓宏丽者？

【注释】

①褒城：地名，位于今陕西汉中勉县。

②驿：即驿站，古代传递公文的人或出差的官员途中休息、换马的地方。

③寓目：亲眼看到。

④离败而胶：船板破裂，船身搁浅池底。胶：着地。

⑤庭除：庭院和台阶。除：台阶。

⑥乌：哪里。

【译文】

褒城驿站号称天下第一。等到我亲眼看到，只见它的池塘，那水又浅又浑，长着茅草；只见它的船，木板破裂，船身搁浅在池底；庭院阶石很荒芜，堂屋和廊房十分残破。哪里有所谓宏大壮丽的样子呢？

【原文】

讯于驿吏，则曰：“忠穆公❶尝牧梁州，以褒城控二节度治所❷，龙节虎旗❸，驰驿奔轺❹，以去以来，毂交❺蹄劘❻，由是崇侈❼其驿，以示雄大。盖当时视他驿为壮。

【注释】

①忠穆公：严震，字遐闻，曾任梁州刺史兼御史大夫，谥忠穆。

②二节度治所：指山南西道节度使治

所兴元府治所（今陕西汉中市南郑区）和凤翔节度使治所凤翔府（今陕西凤翔）。

③龙节虎旗：节度使出外镇守，赐龙节虎旗。

④驰驿奔轺（yáo）：奔跑的驿马和轻便的车。轺：古代的一种小马车。

⑤毂（gǔ）交：车和车相接触。

⑥蹄劘（mó）：马蹄铁磨损。劘：切削，此指磨损。

⑦崇侈：扩大建筑。

【译文】

我向驿吏询问，驿吏则说："忠穆公曾经治理梁州，因为褒城控制着两个节度使治所，来来往往的，有龙形的节符、熊虎的旗帜、奔跑的驿马、飞快的轺车，车毂交错，连马蹄铁都磨损了。因此扩建了驿站，以显示它雄伟宏大。大概在当时它比其他驿站壮观。

【原文】

“且一岁宾至者，不下数百辈，苟夕得其庇❶，饥得其饱，皆暮至朝去，宁有顾惜心耶？至如棹舟，则必折篙破舷碎鹢❷而后止；渔钓，则必枯泉汩泥尽鱼而后止；至有饲马于轩，宿隼❸于堂：凡所以污败室庐，糜毁器用。官小者，其下虽气猛，可制；官大者，其下益暴横，难

禁。由是日益破碎，不与曩类❹。

【注释】

①庇：庇护，指住宿处。

②鹢（yì）：一种水鸟，此指船头画着鹢的船。

③隼（sǔn）：一种凶猛的鸟。

④曩类：从前相似。

【译文】

“但是一年来往的宾客不下好几百人，如果宾客晚上在这里住下，饿了在这里饱食，都是晚上到早晨走，哪里有爱惜之心呢？至于划船，就一定弄到撑篙折断、船舷破损、船头撞碎才算完；钓鱼，就一定要弄到泉枯、水浑，鱼儿捉完才罢休；甚至有人把马弄在屋里喂，在堂上养鹰：这一切都能使房屋污损，器物毁坏。官位低的，他的仆从虽然气势汹汹，但还可以制止；官位高的，他的仆从更加骄横暴虐，难以制止。因此，驿站一天天破败，大不如从前了。

【原文】

“某曹❶八九辈，虽以供馈❷之隙，一二力治之，其能补数十百人残暴❸乎？”

【注释】

①某曹：我辈。

②供馈：供给膳食。

③残暴：此指破坏活动。

【译文】

“我等八九个人，即使利用宾客进餐的空余时间，对极小的部分尽力进行修理，怎能补救几十几百人的破坏呢？”

【原文】

语未既❶，有老甿❷笑于旁，且曰：“举今州县皆驿也。吾闻开元❸中，天下富蕃❹，号为理平❺，踵千里者不裹❻粮，长❼子孙者不知兵。

【注释】

①既：完。

②老甿（méng）：老农。

③开元：唐玄宗的年号。

④蕃（fán）：繁荣。

⑤理平：治理太平。

⑥裹：携带。

⑦长：养育。

【译文】

话还没有说完，有个老农在一旁发笑，说："现在所有的州县 也都像这个驿站一样呀！我听说开元年间，天下富足，号称太平盛世，行走千里的人，用不着携带干粮，养育子孙不用担心战争。

【原文】

"今者天下无金革❶之声，而户口日益破❷；疆埸❸无侵削之虞，

而垦田日益寡，生民日益困，财力日益竭，其故何哉？

【注释】

①金革：刀枪甲衣，指战争。

②破：减少。

③疆埸（yì）：边境。

【译文】

“现在虽然天下也没有战争，但户口却在一天天减少；边竟虽然也没有被侵扰，但耕地却在一天天缩小，老百姓一天天贫困，财富一天天枯竭，这是什么缘故呢？

【原文】

“凡与天子共治天下者，刺

史、县令而已。以其耳目接于民，而政令速于行也。今朝廷命官，既已轻任刺史、县令，而又促数❶于更易。且刺史、县令，远者三岁一更，近者一二岁再更。故州县之政，苟有不利于民，可以出意革去其甚者，在刺史，曰：'明日我即去，何用如此！'在县令，亦曰：'明日我即去，何用如此！'当愁醉醲❷，当饥饱鲜，囊帛椟❸金，笑与秩❹终。"

【注释】

①促（cù）数：短促频繁。

②醲（nóng）：醇酒。

③椟：柜子。

④秩：此指官吏的任期。

【译文】

“大凡和天子一起治理国家的，是刺史、县令罢了。因为他们的见闻接近老百姓，政令的推行也能较为迅速。现在朝廷任命官吏，轻率地任用刺史、县令，而且调动频繁。况且刺史、县令，任期长的，三年换一次，任期短的，一两年换两次。所以州县的政事，如果对老百姓不利，本来可以出主意改掉那些太坏的，但刺史说：‘明天我就要调任，何必这样做！’县令也说：‘明天我就要调任，何必这样做！’在发愁时却去醉饮美酒，在饥饿时却去饱食时鲜鱼肉，有锦帛就装入袋里，有金银就装进柜子，喜笑颜开地做满了任期。”

【原文】

呜呼！州县者，真驿耶！矧更代之隙，黠吏❶因缘❷恣为奸欺，以卖❸州县者乎！如此而欲望生民不困，财力不竭，户口不破．垦田不寡，难哉！

予既揖退老甿，条其言，书于褒城驿屋壁。

【注释】

①黠吏：狡猾的胥吏。

②因缘：凭借。

③卖：此指损公肥私。

【译文】

唉，州县果真同驿站一样吗？何况当州县官交接期间，狡猾的胥吏放肆地用奸诈的手段损害州县老百姓的利益呢？这样还希望老百姓不贫困，国家财力不枯竭，户口不减少，耕地不缩小，难啊！

我作揖送走了老农，把他说的话整理了一下，写在褒城驿站的墙壁上。

陆龟蒙

作者简介

陆龟蒙（？—约881），字鲁望，自号甫里先生、江湖散人等，苏州姑苏（今江苏苏州）人。唐朝诗人、文学家、农学家。著有《甫里先生文集》《耒耜经》《笠泽丛书》等。

野庙碑并诗

【导读】

这是一篇讽刺小品文。作者借给一座不知名的乡野神庙撰写碑文，将唐末的文官武将与野庙里的土木偶像作对比，讽刺当时的官僚是戴官帽、说人话的土木偶像，比真的土木偶像更恶劣。

【原文】

碑者，悲也。古者悬而窆❶，用木；后人书之❷，以表其功德，因留

之不忍去，碑之名由是而得。

【注释】

①窆（biǎn）：下葬。

②书之：指在墓穴四角的木上书写死者的事迹。

【译文】

“碑石”的“碑”，意思是“悲哀”的“悲”。古时候用绳子将棺木吊进墓穴安葬，安葬时用大木板垫在棺材下面，系上绳索，以便搬动棺材；后人在木板上写明死者的生平事迹来表彰他的功业德行，因此就把木板留下来不忍心丢掉，碑的名称由此得来。

【原文】

自秦、汉以降❶，生而有功德政事者，亦碑之；而又易之以石，失其称❷矣。余之碑野庙也，非有政事功德可纪，直悲夫甿竭其力，以奉无名之土木❸而已矣。

【注释】

①以降：以下。

②失其称：失掉“碑”这一名称的本来意义。

③土木：指泥塑木雕的偶像。

【译文】

自秦汉以后，有功业德行、政绩的人，也为他树碑，并且把木板换成了石头，这就失去了原先的用意了。

我为这座野庙立碑，并不是有什么功业德行、政绩可以记述，只不过为农民竭尽他们的力量来供奉野庙里泥塑木雕的神像感到悲哀罢了。

【原文】

瓯、越[1]间好事鬼，山椒[2]水滨多淫祀[3]。其庙貌[4]有雄而毅、黝而硕者，则曰将军；有温而愿、晰[5]而少者，则曰某郎；有媪而尊严者，则曰姥[6]；有妇而容艳者，则曰姑。其居处，则敞之以庭堂，峻之以陛[7]级，左右老木，攒植森拱[8]；萝茑[9]翳于上，鸱鸮[10]室其间。车马徒隶[11]，丛杂怪状。

【注释】

①瓯（ōu）、越：今浙江一带，古属越国，境内有瓯江，故称。

②椒：顶。

③淫祀：不合礼制的祭祀。

④貌：指神像。

⑤晰：白皙。

⑥姥（mǔ）：老妇人。

⑦陛：台阶。

⑧攒植森拱：指树木繁密茂盛。

⑨萝茑：女萝和茑，两种蔓生植物，常缘树而生。

⑩鸱（chī）鸮（xiāo）：猫头鹰。

⑪徒隶：此指供神役使的鬼卒。

【译文】

浙东一带有侍奉鬼神的传统习俗，山上水边有很多不正当的祭供。那些庙中供奉的神像，外表威武果断、黝黑硕大的，就称将军；和气谨慎、白皙年少的，就称某郎；老妇人外貌庄重而有威严，就称姥；妇女面容艳丽的，就称姑。供奉神像的地方，厅堂建筑得十分宽敞，台阶筑得非常高，左右种植着茂密的古树；女萝和茑萝在上面遮蔽了阳光，猫头鹰在树木间筑巢。庙里还有许多木雕泥塑的车马和随从差役，杂七杂八，奇形怪状。

【原文】

甿作之，甿怖之，走畏恐后。大者椎[1]牛，次者击豕[2]，小不下犬鸡。鱼菽之荐，牲酒之奠，缺于家可也，缺于神不可也。一日懈怠，祸亦随作，耋孺[3]畜牧栗栗然[4]。疾病死丧，甿不曰适丁其时耶！而自惑其生，悉归之于神。

【注释】

①椎：杀。

②豕：猪。

③耋（mào）孺：老人和小孩。

④栗栗然：恐惧的样子。

【译文】

农民们自己塑造了这些神像，又

对这些神像感到害怕，跑来祭祀唯恐落在后面。重大的祭祀就杀牛，其次就杀猪，小一点的也不下于狗、鸡。鱼、豆作祭品供奉，祭祀用的家畜和酒食，宁可家里缺少，也不能让神像缺少。农民们相信，如果有一天祭神不勤勉，灾祸就会立刻降临，所以老人小孩都提心吊胆，家畜牛马都战战兢兢的。如果村里有人生了病或者死了人，农民们不认为是恰巧碰到的，却怀疑自己的命运是神操纵的。

【原文】

虽然，若以古言之，则戾❶；以今言之，则庶乎神之不足过也。何

者？岂不以生能御大灾、捍❷大患，其死也，则血食于生人。无名之土木，不当与御灾捍患者为比，是戾于古也明矣。

【注释】

①戾：罪。此指不合道理。

②捍：抵抗。

【译文】

即使这样，如果按照古代祭祀神鬼的礼制来衡量，是不合事理的；但按当今的情况来衡量，也许将野庙中的无名土木偶像供奉为神，并不算什么罪过。为什么呢？难道不是因为死者活着的时候能够帮助民众抵御大灾、抵抗大患，他死后就该享用活着的人的祭祀吗?野庙里供奉的无名土木神像,不能同抵御祸患死后受到祭祀的人相比,这是明显不合古代礼制的地方。

【原文】

今之雄毅而硕者有之,温愿而少者有之;升阶级,坐堂筵,耳弦匏❶,口粱肉❷,载车马,拥徒隶者,皆是也。解民之悬❸,清民之暍❹,未尝怵于胸中。民之当奉者,一日懈怠,则发悍吏,肆淫刑,驱之以就事。较神之祸福,孰为轻重哉?平居无事,指为贤良;一旦有天下之忧,当报国之日,则佪挠脆怯❺,颠蹶窜踣❻,乞为囚虏之不暇。此乃缨弁[7]言语之士木，又何责其真士木耶？故曰：以今言之，则庶乎神之不足过也。

【注释】

①耳弦匏：耳听音乐。

②口粱肉：吃美味。

③悬：倒挂，比喻极大的痛苦。

④暍（yē）：中暑。

⑤佪挠脆怯：懦弱胆怯。

⑥窜踣：逃窜。

⑦弁（biàn）：帽子。

【译文】

如今朝堂上也有威武果断、体格健硕的人，也有和气谨慎、青春年少的人。他们登上台阶，举行大型酒宴，耳朵听着音乐演奏，嘴里吃着精美的食品，乘车骑马，被仆从包围的人，其实都是野庙里的将军、郎官之类的泥塑木雕的神鬼。对于解除百姓的沉重苦难，拯救百姓于危难之中这些事，他们从不放在心上。如果有一天百姓对他们的供奉表现得稍微怠慢一点，他们就派出凶悍的官吏滥用酷刑，逼迫百姓纳贡。贪官污吏与无名神像相比，谁给百姓带来的灾祸更严重？平时国家没有发生变乱的时候，这些人一直被视为贤士良臣。一旦国家发生动乱，应当报效国家的时候，他们却懦弱胆怯，遇到危险就狼狈逃窜，乞求作囚徒保命都来不及。

这些人是戴着官帽会说话的泥塑木雕罢了，又为什么责备那些真的泥塑木雕呢？所以说，按当今的情况来衡量，也许对野庙中的无名神像进行供奉，并不值得怪罪。

【原文】

既而为诗，以乱其末：土木其形，窃吾民之酒牲，固无以名；土木其智，窃吾君之禄位，如何可仪❶！禄位颀❷颀，酒牲甚微，神之享也，孰云其非？视吾之碑，知斯文之孔❸悲。

【注释】

①仪：效法。

②颀：长，引申为优厚。

③孔：很。

【译文】

文章写完了，写一首诗作结：泥塑木雕的鬼神，偷窃我百姓的酒食祭品，本来就名不正；智慧才能如泥塑木雕一般的官吏，偷窃我国君的俸禄和官位，怎么能让人效法呢？达官贵人的俸禄优厚、爵位高，土木鬼神的酒食祭品非常微薄，对他们这不同的供品，谁又能说错了呢？看着我立的这块野庙碑，就知道我写碑文时是多么伤悲。